プルーストの美

L'ESTHETIQUE de PROUST

真屋和子

Kazuko MAYA

法政大学出版局

美を享受するための唯一の器官、私の想像力

――『見出された時』

はじめに

唯一の真の旅は、新しい風景へのいでたちではなく、多くの他の眼をもつことであるだろう、他者の眼、一〇〇の他者の眼をもって宇宙を見ることとは〔…〕一人のエルスチール、一人のヴァントゥイユ、またそのたぐいの人たちをもつことで可能となる。（III, p. 762）

読書や芸術鑑賞の醍醐味を言いあらわした、マルセル・プルースト（一八七一―一九二二年）の確信に満ちた言葉には、一九世紀、英国ヴィクトリア時代を代表する美術評論家ジョン・ラスキン（一八一九―一九〇〇年）の読書体験によって培われた精神が感じとれる。ラスキンは、「シェークスピアやターナー」など具体的な芸術家の名をあげ、日ごろ見慣れているものに新たな照明をあてる「偉大な芸術家の眼で見る」ことは新しい世界を知ることであり、精神の糧となるという考えを繰り返し述べている。

この方法を序として、さらに一歩すすめ、とりわけ芸術家に向かっては、自分の眼で見ることが肝要であると説くラスキン、その行き着くところ、真の旅は自分自身のなかへの旅であるということになる。自分の眼をもつことの大切さは、ラスキンより前に、アルトゥール・ショーペンハウアー（一七八八―一八六〇年）の『読書について』（一八五一年、斎藤忍随訳、岩波書店（岩波文庫）、一九六〇年）を読むことによってプルーストは認識しているはずである。

紙に書かれた思想は一般に、砂に残った歩行者の足跡以上のものではないのである。歩行者のたどった道は見える。だが歩行者がその途上で何を見たかを知るには、自分の目を用いなければならない。

プルーストはショーペンハウアーからも少なからず影響を受けているが、書物を読むだけでは充分とはいえず、自分の眼で見てはじめて、真の知識を身につけられると解することができるこの言葉を、健康に恵まれず家にこもりがちであったプルーストはどのように読んだであろうか。

ショーペンハウアーの思想が再評価された時代、プルーストが生きたパリの世紀末は、ラスキンを受け容れる土壌ができており、彼を評価する気運が高まりつつあった。プルーストの脳裏に、この言葉があって、それにラスキンの思想が記憶の糸でつながったのではないかと思えるようなプルーストの一文がある。その趣旨は次のようなものである。

ラスキンの思想は、空間のなかに形をあたえられている。非物質的なものでも、抽象的なものでもなく、眼に見え、触れることができるかたちで自然のなか、対象のなかに宿っているのである。したがって、本を読むだけでは外から知識を得るにすぎない。出かけて、ラスキンの足跡を追い、自分の眼で見なければならない。実際にアミアン、ナショナル・ギャラリー、スイスの山、ヴェネツィアへ行って、見、聴き、感じる必要がある。「抽象的」で「純粋な記号」である思想にたいして、思想の物質性、個別性が心をとらえるのだと明言し、プルーストはここにラスキンの思想の本質を見ている。これはプルーストが翻訳したラスキンの『アミアンの聖書』（一八八〇―八五年）の「訳者の序文」のなかで述べられていることである。

たとえば、中世芸術に関していえば、『フランス一三世紀宗教芸術』（一八九八年）を著したフランスの美術史家エミール・マール（一八六二―一九五四年）からプルーストが受けた影響は、知の体系的把握には役立ったかもしれない。しかしラスキンから学んだのは、経験的観察にもとづく探求方法である。その経験的観察こそがプルーストにとって芸術の本質とは何かを見極める出発点となっている。知っていることではなく、自分の眼で見たもの、他からあたえられたものではなく、自分の内から生まれるもののなかに芸術における真実はある。

ラスキンの思想に触れるまで、プルーストは本を書くための実地調査などおこなったことはなかった。芸術家にとって、実際に自分の眼で見る大切さを、彼から学び、強く心に感じて、一九〇〇年に「ラスキン巡礼」の旅に出かける。そうして訪れた地で、自然や彫刻に具現されたラスキンの思想に接する。その思想はラスキン自身から延びて、対象のなかにも宿っているとプルーストは考えていた。ラスキンの魂、それは彼の死後も書物のなかに残され、幸いにして自然や対象のなかにも宿されている。ラスキンの書物をたずさえて足跡をたどるしかない、自分の眼で見るために。

自分の眼で見る。それにちがいはないが、流麗なラスキンの文体に魅了されたプルーストは、対象を「ラスキンの眼」で見ることからはじめた。何をどのように見るか、対象と自分とのあいだにラスキンに入ってもらって、その技ともいうべきものを体得するのである。まずは、感覚を知ること。真の意味で、自分の眼で見るのはそのあとのことである。自分と対象が直に向かい合う。それは自分の内奥に向かうことでもある。そして、その帰結として生まれたのが、プルーストの重要な概念である「印象」についての考えかたではないだろうか。

印象は「二重構造」になっており、半分は自分のほうに、残りの半分は対象物のほうに延びている。対象のなかに見る者の印象、思考や魂が宿り、ものが生命をおびるからこそ、ふとしたきっかけで、感覚によってそれが呼び覚まされ、過去が蘇る「特権的瞬間」を味わうことができる。その魂や思想、ものの見かたや印象が、自分が亡くなったあとも生きつづけるには、ラスキンがそうしたように、書き残さなければならない。

旅の体験によって感覚を身体に沁み込ませ、ひとたび自分と対象との関係について熟考する機会をもったプルーストが文学創作に向かうとき、鋭い感性、すぐれた洞察力と感得力をそなえた彼に、「想像力に見させているもの」が立ちあらわれてくる。〝道理を得てに、道理を離れ〟である。ここからは迷いの雲の晴れたところ、自在な境地、芸術に昇華されうるところに入ったとでもいおうか。体得したプルーストには、ものの見かたという、本質的なところに揺らぎがないからこそ、実生活におけるその応用や展開も、創作における変奏も自在である。

プルーストにとってこのようなラスキンとの出会いが、文学創造するうえで大きな意味をもったとすれば、三人称の小説『ジャン・サントゥイユ』（題名は校訂者による、一九五二年）を書くなかで壁に阻まれた理由のいくつかを説明できるのではないだろうか。作家が自らを小説の材料にして、感性や、印象、感情など、心の内奥を描出しようとし、芸術によって個人の世界の「内的構造を顕在化」（III, p. 762）させようとするかぎり、「彼」を主語とするのでは、外皮を破って飛翔しようとするも、自由がきかず、手法や形式が躓きの石となって立ちゆかなくなることは容易に想像できよう。

本書では、ラスキンの美学の影響が色濃い論考が大きな割合を占めることになった。『アミアンの聖書』の「訳者の序文」の後半部分には、ラスキン批判といわれているものが含まれることもあり、全面的に共感しているわけではないことは承知しているが、「ラスキンと決別」という表現を目にするたびに違和感を覚えた。伝記作家、研究者たちによって、「ラスキン離れ」の側面が強調されすぎた、あるいは、ラスキンの影響が過小評価されてきたきらいがあるように思える。

そうした傾向について、木を見て森を見ずとはいわないまでも、プルーストが、ラスキンを翻訳しながら学んだこと、彼の書物に深く関わりながら編み出した批評の方法は、「訳者の序文」や脚注で明確に述べられていることであって、プルーストの芸術観が形成されるうえで基礎となり、本質的な部分となった事実は正当に評価されるべきであろう。自らの心の翻訳、とプルーストがいう『失われた時を求めて』（一九一三―二七年）にとりかかるまでに逡巡はあったものの、その批評の方法が、文学創作の方法にまで高められ、ラスキンの仕事をつうじて得た知識、広がった関心、深まった芸術理論が、実践されつつ昇華されて小説にとり込まれている。

本書は、文学、絵画、建築、音楽、日常における美など、それぞれの芸術分野に焦点をあてて、できるだけ異なる視点から、分析、検討し、プルースト芸術の根底にある本質をあきらかにする試みである。

各章はいずれも、テクストを中心にした考察にあてている。プルーストらしい言いかたをすれば、第一章から第五章までは、おもに顕微鏡をのぞくように考察し、第六章は、時代背景を視野に入れて、片方に顕微鏡、もう一方に望遠鏡をもって考究した。とはいえ、どんなに重箱の隅をつつくように子細な検討を行う場合でも、その背後に広がる小説世界をつねに念頭においている。また、本質を探究しているので、異なる芸術分野について論じていても、各章は呼応し合うはずである。

序章は「動体建築としてプルーストを読む」と題し、論考の形ですくい上げようとしても、こぼれおちるプルーストの魅力について自由に綴った。結果として、どのように私がプルーストに接し、どのように読んできたかを語ることになった。プルースト小説をはじめて手にとろうとする読者にとっては、この序章が、壮大な小説の迷路にはいり込む楽しみをさまたげる、交通整理役とならないことを願う。それでもなおプルーストの魅力ある迷路は迫ってくるが。

第一章「マドレーヌ菓子と菩提樹のハーブティー」は、『失われた時を求めて』においてもっともよく知られた、プチット・マドレーヌ菓子と紅茶の挿話について、マドレーヌ菓子と比べて、まだ研究が深められていない飲物に焦点を合わせて分析した。飲物を何にするかということは、お菓子に何を選ぶかという問題と同様、プルーストにとって重要である。

作品は一本線を描きながらは進まない。しばしば音楽にたとえられるように、主旋律をなす声部に、和声的に伴奏がつく形のモノフォニーではなく、複数の声部からなり、それぞれの声部が旋律線の横の流れを主張しながら、対等の立場で絡み合っていくポリフォニーの形式をもつ。本章では、小説空間で響き合うように、主題間の呼応、断片と断片の共振をプルーストが準備し、音声学的見地からも、音節や、リズム段落（一つのまとまった観念を表わす語群）、文章、段落など、それぞれのレベルにおいてハーモニーを奏で、倍音を最大限に響かせるための周到な仕掛けを築くその過程をたどり、仕組みの一端をあきらかにした。生成研究の成果に多くを負っているこの論考の目的は、プルーストの創作過程をいくらかでも追体験しながら、小説の独自性を内側から照らし出すとともに、彼の文学の方法とその趣意を探り、彼の特性の本質的特徴を知る手がかりをつかむことにある。やや専門的で子細な分析だが、あとにつづく章の理解を深めるものになっていることを願う。

第二章「『ジャン・サントゥイユ』のなかのジョン・ラスキン」では、ラスキン熱がはじまるまえにプルーストはどの程度ラスキンに関心をもっていたのか、未完の小説『ジャン・サントゥイユ』のなかに探った。この小説における表層的なラスキン理解は、のちに受けた影響の深さを浮き彫りにするだろう。

『ジャン・サントゥイユ』を放棄したあと、ラスキンの足跡をたどる旅は、新しい宇宙への旅立ちとなった。第三章「翻訳家プルーストの誕生と旅立ち」では、アミアン大聖堂を訪れたプルーストが、建築に宿るラスキンの思想にじかに触れ、『アミアンの聖書』を翻訳するなかで自分自身を見出していくことを検証した。ラスキンの翻訳が、自身の内面への旅となり、文学創造の方法や芸術観があぶり出されることによって、ふたたび創作への道へと向かわせるきっかけとなった可能性を示した。

第四章「隠喩《メタフォール》——モネからターナーへ」では、小説の主人公が、そこから啓示を受ける画家エルスチールの《カルクチュイ港》を中核に据え、文学と絵画の両側面から草稿を分析し、大海原で難航するプルーストの創作の航跡をたどることによって、「隠喩」へと収斂していく過程を検証した。その絵に見出したのは「隠喩」という手法であり、プルーストの芸術観が象徴的に語られている場面である。視覚芸術を小道具として用いることで、読者に映像として印象づけながら、エルスチールのアトリエを、自身の芸術理念やものの見かたの表明の場としている。思想を形あるものに具現化させるべく、自らの美学を、《カルクチュイ港》に塗り込めているのである。実在する絵に着想源を探りつつ草稿を検討すると、生成過程において興味深い修正と試行錯誤の跡が認められる。

第五章の「プルーストとベートーヴェン――ヴァントゥイユの「七重奏曲」」は、プルーストが好んだとされるさまざまな音楽家のなかで、芸術家として本質的なところでプルーストにもっとも重なるのはルートヴィヒ・ヴァン・ベートーヴェン（一七七〇―一八二七年）ではないかと直感したのがきっかけで考察することになった。エルスチールの《カルクチュイ港》に多くの部分がとり込まれたジョセフ・マロード・ウィリアム・ターナー（一七七五―一八五一年）、この英国の画家とベートーヴェンの類似がしばしば指摘される事実にも後押しされた。ベートーヴェンの作曲方法は、ターナーと同じように、それ自体では意味のない不明確な旋律の断片を集め、結合させることによって、楽節を形成し、全体の構成を形づくっていく。この創作方法はプルーストの場合にもあてはまるものである。ドレスを仕立てるように、大聖堂を築くように書くのだというプルーストは、ベートーヴェンのように創作している。

エルスチールの《カルクチュイ港》と並んで、ヴァントゥイユの「七重奏曲」が、主人公を文学創造へと導く役割を果たしていることを示し、この音楽にもエルスチールの絵と同様、プルーストの芸術観が込められていることを検証した。ヴァントゥイユの「七重奏曲」の本質的な部分は、「魂」といった抽象的な言葉で文章化されているが、それを視覚映像化すると《カルクチュイ港》となる。

第六章「そして、見出された時」では、時代のなかにプルーストをおくことによって俯瞰的に眺め、ラスキンの影響を凝縮したかたちで、先立つ章全体を総括している。

初出は、「プルーストのラスキン受容と『失われた時を求めて』の美術」、『思想』第一〇七五号「特集　時代の中のプルースト――『失われた時を求めて』発刊一〇〇年」二〇一三年一一月、岩波書店である。本一冊にもなりそうな大きな主題をあたえられ、それを限られた紙幅に凝縮しておさめるのは至難の業のように思えたが、どうにか書き上げることができた。

すべての論考に精一杯の力を注いでとり組んだが、最終章から読んでみようと思われる読者には、僭越ながら、そのあと序章に戻り、一巡したあと、第六章を再読していただけるならこの上ない喜びである。あつかましくも、プルーストが企図した小説のように。円環を描きながら。

凡例

- 『失われた時を求めて』の引用は、すべて新プレイヤッド版全四巻（Marcel Proust, *A la recherche du temps perdu*, 4 volumes, édition publiée sous la direction de Jean-Yves Tadié, Paris: Gallimard (Bibliothèque de la Pléiade), 1987-89）により、「III, p. 762」の形で、巻数とページ数のみを記す。なお翻訳は基本的に井上究一郎訳、鈴木道彦訳を十分に参考にさせていただいたうえで、筆者自身が訳出した。
- 草稿は、プレイヤッド新版に収められた「エスキス」をはじめとする解読資料と、マイクロフィルムを参照した。草稿を書くのに用いられたカイエの頁（フォリオ）は、右ページ（表）を r（=recto）、左ページ（裏）を v（=verso）と表記する。
- そのほかのプルーストの著作・書簡からの引用は、以下の略号で示す。

C. S. B.：プレイヤッド版『サント＝ブーヴに反論する』（*Contre Sainte-Beuve, précédé de Pastiches et Mélanges et suivi de Essais et articles*, édition établie par Pierre Clarac avec la collaboration d'Yves Sandre, Paris: Gallimard (Bibliothèque de la Pléiade), 1971）。同じ巻に収録された『模作と雑録』、『評論』も含めて、「*C. S. B.*, p. 557」の形で、ページ数を記す。

Cor.：フィリップ・コルブ編『マルセル・プルースト書簡集』全二一巻（*Correspondance de Marcel Proust*, texte établi, présenté et annoté par Philip Kolb, 21 volumes, Paris: Plon, 1970-93）。「*Cor.*, XI, p. 103」の形で、巻数とページ数を記す。

J. S.：プレイヤッド版『ジャン・サントゥイユ』（*Jean Santeuil, précédé de Les Plaisirs et les jours*, édition établie par Pierre Clarac, avec la collaboration d'Yves Sandre, Paris: Gallimard (Bibliothèque de la Pléiade), 1971）。「*J. S.*, p. 556」の形で、ページ数を記す。

B. A.：ジョン・ラスキン『アミアンの聖書』のプルーストによるフランス語訳（John, Ruskin, *La Bible d'Amiens*, traduction, notes et préface par Marcel Proust, Paris: Mercure de France, 1904)。「*B. A.*, p. 26」の形で、頁数を記す。

- ジョン・ラスキンの作品については、著作集（*The Works of John Ruskin*, edited by E. T. Cook and Alexander Wedderburn, Library Edition, 39 volumes, London: G. Allen; New York: Longmans, Green, 1903-12）を「*Works*」と略記して、「John Ruskin, *Fors Clavigera: Letters to the Workmen and Labourers of Great Britain*, III, in *Works*, vol. 29, p. 160」のように、作品名のあとに、収録されている巻数と頁数を記す。

目次

プルーストの美

序章
動体建築としてプルーストを読む

　プルーストの熱心な読者が集う。教室は学びの場というよりは、まるで小説のなかのレオニー叔母の部屋かどこかで、プルーストの血縁関係にある人が「マルセル」について語るのに耳を傾けているかのような、ぬくもりと親密さに満ちていた。ときおり、ご自身の親友であるロラン・バルト（一九一五―八〇年）と交わされた言葉など、生き生きとした話題が不意に加わり、われわれは虚構と現実と想像の世界の曖昧になった境界を行き来する。そのうち、完全にプルーストの小説空間に生きているような感覚をおぼえるから不思議だ。こうした貴重な時間に立ち会って、毎回の授業に胸をときめかせたものである。

　夢のような現実のこの輪の中心におられたのは、フランスの哲学者であり、日本学者でもあるモーリス・パンゲ氏（一九二九―九一年）であった。パリの高等師範学校を出て一九五八年に来日されたとのことである。思い返せば、私がはじめて『失われた時を求めて』を原書で読んだのは慶應義塾大学の学部生だったころ、短い期間ではあったが東京日仏学院で、パンゲ先生からプルーストを学んでいたときである。当時、先生は一九六八年の帰国を狭んで二度目の日本滞在中であり、ふたたび東京大学でも教鞭を執っておられたが、フランスに帰って亡くなられる前のわずか一年間ほどであった。

沈黙の深みに

第二篇『花咲く乙女たちのかげに』を読んでいるときにパンゲ氏が、心惹かれるといわれた場面を折にふれ思い出す。それは、主人公が祖母とともに、ノルマンディ地方にあるとされるバルベックのグランド・ホテルに滞在していたときの、部屋での小さなできごとである。

ホテル到着の第一夜には、部屋のカーテンや家具、あかりなどに馴染めず、それらすべてが敵意を含んでいるように見えて、地獄の苦しみを味わう主人公だが、祖母の愛情のたすけもあって、やがて非日常性にも習慣が生じ、すべての身の回りのものが、憩いを告げるものとなり、「守護のまなざし」を感じるまでになった。そんなある日の祖母とのやりとりである。

私は彼女にこういった、「お祖母さまがいなくては、ぼくは生きてゆけないでしょう」――「それではいけませんよ」と彼女は困惑した声で答えた。「私たちはもっと心を強くしなくてはいけないのよ。そうしないと、もし私が旅行にでも出たら、あなたはどうなるのかしら？ あなたがかえって平気で、むしろほがらかでいてほしいの」――「お祖母さまの旅行が二、三日なら、ぼくは平気でいられますよ、でも時間を指折りかぞえて待つでしょうね」――「でも、もし私の旅行が数か月だったら……（そう考えるだけでも私は胸がしめつけられそうだった）、それが何年もだったら……もしそのまま……」。（II, p. 87）

省略された部分、中断符「……」がすこぶる濃い。やりとり自体はさして重要ではない、というより、何の変哲もない、と思う。しかし、クレッシェンドに向かう心細い感情が、三つ重なる省略された言葉とともに強さを増している。この文のすぐあとにつづくのは、沈黙、そして、たがいを思い合う気持ちの鏡関係である。

二人とも黙ってしまった。目を合わせる勇気もなかった。それでいて、私には、自分の不安よりも、祖母の不安がいっそう苦しく感じられるのであった。そこで私は窓のほうへ近づくと、目をそらしながら、はっきりとこういった。(II, p. 87)

まともに祖母の顔を見ることができない主人公は、表情を隠すように窓辺へと歩み寄る。沈黙とその行為こそがすべてを語っている。真の愛情に満ちた関係においては、問題としていることが苦痛をともなう場合、たがいが、たがいの気持ちを推しはかり、その連鎖、反射、跳ね返りの循環によって、堪えがたいまでの重苦しさをかかえることがある。小説にはそうした肉親の愛の鏡関係を表現した箇所がほかにいくつも見つかる。主人公は目をそらして、おそらく精一杯、感情をおさえて言う。

「ぼくは習慣に馴染む人間ですからね。一番好きな人たちと別れれば、最初の幾日かは辛くて仕方がないですよ。でも、ずっと変わりなく愛しながら、ぼくは慣れてゆきます、いつか生活も落ちつき、つらくはなくなり、別れていても堪えてゆけるでしょう、何か月でも、何年でも……」。(II, p. 87)

目をそらしたまま、やっとの思いで開いた口からかえした言葉である。やせ我慢の表出のようでもあるし、自分に言い聞かせながらしぼり出した言葉のようにも思える。「堪えてゆけるでしょう、何か月でも、何年でも……」。ここでもまた、「……」が用いられている。主人公はこの言葉のあとに何をつづけたかったのか、それにたいし祖母は何と受け答えできただろうか。だが、言葉のかわりに行為があった。

私は口をつぐみ、窓からそとばかりをながめなくてはならなかった。祖母はちょっと部屋から出た。(II, p. 87)

涙という文字を見ることなく、そぶりによって涙を見る。この場面ではじめから問題にされているのは、旅行による不在ではなく、死であることが「……」によってほのめかされているからこそ切ない。こうした説明はほとんどなかったが、パンゲ氏がこのくだりを読み上げるときの、リズムと抑揚、テンポと間、そして余韻……、それだけで、これらすべてのことをわれわれは充分に感じることができた。この場面は、あとで触れることになる、「パンゲの菱形」(図版1)と私が勝手に名づけた、プルーストの読みかたとともに心に刻まれている。プルーストに関する書物で、まずとりあげられることがない主人公と祖母の間のこの地味な出来事に、あふれる情感がにじみ出ているのは、巧妙な表現方法もさることながら、そこに自らの体験を重ね合わせた読者が、ひとたび浮遊する「……」の世界にひき込まれると、祖母の挿話に出くわすたびに「……」へ立ち返るよう導かれるからだ。プルーストは、逆説的かもしれないが、「言葉のないところ」に価値を見出している。絵画や建築、音楽など「言語」を用いない芸術に重要な役割を担わせているゆえんである。

『失われた時を求めて』の終り近くになって、主人公は探求のすえ、文学創作の方法と意味を見出し、小説を書きはじめようとする。その小説こそ、今読み終えたばかりの本であると理解される。それゆえ、われわれはもう一度小説の冒頭部分へと導かれることになるが、二度目に読むとき、この空白の「……」はいっそう重みを増し、含蓄に富むものとなっている。なぜなら、小説で語られた祖母をめぐるさまざまな具体的な出来事なり思い出が、その空白にひき寄せられ、集められ、読者は登場人物と同じ思いを共有することになるからだ。

心の間歇

省略された「……」の中身を考えてみると、祖母亡きあとの悲しみや不安、喪失感、感情とともにあった思い出の存在感の大きさであるにちがいない。

祖母との思い出は数知れない。主人公にとって、祖母の期待を裏切ったことへの自責の念や、罪悪感をともなう苦痛と悔恨にさいなまれる出来事が多いだけに、心のなかの深い傷痕となっている。実生活におけるプルーストの母親と祖母との思い出が入り混じった記憶が基となっているとされるそれらは、かたちを変えて多かれ少なかれわれわれの日常のなかで味わったことがあるはずの、あのほろ苦い思い出と似ている。

シャンゼリゼを散歩中、祖母が発作を起こしたときのことは読者にとっても忘れがたいが、先に引用した場面と関連する、バルベックのホテルでの仕切り壁の三つのノックの思い出は小説の構成上からも重要であろう。バルベックで祖母は、健康状態も良いとは言えない、神経質な主人公を過保護なまでに気遣い、彼の不安をとり除くために、祖母の部屋と彼の部屋の仕切り壁を伝達手段として用いることを思いつく。夜中に必要があれば、仕切り壁をコツコツとたたくのですよ、そう言って祖母は部屋を出る。主人公の苦しみは、習慣から切り離されたときに感じる不安のみならず、愛する者との別離の恐怖にまで及んでいる。幾夜もつづく苦しみのなかにあって、コツコツとたたくと祖母が壁をたたいて答えてくれる心の交流には癒される違いない。しかしそこには、別れにたいする苦悩も込められている。そして祖母はそのことを理解している。

仕切り壁は、どんな感情の機微をも伝える「ヴァイオリン」なのである。「交響曲」にもたとえられた三つのノックでの意思の疎通は、言語を用いない「魂のコミュニケーション」といえよう。

一九世紀になって登場した技術、写真をめぐる思い出もあった。バルベック滞在中、祖母は主人公の友人サン＝ルーにコダックで写真を撮ってもらう。つばの広い帽子をかぶった祖母が、しなをつくり、うきうきしているようすに、主人公はさもしさを覚える。不愉快になった彼は、祖母のよろこびをそぐような皮肉な言葉を口にして、祖母から笑顔をうばい去る。主人公の不機嫌さは、自分をかまうことによろこびを感じてもらいたいという身勝手な愛情の独占欲からきているのである。

技術の進歩にともない一九世紀半ば過ぎから実用化がみられた文明の利器、電話をめぐる祖母との体験も忘れがたい。友人のサン＝ルーといっしょにドンシェールに滞在していた主人公が、パリにいる祖母から電話を受ける。当時はありがちだった、電話交換嬢との行き違いのあと、長距離電話は雑音混じりで途切れたり、声が遠のいたりする。心もとないこの状況は、われわれの視覚も遮られているだけに、相互の愛情のつながりを浮き彫りにする。闇のなか相手の声を探し求める不安に、相手の気持ちを推しはかっての不安が追い打ちをかける。

私は闇のなかを手探りで祖母を呼び、祖母の呼び声もまたさ迷っているにちがいないと感じて、なおも呼びつづけるのであった。かつて遠い昔、幼い子供だったある日、群衆の中で祖母を見失ったときに私が感じたのと同じ不安にうちふるえた、それは祖母が見つからない不安よりも、祖母が私をさがしていることを感じる不安であり、祖母がさぞあの子は自分をさがしているだろうと案じているのを感じる不安であった〔…〕。(II, p. 434)

当時の不完全な技術のためではあるものの、電話口の声に老いと死の影を感じとった主人公が、すでに亡霊となった愛しい人を探し求めるかのように、「お祖母さま、お祖母さま」と繰り返し呼ぶさまが、ギリシア神話のオルフェウスが、死んだ妻エウリュディケを黄泉の国から連れ戻そうとして、名前を呼び続ける姿と重ねて語られる。

小説全体においてひとつの重要な局面をなすのが、第四篇『ソドムとゴモラ』第一章の終りの「心の間歇」と名づけられた節である。ここでは、マドレーヌ菓子の挿話と並ぶ大きな出来事が主人公の心のなかで起きる。祖母の死後、二度目のバルベック滞在で、靴を脱ごうとしてボタンに手をかけたとき、突然、激しい感情が彼を襲って、涙があふれてくる。数年前に祖母とバルベックを訪れたとき、疲労と悲しみと不安で苦しむ主人公に愛情を降りそそいでくれた優しい祖母の思い出が突如として蘇ったのだった。

二つの部屋をへだてる仕切り壁をノックしても、祖母はもうやってきてはくれない。彼女が弾いたタッチにまだ振動しているピアノのように思えて、彼は壁に近づくことさえできない。かけがえのない人はもういない、そう痛感して深い喪失感に苦しむ。祖母の愛情に甘え、期待を裏切ってばかりいたことにたいし、悔恨と自責の念にさいなまれるがゆえに喪失感はより深く、主人公は憔悴しきってしまう。

亡くなってはじめて味わった感覚だが、なまなましい真の祖母を感じたことによって、永遠に彼女を失ってしまった。このときはじめて、本当の意味で祖母の死を実感したのである。サン＝ルーが写真を撮ってくれたときの祖母の顔を思い出す。笑顔から、感情を害したような顔に変えてしまった主人公の心ない言葉、今となっては、その言葉によって身をさかれる思いがするのは、主人公自身なのである。

> あのしかめ顔、あの祖母の心の苦しみは、いつまでも消し去ることができないであろう、いや消し去ることができないのは、むしろ私の心の苦しみだった、なぜなら、死んだ人たちは、もはやわれわれのなかにしか存在しないので、彼らに加えた打撃を執拗に思いだすとき、われわれはたえずわれわれ自身を打ちのめすことになるからである。(III, p. 156)

肉親の死に直面して同じような思いをした経験のある人はおそらく少なくないだろう。ロラン・バルトもその一人である。彼にとって、「時」は死別の悲しみをとり除いてくれる。だが、それ以外のことは「もとのまま変わらない」。

プルーストの小説の「語り手」が祖母の死について言ったように、私も次のように言うことができた。「私は単に苦しむことに執着していたのではなく、私が受けた苦しみの独自性を尊重したかった」と。なぜなら、その苦しみの独自性は、母のうちにある絶対に還元できないものの反映だったからであり、それだからこそ、一挙に、永遠に失われてしまったのだ。〔…〕私が失ったものは、一つの「形象」(「母」なるもの)ではなく、ひとりの人間だからである。いや、ひとりの人間ではなく、一個の特質(ひとつの魂)だからである。必要不可欠なものではなく、かけがえのないものだからである。(ロラン・バルト『明るい部屋』、一九八〇年)

異なる文脈で語られているにせよ、ロラン・バルトはプルーストのいう「苦しみの独自性」を定義しているように思える。バルトが引用した部分をプルーストは次のように書いている。

これらの苦痛、それがどれほど過酷なものであろうと、私は懸命にそれにしがみつく。その苦痛こそ、祖母の思い出がもたらすものであり、私のなかにその思い出がたしかに現存している証なのだということを強く感じたからである。〔…〕私は苦痛を和らげようとはしなかったし、美化しようともしなかった。〔…〕祖母の写真(サン゠ルーが撮ってくれたもので、私が身につけていた写真)に言葉をかけたり、祈ったりすることもなく、祖母はただ不在で、すこしのあいだ姿が見えないだけであるかのような振りをしようともしなかった。絶対に、私はそんなことをしなかった、というのも、私は単に苦しむことに執着していたのではなく、私が不意に、無意志で受けた苦しみの独自性をそのままの状態で尊重したかったからだ、〔…〕。(III, p. 156)

バルトが明らかにしている「苦しみの独自性」の本質的要素に加えて、プルーストの場合、祖母の死を実感させられることになる、思い出の蘇りかたを忘れてはならないだろう。プチット・マドレーヌ菓子体験による無意志的記憶の蘇りと同じ機能に拠っているがゆえに、この体験もまた、過去に経験した同じ感覚、印象によって、突然、無意志的に祖母の死の苦しみを受けとったことを。

小さな思い出もいろいろあった。外気が健康によいと信じる祖母は、コンブレーの家では、雨のなか庭を歩きまわり、スカートに泥のはねをつけて、レオニー叔母に嘲笑され、皆からからかわれるままになっていた。そんな彼女が、バルベックでは、ホテルのレストランで、外気にあたらないのはもったいないとばかり、ガラス戸をこっそり開ける。とたんに、メニューも、新聞も、食事中の客の帽子もなにもかも吹き飛んでしまう。周囲の厳しい視線と罵詈雑言をものともせず、平然と微笑んでいた祖母にたいし、恥ずかしさも手伝って、主人公は孤独と悲哀にしずんでしまった。

これら幾多の出来事と主人公の思いが、省略された「……」のなかに込められており、言葉では伝えきれない思いを、プルーストは沈黙によって表現した。より正確にいえば、小説の主人公としては、やがて訪れるであろう永遠の別れを想像して胸を詰まらせ、語り手としては、過去に思いを馳せ万感こもごも到る、この二重構造を準備して、プルーストは読者に向かって、「……」に、自分自身を読んでほしい、と言っている。それが論説であろうと、文学であろうと、どのような種類の文にもこのことをあてはめてほしいと言っている。

その美は読者の胸裏に生む印象のなかにある。それは一つの合作のヴィーナス像であって、もしわれわれが作者の思想にしがみつくならば、その像の毀損した腕をつかむことにしかならない。なぜなら、その美が完全に実現されるのは読者の精神のなかにおいてでしかないからだ。(IV, p. 150)

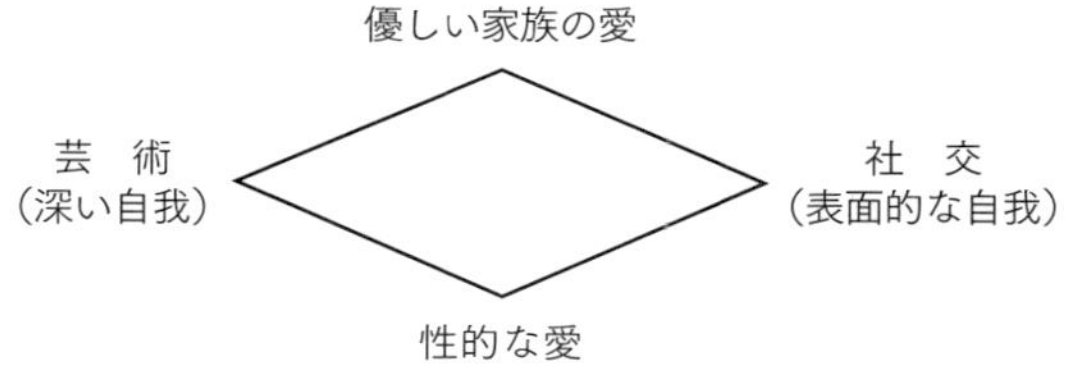

図版1　パンゲの菱形

パンゲの菱形

祖母にまつわるこうしたすべての挿話をパンゲ氏なら、彼の菱形（図版1）の一角に「優しい家族の愛」として置いただろう。そして「性的な愛」をその対角に置く。小説に描かれている多様な恋愛について、ひと言ですべてを言い表すのは難しい。二つの愛の対比を理解するにあたって、プルーストが好んで読んでいた一七世紀フランスのモラリスト、ジャン・ド・ラ・ブリュイエール（一六四五―九六年）の言葉を借りることにしよう。

恋愛は続いているかぎりは、それ自体で存続する。そればかりか時には、恋愛を消滅させるように思える事柄、気紛れや厳しい仕打ち、疎遠や、嫉妬などによっても存続する。ところが、友愛のほうは、支援を必要とする。つまり、心遣いや信頼、そして懇篤がなければ滅んでしまう。（ラ・ブリュイエール『カラクテール』、一六八八年）

恋愛が持続的なものだということではない。ときに不純さによっても継続する恋愛は、むしろ不安定さをはらむものである。それにたいし、友愛のほうは、つねに心遣いや思いやる気持ちが必要だが、土台に、心、優しさ、人間の尊厳があって信頼関係が確立し、それによって支えられているかぎりは存続する、という意味にとりたい。友愛と、家族の愛とを同一視できないにしても、また、プルーストの生きた時代と、ラ・ブリュイエールの時代背景とは異なるにしても、人間性の探求のすえに生まれた普遍性をもつ言葉である。

小説の主人公の場合、家族の優しい愛に包まれていたものの、アルベルチーヌとの恋愛については、裏切りと嘘でかためられたものだった、といえば言い過ぎであろうか。多年にわたる生きかたにおいて彼は、発せられる言葉のなかに相手の生活と思想の真実を見ようとしていた。しかし、真実は直接発せられた言葉のなかにはないと思うようになる。

ときに、私がアルベルチーヌの嘘を判読する文字は、表意文字としてではなく、単にその意味をあべこべに読みとる必要があった〔…〕。(III, p. 598)

真実は、人が語りかけた文言ではなく、あらわれるいくつかの表象によって示される。恋人がうっかりもらす不用意な言葉によって、また、個別の事実以上に雄弁に物語る視線によって、本音を知るのである。ならば、言葉のない沈黙は「性的な愛」においてどう解釈されるのだろう。

沈黙は力であるといわれた、その沈黙が、愛されている人間側の意のままになっていると、まったくべつの意味で、恐るべき力となる。その力は、待つ身の側の不安を増大する。相手とのへだたりほど相手への接近を誘うものはない、そして沈黙より越えがたい障壁があるだろうか？　沈黙は責苦であり、牢獄でそれを強いられた人を狂気にするおそれがあるともいわれた。しかし、愛する恋人の沈黙をじっとこらえているのは――自分が沈黙をまもっている以上に大きな――なんという責苦であろう！(II, p. 420)

一般に、雄弁と比較して、沈黙は金なり、といわれるが、プルーストはここで、沈黙を「力」としている。愛されている側が、一方的に沈黙を押し通すと、沈黙は、静かな攻撃性をもった力、狂暴な力となって、それを耐えて待っている側を襲うことになるのだろう。祖母とのやりとりに見た、沈黙の鏡関係からはほど遠い。同じ愛でも、その根底にあるものが異なるこれら二つの沈黙はみごとな対照をなしている。

さて、菱形の左右の角であるが、一方は、友人たちとの会話も含む社会的な交わりである「社交」、反対の角は、自己の奥底の探求によってかなう創作活動、「芸術」である。前者に「表面的な自我」、あるいは、社交上の自我、社会的な自我、後者に「深い自我」と書き加えることをパンゲ氏は忘れないだろう。小説のなかで、友人との会話は自己の表面にとどまっているが、創作活動は「自己の内奥への発見の旅」であることがたびたび語られる。また、人間としての欠点と、芸術家としての才能は切り離すべきだとする考えも示しているが、こうした問題は『サント゠ブーヴに反論する』（一九五四年）ですでに扱っていた。

小説のなかで起きるほとんどすべての事柄は、おおざっぱに分類するなら、この菱形の四つの項目で解決するから面白い、少なくともはじめてプルーストに接する者にとってはそう思えた。『失われた時を求めて』という三〇〇〇頁もある小説を、迷路に踏み込むことなく読み進めるためのたすけとなるその菱形は、毎回、黒板に登場してわれわれを安心させた。

なるほど、「社交」と「芸術」の対立でいえば、社交関係の交際が主人公の日常生活に一つの場所を占めていたときも、友人たちとの雑談よりも、「内的、精神的、自発的なたのしみ」を求めており、「書くということは、彼らに会いたいという気持ちをうばうであろう」といっている。

また、「優しい家族愛」を、「性的な愛」と対比するなら、バルベックのホテルで、ノックによって意思や感情を伝達し合った仕切り壁は「透明な音楽」にたとえられたが、恋人アルベルチーヌとは「真の心の交流」はありえなかった。

愛に伴いはするが、愛を構築するにはいたらない肉体的快楽（III, p. 385）

「芸術」もまた「性的な愛」の対極にあるのだろうか。スワン氏が、音楽家ヴァントゥイユのソナタに本質を見ることをせず、音楽をオデットの恋に結びつけた失敗が思いだされる。彼は恋の快感に同化し、幸福を芸術的創造のなかに見出すすべを知らなかった。単なる音楽愛好家にとどまるか、芸術家の道に一歩踏みだすか、その分岐点であるかのようにこの出来事が扱われている。

一方、ワーグナーを聴く主人公は、アルベルチーヌとの恋愛と比較する。一つのモチーフが幾度となく繰り返されるワーグナー音楽を、「非常に内面的になり、非常に有機的になり、非常に内臓的になる」と巧みに言い表したあと、きっぱりというのである。「音楽は、アルベルチーヌとのつきあいとはまるでちがっている。音楽は、私が自分の内部に降りていって、そこに新しいものを発見することをたすけてくれる」と（III, p. 665）。

〈未知なるもの〉の奥底深く、新しいものを探ること！（ボードレール「旅」より、『悪の華』、一八五七年）

しかし、菱形図形は便宜上のものであるらしかった。実際、この菱形のおかげで入り組んだ小説空間を迷うことなく味わうことができたばかりか、のちに独りで読み直すとき、それぞれの角が独立して存在するわけでも、対極にあるものが必ずしも対立項でもなく、それぞれが相互に複雑に絡み合い支え合いして小説が成り立っていることに気づかされる出発点であることも理解できた。

菱形を形づくる線はつねに揺らぎアメーバの如く変形するのである。たとえば『花咲く乙女たちのかげに』のなかで、バルベックを舞台に展開する物語では、祖母の「優しい家族の愛」が、「芸術」と絡み合って進行していることを知る。

外気が健康によいといって雨の庭を歩きまわったり、外気をとり込もうとして、こっそりレストランの窓を開けたりする行為が象徴的に示すように、祖母は「自然」もしくは「自然らしさ」を好んだ。庭の花壇が整いすぎているのを好まなかったし、料理にしても、シンプルなものがよいと思い、ピアノの弾きかたでも、ロシアのアントン・ルービンシュテイン（一八二九―九四年）の調子外れや弾きまちがいも、ご愛嬌でほほえましくさえ感じられるのだった。この自然らしさへの好みは、不完全さや、ちょっとした野性味、そして人間味、とも言いかえることができよう。

この美意識は、プルーストが多大な影響を受けたジョン・ラスキンの『ヴェネツィアの石』（全三巻、一八五一―五三年）のなかの「ゴシックの本質」で主張されていることにほかならない。ゴシックの本質であるとラスキンが考える、不完全性、野性味、多様さ、自然主義などを称賛する美学を思い起こさせるものである。一七世紀の書簡作家セヴィニェ夫人を好む祖母ではあるが、プルーストは、祖母にラスキンの美学のいくらかをすべり込ませているように思える。事実、セヴィニェ夫人とラスキンのものの見かたに共通する点もあるが、ここでは指摘するにとどめよう。

窓。窓を開く。バルベックでは主人公もまた、窓を開けたり、窓からの景色を眺めたり、窓を絵の額縁に見立てたり、窓からさし込む光の戯れによろこんだりしている。あたかも芸術への扉をひらくかのように窓を開く。画家エルスチールに出会うまえであるにもかかわらず、窓から眺める海が、陸が、画家と同じように眺められ、描かれているのである。バルベックでのこうした日常が祖母とともに過ごした時間のなかにある。

祖母は、主人公を芸術へと向かわせる導き手のひとりとされている。バルベックで、画家エルスチールのアトリエを訪れるよう主人公にすすめたのも彼女だ。エルスチールは、物を原因から説明することをしないで、視覚の順序に従って表現する、セヴィニェ夫人と「同系」の芸術家なのである。知っていることではなく、見たままを描く。プルーストの印象主義を的確に言い表しているのは、『プルースト』（一九三一年）を著したサミュエル・ベケット（一九〇六―八九年）の次の言葉である。

彼の印象主義によって私が理解するのは、現象をゆがめて認識できるものにして、原因・結果の連鎖のなかに無理にはめ込んでしまう前に、知覚した順序にしたがって、非論理的に現象を表現することである。(サミュエル・ベケット『プルースト』)

印象主義の画家エルスチールは知識をいったん脇に置く。理知の介入によって、現象がゆがめられ修正されることをふせぐためで、たとえそれが錯覚であっても、知覚した順に、現象をそのままとらえるのである。日常生活において主人公に影響をあたえた祖母の美的感覚は、シャルトルの大聖堂やヴェスヴィオ火山を撮った写真よりは、同じ大聖堂を描いたジャン゠バティスト・カミーユ・コロー(一七九六―一八七五年)や、ヴェスヴィオ火山を描いたターナーの複製画のほうに、より高い芸術的価値を認めるという考えに象徴される。たとえ美的価値はあっても、機械による表現法である写真術には、実用性や卑俗性を感じてしまうのである。ターナーの描いたヴェスヴィオ火山の観念は、写真があたえる観念より正確さの点で劣るが、正確さと芸術的価値は別であると主人公もまた考える。写真術の発明によって、芸術とは何かが問いなおされた時代を反映するものである。文学の分野においても然りで、最終の第七篇『見出された時』のなかで主人公は、文学創造に考えがおよび、レアリスムの問題を語るとき、小説に嵌め込まれたプルーストによるゴンクールの『日記』の模作に批判を加えながら、祖母の美学を自らの認識としてとらえなおしている。

一九世紀前半を支配したロマン主義の主観性重視に傾いた振り子はその反動で、世紀の後半に入るころ、レアリスムのほうへと大きく振れた。実証主義のオーギュスト・コント(一七九八―一八五七年)の喇叭《ラッパ》とともに科学信仰時代の幕が開け、彼の継承者であり、シャルル゠オーギュスタン・サント゠ブーヴ(一八〇四―六九年)の弟子でもあるイポリット・テーヌ(一八二八―九三年)が、エルネスト・ルナン(一八二三―九二年)とともに太鼓を打ち鳴らした。彼ら理論家がレアリスム小説の展開に影響力をもった。そのような潮流にあって、「偽りの小説」ではなく、「真実の小説」を書くと声高にさけび、主観の排除を宣言したゴンクール兄弟（兄エドモン・ド・ゴンクール、一八二二―九六年、弟ジュール・ド・ゴンクール、一八三〇―七〇年）、それにつづくエミール・ゾラ（一八四〇―一九〇二年）、作家たちは個人的実生活からは脱した社会小説を書いた。しかし、記録的事実と交錯する想像力の産物をゾラの作品のいたるところに認めるとき、はたして主観の排除、自己の廃棄は成功しているだろうか。また、「真実の小説」とは何を意味するのか。

プルーストの主人公が導き出したのは、自分の過去の実生活が文学の材料であり、心の深部にある印象にこそ真実を求めるべきだという文学観である。

印象だけが、たとえその印象の材料がどんなに取るに足らないものでも、またその印象の痕跡がどんなにとらえ難くても、真実の基準となるのであって、そのために、印象こそは、精神によって把握される価値をもつ唯一のものなのだ、ということはまた、印象からその真実をひきだすことができるのが精神だとすれば、印象こそ、そうした精神を一段と大きな完成へとみちびき、それに純粋なよろこびをあたえうる唯一のものなのである。（IV, p. 458）

ここで思いあたるのが、先の引用文に続く言葉である。不意に襲い、無意志で受けた、祖母を失った苦しみ。その苦しみの独自性をそのままの形で受け入れ、尊重したいと思ったことは、彼の作家としての資質を表わすものであるばかりか、人間としての生きかたの意識をも示すのではないだろうか。

いまは把握できない、苦痛に満ちたこの印象からいつか多少の真理をひき出すようになるかどうかはたしかではなかったが、万一わずかな真理でもいつかひき出せるとしたら、それは、理知によって定められることもなく、意気地なさによって曲げられることも弱められることもない、こんなに特異な、こんなに偶発的な、この印象からでしかないだろう、また死そのものが、突然の死の啓示が、まるで雷が落ちるように、超自然的で情け容赦のない図示どおり、二本の神秘な溝のように、私のなかにうがってしまったこの印象からでしかありえないであろうことを知るのだった。（III, p. 156）

主人公は「真理をひきだすために」、受けた「印象」に心を傾けようとしているのである。「理性」も「意志」も、「真の印象」のまえに跪く。最終篇を待つまでもなく、文学創造について、ほとんど答えに近いものをこのとき語っている。

真に祖母を失ってしまったと感じる深い喪失感のただなかにあるときに、プルーストの目は過去を向いているようでいて、前を向いている。過去に原因を求めず、過去の経験に意味づけをせず、目的に目を向けている。

破壊と再創造

このようにして「優しい家族の愛」は、「芸術」と絡み合っていることがわかる。同じ特権的時間でも、心の深い傷痕がうずく「心の間歇」の体験と、幸福感を味わうマドレーヌ菓子の体験では正反対だが、無意志的記憶の機能が同一である。それは両方とも、「理知」に拠らない点、「無意志的」、「偶発的」で「特異な」、「印象」である点からもわかる。

これらの挿話はまた、芸術へと向かう挿話の変奏として聴きとることができる。「理知」の介入なしに受けた「印象」を、「突然の啓示」として尊重しようとする態度は、使われている言葉もそのままに、画家エルスチールの絵《カルクチュイ港》によって受けた「啓示」の場面に見る、画家の芸術にたいする姿勢とまったく一致するからである。

では、一見対立するもののように語られる左右の角「芸術」と「社交」についてはどうか。音楽を例にとると、ヴァントゥイユの曲の演奏を聴いていた主人公が演奏の合間に何人かの人と言葉を交えてつぶやく、「私がいましがた対話したばかりの天上の楽節にくらべると、それらの人たちの言葉はなんだろう?」と。彼は、陶酔からさめて、現実に転落する天使さながらであった(III, p. 762)。芸術創造にかかわる「深い自我」と、社交上の顔としての「表面的な自我」は小説全体をとおして、区別されるべきもの、相対するものとして語られている。

友情の表現様式である会話そのものでさえ、皮相なたわごとで、われわれには得るべき何ものもない〔…〕それにひきかえ、芸術的創造の孤独ないとなみにあっては、思考のあゆみは、深さの方向にのびる〔…〕。

(II, p. 260)

自分の内奥に降りていく方向に発見の旅路をたどるのではなく、友情だの会話だの自己の表面にとどまるものについて、「友人のお相手をしているときは、退屈の印象を感じないではいられない」という。社交の場での洗練や広い教養、かがやかしい会話を、芸術的創造と対立させており、ここに見られるのは、二つの自己の対比である。

『サント=ブーヴに反論する』では、批評家プルーストとしての側面があらわれており、作品にいかに接するべきかが説かれている。『見出された時』のなかで、エルスチールやベルゴットを例にあげて、人間としての欠点があったとしても、芸術家としてのすばらしい才能を生みだす人生の価値を非難することはできない、と主張しているのは『サント=ブーヴに反論する』で論じた内容を受けての流れといえよう。

批評家プルーストとしての顔をのぞかせる部分もあるものの、小説の多くの場面では、作家としての立場に立って、作品を創り出す精神のしくみが明かされているように思われる。それゆえ、会話も友情も、その退屈な印象も、よい形で文学創作にとり込まれていくことになる。社交の「退屈な印象」について述べた文のすぐあとに次のように続く。

退屈なそうした印象も、やがてわれわれが自分ひとりになったときに、友情がそれを修正させてしまい、友人が語った言葉の感動をよみがえらせ、その言葉が貴重な精神的助けであるかのように考えられてくるのであって、そういうわれわれというものは、そとから石を積みかさねてできる建物のようなものではなく、自己の樹液から、幹をつくり、幹の上に節を生じ、次第に上層の枝葉をふやしてゆく樹木のようなものなのである。(II, pp. 260-261)

プルーストらしい比喩を用いて、精神的はたらきが語られている。「社交」はけっして「芸術創造」の対極にあるものではないことを示し、文学創造につながる内面のはたらきを明らかにしている。文学作品の材料となるものは、自分自身の過去の生活であるという確信をもったとき次のような言葉となる。

天才とはものを反射する能力にあるので、反射される光景に内在する質にあるのではないのだ。(I, p. 545)

天才的な諸作品を生みだす作家は、自分のためだけに生きることをやめて、自分の生活を「鏡に反映させる」のだという。感覚器官をとおして受けた印象、そこから精神を引き出す、感じたものを「精神的等価物」に転換する、つまり感覚を「通訳」する、という言葉をプルーストは使っている。芸術によって、個人の世界の内的構造を顕在化させるのである。理知のとらえる真実は問題とならず、印象のとらえる真実こそが大事にされるべきで、理知や習慣がやってきた仕事を、芸術は「解体」すべき、過去の印象を生き返らせて、真の生活を「再創造」(IV, p. 457)することが肝要なのだと説く。

ここで重要なのは、プルーストは理知を切り捨てているわけではないということだろう。対極に置いているかのように思える「印象」と「理知」でさえ、芸術創造のなかでは手を結ぶ。人が感じたもの、受けた印象を、彼は「ネガの写真」にたとえる。そしてそれが何かわかるのは「理知のランプ」によってであり、「現像」するのは、理知の仕事だという。それをプルーストは「現像力」とも呼ぶ。作家の場合であれば、この世界がいかに見えるかという、その見えかたの質的相違を示す力こそ、文体なのである。

このようにして菱形の図形は、迷いそうになればいつでもそこに戻ることができる原型の役割をはたしつつも、つねに形を変えたり、三次元の立体的形状になったりする。厳密には、四次元の動的なものなのである。私のプルースト研究の原点には、この菱形とともに、はじめに引用した場面の空白、「……」があったような気がする。大きな出来事も小さな思い出も、祖母についての挿話がすべて合流するよう仕掛けられた「……」。同じような仕掛けは、主題ごとに形式や手法を変えて、小説のいたるところに準備されているのである。

小説の構成を、思想のあらわれとしてとらえるとき、プルーストが影響を受けたショーペンハウアーの『意志と表象としての世界』(一八一九年)のなかの、まるでプルーストの作品について語っているかのような文章が思い出される。

この著作は全体として、たった一つの思想を展開したものであるにすぎない。それゆえここから次のことが帰結する。すなわち、その部分はみなお互いにきわめて内密に結合しあっている。しかし、たんにどの部分も直前の部分と必然的な関係をもち、それゆえになによりもまずこの直前の部分だけが読者にとって思い出せるものとして前提されるだけではない。推論の連鎖から成り立っている哲学なら、こうしたことはどれにも見うけられることである。それだけではなく、この作品の全体にわたり、どの部分も他の部分と縁があり、それを前提している。こういうわけであるから、直前のものを思い出せるだけでなく以前のものすべてを思いだせることも、読者に要求されるのである。(ショーペンハウアー『意志と表象としての世界』続編(二)、塩屋竹男他訳、白水社、一九七三年)

プルーストは創作方法において、意識して緊密な構成を心がけており、読者の関心や教養に応じて、アナロジー感覚によって連鎖し集まり来るものがさまざまな次元で出現するように、読者に「最大の自由」を残している。

ロンドン・ナショナル・ギャラリー

プルーストは小説をゴシック建築にたとえたが、小説の支柱とでもいうべきものは、はじめからは存在しない。読み手とともにそれを構築していく。そして読者はいつの間にか、自己の内奥を探っていることに気づかされる。よくとり上げられる一文をかみしめたい。

一人ひとりの読者は、本を読んでいるとき、自分自身の読者なのだ。(IV, p. 489)

プルースト研究をしていると、小説からの引用文だけをつらね、つなぎの言葉は最小限におさえて、随筆にしたいような衝動にかられる。作品には、物語のほかに、批評家としてのプルーストが含まれるし、作家としての芸術理論とその実践も含まれるので、豊かな芸術の杜から届く言葉のように心に響く。すべてを言っているように見えて、すべてを言っていないところにプルーストの偉大さがある。

日常生活における小さな事物、卑近なものも彼の手にかかれば芸術となる。誰もがそれとなく、見たり聞いたり感じたりしてはいるものの、意識にのぼらせることのないまま過ごす身のまわりの小さなこと、それをプルーストは意識し、洞察し、探求し、そして言語化している。しかも文の一つひとつに詩のような味わいがあるので、もしそれに何か説明を書き加えようとするなら、蛇足になるか、詩的な香りをかき消すことにしかならないように思う。

これまでに出版した拙著と本著のなかで、プルーストの芸術的本質を語るうえで重要だと思われる文章の多くを引用してきた。芸術に関してプルーストが影響を受けた人からの言葉も引用した。美術書に図版が必要であるように、文学についての論考には引用文が不可欠だと思う。かりに、くだんの菱形の四つの角から、「芸術」ではなく、ほかの一つを選んでそれを中核に据えれば、あたらしい宝の箱からつぎつぎと宝石が出てくるように、また同じくらいの多くの美しい引用文が並ぶことであろう。

そうした引用文を味読するだけでもプルーストの思想の片鱗をうかがい知ることができるかもしれない。しかしその方法を彼は望まないだろう。選んで切りとられた文章だけでは、「普遍的性格を帯びた美に隠蔽されてしまう」からである。どこからでも読みはじめることができる円環構造をもつ小説。プルーストに固有の美から普遍性をひき出すには全体を読むことが肝要であるし、原書にじっくり向かうことができればなお好ましい。そしてショーペンハウアーのいう部分と部分の内密な結合を、自らの感性で無数にふやす楽しみをあじわう。部分と部分のあいだにある空隙は、読者の参加のため、作者との合作のための余白となり、個別的なものから普遍的なものへの道すじとなる。

プルーストの思考は、抽象性からはほど遠く、地上につながり、時間のなか空間のなかで形をなしている。高尚とはいえないまでも、人生にとって、意味深い思想である。読者の関心に応じて、それぞれのゴシック建築が立ちあらわれるであろうし、そのとき小説は、多少なりとも読者自身の内面を照らし出す役割をしているはずだ、と彼は言っているように思える。

プルーストの文学創造にはかり知れない影響をあたえた一九世紀英国の美術批評家、ジョン・ラスキンの思想の本質的性格について、彼は次のように書いているが、自分自身の思想の根底にあるものに通ずるものを感じていたのではないだろうか。

ラスキンの思想は、たとえばエマソンの思想とは異なり、一冊の本のなかに含み込まれるものではない。つまり、抽象的ななにか、思想自体を示す純粋な記号ではないからである。ラスキンのような思想がとり組んでいる対象、その思想と切りはなすことのできない対象は、非物質的なものではなく、地球の表面のあちこちに散らばっている。その対象を探すには、それのある場所、ピサ、フィレンツェ、ヴェネツィア、ナショナル・ギャラリー、ルーアン、アミアン、スイスの山に行かなければならない。〔…〕彫刻された大理石、綿帽子をかぶった山といった物のなかや、描かれた顔のなかに具現化された思想は、純粋な思想よりも崇高さにおいて劣るのかもしれない。しかしそれはわれわれのために世界をいっそう美しくしてくれる。（プルースト「訳者の序文（『アミアンの聖書』）」岩崎力訳、『プルースト全集』第一四巻、筑摩書房、一九八六年）

ラスキンの思想は、視覚的な、接触することのできる具体的な対象のなかに宿っている。その思想の根底にあるのは、知性によらず、感覚や本能によって享受する姿勢である。ラスキンに傾倒したある時期、プルーストが「ラスキン巡礼」の旅に出かけたのは、彼の影響で愛するようになった事物が、「生命より大きな価値」をもつように思えたからであった。そして世界は突然、プルーストの目に「はかりしれない価値をとり戻す」ことになったのである。

ヴェネツィアのサン＝マルコ寺院を訪れたとき、プルーストは見たものを肌で感じようとしている。丸屋根の教会堂の外部について、彼は写真で見て知っていて、ある観念をもっていた。しかし、実際に目のあたりにし、列柱に手で触れられるまで近づいて、はじめて見えてくるものがあった。それは、柱頭の葉模様や、鳥、それらがあたえる荘厳さであり、異様な力強さであり、建物が意外と低いと思ったり、正面の横幅が広いと感じたり、花に飾られたマストのような何本もの柱や、祭りのような飾りつけにたいして、まるで「博覧会のパビリオン」のようだ、という印象をもつ。われ感じる、ゆえにわれあり、の思想である。

目で見て、手で触れ、その場で受けた印象によって、「付随的ではあるが、意味深い」特徴のなかに、「真の個性」があるとプルーストは実感する。直に触れて、その個別性や物質性に心がとらえられるのである。彼の小説世界においても、本能的知覚の優位は誰もが認めるところであろう。

プルーストの書物と出会うまえの遠い日のこと、ロンドンのナショナル・ギャラリーで不意にある体験をした。一八―一九世紀英国の画家ターナーの大きな絵の横に、一七世紀フランスの古典主義の風景画家、クロード・ロラン（一六〇〇頃―八二年）の絵が展示されていたのである。

むかしからクロード・ロランの絵に惹かれるものがあり、画集をよく手にとっていたのだが、何度も見るうちに、まったく趣の異なるクロードの作品とターナーの絵に〝何かわからない類似〟を認めるようになっていた。その何だかわからないものは、題材にあるのかもしれないし、色づかいかもしれない、あるいは構図かもしれない。作風ではないことだけは確かであった。それというのも、一方は古典主義の画家で、伝統的に理想的な風景を描くことで知られているし、もう一方は印象派の先駆とされ、輪郭のない形と色が光の効果によって混然一体となる絵を描いた画家である。ターナーの絵は同時代人には理解されず、ラスキンが擁護の書を出したほどである。

ナショナル・ギャラリーで、時代も、国も、画風も異なる、好きな二人の画家の絵が並べて展示されているのを目にしたときの驚きはたとえようもなかった。何ということはない、驚いたのは単に知らなかったからにすぎないが、そこで知ったのは、ターナーがクロード・ロランの風景画に多くを負っているということ。この事実はターナーの作品《カルタゴを建設するディド、またはカルタゴ帝国の興隆》(図版2)が公開されたときから指摘されていたらしい。なるほど、風景画家であるターナーがクロードに学んだことは大いにありうる。

もっと驚いたのは次である。その絵と《霧のなかを昇る太陽、魚を洗って売る漁師たち》(一八〇七年)が、クロード・ロランの作品《乗船するシバの女王のいる海港》(図版3)と《イサクとリベカの結婚》(一六四八年)

図版2　J・M・W・ターナー《カルタゴを建設するディド、またはカルタゴ帝国の興隆》(1815年展示、油彩、ロンドン・ナショナル・ギャラリー)

図版3　クロード・ロラン《乗船するシバの女王のいる海港》(1648年、油彩、ロンドン・ナショナル・ギャラリー)

の間に掛けられることを条件にナショナル・ギャラリーに遺贈されたということであった。美術館が条件を受けたときから、そのままの状態でナショナル・ギャラリーのよい場所に絵が飾られている！

ターナーが画家として積み上げてきた経験と誇り、そしてクロードにたいする敬愛の念、それらが絵から迫力をもって伝わってくる。二人の作品の間にあって、広大な時空のなかにほうり込まれたように感じて圧倒された。また、ターナーがクロードの伝統を学び、尊重し、継承しながらも、作風において、その伝統を打ち破り、再創造することによって独自の芸術世界を切り拓いたのだ、そう思うと感慨深かった。

それからずっとあとになって、プルーストが小説のなかで、クロード・ロランと同時期に活躍した、同じく一七世紀のフランスを代表する風景画家ニコラ・プッサン（一五九四―一六六五年）の絵に、ターナー的な要素を認めて、起源を逆転させせながら、「プッサンの作品のなかにはターナーのいくつかの部分がある」（III, p. 211）と書いているくだりに出くわして二度驚いたものである。プルーストは、おそらくラスキンの影響で、「起源を逆転」させて古いものに新しいものを見るのを好む。

立体心理学

こうした私的な体験とも関連して、長い間考え続けている問いがある。プルーストはなぜ、異なる二つのものを融合させようとするのか。これはおそらく、翻訳の仕事のさいラスキンを耽読しながら、プルースト自身が自分のなかの傾向として発見したことではなかっただろうか。ラスキンが異なる時代、異なる国、ときには意外な異なる分野の二つの作品や事物を結びつけて、比較して論じることにプルーストはよろこびを感じているように思える。観念的ではなく、直接的把握でもなく、二つのものの間、関係を探究して現実を把握しようとする、そのような認識のしかたへと傾くことは、本能の問題に帰するのだろうか。

その理由を、時代背景や、生い立ちなど伝記的側面から考えてみたり、あるときは知覚心理学の観点から、近接、類似といった、秩序あるまとまった形態としてとらえようとする傾向を法則化したプレグナンツの原理（ゲシュタルト心理学）に手がかりを探ってみたり、さまざまなプルースト研究の文献に答えを求めたりもした。

ゲシュタルト心理学については、パンゲ氏が一度、うっかりすると聞きのがすほど短く、か細い声で発せられた言葉があった。それが神秘的に心に響き、いまも余韻としてつづいている。人はものを知覚するとき、視覚的に、まとまりのある形でとらえようとする傾向があるという法則を念頭においてのことだと思われるが、バルベックに向かう汽車のなかで、主人公がその揺れとひびきを心地よく感じている箇所を読んだときのパンゲ氏のひと言である。「ここは、ゲシュタルト心理学の聴覚版だ」。

私はその響きを、コンブレーの鐘の音のように、あるときは一つのリズムに、またあるときは別のリズムに結合するのであった（私の幻想のおもむくままに、まず等しい四つの十六分音符を聴き、ついで一つの四分音符に激しくうちあたる一つの十六分音符を聴く、というふうに）、それらの響きは、広がろうとする不眠の遠心力にたいして、反対の方向にはたらくいくつかの圧力を加えてこれを弱めてしまい、その圧力が、私の平衡を保ってくれるのだ〔…〕。（II, p. 15）

「ゲシュタルト心理学の聴覚版」という解釈は、プレグナンツの原理について浅薄な知識しか持ち合わせていないにもかかわらず、とても刺激的であった。視覚における物の知覚として、図と地に分ける考えかたを思い出した。たとえば、青空に白い雲が浮かんでいると、雲が図で、青空が地となるし、反対に、空一面が雲で覆われて、雲間から青空がのぞいていれば、雲が地で、青空が図であるように人は認知する。周りから切りとられたようにとり囲まれた部分を、人は図として知覚する傾向があるというものだったと思う。また人は、多くの刺激があるとき、同種の物をまとまった形でとらえ、しかも、簡潔で「よい形態」をなすように知覚する。

そうした原理の「聴覚版」というのであるから、耳に入るさまざまな音のなかから、選びとられた音を、秩序あるリズムとしてとらえている、というふうに解釈した。そのように考えると、引用文のすぐあとの文章も同じ原理に基づく描写ではないかと思えてくる。主人公は汽車のなかから、うっすらとばら色に染まる「羽毛のような雲」を見る。やがて、色彩の背後にたくわえられていた光によって、その色が活気づき、華やかさが際立つと、鮮やかな「ばら色に染まった空」を見るのである。この空が自然の深い存在と関係があるのではないかと彼が思ったところで、汽車は弧を描いて方向を変える。

線路の方向によって、窓の景色は朝の光景になったり、まだ明けやらぬ夜の村になったりする。バラ色の空はますます鮮やかさを増しながらあちら側に見えたり、こちら側に見えたりする。

> 深紅で移り気なこの美しい朝の空の間歇的で対立する断片を寄せ集め、描きかえ、全体の眺めと連続した一枚の絵を手に入れようとして、一方の窓から他方の窓へと急いでかけ寄って時を過ごすのであった。(II, p. 16)

対立する朝と夜の断片的な風景を、秩序づけてとらえようとしている。まず、汽車の窓枠で切りとられたさまざまな景色にかぎって描写していることが興味深い。いわば、額縁のなかの絵だけを視野に入れており、汽車の窓枠の外のものは主人公の視野からはぶかれている。目に映るものは無秩序に主人公の視野をみたそうとしていない。連続したまとまりをもったものとしてとらえられ、視野の体系化が試みられている点で、ゲシュタルト心理学の応用であるように思える。

しかも、時間の流れにしたがって知覚していることから、十六分音符のリズムの認識のあとに、こんどは、視像を音楽的に四次元でとらえて応用しているといえないだろうか。プルースト芸術の本質を知るうえで象徴的な挿話といえよう。ゲシュタルト心理学に時の概念を意識的に加えたとも思えるプルーストの革新的側面である。

門外漢ゆえの自由気ままな想像から、二つの異なるものを結合させる傾向がプルーストに見られるのも、異なるものに共通する、本質的な部分をとらえる彼の特質が、類似するものをまとまってとらえる傾向があることを要因の一つに数えるプレグナンツの原理と無関係ではないように思われたのである。だが空間だけを問題にするのではなく、時間の要素が加わる斬新さをどのように考えればよいのか。マルタンヴィルの鐘塔の体験も、断崖を歩む花咲く乙女たちと水平線をゆく船との視覚の戯れも、知覚に深く関わっている。時間的空間的な知覚である。人間の脳には、時空を超えて、ばらばらにあるものを一つのまとまりのあるものとして認識しようとする働きがあるのだと思う。知覚という言葉ではとらえきれない深さを洞察力と呼ぶなら、知覚から先は、才能の問題になるのだろうか。

そんなに難しく考える必要はないと思ってみたりもする。プルーストが、自分には異なる二つのものの隠れたつながり見出す能力がある、反目しあう神も、すべての神に捧げられた神殿、パンテオンにおいて和解させることができる、と自負するように、先天的な能力と感性によるものとして納得してしまうこともできる。また、小説のなかで答えをあたえてくれているとも思う。作家プルーストが、物事の皮相ではなく、本質を見ようとしたからではないか、彼のものの見かたが、レントゲン写真の特質をもった、洞察的観察に拠っているからであって、あるものから本質をひとつだけとり出すよりも、二つの異なるものに共通する要素を結合させるほうが、より確かで普遍的なものとして認識できると考えたのではないか、否、感じたのではないか。時間のそとにでること――、結局、『見出された時』のなかの「隠喩の発見」の場面でプルーストが語っていることではないかと気づかされるまでに、毎回、なんとまわり道をすることだろうか。しかし、それでもなお問い続けている。

類似するものが結びつくこと、あるいは、本質的に共通する二つの異なるものが融合すること、そうしたことと心理学になんらか関係があると思えるのは、最終篇の終わり近くにおいて、小説の主人公がこれからとり組もうとする自分の魂の翻訳の仕事をほのめかして、次のような言葉を用いているからである。

今後そういう一つの生涯を物語るべきある書物にあっては、人が普通に用いている平面心理学にたいして、一種の立体心理学を用いなくてはならないだろうことを私に考えさせるのだった〔…〕。(IV, p. 608)

つまり、「時」を考慮に入れた心理学である。ゲルマント大公邸での午後のパーティーに出席した主人公がサロン兼図書室のなかで、演奏中の曲目が終わるのを待つあいだに相次いで起こった過去の復活、無意志的記憶の蘇りの特権的瞬間を念頭において書かれている。

また、第六篇『逃げ去る女』のなかでは、恋人のアルベルチーヌを亡くしたあとのくだりで、「立体心理学」について触れている。平面心理学では、はかれないものがある、と述べて、「時」と「忘却」を考慮に入れた、時間のなかの心理学の重要性を説いている。そうなると、問題にしている知覚心理学や、関連があると想像できる認知心理学からは遠ざかるだろうか。

注目すべきは、一九一三年一一月一三日号の『ル・タン』紙で、エリー＝ジョゼフ・ボワとのインタビューにおいて、プルーストが第一篇『スワン家のほうへ』の出版を機に、自作の解説をしながら、冒頭部分で同様のことを述べていることである。

「〔…〕私にとって小説とは、単なる平面心理学ではなくて、時間のなかの心理学に属するのです〔…〕」

「それから汽車が曲がりくねった線路をすすんでいくあいだに一つの町が、あるときは右手に、またあるときは左手に現れることがあるように、同一人物が他の者の目に、まるで次々と異なった人物になったかと思

われるほど多様なすがたを呈することになるでしょう〔…〕」(*C. S. B.*, p. 557)

やはり、プルーストの立体心理学はさまざまな次元に応用が可能なようである。こう考えるようになるころには、パンゲの菱形も私のなかで立体的なものになっていた。

ペイターの場合

プルースト研究をはじめて間もなく、ある文章が目にとまった。『アミアンの聖書』の「訳者の序文」に付された注のなかのウォルター・ペイター(一八三九―九四年)への言及である。

イギリス人の目をとおして見たフランスの風景を集めたら、どんなに興味深いコレクションができることだろう！　ターナーによるフランスの川、ボニントンの「ヴェルサイユ」、ウォルター・ペイターの「オーセール」、「ヴァランシエンヌ」、「ヴェズレー」あるいは「アミアン」、スティーヴンソンの「フォンテーヌブロー」、そのほか無数にある！(*C. S. B.*, p. 122)。

もともと私がラスキンに関心を抱いたのは、プルーストの小説に、ターナーの絵や芸術観に共通するものを感じたことがきっかけであったが、ラスキンを介することなく、ターナーから直接の影響というのは考えにくかった。そのラスキンとしばしば併称されるペイターであるが、プルーストは彼からも影響を受けたのかどうか、興味津々でペイターを読むこととなった。結論からいえば、ペイターの場合、はっとさせられる類似が部分的には見受けられるが、影響はラスキンほど広範でもなく深くもない。

ペイターの文章で、プルーストが触発されたと思えるのは、見る主体と対象の関係である。たとえば、「オーセールのドニ」を例にとると、曲がりくねった道を登って行くと、現れるのは「町」であり、「遠くに散在する白い田舎家が歩行者を差し招いている」といった具合に、対象が生命を帯びている。そして三つの教会の屋根瓦が、密集した民家のあいだから、高くそびえたっている風景は、プルーストが曲がりくねった道を自動車で走ったときの印象が小説に反映されたくだり、マルタンヴィルの鐘塔の場面と重なる。次にあげる一文は、『ウォルター・ペイター全集』第一巻「月報1」（筑摩書房、二〇〇二年）に掲載された拙稿である（なお、人名などの表記統一のため一部修正を加えた）。

「ペイターについては、訳すのは確かに私ではありません。まだラスキンを二つ仕上げなければなりませんし、そのあとはささやかな私自身の魂を翻訳してみるつもりです」。

ペイターの作品を誰が翻訳してくれるのか、というモリス・バンスの問いに対して、マルセル・プルースト（一八七一—一九二二）は一九〇四年の書簡でこのように答えている。プルーストがラスキンに傾倒していたことは周知の事実であるが、ペイターに関しては影響の程度を知る手がかりが残されていない。カフェや自宅でラスキン、ペイターについてダグラス・エインリーと議論していたことからすれば、まったく無関心ではなかったはずである。『架空の人物画像』をプルーストは翻訳で読んでおり、実際、ペイターの眼を通して見たフランスの風景は彼の興味をひいた。

「オーセール！　曲がりくねった道のなだらかな坂！　そこを登ると眼前にフランスで最も美しい町が現れる」で始まる一節は、ペイター自身がフランス旅行をした際、感得した印象を綴ったものとされている。感嘆符の背後にはすでに、印象主義を唱えるペイターの顔が見え隠れする。眼下には「河の静かな曲線」がのび、民家の間からはサン・ジェルマン修道院、サン・ピエール教会、サン・テテイエンヌ大聖堂が高くそびえ立っている。同じような地形をもつ北フランスを自動車旅行したプルーストは、その印象を次のように記している。

「坦々たる平野から立ち上がり、ひろびろとした野原の中に迷い込んだかのようにサン・テティエンヌの二つの鐘塔だけが空に向かってそびえていた。やがて塔が三つになった。サン・ピエールの鐘塔が合流したのだった。鐘塔は互いに近寄り一山の二つの峰をなし、しばしばターナーの絵に見られる僧院か館のように見えるのであった」。

この随筆は一九〇七年の『フィガロ』紙に「自動車旅行の印象」と題して掲載された。プルーストは後に手直しをし、『失われた時を求めて』の中に、マルタンヴィルの鐘塔についての話者の文章として取り入れている。話者またはプルーストの印象主義を示す重要な一文として、作品の中でも特異な位置を占めている。「フロベール以前は動作だったものが、印象になっている」とプルーストはフロベールの文体について言っているが、人間の動作ではなく、生命があるかのようにとらえられた風景とその印象が問題なのである。プルーストがペイターから霊感を得たかどうかは明らかではないが、二つの描写の醸し出す雰囲気に類似性が認められる。

「印象だけが真実の基準となる」と作品の中でプルーストはいう。マルタンヴィルの鐘塔が話者に与えた印象や喜び、マドレーヌの挿話に代表される無意識的記憶について触れながら、作家の任務は自らが感じたことを「薄暗がりから出現させてそれをある精神的等価物に置き換えることを試みながら、それらの感覚を通訳する」ことだと述べている。ペイターも『ルネサンス』(富士川義之訳)の中で、内的意識や印象のみが確かなよりどころとなる、と強調した上で「美や快感の印象を生み出すその効力を識別し、分析し、付属物から引き離す」ことこそが唯美的批評家の任務であると明言している。感じることの重要性や言語による印象の意識化など、言っている内容は同じである。透けてみえる芸術観もまた同じではないだろうか。

われわれの精神の中はペイターによれば、流動しつつ絶えず形を変えるさまざまなイメージや不安定でうつろいやすい印象、そして色、香、感触などがうごめいているのであり、プルーストの言葉を藉《か》りれば、ひしめきあう無意志的記憶や形象が「複雑な、花咲き乱れる、魔法書を編んでいる」のであるが、こうした内的書物を判読することを、芸術的創作活動の根本に据えているのである。また、芸術観はものの見方をも示すものであり、それは文体に反映されるべきであるとする考え方も両者に共通している。ペイターの言う「形式と内容の一致」は、「文体は技法《テクニック》の問題ではなく、ものの見かた《ヴィジョン》の問題なのである」というプルーストの言葉に照応するものであろう。『失われた時を求めて』に見られる内容と形式の完璧な融合の例として、次のショパンの楽章についての一節をあげることができる。

「その楽節は、いかにも自由であり、いかにもしなやかであり、いかにも手に快い触感であって、（……）幻想の翼を駆って天涯にあそぶと、さらに深い思慮をもって地上にもどってきて――あたかも、さらに計画的に、さらに正確に、クリスタルの鐘の上にもどってきて、嘆声を発せしめるまでにさえたひびきを発せしめるかのように――人々の胸に深くしみわたるのであった」（井上究一郎訳）。

この文の中には、ショパン、線の運動、語の抑揚、それにプルースト自身の文体の定義が含まれている、とクルティウスは指摘している。音楽においてのみ実現されるような状態とは、プルーストにおいては「感覚の内部にあるあの極点」を決して説明するのではなく、再構成しているような文章なのである。「すべての芸術はつねに音楽の状態にあこがれる」というペイターの有名な言葉をプルースト流に解釈すれば、文学はあくまでも文学であり音楽にはなり得ないが、音楽と他の芸術を「独立しながらも兄弟」であるような関係としてとらえることは可能である、ということになるだろうか。

音楽の本質はある意味で、曖昧性、未完成性、省略、にある。このことはプルーストとペイターに繰り返しあらわれる「典型＝楽節（phrase type）」となって耳を澄ませば聞こえてくる。ミケランジェロのある彫刻について、ペイターはいう。「この未完成性を残念に思う者はいないし、なかば表面に現れた形態を完全なものに仕上げることは見る人にゆだねられているのである」と。作品に潜むこの同じ音楽的曖昧性ゆえに、われわれ読者は起源を逆転させながら自由に、ペイターにプルーストを読むことができるのであろう。

不滅の青空

プルーストの美学や芸術観について、ラスキンの影響を探るときには、抜けるような碧空の深みのさらなる紺碧をどこまでいっても、本質的な部分で大きなぶれを感じることはない。それにたいしペイターの場合は、かなり早い時点のどこかでちぎれ雲にはばまれる。感じるのは、ターナーにたいするクロード・モネ（一八四〇—一九二六年）の場合に似ているのではないかということである。

思えば大学学部生のとき、卒業論文の主題をはじめは「プルーストとモネ」としていた。モネはプルーストとほぼ同時代の印象主義の画家であるし、小説のなかの描写にはモネの絵から着想を得たものが確かにある。ところが力不足のせいもあって、研究はすぐに行き詰まり、稚拙で表層的な考察にとどまった。三年の時のゼミの指導教授の戸惑いをよそに主題を変えてしまい、代わりに「プルーストとターナー」を選ぶことになった。なによりも、その二人を繋ぐラスキンの存在が大きかった。

しかし、国も、時代も、分野も異なる二人の偉人をとり上げて論じるだけでも、力に余るというのに、知の巨人ラスキンがそこに絡んでくるのだから、それは大変で、しかも、そこに小説の登場人物エルスチールやベルゴットを参加させて、論旨を明確にしながら展開させようとすると、頭のなかは百千の糸が縺《もつ》れたような悲惨な状態となるのである。

研究を続けるなかで日増しに思いをつよくするのは、プルーストの美学、思想の本質に迫ろうとすればするほど、好むと好まざるにかかわらず、ラスキンの影が大きく立ちあらわれてくるということである。プルーストの美学に関する多くの拙論が、ラスキン一辺倒であるように感じられる向きがあるかもしれない。おそらくラスキンにかなり深く関わることになったのには、次のような個人的な理由も加わっていることだろう。

中世の面影を深くとどめた、ラスキンゆかりの地オクスフォードに住む機会があった。「すばらしいところだ。この神々しさ！　夜、私は皓々たる月明かりに照らされたあちこちのカレッジを歩きまわり、生あるときも、死してのちも、ここは天国であろうと思う」。そう、ラファエル前派の画家エドワード・バーン＝ジョーンズ（一八三三―九八年）は言った。ウィリアム・モリス（一八三四―九六年）は、この町の「グレーの屋根をした家並みの幻影、長くくねった通り、無数の鐘の音」を愛した。彼らの時代から一五〇年以上の星霜をへて変貌したにせよ、つねに変わらないものがある。

この町にあっては、古い過去のしるしを読みとる機会をさしだしてくれるものは建築物にかぎらない。オクスフォードで、教育と研究にたずさわっていたイギリス人の女性と、そうとは知らず、おつきあいをしていたが、あるきっかけで、その友人が、W・G・コリングウッド（一八五四―一九三二年）の孫であることを知った。コリングウッドといえば、ラスキンの秘書であり、高弟であり、ラスキンの肖像画も残しているが、伝記『ジョン・ラスキンの生涯と作品』（一八九三年）ほか、ラスキンについての書を著したことで知られている。プルーストも、ラスキンの『アミアンの聖書』を訳した際、「訳者の序文」のなかで、この伝記から引いている。彼女の家を私が訪れたとき、コリングウッドの孫である彼女は、ラスキンから祖父がもらったのだといって、一枚の絵を物置からとりだし、埃をはらいながら見せてくれた。

脇にかかえられた犬が中央で丸まっているその絵（図版4）は、ラスキンが「ボッティチェリ風」に描いた水彩画だという。一八七四年に、ローマで、システィナ礼拝堂のサンドロ・ボッティチェリ（一四四五頃―一五一〇年）によるフレスコ画の一部をラスキンが模写したもので、オクスフォード大学で、ボッティチェリについての講義を担当した折、ラスキンは二日にわたりこの自作の絵を披露しているし、さまざまな美術展でもコリングウッド個人蔵として展示されたということである。これらの事実は、絵の裏にコリングウッド自身の筆によって、日付とともに記されている（図版５）。

なるほど、ボッティチェリの画集を見ると、旧約聖書に題材をとって描かれたフレスコ画《モーセの試練》（第六章、図版７）のなかに、モーセの息子ゲルショムが、犬をかかえているのが見える。プルーストももっていたライブラリー版『ラスキン全集』のボッティチェリのくだりに、同じ「モーセの息子ゲルショム」を含む部分の図版（図版６）が収められていることを思い出す。〈イスラエルの民を率いてエジプトを脱出するモーセ〉と呼ばれる部分である。ラスキンは、フレスコ画のこの部分から、ゲルショムの腕と犬の部分をとり出し拡大して模写していたのである。

図版４　ラスキンによるボッティチェリ《モーセの試練》（部分）の模写（個人蔵）

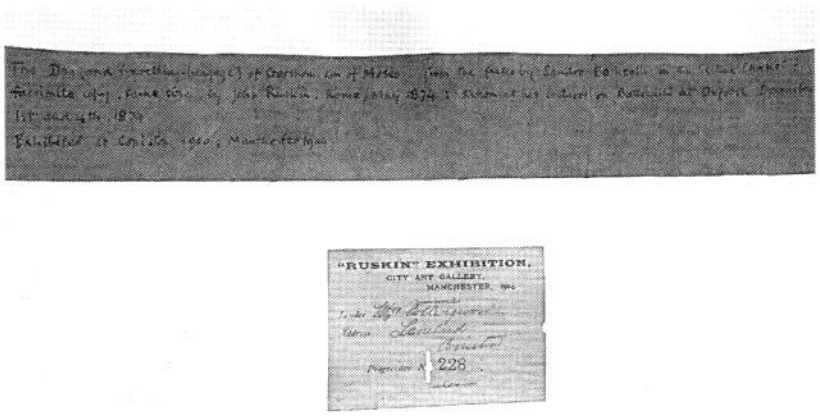

図版５　ラスキンによる模写であることを示すコリングウッドの裏書

ちなみに、《モーセの試練》でゲルショムの右横には、司祭エトロの娘チッポラ（モーセの妻）が描かれているが、チッポラを模写したラスキンの絵は、ランカスター大学のラスキン図書館に所蔵されており、『ラスキン全集』の同じ巻に、ボッティチェリのものではなく、ラスキンの模写によるチッポラの図版が収められている（第六章、図版９）。プルーストはラスキンによるこの図版を見て、小説のなかで、のちにスワン氏の妻となる高級娼婦オデットにチッポラを重ねることを思いついた。

図版6　ボッティチェリ《モーセの試練》（部分）（1481-82年、フレスコ、ヴァティカン宮システィナ礼拝堂）、〈イスラエルの民を率いてエジプトを脱出するモーセ〉

つまるところラスキンはローマで、ボッティチェリの同じ一つの作品から、異なる二つの部分をとりだして、同じ年の一八七四年に模写していることになる。そのうちの一つが、チッポラで、ラスキンの本をつうじてプルーストの眼に触れ、小説にとり込まれた。もう一つが、ゲルショムの腕のなかの犬で、私の目の前にいる友人が手にしており、長い間、人目に触れることもなく階段の下を利用した物置で眠っていたのである。縁の不思議を思うと感慨深かった。

また、こんな話をしてくれた。彼女の祖父ウィリアム・ゲルショム・コリングウッドのことを、ミドルネームで「ゲルショム」と呼んでいたラスキンが、「親しみあるジョークから、「モーセの息子ゲルショム」にひっかけて」、この絵をコリングウッドに贈ったのだ、という。英国人らしいユーモアを感じると同時に、ラスキンの魂に触れた気がする。

ラスキンの模写について、彼女はほかにも覚えていることがあった。それは「ラスキンが、ヴェネツィアにあるカルパッチョの《聖女ウルスラ伝》のうち、〈聖ウルスラの夢〉を模写した絵で、その絵は、コリングウッドの娘のひとりが、「ウルスラ」という名前だったことから、その親族に贈られた」という。とするとラスキンは、〈聖ウルスラの夢〉の模写を少なくとも二点はしているということになるのだろうか。オクスフォードのアシュモリアン美術館（第六章、図版11）にも、〈聖ウルスラの夢〉の模写が展示されている。こうしたすべての話や偶然のできごとによって、ラスキンが血肉をもった人間として身近に感じられ、特別な存在となった。

《聖女ウルスラ伝》といえば、プルーストがヴィットーレ・カルパッチョ（一四六五頃―一五二五／二六年）を知ったのはラスキンによってであり、ヴェネツィアを訪れた際（図版7）、この夢幻的な雰囲気をたたえた連作の前で長い時間を過ごしている。過去が現在に息づくオクスフォードの町で、その絵が小説にとり入れられているくだりを思い出しながら、ラスキンとプルーストを結ぶものに思いを巡らせるとき、時空を超えた不思議な感覚におそわれた。もとよりジョット・ディ・ボンドーネ（一二六七頃―一三三七年）、ドメニコ・ギルランダイオ（一四四九―九四年）、カルパッチョといった、ラファエッロ以前の画家たちに心惹かれていた私にとって、生まれて初めて訪れた海外の国がイタリアであり、もっとも惹かれた都市がヴェネツィアで、もっとも心に深く残る絵が《聖女ウルスラ伝》であったからなおさらである。

ラスキンは一七〇〇点にもおよぶ模写をしていたらしい。一八六九年、フェリックス・スレイド創設のオクスフォードの美術教授職に選ばれたとき、原画や、昔の巨匠たちの作品の模写をスレイド財団のコレクションに加えた。それは、絵を見せること、建築デザインを示して見せることなくして、講義で主題を展開したり、議論を活気づけたりすることはできないという信念にもとづくものだという。

図版7　プルースト、1900年5月、ヴェネツィア

ラスキンがどんなふうに大学で講義を行っていたのか、どこでプルーストはコリングウッドを知ったのかなど興味は尽きなかったが、一冊の本によってある程度知ることができた。それは、プルーストを決定的にラスキンに傾倒させることになった本、フランスの美術評論家ロベール・ド・ラ・シズランヌ（一八六六―一九三二年）の『ラスキンと美の宗教』（一八九七年）（図版8）である。本には二枚のラスキンの肖像が収められている。扉の写真は七六歳のとき、序文のあとには

図版8　ロベール・ド・ラ・シズランヌ『ラスキンと美の宗教』（第11版、出版年の記載なし、初版は1897年。左ページの写真は、1895年、F・ホリヤー撮影による）

ジョージ・リッチモンドによるラスキン三八歳のときの肖像画（本書、四八頁）である。ラスキンの生い立ちや人となりが述べられている前半部で、ラ・シズランヌはコリングウッドをたびたび引用している。

大学でのラスキンの講義の様子も書いている。街並みをつくる建物はそのころと今も変わらないだろう。ずいぶん前のことになるが、オクスフォードに住んでいたとき、フランス文学の講義を聴講する機会があった。日本で目にする光景とはまったくちがった授業風景に目を見張ったものである。そのころギュスターヴ・フロベール（一八二一―八〇年）やプルーストに注目が集まっていたわけでも、壇上に立つ教授が有名なわけでもないのに、世界初の大学美術館、アシュモリアン美術館と棟つづきの大教室は埋めつくされ、机と机の間の通路にまで次つぎと座りこむ学生であふれかえる。教授はおごそかに資料を手にとり、英語訛りのあるフランス語で引用文を読み上げる。ひと言も聞き漏らすまいと、皆、熱心にノートをとる。同じように熱心に聴いていた私はといえば、英語は少しも上達しないが、英語訛りのフランス語の真似だけはうまくなった。講義は、権威の象徴でもある黒く長いガウンを身につけた教授によって、脱線することもなく静かに格調高くすすめられる。これがオクスフォード大学の教授の伝統的授業というものか、高い天井を仰ぎ、ふと思う。形態としての古さはともかく、ガウン姿の教授が醸す厳粛な雰囲気と、真摯にとり組む学生の姿勢に、学問の府としてのあるべき姿を見る思いがしたものである。

こうした体験によるものだろうか、ラ・シズランヌの本が伝えるラスキンの講義風景を読んだとき、オクスフォード大学における、異端的存在としてラスキンの姿が浮かびあがってきた。『ラスキンと美の宗教』第一部の終わり近く、ラ・シズランヌは生き生きとした筆致で書いている。公開講演では、「人間の磁力」によって、どのような聴衆をも魅了したというラスキン、教授に就任した翌年の一八七〇年(五一歳)、オクスフォードで教壇に上がったときの様子である。会場はずい分まえから、人、人、人で、あふれんばかりである。

彼の講演を聴くため、ほかの授業や「昼食《ランチョン》」をぬけ出し、信じがたいことに、クリケットを犠牲にしてまで、学生たちがどっと押し寄せ、隅々まで占領している。彼らは、窓にもいるし、戸棚のうえにもいる。そこここに、ご婦人方の姿がある。ときに学生たちと同じくらいの人数だ。カーライルが「霊妙なるラスキン」と呼んだ人物を見ようと、大西洋を渡ってきたアメリカの婦人たちもいる。扉という扉はすべて、外まであふれ出た群衆にふさがれて開かれたままになっている。知の巨人ラスキンが姿をあらわすと、全オクスフォードが歓呼して迎える。彼をまだ見たことのない者たちは、アテナイの哲学者のように一団の弟子たちを随えた、すらりとした長身の人物を一目見ようと、つま先立ちで背伸びをする。〔…〕彼の長いふさふさした髪は金髪、目は澄んで青く、波浪のように変化し、口は形がよく皮肉で、矢を放つ弓よりもよく動く。〔…〕彼は軽くおごそかに会釈し、聴衆にまじった友人たちと合図を交し、自分のまわりに、論証に役立つたくさんの細々した風変わりなもの、〔…〕彼が「図解」と呼ぶものを並べる。それから、長い黒い教授のガウンをかたわらに投げる。すると、ガウンとともに大学の伝統にそった正統派的慣行が消えてしまうようだ。厚く白いカフスつきの青いフロックコート姿のラスキンがあらわれる、〔…〕彼のトレードマークとなった、厚みのある青いネクタイをし、指輪も、小さな装飾品もつけていない、簡素な服装だが、古風で厳かなエレガンスがある。(ラ・シズランヌ『ラスキンと美の宗教』)

ガウンを脱ぎすてるラスキン。はじめは読み上げ口調だが、聴衆の目を見て話すまでにそう時間はかからない。聴衆の心をとらえる、論題が核心に迫るにつれ活気づく、高揚感がみなぎってくる。そこで登場するのが例の図版資料、自分のまわりに並べておいた「風変わりなもの」である。プルーストであれば喜んだにちがいない、ラスキンならではの比較である。一見不釣り合いな対比！

それはたとえば、擬古典派彫刻家の手になるライオンの頭部だったりするが、彼はそれを、ミレイによる「ロンドン動物園」のトラの頭部のデッサンと比較する。この対比を見て、会場は爆笑の渦となる。〔…〕このような、明晰かつ独創的な思考の混乱した連続は、人を面食らわせると同時に魅了する。（同書）

聴衆は、がたごと揺れる道、曲がりくねった道、どこへ導かれるのかわからない興味津々のこの道をラスキンとともに嬉々として巡る。「これは直観か？ 科学か？ 策略か？ 天才か？ 誰が知ろう？」しかし、はぐれないようについていけば、かならず、思いがけない山や谷、あらたな地平を開いて見せてくれるのだ。谷間のつつましい村から、「世界全体が見渡せるどこか高い頂上に」導いてくれる。この講義の混乱の行き着く先はどこか、一体、どんなふうに収束をみせるのか。

道をのぼるにつれ、眺望はますますひらけ、大喝采のうちに、微視的な細部をもってはじまった講演は、一般的観念をもって、幕となる。（同書）

人間ラスキンをよく言い表している。こうした混乱を支えているのは、彼の「誠実さ」であるにちがいない。かりに人間研究として、一七世紀フランスのラ・ロシュフコーやラ・ブリュイエールの眼で、プルーストやラスキンを眺めれば、どんなにか魅力的で面白いことだろう。これまでテクスト中心に研究を続けきたのは、作家と切り離して作品を味わってほしい、というプルーストの声が聴こえるからではない。プルーストの真意は、パンゲ氏の菱形に見るように、作品を読むとき、作家の社交上の表面的な自我と、創造にかかわる深い自我を同一視するなということであって、ひとりの人間が育ってきた境遇や環境、時代などが、人間形成上、心の深層部に大きく影響するのは自明であり、作品はその内面の深いところから生み出される。それらもまた作品のなかに「見えないインクで」書かれていると思っている。

そのような意味で、作家や芸術家の伝記的側面、人となり、社会的、心理的人間としての側面に興味があり、テクストの細部を分析するときでも、仮説を立てるときでも、推論するときでも、想像できるかぎりにおいて、時代、芸術の潮流なども含めその背景にありそうな要因、性向、思考の流れなどを考慮し、芸術家とその人が生み出す作品のあいだにある、中枢神経のつながりのようなものを感じながら考究するよう心がけている。

それにもかかわらず、これまで努めた考究にたいし、その報告はあまりにささやかなものであり、プルーストにおけるラスキンの影響を探究しているときに感じる手ごたえを、充分に生かしきれていないもどかしさがある。しかし、手ごたえだけは確かにあって、その手ごたえはどのようなものかというと、プルーストが小説のなかで、真夏の太陽に用いた言葉を借りてたとえなければならない。

「不変の黄金、不滅の青空」

« or fixe, indestructible azur »（IV, p. 68）

マルセル・プルースト　1900 年頃？

ジョン・ラスキンの肖像画　1857 年
38 歳のとき。G・リッチモンドによる

第1章　マドレーヌ菓子と菩提樹のハーブティー

長編小説『失われた時を求めて』は、一杯の紅茶から生まれた。よく知られたプチット・マドレーヌ菓子の挿話について、これまでフィリップ・ルジュンヌやセルジュ・ドゥブロフスキー（一九二八―二〇一七年）をはじめとして多くの研究者の分析の対象となってきた。草稿では、無意志的記憶の蘇りのきっかけとなる紅茶とともに出されるのは、トーストパンやラスクであったにもかかわらず、最終的にプチット・マドレーヌ菓子が選ばれた。それはなぜか、示唆に富む解釈が提示されてきた。これにたいし、菩提樹のハーブティー（煎じ薬）は、マドレーヌ菓子ほど脚光を浴びることはない。その陰に隠れながらも、菩提樹は、神秘と、さまざまな意味合いと、小説が進行するにつれて開花する萌芽を含んでいるように思われる。蘇った過去の記憶のなかで、主人公の叔母レオニーの出すお茶は、なぜ紅茶ではなく、菩提樹のハーブティーでなくてはならなかったのか。

菩提樹の描写を、ミクロの次元では文体に隠された技法を分析することによって、そこに込められたプルーストの意図を浮き彫りにしたい。細部の子細な検討は、同時に、マクロの次元である小説の構成を理解する助けとなるだろう。構成について考察するにあたっては、さんざしの花の挿話との関連性を視野に入れよう。ベルナール・ブランによる、さんざしに関する草稿の解読資料を参照しながら、菩提樹のハーブティーとどのように関連づけがなされ、そこにどのような役割を担わせようとしたかという観点から探ってみたい(1)。

菩提樹の花の足跡を草稿に求めて、その生成過程をたどり、分析することによって、プルーストの思考の深化を追体験し、彼の思索にそなわる「独自性」を浮かび上がらせることが本章の趣意である。

プチット・マドレーヌ菓子の体験

マドレーヌ菓子の体験には二つある、と考えよう。はじめに出てくるのは、よく知られた「無意志的記憶の蘇り」(レミニッソンス)の体験である。

ある寒い冬の日、主人公が家に帰ったとき出された紅茶にプチット・マドレーヌ菓子のひときれを浸して飲む。お菓子のかけらのまじったひと匙の紅茶を口にした瞬間、「身震い」をするが、それは原因のわからない快感と幸福感が主人公を襲ったからである。その感覚をふたたびとらえようと、精神を集中させて何度も試す。一〇回やりなおした果てに、突然ある回想があらわれたのである。それは、主人公がかつてコンブレーのレオニー叔母の家で味わったお菓子のかけらの味覚だった。「突如として、そのとき回想が私にあらわれた。この味覚、それはマドレーヌの小さなかけらの味覚だった。〔…〕私がレオニー叔母の部屋におはようを言いに行くと、叔母は彼女がいつも飲んでいる紅茶の葉または菩提樹の花を煎じたもののなかに、そのマドレーヌを浸してから、それをすすめてくれるのだった」。飲物は、紅茶の葉または菩提樹の花を煎じたものとなっているが、すこし先では、「私が、菩提樹の花を煎じたものに浸して叔母が出してくれたマドレーヌのかけらの味覚だと気づいたとたん〔…〕」と、菩提樹のハーブティーだけにしぼって言いなおされている(2)。この選択はプルーストの意図の表出であり、ためらいがちな不確かな記憶が、やがて輪郭を帯び、色づき、しだいに形をもって確かなものとなった結果の反映ではないだろう。

その味覚だと気がつくと、たちまち叔母の部屋のある古い建物が舞台背景のように立ちあらわれ、家全体、庭、広場や通りが、時間の変化にともなう表情をもってつぎつぎにあらわれる。広がりゆくそのさまは、まるで、日本人の遊びである「水中花」が水の中でのび、色づき、輪郭を形づくりながら花開くかのようであった。

こうして過去が蘇り、思い出された回想のなかで語られるのが、もうひとつのプチット・マドレーヌ体験である。紅茶のひと匙から、三〇〇〇ページに及ぶ小説が生れ出たことになるが、思い出された回想のなかでは、やはり整合性を保って、「紅茶」ではなく、「菩提樹の花のハーブティー」にマドレーヌ菓子を浸したものを、かつて叔母が出してくれたことになっている。

記憶の蘇りを体験しているまさにそのとき、「紅茶の葉または菩提樹の花を煎じたもの」から、「菩提樹の花」だけにしぼるという、記憶の修正をしているのをわれわれは認めた。また過去の体験の回想時も、「紅茶」のほうはほとんど問題にされておらず、「菩提樹の花」だけが残されている。プルーストにとってこの選択に迷いはないようである。

過去の体験の回想時のほうには、あとに菩提樹の長い描写文がつづき、(3) プルーストの選択の理由を示すものとなっている。紅茶より菩提樹のほうが、多義性のうえに築かれた象徴的意味合いや、隠喩的表現のためにはいっそう豊かな可能性を秘めている。暗示に富むマドレーヌ菓子とともに記憶を呼び覚ます一杯の飲物は、コンブレーの町全体を、主人公のほとんど一生を、そして最後には、『失われた時を求めて』という大部の著作を含むことになる。そうしてみると、菩提樹の花を選んだことに意味がないはずがないだろう。

次に示すのは、飲物と菓子の描写について、無意志的記憶の蘇りを体験しているまさにその時1、記憶が蘇ったときに思い出された回想2、の比較である。より正確に把握するために、文の長さや使用されている言葉、語句などの分析には、プレイヤッド版『失われた時を求めて』の原文を基本とするが、問題としている部分の内容把握のために和訳をそれぞれの引用文のあとにつけておく(和訳は、原文で省略した部分も訳す)。

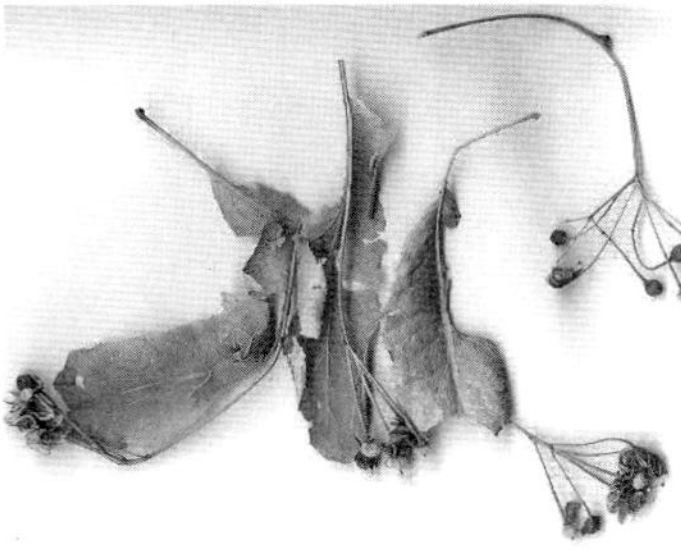

菩提樹のハーブティー（筆者撮影）

Les feuilles, caduques, alternes, larges, dentées, sont vertes à la face supérieure, argentées et tomenteuses à la face inférieure.
Les fleurs jaune verdâtre pendent au bout d'une longue bractée. Elles s'épanouissent à la fin de juillet.

Les fruits, petits, globuleux, secs, ont 5 côtes. Ils sont recouverts d'une légère pubescence.

「葉は落葉性、幅広でまわりにぎざぎざがあり、互生〔茎の一つの節に1枚ずつ方向をたがえてつく〕。葉の表は緑で、裏は綿毛に覆われた銀色である。

花は緑色がかった黄色で長い苞葉の先に垂れ下がってついている。開花は7月の終わり。

実は、小球状で、乾いており、表皮に5つの筋がある。実はやわらかい綿毛で覆われている」

（*Guide des arbres et arbustes*, Sélection du Reader's Digest, 1993）

1. Le moment de la mémoire (I, pp. 44-47)

La description de la madeleine:

-« Elle envoya chercher un de ces gâteaux courts et dodus appelés Petites Madeleines qui semblent avoir été moulés dans la valve rainurée d'une coquille de Saint-Jacques. » (4 lignes, dans l'édition de la Pléiade); (suit l'effort pour percer le secret du plaisir: intermède de 2 pages)

-« les formes — et celle aussi du petit coquillage de pâtisserie, si grassement sensuel, sous son plissage sévère dévot — s'étaient abolies, ou, ensommeillées, avaient perdu la force d'expansion qui leur eût permis de rejoindre la conscience. » (6 lignes)

1【無意志的記憶の蘇りを体験しているまさにその時】(I, pp. 44-47)

〔…〕それは、帆立貝の細いみぞのついた貝殻の型に入れられたように見える、あの小づくりで丸く膨らんだプチット・マドレーヌと呼ばれるお菓子のひとつだった。

〔…〕

　突如として回想が私にあらわれた。この味覚、それはマドレーヌの小さなかけらの味覚だった、コンブレーで日曜日の朝（というのも、日曜日はミサの時間になるまで私は外出しなかったからだが）、私がレオニー叔母の部屋におはようを言いに行くと、叔母は彼女のいつもの紅茶の葉または菩提樹を煎じたもののなかに、そのマドレーヌを浸してから、私にそれをすすめてくれるのだった。プチット・マドレーヌは、それを眺めただけで味わうまえには、何も私に思いださせなかった。というのも、おそらくそれからも、口にはしないが、しばしば菓子屋の棚に見かけたので、それらの映像がコンブレーでの日々から離れてしまい、別のもっと新しい日々に結びついてしまったからであろう。またおそらく、記憶のそとに長らくすて去られたそうした回想には、何一つ生き残っているものはなく、すべてが解体してしまったからであろう。それらの物の形態は——謹厳で信心深いその襞のなかで、あんなに豊満な肉感のあるお菓子のあの小さな貝殻の形もおなじように——消滅してしまったか、あるいは眠くなってしまって、ふたたび意識に結びつくだけの膨張力を失ってしまったのだ。〔…〕

そして私が、菩提樹の花を煎じたものに浸して叔母が出してくれたマドレーヌのかけらの味覚だと気づいたとたん（なぜその回想が私をそれほどまでに幸福にしたかはまだわからず、その理由を知るのはずいぶんあとまで見送らなくてはならなかったが）たちまち、通りに面したところに叔母の部屋があった灰色の古い家が、演劇の舞台装置のようにあらわれて、〔…〕。

2. Le moment remémoré (I, pp. 50-51)

La description du tilleul:

-« Le dessèchement des tiges les avait incurvées en un capricieux treillage dans les entrelacs duquel s'ouvraient les fleurs pâles, [...] Cette flamme rose de cierge, c'était leur couleur encore, mais à demi éteinte et assoupie dans cette vie diminuée qu'était la leur maintenant et qui est comme le crépuscule des fleurs. »（33 lignes）

2【記憶が蘇ったときに思い出された回想】(I, pp. 50-51)

まもなく私は叔母に接吻しにはいっていった。フランソワーズは叔母に紅茶を淹れるか、あるいは、自分の気持ちが落ちつかないと思うと、叔母は代わりにハーブティーをほしがった、そしてそんなとき薬袋から皿へ定量の菩提樹のハーブティーを移す役目をひきうけ、ついでそれを熱い湯のなかに入れなくてはならないのは私であった。からからに乾いた茎は、思い思いに曲がって格子を組み、その格子の編目のなかに薄いほのかな色の花がそれぞれに開いて、まるで画家がもっとも装飾的にそれらを配置し、ポーズをとらせたかのようであった。葉はもとの姿を失ったり変化したりしていて、ひどくちぐはぐな物の寄せ集めのように見えた。たとえば蝿の透きとおった翅、ラベルの白いうら、ばらの花弁のようなもので、それらは、まるで鳥の巣作りのように、積み重ねられ、粉々にされ、編み綴られたかのようであった。模造品の調合物であればとり除かれてしまったであろうと思われるそんな無用な多くの小さなものは――薬剤師の愛すべき気前のよさであるが――ちょうど本のなかで知人の名に出会っておどろくように、そうしたものがこの町のラ・ガール大通りでみかけたものと同一のほんとうの菩提樹の花の茎であって、模造品ではなくて本物で、ただ古びたために形が変わったにすぎないことを知る、そんな楽しみをあたえてくれた。そして折々に新しくなっていく性質というのはどれも、単に昔の性質が変化したものにすぎないのだから、私はその灰色の小さな玉のなかに、結実に達しなかったみどり色のつぼみを認めるのであった。しかしとりわけ、花は小さな黄金のばらのようにたれさがっており、かよわい茎のしげみのなかにそれらの花を際立たせている、ばら色の月のようなやさしいかがやきは――あたかも消えてしまった壁画の跡をいまもなお壁面に浮かびあがらせている微光のように、菩提樹の「色がついて」いた花の部分とそうでなかった部分とを区別するしるしなのだが――そのかがやきは、これらの花弁が煎じ薬袋に花を添えるまえには、春の宵を芳香で満たしていたあの花弁に違いなかったことを私に示していた。大ろうそくの炎のようなそうしたばら色のかがやきは、まだ菩提樹の花の色であることにかわりはない、しかし花のいまの生命、花のたそがれともいうべき衰えた生命にあっては、なかば消え、まどろんでいるのであった。やがて叔母は、熱い湯に煎じたその枯れた葉や淡い花の風味を味わうのだが、その飲物のなかに、彼女はプチット・マドレーヌを浸すこともあり、そしてそのかけらが十分にやわらかくなったところで、それを私にさしだすのであった。

小説世界のなかで時間的に大きく離れたこの二つの時における、飲物と菓子の描出の比率をみると次のことがわかる。無意志的記憶が蘇ったまさにその時には、マドレーヌ菓子の形態について、原文で約一〇行にわたって述べられている。しかし菩提樹のハーブティーについては何も描かれていない。他方、思い出された回想では、これとは逆に、「マドレーヌ」という言葉がでてくるだけで描写がまったくないのにたいし、菩提樹の描写は、三三行にもわたっている。無意志的記憶の蘇りの体験時では、マドレーヌ菓子に焦点があてられ、過去の体験の回想時では、菩提樹のハーブティーがズームアップされている。お菓子と飲物の描写に割かれたページ数の割合が逆転しているのである。

無意志的記憶の蘇り時1では、和訳にあるとおり、プチット・マドレーヌと呼ばれる「細いみぞのついた」、「小づくりで丸く膨らんだ」お菓子の形態を、「謹厳で信心深いその襞」とか「豊満な肉感」があると表現し、子細な観察がなされている。

視覚によって確かめられるこのような形態は、主人公の記憶から遠ざかっていた。しかし「匂と味だけは、かよわくはあるが、もっと根強く」残っていて、まるで「魂」のように「待ちうけて」おり、その匂と味のわずかなしずくの上に、「回想の巨大な建築」を築くのだという（I, p. 46）。これは亡くなった人の魂が、植物や無生物のなかに囚われていて、われわれが通りがかりにその声を聞くなど、ちょっとした偶然によって、その魂は解放され、蘇り、われわれとともにふたたび生きはじめる、というケルト人の信仰を念頭においた文である。感覚器官としては知的なはたらきと連関する視覚ではなく、マドレーヌの小さなかけらの味覚、その小さな刺激によって、断片的ではない連続した過去、総体としてのコンブレーが蘇る。

味覚がひきがねとなる壮大な小説世界の装置にたいし、視覚もまた強烈な印象を残すことに貢献している。小説空間における交響のはじまりに、絵画でいうところの、画面を構成する各部分の色の明度、彩度の対比、相互関係をあらわす色価（valeur）、その高い効果を期待した「色」をおいて印象づけている。たとえば、「謹厳で信心深い」という言葉で言い表される聖なるものと絡めるようにして眺められ、描写されたマドレーヌ菓子の肉感を刺激する、官能的な姿である。

フィリップ・ルジュンヌは「エクリチュールと性」と題する論文のなかで、このくだりでのみ、形容詞と名詞の頭が大文字で書かれているプチット・マドレーヌ（Petites Madeleines）について、さまざまな象徴的意味合いを探っている。その菓子の形態（女性性器）、「無意志的記憶の根源的な対象を暗々裡に型どろうとした」が、その「対象は母親である」こと、フランス語ではマグダラのマリアを「マドレーヌ」といい、この福音書の罪の女の洗礼名などが、官能や罪悪を暗示することなどから、ラスクやトーストパンではなく、マドレーヌ菓子に変えたと指摘している(4)。

五感のなかでも本能や感情につながりやすい味覚や嗅覚は、視覚と異なり、観察するものではないので細密な描写に適さない。しかし物語の展開において大きな役割を担わせることができる。自分の外で起こる事件ではないが、内部で起きた出来事である。一方、「見ること」は「知る」ことでもあり、意識して理知を脇によけておかないかぎり、そこには知性がはたらく。それゆえ視覚器官によって知覚されたものは文章化に適している。洞察的に観察した対象物を知性によって言語におきかえ、描写に含みや力をもたせ、そこに作家の意図を込めることができる。よく知られたこのマドレーヌと紅茶の挿話は、一般普遍的な日常のできごとであるし、また哲学的な何かでもあるが、「書くこと」を主題とした作品という観点からは、物語と描写、この二つがもつ力の均衡、見事に調和するぶつかり合いを、小説のはじめにおいて見せているのではないだろうか。

次に、思い出された回想2のなかの菩提樹の描写に移ろう。興味深いことに、レオニー叔母が「紅茶」を飲むときは、女中フランソワーズに淹れさせる。しかし、「菩提樹のハーブティー」を叔母がほしがる場合は、叔母の部屋に接吻をしにはいっていった主人公がその役割を引き受けている。レオニー叔母は気持ちを落ち着かせたいときには、精神の安定に効果があるとされる菩提樹のハーブティーを好むのだが、薬袋から菩提樹の花を出し、それを熱い湯のなかに入れるのは主人公の役目であった。なぜか。それは、「私（je）」という小説の語り手（主人公）が、描写のために菩提樹の花を観察する必要があるからにほかならない。熱い湯のなかに入れるまえにながめられた菩提樹のハーブティー。観察眼と洞察力の鋭さに驚かされる描写である。

> からからに乾いた茎は、思い思いに曲がって格子を組み、その格子の編目のなかに薄いほのかな色の花がそれぞれに開いて、まるで画家がもっとも装飾的にそれらを配置し、ポーズをとらせたかのようであった。葉はもとの姿を失ったり変化したりしていて、ひどくちぐはぐな物の寄せ集めのように見えた。たとえば蠅の透きとおった翅、ラベルの白いうら、ばらの花弁のようなもので、それらは、まるで鳥の巣作りのように、積み重ねられ、粉々にされ、編み綴られたかのようであった。〔…〕そうしたものがこの町のラ・ガール大通りでみかけたものと同一のほんとうの菩提樹の花の茎であって、模造品ではなくて本物で、ただ古びたために形が変わったにすぎないことを知る、そんな楽しみをあたえてくれた〔…〕。（I, pp. 50-51）

やがてレオニー叔母は、この飲物のなかにプチット・マドレーヌを浸して、そのかけらがやわらかくなったところで、主人公にさし出すのである。ルジュンヌは、先にあげた大部分をマドレーヌ菓子の考察にあてた論考のなかで、紅茶ではなく菩提樹が選ばれたのは描写のためであり、菩提樹は見たところ「詩的」で、実際、「象徴的」だからだと指摘する。つまり菩提樹は、過去の、現在への延命の象徴であり、水の中で徐々に輪郭をおびて色づき花となる、日本の水中花にたとえられるくだりとも呼応し、ひいては、無意志的記憶の挿話と響き合うものだからだと論じている。示唆に富む指摘であるが、ルジュンヌは菩提樹についてこれ以上考察を深めてはいない。

そもそもプルーストは、紅茶と菩提樹の花のあいだで飲物をどちらにするか迷っていたのか、それとも候補となるハーブティーはほかにもあったのか、草稿にその足跡をたどってみよう。

レオニー叔母のお茶——黄金のばら？

『失われた時を求めて』の草稿を書き込むのに「カイエ（cahier）」と呼ばれているノートが主に使われたが、一九一〇年のはじめに書いたとされるプルーストの草稿帖カイエ28には、レオニー叔母の菩提樹のハーブティーの描写部分にあたる断章が含まれている。草稿に残された四つの断章を共時的観点から比較するために、便宜上M1、M2、M3、M4とする。[5] この四つの断章から、さんざしの挿話につながる要素をとり出し、(1)花、(2)昆虫、(3)宗教的暗示、(4)欲望あるいは官能、この四項目に分類して次に示す。また、フランス語の文のあとに和訳を載せる（和訳は、加筆を〈 〉で示し、削除された語は煩雑になるのを避けて、特に必要な場合を除き省略する）。

1) Les fleurs

M1-les fleurs du fraisier, de l'aubépine (21r°)

-la multitude des fleurs aussi nombreuses que dans un buisson d'aubépine (21r°)

-comme des pétales d'églantine (21r°)

M2-les fleurs rabatrues s'épanouissaient en aussi grand nombre que dans un buisson d'aubépines (20r°)

-comme des pétales d'églantine (20r°)

-quelques unes ‹ comme des cerises › formaient des petits bouquets (21v°)

-comme des fleurs de fraisiers qu'on aurait tuées au coucher du soleil (21v°)

M3-comme une [*sic*] pétale d'églantine (22v^{o})

-comme des fleurs de fraisiers (22v^{o})

M4-comme de petites roses d'or (23r^{o})

2) L'insecte

M1-tout avait survécu, pistils effilés entre la gaze des pétales comme les pattes d'une mouche écrasée entre ses ailes translucides (22r^{o})

M2-quelques unes montraient des pistils noirs entre des corolles translucides comme des antennes et des pattes de mouches écrasées entre leurs ailes (21v^{o})

M3-quelques unes tenaient entre leurs pétales translucides leurs *pistils* sombres pistils comme une mouche dont les pattes et les antennes sont écrasées entre les ailes (22-23v^{os})

M4-ces fils noirs écrasés entre les pétales comme des antennes ‹ et des pattes › de mouches entre leurs ailes (23r^{o})

3) L'allusion religieuse

M1-comme sur le dessin d'une chasuble (22r^{o})

M2-elles [=les fleurs] semblaient d'or comme peintes sur une chasuble (21v^{o})

M3-elles [=les fleurs] en semblaient toutes pareilles, d'or ‹ d'or rose, › comme peintes sur une chasuble (23v^{o})

M4-ces éclats des fleurs qui les fait se détacher de tout le reste, peintes en or comme sur une chasuble (23r^{o})

4) Le désir ou la sensualité

M2-quelques unes ‹ comme des cerises › formaient des petits bouquets doux se rapprochant, se caressant, posant la tête l'une sur l'autre comme des enfants qui font rire et qu'on a envie [illis.][6] d'embrasser (21v°)

M3-la chair colorée de la fleur (23v°)

(1) 花

M１ - いちご、さんざしの花（21r°）

- さんざしの茂みと同じくらい咲き乱れた花の大群（21r°）

- 野ばらの花弁のように（21r°）

M２ - 垂れさがって花開きさんざしの茂みと同じくらい咲き乱れて広がっていた（20r°）

- 野ばらの花弁のように（20r°）

- そのいくつかは〈西洋実桜のように〉いくつかの小さなブーケを形づくっていた（21v°）

- 日没に生命を弱められたいちごの花のように（21v°）

M３ - 野ばらの花弁のように（22v°）

- いちごの花のように（22v°）

M４ - 黄金の小さなばらのように（23r°）

(2) 昆虫

M１ - 半透明の翅のあいだにあって押しつぶされた蝿の脚のように薄絹の花弁のなかで糸がほぐれたような雌蕊、すべてが生き延びている（22r°）

M２ - 翅のあいだで押しつぶされた蝿の脚と触角のようにそのいくつかは半透明の花冠のあいだに黒い雌蕊

を見せていた（21v°）

M3 - そのいくつかは半透明の花弁のなかにに黒っぽい雌蕊を抱えていた、その脚と触角が翅のあいだで押しつぶされた蠅のように（22-23v°s）

M4 - 翅のあいだにある蠅の触角〈と脚〉のように花弁のあいだで押しつぶされたこれら黒い蜘蛛の糸（23r°）

(3) 宗教的暗示

M1 - カズラ〔司祭がミサで羽織る袖なしの祭服〕の模様のように（22r°）

M2 - 花々はカズラに描かれた黄金のようであった（21v°）

M3 - 花々はカズラの図案のようにみんな同じ黄金〈ばら色の黄金〉のようであった（23v°）

M4 - 残りの部分からくっきりと浮き上がらせた花々の輝きは、カズラにほどこされた図案のように金色で彩られていた（23r°）

(4) 欲望あるいは官能性

M2 - そのいくつかは〈西洋実桜のように〉身を寄せ合い、愛撫し合い、たがいに頭を重ね合い、あたかもほほえみを誘い、抱きしめたくなる子供たちのように、小さなやさしいブーケを形づくっていた（21v°）

M3 - 花のほんのり染まった肌（23v°）

カイエ28の段階では、「菩提樹（tilleul）」という言葉はまだあらわれない。(1)の花についていえば、種類を明確にしないまま、「……のような（comme）」という語を多用している点が目立つ。さんざしのような、野ばらのような、さくらのような、いちごの花のようなハーブティーなのであり、そのたとえの多さによって、飲物の種類がまだ決まらないことを証明している。これらすべての花はバラ科に属しており、さんざしの花に近い植物を出発点として考えていることをうかがわせる。この四つの断章から受ける無秩序で混沌とした印象は、おそらく煎じ薬の名前が決まらないことからきている。カイエ28の段階では、煎じ薬の植物の名について、決め手を欠いていた可能性があり、飲物の種類について考えをめぐらすというよりは、小説のなかのさんざしの挿話との関連づけに心をくだいていたといえよう。とはいえ、プルースト自身が「最良のもの」と記した断章M3には、ハーブティーとして植物名があげられている文章がある(7)。

Je ne savais rien de plus charmant que ‹ cette infusion que › cette petite futaie ‹ d'albâtre › inextricable, translucide et fragile sucrée de ces roses d'or; [...]. (N. a. fr. 16668, fº 23vº)

私は〈この煎じ薬〉、絡み合い、半透明で細く壊れやすいこの黄金のばらの、甘味がついた〈雪白の〉小さな樹林よりほかに魅力的なものを知らなかった〔…〕。

菩提樹の花が選ばれるまえは、知るかぎりもっとも「魅力的な」煎じ薬として、「黄金のばら（roses d'or）」がプルーストの念頭にあったということになる。さんざしのティーなどは見ないが、ばらのティーや、野ばらの赤い果実のハーブティーは存在する。一時的であるにせよ、「黄金のばら」のハーブティーが考えられていたことは、プチット・マドレーヌが選ばれるまえは、トーストパンやラスクであった、と知ることと同じくらい重要であろうか。少なくとも、飲物と菓子、いずれも修正を加えるだけの理由があったのだろう。プルーストの頭には、一方に、さんざしに近い植物が乾いた状態のハーブティーがあり、もう一方に、さんざしの重要な挿話があって、似かよった細部によってそれらを結びつけようとする意図があったと感じられる。大地に根づいた瑞々しい生命に満ちあふれた植物と、固く乾いてかすかな生命しか残していない、しかし昇華された状態の植物と、それらは同一の植物でありながら、見かけはまったく異なる、というのが理想であったのだと思う。その意図はあきらかで、四つの断章のなかの表現に読みとることができる。

(2)の項目が示すように、四つの断片すべてにおいて、花弁や「雌蕊（pistils）」が、「蠅（mouche）」の「翅（ailes）」や「脚（pattes）」、「触覚（antennes）」などにたとえられている。ただこのカイエ28の段階では、プルーストの比喩と複数形の使用から判断するかぎり、雌蕊（pistil）と雄蕊（étamine）を勘違いしているように思える。蜘蛛の巣のように繊細で繊維をほぐしたように見えるのは、雌蕊ではなく雄蕊であろう。(3)宗教的なものへの言及については、四つのすべての断片に、司祭がミサで羽織る金糸の刺繡がほどこされた外衣、カズラ（chasuble）との比較が見られる。これは、煎じ薬の花の部分が、他の部分と区別されて、輝いていることのたとえに使われている。(4)官能的欲望については、すでにあげた重要な要素とともに、さんざしの挿話の文章から直接感じとることにしよう。

さんざしの挿話のひとつは、コンブレーで、主人公が祖父たちとメゼグリーズのほうに散歩に出かけたとき、小道に咲き誇るさんざしの花の生垣を見つけ、それをあたかも「小祭壇」のように見ることからはじまる一節である。花は、すでに昆虫と一体化しているかのようにながめられ、「さんざしの花の大群で一面にうなりをあげながら匂っている」のである。花の雄蕊は「フランボワイヤン様式」の模様をなし、教会内の彫刻やステンド・グラスと比較される。(8) この散歩でスワン氏とスワン嬢に出会っていることは重要である。

さんざしの匂は、まるで私が聖母の祭壇のまえにいるかと思われるほどに、ねっとりと、かぎられた範囲にとどまっていて、花もまた装いを凝らし、それぞれが放心したようすで、きらめく雄蕊の束をにぎっていたが、その雄蕊はフランボワイヤン様式の繊細な、放射状の翅脈模様、たとえば教会の内陣桟敷の欄干やステンド・グラスの仕切框の透かし細工になり、いちごの花の白い肌となってひらいたあの翅脈模様にそっくりなのであった。（I, p. 136）

この場面に先立って、「私がさんざしを好きになりはじめたのは、いま思い出すと、マリアの月の祭式に出てからである」という文章からはじまる別のさんざしの挿話がある。五月の土曜日には一家でマリアの月の祭式に行くために、夕食後、教会に向かうのが習慣となっていた。さんざしは祭壇の上にもおかれて「神秘な儀式と切っても切れない関係で」その挙行に加わっている。こちらの挿話では、教会で音楽家ヴァントゥイユとその娘に出会う。教会を去るとき、祭壇に置かれたさんざしから「アーモンドのようなむっとするあまい匂」がもれてくるのを感じる。(9)

そのとき、この花の表面にひときわ目立つブロンドの小さな点々があることに気づき、あたかも〔…〕ヴァントゥイユ嬢のそばかすの下に彼女の頰の味が隠されているように、このブロンドの小さな点々の下に、この花の匂が隠されているにちがいないと想像した。〔…〕祭壇は、生き生きした触角をもった虫たちが訪れた田舎の生垣のように震動していたが、ほとんど赤褐色に近いいくつかの雄蕊を見ていると、そんな触角を思い浮かべ、それらの雄蕊は、きょうは花に変身しているが、もとは昆虫で、その昆虫の春の毒液、はげしく刺す力をまだ持ち続けているのではないかと思われるのであった。（I, p. 112）

祭壇がここでは生垣と重ねられているが、先にあげた挿話では、小道にある生垣が小祭壇にたとえられていた。

雄蕊の点々は昆虫の触角のようであり、毒と刺す力を持った昆虫が花に変身したかのようである、といった具合に、何かしら妖しげであぶなげな官能的雰囲気を醸している。いきなり花が昆虫に重なるのではなく、予告するかのように少し前では、雄蕊は蜘蛛の糸にたとえられている。「蜘蛛の糸のように繊細な雄蕊の束」をつけたそれらの花冠がひらくときの動きは、「色白の乙女」が、媚をふくんだまなざしをして瞳をほそめ、そそっかしくぱっと顔をふりむけるしぐさのようだと書いたすぐあとに、ヴァントゥイユ嬢が登場する。先の挿話において、雄蕊は、教会の装飾の繊細な翅脈模様を思わせるものであった。「翅脈」と訳した« nervures »という語は、昆虫については「翅脈」、植物学では「葉脈」の意であり、こちらのさんざしの挿話での、昆虫と植物の重ね合わせを意識して選ばれたものであろう。この挿話は、隠喩的で象徴的なヴァントゥイユ嬢の紹介にもなっており、これから後の出来事を予告する描写でもある。

静的な描写に動的な要素が含まれ、それが小説空間のそこここに関連づけられているので、物語が進展するとき、描写が揺らぎ、うごめきだすこともめずらしくない[10]。プルーストの描写は、描写文でありながら物語る、よい例ではないだろうか。

両性具有のお茶？

叔母が飲物を菓子とともにさし出すしぐさを、キリスト教の聖体拝領の儀式になぞらえたルジュンヌにしたがえば、その「司祭」ともいうべき役について、交代が見られる。菩提樹のハーブティーを薬袋から出して煎じるのは主人公の役目だが、それにマドレーヌ菓子のかけらを浸して主人公に出すのは、レオニー叔母であった。カイエ28の断章では、「フランソワーズは薬袋をゆすって皿の上に茎を載せるのだった」(M1, 20rº)、「私が自ら一定量の花のついた乾いた茎をとりだす役目を引き受けていた」(M2, 20vº)、「私がそこにいるときは、私が薬袋を傾けるという特権を与えられているのだった」(M3, 21v°) となっている。M1では女中フランソワーズが役目を担うことになっているが、プルーストが筆をすすめるにしたがって、主人公の役割が強調される。ところが、ティーをさし出す段になると、「司祭」はレオニー叔母へと移るのである。

指摘されるように、「レオニー叔母とは彼自身である」[11] とまでは言わないが、主人公とレオニー叔母の相互性は、さんざしにたいする共通の好みや[12]、同じく出不精であることなどが引き合いにだされよう。さらに、レオニー叔母の寝室の装飾は、プルーストが、自身の論考「読書について」のなかで描いた室内を思い起こさせるのである。

先に見たように、小説には印象深いさんざしの場面が二箇所あるが、ちょうどその中ほどにバルザックの花への言及がある。主人公にルグランダン氏はいう、「いらっしゃい、サクラソウや、黒種草、キンポウゲをもって。バルザックの谷間に生育する植物から摘んで愛の花束をつくるあのベンケイソウと一緒にいらっしゃい[13]」と。オノレ・ド・バルザック(一七九九―一八五〇年)の『谷間の百合』(一八三六年)には、子爵がモルソフ伯爵夫人のために週に二回、野の花を摘んで届ける場面があり、そのさまざまな種類の花の描写はプルーストの菩提樹を思わせる。小枝の絡み合い、レースにたとえられた葉、その葉にあしらわれた野ばら、雌蕊や、雄蕊の花粉、春茅(イネ科)に秘められた、女性の欲望を暗示する愛の女神「アフロディテの香り」など、植物といえば思い出される場面である。詩的想像力の研究で知られる哲学者ガストン・バシュラール(一八八四―一九六二年)は『夢想の詩学』(一九六〇年)のなかで、バルザックのこの一節を分析し、文章における女性名詞と男性名詞の絶妙な均衡を指摘しながら、いかにその配置によって、とりどりの花が心地よいハーモニーを奏でているかを示している。そして、「男性名詞・女性名詞に敏感な読者には、このような文学的花束を理解することができ、花束のハーモニーが聴こえるのだ」と述べている[14]。因みに、名詞「さんざし」についていえば、« aubépine »(「さんざし」)という女性名詞の言葉が、かつては « aubépin » と男性名詞であったことをプルーストは知っていたことが書簡からわかる。[15] 彼であれば当然、花束の奏でるハーモニーを聴きとることができたにちがいない。男女両性のイメージが絡み合う菩提樹の描写からもバルザックの花束と同様のハーモニーが聴こえないだろうか。

男性名詞・女性名詞がどのように使われているかを見ると、それぞれがほぼ交互にバランスよくあらわれる。「ついで定量の菩提樹の花を熱い湯のなかに入れなくてはならないのは私であった」という次の文章から見てみよう。女性名詞―男性名詞―女性名詞となっていることがわかる（女性名詞を「(f.)」男性名詞を「(m.)」と表わす）。

> [...] la quantité (f.) de tilleul (m.) qu'il fallait mettre ensuite dans l'eau (f.) bouillante [...]. (I, p. 50)

沸騰した湯はまず菩提樹の茎や花に染み入るが、やがて菩提樹の色や香りや味が湯のなかに滲み出る。両者の相互浸透がはじまる。

乾燥によって姿を変えた菩提樹の茎は、絡まり合って格子模様を形づくり、いかにも堅そうだが、それだけに花が際立つ。つづく文では、「からからに乾いた茎は、思い思いに曲がって格子を組み、その格子の編目のなかに薄いほのかな色の花がそれぞれに開いて、〔…〕」と、柔らかな光をはなつ花が強調される。男性名詞、女性名詞がリズムを刻む。

> Le dessèchement (m.) des tiges (f.) les avait incurvées en un capricieux treillage (m.) dans les entrelacs (m.) duquel s'ouvraient les fleurs (f.) pâles, [...]. (I, p. 50)

乾いた菩提樹の葉は、多種多様なもの、「蝿の透きとおった翅、ラベルの白いうら、ばらの花弁」にたとえられ、それらは、まるで「鳥の巣作り」のように、「積み重ねられ、粉々にされ、編み綴られた」かのようであった。

Les feuilles [...] avaient l'air [...] d'une aile (f.) transparente de mouche (f.), de l'envers (m.) blanc d'une étiquette (f.), d'un pétale (m.) de rose (f.), mais qui eussent été empilées, concassées ou tressées comme dans la confection (f.) d'un nid (m.). (I, pp. 50-51)

律動的にあらわれる男性名詞と女性名詞の調和のとれた配置に加えて、二重の三拍子、« d'une aile », « de l'envers », « d'un pétale » と、« empilées », « concassées », « tressées » が、雑多なものを寄せ集め、積み重ねる印象を与え、無秩序のなかにも秩序ある「鳥の巣作り」のイメージに音楽的な効果を添えている。一方、カイエ28の断章M3では、菩提樹の楕円形の葉を描写して、« L'une ‹ ovale › blanche comme [...], l'autre rose comme [...] »（「ひとつは〔…〕のように白く、もうひとつは〔…〕のようにばら色」）（M3, 22v°）と、二拍子が使われており、プルーストが表現しようとした、乾燥したハーブティーの軽やかさ、繊細さ、こわれやすいはかなさとは反対に、安定感と重さをもたらす。

菩提樹の葉につづく花の描写を見ると、花は「ばら色の（rose）」、「月のような（lunaire）」、「やさしい（doux）」輝きをはなっており、これら三拍子をきざむ形容詞は、春の夜に香りたつ花が、かつてラ・ガールの大通りに香気を漂わせていたそこはかとない風情にふさわしい。同時に、干からびた花が熱い湯のなかで、色、味、香りを広げる波動のようなものも感じさせる。「かよわい茎のしげみのなかにそれらの花を際立たせている、ばら色の月のようなやさしい輝き」は次のとおりである。

[...] l'éclat rose, lunaire et doux qui faisait se détacher les fleurs dans la forêt fragile des tiges [...]. (I, p. 51)

三つの女性名詞、「花（fleurs）」、「森（forêt）」（« forêt fragile » をここでは「しげみ」と訳した）、「茎（tiges）」が後ろにあるが、「かがやき（éclat）」は男性名詞で、すぐあとに三つの男性形の形容詞「ばら色の（rose）」、「月のような（lunaire）」、「やさしい（doux）」をしたがえている。あたかも雌雄同体、両性具有を暗示するかのように、それらの三つの形容詞男性形は、すべて女性的な性質を表わすのにしばしば用いられる。

次の、「私はその灰色の小さな玉のなかに、結実に達しなかったみどり色のつぼみを認めるのであった」と表現された花のつぼみについては意味深長というべきだろう。

[...] dans de petites boules grises je reconnaissais les boutons verts qui ne sont pas venus à terme; [...]. (I, p. 51)

この文に用いられている、女性名詞「玉（boule）」は隠語で男性器官を意味し、男性名詞である「つぼみ（bouton）」は女性器官を意味する。プルーストによるこの四つの性の遊びは、ジル・ドゥルーズ（一九二五―一九九五年）がいう「部分対象に向かう結合関係」を思わせる。つまり「男が女のなかに男性的なものを求め、女が男に女性的なものを求め、しかもそのとき部分対象として求められる両性は、隣接しているが仕切られているのである」(16)。そしてその結果、フランスの記号学者であり精神分析医でもある現代思想家ジュリア・クリステヴァのいうように「男の性、女の性はそれぞれ二つである」(17)ので、部分は少なくとも四つになり、その四つの組み合わせの可能性を楽しむことができる、ということになる。

菩提樹の花のつぼみは、第四篇『ソドムとゴモラ』のなかで、シャルリュス男爵と仕立屋ジュピアンの愛のかたちを植物によって説明するくだりの次の文を先どりしていると考えるのは深読みしすぎだろうか。

[...] les invertis [...] remonteraient [...] à cet hermaphroditisme initial dont quelques rudiments d'organes mâles dans l'anatomie de la femme et d'organes femelles dans l'anatomie de l'homme semblent conserver la trace. (III, p.31)

倒錯者たちは、〔…〕女性を解剖すれば男性器官の、男性を解剖すれば女性器官のなんらかの残存器官がその痕跡をとどめているように思われるあの原始的な雌雄同体の時代までさかのぼろうとしているのかもしれない。

このようにしてプルーストは、小説の構造における調和のみならず、言語レベルにおいても、乾燥によって形づくられた菩提樹の格子組みに、女性、男性の種類をめぐる、均衡と交錯の戯れを織り込んでいる。

性・聖・生のハーブティー

カイエ28のいくつかの断章に共通してあらわれる要素について、共時的観点から分析を試みたが、こんどは時間差のある、草稿の断章M３（ばらのハーブティーが候補）と、最終稿（菩提樹のハーブティーに決定）を比較してみよう。

ばらの花から菩提樹へ

最終稿までに変えられた点は何か、何を残そうとしたか、を検討することで、プルーストがどのような意味や象徴を飲物に付与しようとしたかをあきらかにしたい。次頁表の左側のM３はプルーストによって「最良のも

M3 : la tisane de rose ?		La version finale: la tisane de tilleul
(1) La comparaison avec des fleurs		
-un pétale églantine	→	-un pétale de rose
-les fleurs de fraisier	→	-de petites roses d'or
-une fleur de fraisier		
(2) La couleur des fleurs		
-or, rose	→	-rose
(3) Le rappel des insectes		
-les fleurs comparées aux mouches	→	-les feuilles comparées à une aile de mouche
(4) La forme des feuilles		
-les feuilles ovales	→	–
(5) Le motif décoratif		
-la référence à un dessin de maître (2 fois)	→	-la référence au peintre
-l'entassement des feuilles comparé au nid d'un oiseau	→	-l'empilement des feuilles comparé à la confection d'un nid
(6) L'idée de différence et la sensualité		
-les fleurs qui tranchaient sur les tiges et les feuilles -l'énorme différence entre les fleurs et le reste de la plante -la chair colorée de la fleur	→	-la différence entre une partie « en couleur » et le reste de l'arbre
(7) La survie du passé dans le présent		
-l'identification d'une plante à la plante desséchée malgré leur aspect différent	→	-l'indentification des tiges des tilleuls à celles qui sont desséchées malgré leur changement d'aspect (➡ la métamorphose)
(le temps) -un après-midi d'été	→	-des soirs de printemps
(le lieu) -sous l'arbre	→	-l'avenue de la Gare

草稿Ｍ３：ばらのハーブティー？		最終稿：菩提樹のハーブティー
⑴ 花との比較		
野ばらの花弁	→	ばらの花弁
いちごの花々	→	黄金の小さなばらの花々
いちごの花		
⑵ 花の色		
黄金、ばら色	→	ばら色
⑶ 昆虫を想起		
蠅に比較された花	→	蠅の翅に比較された花
⑷ 葉の形		
楕円形の葉	→	――（言及なし）
⑸ 装飾的モチーフ		
巨匠の素描画を参照（二回）	→	画家を参照
鳥の巣に比較された葉の積み重なり	→	鳥の巣作りに比較された葉の積み重なり
⑹ 差異と官能性		
茎と葉のうえに際立つ花々	→	「色のついた」部分と樹木の残りの部分の相違
花と植物のそれ以外の部分の大いなる相違		
ほんのり色づいた花の肌		
⑺ 過去の現在への延命		
もとの植物と乾燥したその植物との外観上の相違を超えた同一性の認識	→	菩提樹の茎と乾燥した菩提樹との外観上の変化を超えた同一性の認識（➡「変身」メタモルフォーズ）
（時）夏の日の午後	→	春の宵
（場所）木の下	→	ラ・ガール大通り

の」と記された断章であり、右側は最終稿である。

それぞれの植物は何の花と比較されているか、(1)を見ると、草稿の段階M3では「野ばら」、「いちごの花」となっているが、最終稿では「ばら」、「黄金のばら」である。(3)の昆虫については、「蠅の翅」との比較、(5)の装飾的モチーフの項目では、「鳥の巣作り」のたとえはそのまま保たれていることがわかる。

そして(7)の過去の現在への延命の項目で、最終的に、「菩提樹（tilleul）」が選ばれていることがあきらかになる。菩提樹が選ばれたことによって、ハーブティーを何にするかまだ定まらない時点で頻出していた、「さんざしのような」、「野ばらのような」といった表現は少なくなっている。

興味深いのは、M3の段階では、「比較されるもの（comparé）」であった、ばらの花が、最終稿では、「比較するもの（comparant）」として出てきていることである。つまり、M3では、レオニー叔母が出してくれるのは、「ばらの花のハーブティー」であったのが、菩提樹が選ばれた最終稿では、「ばらの花のような」という言葉になって残されている。付随して、菩提樹に特徴的な要素が、ばらに特有の要素にとって代わっているのは自然のなりゆきである。

他方、M3の段階で存在したもので、最終稿でも残されているものもある。それは(6)に見るように、花が喚起する官能性であり、先にも見た(3)の昆虫との比較や官能的欲望の暗示的表現である。そして、(7)の植物によって象徴される、過去の現在への延命である。それは時の経過によって変形したものが、たとえ姿は変わっても、瑞々しい生命が宿っていた植物と同じものであるという、同一性の問題である。乾燥してたそがれ色にあせた花が、過去を蘇らせる力を秘めている。

M3では、花は「まだ熱のこもった色合いを保っており、夏の午後のように、煎じ薬袋を花で飾っていた」(23v°)となっており、最終稿では、「これらの花弁が、煎じ薬袋に花を添えるまえには、春の宵を芳香で満たしていた」となる。ここに季節の変更が認められる。M3と最終稿のあいだに位置するタイプ原稿では、最終稿と同じ「春の宵」だが、「夏の宵」とタイプされた原稿も残っている。[18]「春」が選ばれたのは、おそらく、蘇りの体験にふさわしく、「マリアの月」である五月とも関連づけたかったからではないだろうか。飲物を何にするかをめぐって、幾度となくあらわれたさんざしの花、そのさんざしを主人公が好きになりはじめたのは、「マリアの月」の祭式に出てからであった。この「神聖な」教会のなかで、さんざしは、「祭壇そのものの上に置かれており、神秘な儀式と切っても切れない関係でその儀式の執行に加わっている」のである。[19]

菩提樹とさんざし――官能性

ひとたびシナノキ科である菩提樹が選ばれると、それによって希薄になりかねないさんざしの挿話とのつながり、関係性を回復すべく、最終稿において工夫がなされている。菩提樹とさんざし、それぞれ両方の場面に、「色がついた（en couleur）」という同一の言葉を、しかも強調の括弧つきではめ込むことで、二つの挿話を結合させているのである。その言葉はあたかも、錯綜する格子組みのなかで花だけがバラ色の輝きを放つのと同様の効果を文章において与えている。次にあげるのは菩提樹の花、二つ目の文はさんざしの花の描写である。

Elles [les fleurs] étaient suspendues comme de petites roses d'or – signe, [...] de la différence entre les parties de l'arbre qui avaient été « en couleur » et celles qui ne l'avaient pas été – [...]. (I, p. 51)

花は小さな黄金のばらのようにたれさがっており、〔…〕菩提樹の「色がついて」いた部分とそうでなかった部分とを区別するしるしなのであった〔…〕。

Les fleurs attachées sur la branche, les unes au-dessus des autres, de manière à ne laisser aucune place qui ne fût décorée, comme des pompons qui enguirlandent une houlette rococo, étaient « en couleur », [...]. (I, pp. 137-138)

あたかもロココ様式の杖を花飾りで飾るポンポン咲きの花のように、飾られていないどんなすきまも残さないほどに、上へ上へと重なり合って枝についた花は、「色がついて」いるのである、〔…〕。

同じ言葉« en couleur »によってあきらかに、二種類の植物が結びつけられている。加えて、比較される対象によってもつながっている。つまり、玉房状の咲きかたをする品種をポンポン咲きといい、引用文にあるとおり、さんざしの花は「ポンポン咲きの花のように（comme des pompons）」咲き誇っているが、この表現が玉房状に咲く小さなばらの種類« rose pompon »（『ロベール仏語大辞典（*Le Grand Robert de la Langue française*）』一九八五年）を連想させる。一方、菩提樹の花は、引用文に見るとおり、「小さなばらのような（comme de petites roses）」と、たとえられるのである。菩提樹の花とさんざしの花は、玉房状に咲く小さなばらを仲介として結びつけられている。

ばらのハーブティーから菩提樹のそれへの「メタモルフォーズ」ともいうべき見事な変身は、多義性を活用するにも象徴的戯れのためにもうってつけのもので、その含蓄ある植物を選んだことで、小さな中心から広大な世界に発展させる方向へと大きな一歩を踏み出したことになる。菩提樹の花はこのようにして、さんざしの花と直接、間接に関連づけられ、プルースト小説に多くあるうちのひとつの〝ハブ〟のような存在となる。ハブ、そこにさまざまな逸話が収斂され、またそこから小説世界のあらゆるところへ向かい、広がりながらつながりの網を立体的にはってゆく中核を象徴する存在である。

われわれの知るかぎり、菩提樹の飲物がはじめて出てくるのは、タイプ原稿の段階である。草稿の段階から認められる要素で、そのまま菩提樹の描写に受け継がれているもののひとつが、官能的欲望であったことはすでに見たが、菩提樹とさんざしの両方に見られる括弧つきの« en couleur »（「色のついた」）という言葉がわれわれに与える官能的な印象は、草稿と最終稿を比較した表の項目⑹が示すように、菩提樹の「色がついた」部分という最終稿にある表現の草稿段階での描写に、「花のほんのり染まった肌（肉体）（la chair colorée de la fleur）」という概念が含まれることから、揺るぎのないものになる。また同時に、官能的欲望をめぐる菩提樹とさんざしの関連づけが意図的であることが明かされているのではないだろうか。

菩提樹とさんざしは、このような類似によって、官能的欲望を浮き彫りにする。菩提樹の花が「雌雄同体」であることから、とりわけ「両性具有」のテーマもそこに隠されているのではないかと思える。コンブレーの町で、さんざしのあるメゼグリーズのほうは、クロディンヌ・ケマールも指摘するように、性欲（sexualité）を暗示する方向でもある。[20]そして、二つあるさんざしの挿話のうち、最初の挿話はヴァントゥイユ嬢へ、二つ目はジルベルトへと差し向けられていることを思えば、二人とも「ソドムとゴモラ」に属することから「同性愛」のテーマにつながる。

人間の愛を自然界の植物、自然界の法則で表現しようとしたプルーストがここで言いたかったもうひとつのことは、倒錯者も植物と同じくこの世に生を享ける前から、あらかじめ定められている、ということではないだろうか。われわれは、シャルリュス男爵と仕立屋ジュピアンによる同性愛の行為が、蘭の花とまるはな蜂による受粉に重ねられ、巧妙に描かれた『ソドムとゴモラ』の冒頭の場面へと誘われる。雌雄同株の花のたとえで説明される、老紳士しか愛さないジュピアンのことを「前世から運命づけられている男」といい、「同性愛は、一種独特の先天的な素質」であるとする。また、このような倒錯は「先祖の気質によって、さらには自分たちのもっと遠くにさかのぼる遺伝によって予定されていたのであり、二人を合体する要素は出生以前から二人に属していた〔…〕と信じて疑いえない」とまで書いている。[21]

運命予定説を思わせるこうした言葉は、さんざしの描写とも共鳴する。「色がついた」さんざしの花は、つぼみの時からそれを露呈しており、花にもまして偽ることはできない。「色がついた」さんざしは、「ばら色にしかつぼみをもたず、ばら色にしか花を開かないというどうすることもできない特殊の本質を〔…〕咲きほこった花よりなお一層あらわに見せていた」のである。さらに、色のついたさんざしは他の部分と区別され、「生垣にまじって入っているが、あたかも家に居るネグリジェ姿の人たちのなかにいる祭日の晴れ着姿の若い娘のように、生垣の他の部分とは異なって、マリアの月への準備がととのって〔…〕ほほえんでいる、そのようにカトリック的なすてきなこの灌木は輝いている」。さんざしの花にこうした「祭日の意図」があらわれているのは、人間の制作技巧によるものではなく、「運命づけられている」という。(22)

両性具有や雌雄同株は珍しいものでも特別なものでもなく、自然であるという主張は、同性愛と雌雄同株花のさまざまな比較によって勢いを増しながら繰り広げられる。たとえば、仕立屋ジュピアンの例は次のようなものである。「一人のきゃしゃな男は、頑丈で腹のつき出た五十男に言い寄られるのを待っていたのであって、他の若い男たちの申し出には無関心であったが、それは、プリムラ・ベリス（*Primula veris*）の花柱の短い雌雄同株花が、やはり花柱の短い他のプリムラ・ベリスによってしか受精しない場合に、花柱の長いプリムラ・ベリスの花粉をよろこんで受け入れてもいっこうに実を結ぶことがないようなものだ」(23)。

ついに比較は、倒錯についての理論を語るなかにもあらわれる。

要するに、倒錯それ自体は、倒錯者たちがあまりに女性に似かよいすぎていて女性と有効な関係を結びえないところからきており、そのことによって、多くの雌雄同株花を、受精しないまま、すなわち自家受精が実らないまま終わらせるという、高次の法則に結びついているのである。〔…〕彼らは女性に属していないというだけのことで、女性の胚芽を自分のなかにもっていながら、それを活用することができない。これは多くの雌雄同株花に〔…〕起こることである〔…〕。（III, pp. 30-31）

さらにはダーウィンの説、たとえば遠くからでも目につくように高く突きだして昆虫をさそう舌状花冠や、昆虫に道をあけるために雄蕊をねじったりまげたりする「植物の身ぶり」をおそらくプルーストは脳裏に描きつつ、相手をうまく入り込ませるため自分からにじり寄る姿態を、「昆虫が花に接しやすくするために雄蕊がおのずとまがってしまった」花という、自然現象、自然の摂理を用いて克明に描写する。数十ページ先では、「ダーウィンの説」と明示し、ひき合いに出しながら、ジュピアン、シャルリュスによる擬態の動作も、「手っとり早くいえば、いまこの瞬間に昆虫を中庭にひきつけている花蜜の匂、あざやかな花冠の色彩に似たものにすぎないように思われた」と述べている。

好んで古代オリエントやギリシアの黄金時代にひかれてゆく倒錯者たちは、さらにはるか、雌雄異株花や単性動物も存在しなかった試行の時代にまで、つまり女性を解剖すれば男性器官の、男性を解剖すれば女性器官の、なんらかの残存器官が今もその痕跡をとどめているように思われるあの原始的な雌雄同体の時代までさかのぼろうとしているのかもしれない。(III, p. 31)

このように比較は果てしなくつづくが、ドイツの文学批評家エルンスト・ローベルト・クルティウス(一八八六―一九五六年)は、次のように指摘する。プルーストが、たとえばソドムとゴモラの官能的な関係を植物の受精現象と比較するといったように、「植物の隠喩によって描写するのは、それを道徳的に、そして審美的に、中性化すること」である。そして描写は、「まず芸術的な視覚表現となり、次いで、科学的理論の領域に移行する」、つまり、「詩的直観が、ダーウィンの研究成果に依拠する生物学的アナロジーへと移り変わる」のである。(24)

菩提樹――その同一性

同一の植物でありながら、かつての姿と今の姿がまったくちがっているということによって、プルーストは「時」の主題をそこに盛り込んでいる。過去と現在の植物の様相が異なれば異なるほど、二つのものの同一性が認められたときの意外性は大きくなるだろう。

断章M3では、暑い夏の日、主人公が木陰で寝っころがっているときに目にした、土に根をはったばらの花と、乾いてハーブティーに姿を変えたばらの花、見かけの違いの大きさにもかかわらず、それは加工品でも模造品でもない、同じ本物の植物であるとして「同一性」を認める（22v°）。最終稿においては、「ばら」ではなく、からからに乾いた「菩提樹」のハーブティーと、かつてラ・ガール大通りで主人公が見ていた菩提樹の花との「同一性」に気づかされるという設定になっている。これは菩提樹の花の長い描写文ではじめに見たとおりである。

二つのものの姿は大きく異なってはいても、もとは「同一のほんとうの菩提樹の花の茎であって、模造品ではなくて本物で、ただ古びたために形が変わったにすぎない」。今では干からびた菩提樹の花弁は、「煎じ薬袋に花を添えるまえには、春の宵を芳香で満たしていたあの花弁に違いなかった[25]」と主人公は感慨にひたる。シナノキ科の落葉高木である菩提樹の花は、通常は夏に芳香をはなつ。ラ・ガール大通りでのこの視覚と嗅覚による記憶は、ハーブティーをまえにしたとき、別のかたちで視覚、嗅覚、味覚的歓びに変わるのである。

様相の異なるものの同一性を強調することで浮き彫りにされるのは、時の経過であり、時の作用である。ドゥブロフスキーはジェルメーヌ・ブレ（一九〇七―二〇〇一年）の指摘を援用しながら、およそ次のように述べている。乾燥したハーブティーの描写は、ゲルマント家のパーティーの最後の一節を先どりしたものであり、「菩提樹の煎じ薬の体験」は、すでに最終篇『見出された時』の「究極の体験である[26]」と。ゲルマント家の午後のパーティーで主人公が久しぶりに出会った人たちの変貌ぶりは、残酷なまでに厳しい描かれかたをしているが、その光景は人々の顔に刻まれた年輪のながめであり、われわれは「時の破壊的な行為[27]」を見せつけられることになる。華麗なシャルリュスは哀れな老人となった。

煎じ薬体験について、ドゥブロフスキーの言葉にひとこと加えるなら、それはまた過去と現在の境界線がとり払われる体験、同一の植物であることの発見が、同時に、話者によって間断なく生きられた話者自身（le moi continu）の発見となることであり、自己同一性の発見である。マドレーヌ菓子の体験がまたそうであるように。

その存在が出現したのは、現在と過去とのあいだにあるそれらの同一性のひとつによって、その存在が生きることのできる環境、ものの本質を享受できる唯一の環境、すなわち時間のそとに出たときでしかなかったのだ。それで説明がつくのだが、プチット・マドレーヌの味を無意識に私が認めた瞬間に、自分の死についての不安がはたとやんだのは、そのとき、私という存在は、時間を超越した存在〔…〕であったからなのだ。

(IV, p. 450)

いま味わっている印象は、現在の瞬間において感じると同時に、過去の瞬間においても感じていたものであり、主人公のなかでこうした印象を味わっていた存在は、昔と今とに共通のものを、今でも過去でもない、自分の本質が認識できる領域、つまり超時間的な領域で味わっていたのである。時間を超えた「自己の本質の発見」ともいえよう。

菩提樹のハーブティーは主人公に、正真正銘の同じ菩提樹だと知る歓びを与え、かつて人の足音に犬たちが鳴きかわすラ・ガール大通りで、「たしかに春の宵を芳香で満たしていた」のであって、同じ鳴声を耳にすると、「いまでも、ただちにあのラ・ガール大通りが、その菩提樹や月光がふりそそぐ歩道とともに、目に浮かんでくる」のである。(28) 菩提樹の「同一性」が感覚や印象をともなって意識されることは、過去から現在に継続して生きられた自分自身の内面を見つめることにもなるだろう。紅茶に浸したマドレーヌ菓子の味覚が無意志的記憶の蘇りをひき起こすきっかけとなったとすれば、紅茶のなかには、入れ子式に菩提樹のハーブティーが含まれていることになる。

菩提樹に「隠された技法《アート》」

植物学的にも両性具有である菩提樹の花が選ばれたことは、レオニー叔母の菩提樹の花を「悪の華」にして、そこへと向かって官能性、性欲、同性愛などに関わる主題が収斂される。プルーストの言葉どおり、少なくとも当時、「不適当にもそう呼ばれ」た「悪徳」である。プルーストによって描かれた神秘的な菩提樹の花は、近親相姦の意味を含むとされるマドレーヌ菓子(29)とともに出されるならば、「悪の華」を行間に開かせているかのようである。

芸術創造――「鳥の巣作り」

そうしたすべての「悪」や体験はしかしながら、第二の意味の「悪の華」になりうる。それは悪のなかに咲かせた大輪の花、つまり文学創造を意味する。失望した、不安で、不幸な生活、あらゆる悪を含む現実は、小説の材料としてとり込まれることによって、埋め合わされ、あがなわれ、失われた時は、そのようにして見出された。ばらの花から菩提樹へとハーブティーを変更したことによって、さんざしとの関連づけを明確にするために「色がついて」という括弧つきの言葉が必要になったとしても、草稿にあらわれる他の多くの細部の主要な考えが、基本的にはそのまま最終稿に受け継がれている。

菩提樹と関連づけられている二つ目のさんざしの挿話で、主人公は、さんざしに隠された秘密を探ろうと何度も試みるが失敗に終わる。ちょうどスワン氏が、ヴァントゥイユのソナタを聴いて本質を含んでいると直観しながらも、小楽節に精神的メッセージを読みとるかわりに、高級娼婦オデットへの恋心に結びつけたことで、本質の探究からそれてしまったように。[30] スワン氏は、幸福感を恋の快感に同化させ、その幸福を芸術的創造のなかに見出そうとしなかったのだ。主人公は、さんざしが彼のなかに呼び覚ました感情をあきらかにできず、未来の芸術家としての天職を先延ばしにし、目先の喜びを享受する。こうした芸術あるいは文学創造という天職の主題は小説のいたるところに深く織り込まれており、菩提樹の描写にも文学観というかたちをとってあらわれている。

ドゥブロフスキーは著書のなかで、干からびた花の茎の描写について、「曲がりくねった格子、絡み合い、輪郭、開花と形態はさまざまだが、これこそプルーストのエクリチュールの形態そのままではないだろうか」と述べて、描写がプルースト自身のエクリチュールを思わせることを指摘している。[31]

しかし花、茎ばかりか、あとにつづく葉の描写こそプルーストの文学創作ときわめて深いつながりがありそうに思えるのである。それははじめに引用した長い文の後半部分にあたる。菩提樹の葉はもとの姿をとどめておらず、からからに乾いて網状になった葉脈は、昆虫の「透きとおった翅」のようであり、長めのやや三角状卵形の葉の裏面は白いことから「ラベルの白いうら」のようであり、「ばらの花弁のよう」でもあるという。そして、まるで「鳥の巣作り（nid）」のように「積み重ねられ」、「粉々にされ」、「編み綴られ」たハーブティーは、関係節や挿入句が多く、隠喩を駆使した表現に満ちたプルースト自身の文体を思わせ、同時に、作家自身の創作過程、創作方法をも思わせる。「鳥の巣作り」のたとえは、草稿の、M1、M2、M3すべての断章にもあらわれることから、ハーブティーの種類の如何にかかわらず、保ちつづけるべき重要な要素であったことに相違ない。

「鳥の巣づくり」にも似た菩提樹の葉は、見たところ「雑多なもの」、「無用な多くの小さなもの」でできているが、そこに重要性を見出している（M1、M2、M3）。プルーストの作品においてもまた、それらはなおざりにされてはいない。とるに足らない小さなものでも、それぞれの要素が主要テーマと響き合い共振するように、できるかぎりの象徴的倍音を描写文に与えるべく、「雑多な」細部は選ばれて加えられている。さらに草稿の断章M２に注目したい。「そこには見かけの無秩序さのなかに隠された巧妙な技法／芸術」があると書かれている。

> [les feuilles] donnent l'idée des diverses matières que l'oiseau entasse pour faire son nid, dont elles imitaient par la façon dont elles feutraient çà et là les tiges, *le désordre apparent et l'art caché* sous l'apparence du désordre l'art ‹ ingénieux › caché [...]. (20-21v^{os})
>
> 葉は鳥が巣を作るために積み重ねるいろいろな素材を思いつかせたのだが、茎をあちこちでフェルト状に和らげるようにしてそれを真似ており、~~見かけの無秩序さと隠された巧妙な技法／芸術~~そこには見かけの無秩序さのなかに隠された〈巧妙な〉技法／芸術があり〔…〕。

鳥の巣作りのイメージに込められた文学創作の方法や、見かけの上の無秩序のなかに隠された技法／芸術があるという秘密は、あきらかに作家自身の作品について語っている言葉である。拙著、*L'« art caché » ou le style de Proust*（「隠された技法／芸術」あるいはプルーストの文体）（二〇〇一年）の表題は草稿のこの一文から思いついたものである。巣作りについてのこの言葉は、プルーストが愛読していた『ヴェネツィアの石』でラスキンが建築について述べた、「しかし、そこには見かけ上の混乱のなかに絶妙な均整が一貫して存在しているのである」[32]という言葉と呼応する。一見したところ無秩序なラスキンの作品に、ある秩序を見出したのもプルーストであった。

内容と容器

プルーストは、自らの文学理論を描写文において展開するだけではなく、描写のなかにその理論を実践している場合が少なくない。それは文体で実践したり、小説の構造に組み込むかたちをとったりする。技法が隠されている技法とはどのようなものか、ひとつ例にとって見てみよう。

ヴィヴォンヌ川の名が、草稿の断片M１において突如としてあらわれるのは偶然ではないだろう。ハーブティーの種類は特定されていないものの、同じ植物を大地に根づいた状態で目にするのは、「ヴィヴォンヌ川のほとり」であるという設定になっている[33]（22-23r^{os}）。菩提樹のハーブティーの挿話は、小説のなかのヴィヴォンヌ川のガラスびんの挿話と意外なつながりがあるように思える。

ヴィヴォンヌ川の挿話とは、小さな魚をとるために子供たちが川に沈めたガラスびんが、主人公の眼によって、水とガラスそれぞれの性質や役割を交換し合っているように眺められるというものである。川の水が固さをもったかと思うと、ガラスびんが流動性を帯びる、ガラスびんは川の水の「容器（contenant）」となり、また流れる川の水にとらえられた「内容（contenu）」となる。このように視覚的に繰り返される律動の現象をプルーストは、同一子音を繰り返して音楽的、擬音的効果を生む修辞法になぞらえて「畳韻法（allitération）」と名づけた。

マドレーヌ菓子とハーブティー同様、液体と固体によって引き起こされる現象である。紅茶という「内容」の入った「容器」ティーカップ。そのなかの出来事は、マドレーヌ菓子が浸されるや、飲物は「内容」であると同時にマドレーヌ菓子にたいして「容器」となる。ところが、「容器」となった紅茶は、菓子のなかに含まれて囚われの身となり、容器でありながら「内容」でもある。「近親相姦」の化身ともいわれるマドレーヌ菓子、「両性具有」の化身とも考えられなくはない菩提樹のハーブティーはこのようにして、「内容」と「容器」、二重の様相を引き受け、ヴィヴォンヌ川の水とガラスの「畳韻法」と反響し合って揺らいでいる。

水とガラスの反復する律動を体験するくだりのすぐあと、主人公はおやつのパンを少しとり分けてもらい、小さなパン切れに丸めてヴィヴォンヌ川に投げ入れる。この行為は何のためであろう。パンと水は、マドレーヌ菓子と紅茶を暗示しているかのようにも思える。というのも、マドレーヌ菓子の挿話は、当初、一切れのトーストパンを紅茶に浸すものとして考えられていたからである。川の水とパンによる現象を次のように観察している。

「そんなパン切れだけでそこに過飽和現象をひき起こすには充分であったように思われた。なぜなら、水はパン切れのまわりにただちに固形化して、飢餓状態にあるおたまじゃくしのかたまりのような卵形の房になったからである、おそらく水はそのときまで、いつでも結晶させられるようにして、そんな房を、目に見えないように、そっと溶かしてひそめていたのであろう[34]」。

水とガラスびんの反復する律動は、プルーストによって視覚的にとらえられ「畳韻法」と名づけられた。ヴィヴォンヌ川のくだりの文体については別の機会に述べたので[35]、ここではマドレーヌ菓子と飲物の挿話に巧みに隠された技法（art caché）を探ってみたい。

同一子音を繰り返して音楽的、擬音的効果を生み出す、畳韻法または頭韻法は、以下のマドレーヌ菓子の節では［m］がその効果を発揮している。大文字ではじまる« Madeleine »（「マドレーヌ」）の［m］、あるいは« mère »（「母親」）の［m］であるかもしれない。おそらく先に見た菩提樹の描写に含まれる、過去から現在へと« le moi continu »（「間断なく生きられた私」）の［m］とも思える。

Co***mm***e je rentrais à la ***m***aison, ***m***a ***m***ère, voyant que j'avais froid, ***m***e proposa de ***m***e faire prendre, contre ***m***on habitude, un peu de thé. (I, p. 44)

[...] je portai à ***m***es lèvres une cuillerée de thé où j'avais laissé s'a***m***ollir un ***m***orceau de ***M***adeleine. ***M***ais à l'instant ***m***ê***m***e où la gorgée ***m***êlée des ***m***iettes du gâteau toucha ***m***on palais, je tressaillis, [...]. (I, p. 44)

私が家に帰ると母は私が寒そうにしているのを見てとり、いつもの私の習慣に反して少し紅茶を飲ませてもらうようにと私にすすめた。

〔…〕私はマドレーヌのひときれをやわらかく浸しておいた紅茶のひと匙を口にもっていった。しかしお菓子のかけらのまじったひと口の紅茶が口蓋にふれた瞬間に私は身ぶるいした〔…〕。

他方、マドレーヌ菓子の描写に認められる［s］の畳韻法は、そのマドレーヌ菓子に規則正しく間隔をおいてつけられた、くぼみのある筋をまねているかのようである。

– et ***c***elle au***ss***i du petit coquillage de pâti***ss***erie, ***s****i* gra***ss***ement ***s***en***s***uel, ***s***ous ***s***on pli***ss***age ***s***évère et dévot – (I, p. 46)

――謹厳で信心深いその襞のなかで、あんなに豊満な肉感のあるお菓子のあの小さな貝殻の形もおなじように――

菩提樹のハーブティーを淹れるところを描いた文章に関しては、［t］という音の律動の繰り返しが顕著で、« tilleul »（「菩提樹」）の［t］を思わせる。さらに、ドゥブロフスキーのいう「レオニー叔母とは彼自身である」という意味を考慮すれば、« tante »（「叔母」）の［t］ともとれなくはない。

[...] elle demandai***t*** à la place sa ***t***isane et c'é***t***ait moi qui é***t***ais chargé de faire ***t***omber du sac de pharmacie dans une assie***tt***e la quan***t***i***t***é de ***t***illeul qu'il fallait me***tt***re ensui***t***e dans l'eau bouillan***t***e. (I, p. 50)

〔…〕彼女は代わりにハーブティーをほしがった、そしてそんなとき薬袋から皿へ定量の菩提樹のハーブティーを移す役目をひきうけ、ついでそれを熱い湯のなかに入れなくてはならないのは私であった。

音声の反復はときに、主題をあらわす言葉を喚起する。プルーストの文体研究の第一人者であるジャン・ミイは、プルーストの作品においては、しばしばテーマに関わる重要な言葉が音によって暗示されると指摘し、さんざしのくだり二箇所を音声学的に分析することによって、そこに人名《Vinteuil》(「ヴァントゥイユ」)と、地名《Tansonville》(「タンソンヴィル」)の語に含まれる音が使われていることをあきらかにしている。たとえば、ひとつの音素をのぞいて、《Vinteuil》のアナグラムを展開させているところでは、その前後に「ヴァントゥイユ」の名があらわれ、教会で出会ったヴァントゥイユ氏の娘の頰と祭壇に置かれたさんざしの花を主人公が重ねる場面で、さんざしの匂の「強烈な命に祭壇は振動していた」という一節に、地名《Tansonville》を暗示する音[t],[tã-at],[vi]が多く使われているという。そして、その二五ページ先の別のさんざしの挿話では、「祖父が私を呼び、タンソンヴィルの生垣を指さしていった「あなたはさんざしが好きだが、このばら色の一本をごらん、きれいだろう!」」という具合に「タンソンヴィル」の地名があらわれると指摘している。(36)

ヴィヴォンヌ川の体験は視覚的「畳韻法」で、マドレーヌ菓子とティーの挿話においては修辞学でいう本来の意味の畳韻法が認められる。もとはと言えば、水とガラスの「畳韻法」は、画家エルスチールの描く海洋画から主人公が読みとった、陸と海の相互浸透、そこからひき出した芸術理論、文学理論とも関係が深い。プルーストは、理論を実践する。しかし、彼の芸術理論はしばしば明示的、暗示的に、語りのなかにとり込まれている。それはいわば、理論と実践の深い相互浸透の実現である。これらは通常、結合しにくく絡み合いにくく、融合しにくいものである。

菩提樹のメタモルフォーズ

豊かに凝縮された菩提樹の描写は、見てきたように、さんざしの挿話、同性愛の主題、ゲルマント家のパーティー、ヴィヴォンヌ川のガラスびんなどともつながるが、エルスチールのアトリエで主人公が受けた啓示の萌芽をも含んでいる。

「この町のラ・ガール大通りでみかけたものと同一のほんとうの菩提樹の花の茎であって、模造品ではなくて本物で、ただ古びたために形が変わったにすぎないことを知る、そんな楽しみをあたえてくれた」。このすぐあとにつづくのは、「そして折々に新しくなっていく性質というのはどれも、単に昔の性質が変化〔métamorphose〕したものにすぎない[37]」という文章である。過去、現在、そしてとりわけ、その二つのあいだが大切なのである。この「メタモルフォーズ」という語を見逃すわけにはいかないだろう。エルスチールの海洋画《カルクチュイ港》に読みとったのは、陸を海の名辞で、海を陸の名辞で表現している「詩において隠喩と呼ばれているものに似た、描かれたものの一種のメタモルフォーズ[38]」であった。二つの異なる描写文に使われた同じ「メタモルフォーズ（métamorphose）」という語によって、ここでも関係の糸が紡がれる。一方は、空間のなかのメタモルフォーズ、もう一方は、時間のなかのメタモルフォーズである。エルスチールの《カルクチュイ港》は、明確な輪郭をもたず、形の定まらない色彩や色調、明暗の変化によって生み出される律動感によって、物につけられた名から解放されている。言語に置き換えられる前の状態を、見たままに描いて再創造された世界は主人公に深い感銘をあたえる。プルーストの芸術観がこの絵に収斂され、そこからまた別の挿話へと広がりを見せる小説のなかの大きな中核、まさに《カルクチュイ港》はハブ港なのである。

「隠喩の発見」は小説の終わり近くにおかれているが、エルスチールのアトリエで絵を鑑賞しながら、主人公はこのときすでに文学における「隠喩」を見出している。アトリエに足を踏み入れたときに感じた「幸福感」と、「詩的なひとつの認識にまで自分を高めることができる」という予感が、小説のクライマックスの布石ともなっている。小説のはじめにおいて、巧妙な均衡を見せたと思える物語部分と描写部分であったが、このように見てくると、描写がすでにこの内面の物語を動かしていることがわかるだろう。

菩提樹のハーブティーの描写において、画家や芸術がどのように扱われ、どのように修正が加えられたかを見るのは興味深い。はじめに見た、「からからに乾いた茎は、思い思いに曲がって格子を組み、その格子の編目のなかに薄いほのかな色の花がそれぞれに開いて、まるで画家がもっとも装飾的にそれらを配置し、ポーズをとらせたかのようであった」という文章において、芸術家の創り出す美と自然美は同価値である。

菩提樹が選ばれるまえは、いちごの花など、バラ科の花がハーブティーの候補にあがっていた。その草稿の断片M1では、どんな巨匠によるデッサンも、この自然が生み出す美より芸術的には劣るかのように見なされている[39]。断片M2では、プルーストはハーブティーをひとまず次のように描いている。「垂れ下がった花は、偉大な画家でもそれ以上は得られなかったであろう調和と様式を現実においてもっており、生垣のさんざしと同じくらい多く咲きほこって、葉、茎や花の装飾的効果を最大にひき出していた」(20v°) この文章のすぐあとに改行して、あらたに書き直しているが、その文は次のとおりである。「茎の乾燥によって曲げられ、アラベスク模様を描き、次いで固まり、ある種の優美な格子を形づくっていたが、そこでは垂れ下がって開いた花の調和のとれたようすが、同じ植物の茎や葉や花をもっとも美しくもっとも装飾的に、巨匠がポーズをとらせたかのようであった」[40]。

芸術にたいする、自然美の優位はここには見あたらず、自然美の魅力と、芸術家の創り出す装飾的な美が同等に扱われている。主人公の天職への道、啓示をもたらすきっかけとなる画家エルスチールの絵の役割を考慮に入れると、同じ画家を問題としていないにしても、プルーストは自然美を芸術の上に置くことに不協和音を聴きとり、小説の筋にそぐわないと感じたのだろう。エルスチールのおかげで、「メタモルフォーズ」の概念のもと、主観的観点に立脚した世界がベールを脱いで主人公のまえにあらわれたのである。

この草稿カイエ28には他に、「画家」(2r°-13r°)、「エルスチール再訪」(17r°-20r°)、「彼の海の絵に関して加えること」(72v°-50r°) などと題された断片があり、芸術観についての記述が多く含まれている。さらに、カイエ28の内容と密接な関係があるカイエ29(一九一〇年)には、さんざしについての断章がいくつか含まれているし、文体研究や、「フロベール論につけ加えること」、そして、美学や批評についての考察が書きつけられていることも注目すべきであろう。[41] ベルナール・ブランはカイエ28を解釈して、ハーブティーの花の象徴的な役割について、「芸術的真実の認識において、ハーブティーとさんざし、この二重の場面の重要性を強調するものである」と指摘している。[42]

ところで主人公は、芸術的繊細さと感性にあふれたシャルリュス男爵が、何も書こうとせず、芸術的才能を宝の持ち腐れにしていることをいつも残念に思っていた。「シャルリュス氏が小説家や詩人ではないとは、なんと不幸なことだろう！」[43] このようにいう彼は、同性愛と芸術世界への到達を可能にする洗練された精神のあいだに緊密な関係を見出していた。ジュリア・クリステヴァは、同性愛について思索し、シャルリュスについて次のように指摘する。「もしあれほどディレッタントでなければ、彼はプルーストになっていただろう」[44]。「性的倒錯者」は数々の障害や偏見、不当な社会的差別のために、孤独な状態を余儀なくされがちである。しかし、同時にそれらと同じ理由によって、彼らは自分の内面に目を向け、「自分の人格に鏡のようなはたらきをさせることができる」[45] 機会に恵まれているともいえる。なぜなら、深い自己の探究、内奥への発見の旅は芸術創造にとって必要不可欠なものであるから。小説のなかに次のような言葉もある。「さまざまな障害にもかかわらず生き残った同性愛、屈辱的ないやしめられた同性愛だけが真のものであり、これだけがその人間の内面における洗練された精神的特質に応じうるものである」[46]。

『失われた時を求めて』の扉を開くマドレーヌの体験は、『見出された時』における「類推《アナロジー》の奇跡」、「隠喩の発見」へと橋を架けられている。この関連性について、ジェラール・ジュネット（一九三〇―二〇一八年）同様、ドゥルーズも「レミニッソンス〈無意志的記憶の蘇り〉は生活における隠喩《メタフォール》であり、隠喩は芸術におけるレミニッソンスである」と書いていることをつけ加えておこう。[47] 奇妙なのは、マドレーヌ菓子とともに小説の扉を開いたはずの「紅茶（thé）」が、最終篇のその大団円ともいうべき場面では、煎じ茶（infusion）へと変身していることである。場面はゲルマント大公夫人邸の中庭である。午後のパーティーに出席するために中庭にはいった主人公は、車をよけた際、不揃いな敷石につまずいてよろける。そのとき、えもいえぬ幸福感が彼をみたす。

私のすべての失望は幸福感のまえに消え失せた。その幸福感は、私の人生のさまざまな時期にあたえられたものとおなじで、〔…〕マルタンヴィルの鐘塔のながめとか、煎じ茶に浸したマドレーヌの味とか、そのほか私が語ってきた諸感覚、ヴァントゥイユの晩年の作品がそれらの総合をしていると思われた諸感覚によって私にもたらされた幸福感だった。(IV, p. 445)

小説の最終篇に出てくる表現「煎じ茶に浸したマドレーヌの味」のなかの« infusion »という語について、主人公のパリでの生活の場面では、つねに« thé »(「紅茶」)という言葉が用いられていた。乾燥した薬用植物の花や葉を煎じること、あるいは煎じられたものを意味する« infusion »という言葉が出てくるのは、コンブレーでのレオニー叔母との生活においてのみである。プルーストの病が、この壮大な構想をもつ仕事の最後まで待ってくれたならどのように手直ししたかは知る由もないが、飲物をめぐって、彼がたどった試行錯誤の道のりが、この小説をより豊かなものにするために不可欠であったことは確かである。

菩提樹のハーブティーは、単なる描写の対象でしかないのではなく、象徴的な意味合いを付与する工夫や遊び心を存分に発揮でき、さらには隠喩を駆使して、枯れてかぼそいその茎や花を、人間の生と比肩させることもできる対象なのである。小説世界の共鳴箱がこのうえなく豊かな響きをたてるようにあらゆる装置を仕掛けながら文学創造をするプルーストの技法。その技法は巧妙に隠されており、思いがけない深みと広がりをもった芸術となる。

菩提樹の花、苞葉、茎の絡み合いに自らの文学理論を重ね織り、小説のなかでその理論を実践する。このように、蜘蛛が自らつくり出す糸で巣を張るように作家の考えやさまざまな主題からなる網目状立体的組織は、彼の「深い自己」から発しており、『失われた時を求めて』全体をとおして、複雑に絡み、もつれ合い、交響する、彼自身の文体と完全に融合しながら――。

（1） Bernard Brun, « Brouillons des aubépines », *Etudes proustiennes V, Cahiers Marcel Proust* 12, Paris: Gallimard, 1984, pp. 238-245.

（2） I, pp. 46-47. Cf. Philippe Lejeune, « Ecriture et sexualité », *Europe*, nº 502-503, février-mars 1971, p. 115. Serge Doubrovsky, *La place de la Madeleine: écriture et fantasme chez Proust*, Paris: Mercure de France, 1974, p. 74.

（3） I, pp. 50-51.

（4） Philippe Lejeune, *op. cit.*, p. 120.

（5） パリ国立図書館所蔵『失われた時を求めて』草稿（N. a. fr.：Nouvelles acquisitions françaises）。

M1 Cahier 28, N. a. fr. 16668, ff^{os} 20r^{o}-23r^{o}.

M2 Cahier 28, N. a. fr. 16668, ff^{os} 20v^{o}-21v^{o}.

M3 Cahier 28, N. a. fr. 16668, ff^{os} 21v^{o}-23v^{o}.

M4 Cahier 28, N. a. fr. 16668, ff^{os} 22v^{o}-23r^{o}.

ベルナール・ブランの表記に従い、プルーストによって線を引いて削除された部分はイタリックで記す。加筆された部分は括弧〈 〉によって示す。判読不可能な語は [illis.] と記す。以下の草稿の引用においても同様。

（6） 次を参照のこと。I, p. 143. Bernard Brun, *op. cit.*, p. 232.

（7） Bernard Brun, *op. cit.*, p. 294 を参照。

（8） I, p. 136.

（9） I, p. 112. I, pp. 110-111.

（10） Kazuko Maya, « Proust et Burne-Jones », *Bulletin Marcel Proust; Bulletin des amis de Combray et de Marcel Proust*, Illiers-Combray:

Société des Amis de Marcel Proust et des Amis de Combray, n° 51, 2001. 真屋和子『プルースト的絵画空間——ラスキンの美学の向こうに』水声社、二〇一一年、第八章「プルーストとバーン＝ジョーンズ——さんざしの花のかげに」を参照されたい。

（11） Serge Doubrovsky, *op. cit.*, p. 77.「われわれはフロベールの言葉を知っている。それをマルセル・プルーストにあてはめよう。〝レオニー叔母、それは私だ〟」(Roger Duchêne, *L'impossible Marcel Proust*, Paris: Laffont, 1994, p. 36)。ボヴァリー夫人のモデルは誰かと聞かれたフロベールが、「ボヴァリー夫人は私だ」と答えたことはよく知られている。
ついでに言うならば、レオニー叔母の名前（Léonie）は、『ボヴァリー夫人』（一八五七年）に登場するレオン（Léon）の女性名である。プルーストの小説に登場する若い女性、ジルベルト（Gilberte）、アルベルチーヌ（Alberine）、アンドレ（Andrée）は、それぞれ男の名前の女性形になっている。ミルトン・ミラーはこの問題に関して、プルーストは両性の名前を選びながら、入念に創り出す作品におけるこれらの両義的な名前の重要性を感じていたことは大いにありうることだと指摘する。というのも、バルベックの海岸で出会う若い女性たちの名前は、当初、もっと女性的なものが考えられていたからだという。Milton L. Miller, *Psychanalyse de Proust*, traduit de l'américain par Marie Tadié, préface de Jean-Yves Tadié, Paris: Fayard, 1977, p. 44.

（12）「家に帰ると祖父がいった、「レオニー、今日の午後は私たちといっしょだったらよかったなあ。〔…〕その気になれば、あなたがあんなに好きだったばら色のさんざしを一枝折ってあげられたのだが」」（I, p. 141）。Bernard Brun, *op. cit.*, p. 294.

（13） I, p. 124. Honoré de Balzac, *Le Lys dans la vallée*, *La Comédie Humaine*, t. IX, Paris: Gallimard (Bibliothèque de la Pléiade), 1978, p. 1056.

（14） Gaston Bachelard, *La Poétique de la rêverie*, Paris: Presses Universitaires de France, 1960, pp. 36-38.

（15） *Cor.*, XI, p. 103. さんざしをはじめとして、プルーストが植物について描くときは、観察するだけではなく、ガストン・ボニエの『フランスおよびスイスの全植物誌』（一八八七年）など植物学の本を参照していたことが書簡によってわかる。*Cor.*, XI, p. 157. *Cor.*, XII, p. 258.

(16) Gilles Deleuze, *Proust et les signes*, Paris: Presses Universitaires de France, 1964, 5e éd., 1979, p. 165.

(17) Cf. III, p. 24.「全体として男である性がそのなかに「局在」する女の性を、全体として女であるべつの性と交配させるばかりか、べつの全体としての男の性のなかに「局在」する女の性とも交配させることができるだろう。同様に、全体として男の性はその雄の局部を、全体として女であるべつの性の雄の局部と結合させるし、もちろん、べつの全体としての男の性の雄の局部そのものとも結合させることができる。全体としての男、または女の性はそれぞれ少なくとも二つあるので、少なくとも四つの部分の組み合わせを楽しむゲーム展開となる」(Julia Kristeva, *Le Temps sensible: Poust et l'expérience littéraire*, Paris: Gallimard, 1994, p. 111)。

(18) 詳しくは次を参照のこと。Kazuko Maya, « Remarques sur le tilleul dans l'épisode de la Madeleine », *Bulletin d'informations proustiennes*, nº 27, Paris: Presses de l'Ecole normale supérieure, 1996, p. 47.

(19) I, p. 110.

(20) Cf. I, pp. 110-112, 136-139. Voir Claudine Quémar, « Sur deux versions anciennes des « côtés » de Combray », *Etudes proustiennes II*, *Cahiers Marcel Proust* 7, Paris: Gallimard, 1975, pp. 224-240. Bernard Brun, *op. cit.*, p. 258.

(21) III, pp. 9, 29.

(22) I, p. 138. ジャン・ミイは「ばら色」が欲望や官能性のしるしであることを示している。Jean Milly, *La Phrase de Proust. Des phrases de Bergotte aux phrases de Vinteuil*, Paris: Larousse, 1975; réédition Paris: Champion, 1983, pp. 97-131. またミッシェル・レイモンは、タンソンヴィルの生垣のさんざしに、ばら色の花があるのは、ジルベルトの登場を予告するためである、と指摘している。Michel Raimond, *Proust romancier*, Paris: Société d'Edition d'Enseignement Supérieur, 1984, p. 75.

(23) III, p. 30.

(24) Ernst-Robert Curtius, *Marcel Proust*, traduit de l'allemand par Armand Pierhal, Paris: Revue Nouvelle, 1928, p. 113. III, pp. 4, 31. たとえば、植物界における直接受精と異種受精植物についてのダーウィンの本がある。Charles Darwin, *The Effects of Cross and Self Fertilisation in the Vegetable Kingdom*, London: John Murray, 1876; *Des effets de la fécondation croisée et de la fécondation directe dans le règne végétal*, ouvrage traduit de l'anglais et annoté avec autorisation de l'auteur par Edouard Heckel, Paris: C. Reinwald

et Cie Libraires-Editeurs, 1877.

（25） I, p. 51.

（26） Serge Doubrovsky, *op. cit.*, p. 75.

（27） IV, p. 508.

（28） I, pp. 51, 113.

（29） マドレーヌ菓子については、Philippe Lejeune, *op. cit.*; Serge Doubrovsky, *op. cit.* を参照。

（30） I, p. 136.「さんざしの花は、同じ魅力を尽きることなくたっぷりと無限に私にさしだすのだが、つづけて一〇〇回演奏してもそれ以上深くはその秘密に近づくことができないメロディーのように、その魅力をそれ以上深くきわめさせてくれないのだった。私はひとときさんざしに背を向けた〔…〕」。これは実体験にもとづくものである。次を参照のこと。Reynaldo Hahn, « Promenade », *La Nouvelle Revue Française*, Paris: Gallimard, 1 janvier 1923, pp. 39-40. 絵画の批評家であるディレッタントのスワンが、小楽節に本質を求めず、オデットへの愛を小楽節にむすびつけ、それをオデットとの恋愛の「国歌」としてしまった誤りについては、I, pp. 214-216, 232-234, 260, IV, p. 456 を参照。

（31） Serge Doubrovsky, *op. cit.*, p. 76.

（32） John Ruskin, *The Stones of Venice*, II: *The Sea-Stories*, in *Works*, vol. 10, pp. 146-148. ジークムント・フロイト（一八五六―一九三九年）やカール・グスタフ・ユング（一八七五―一九六一年）の説を発展させた精神科医で心理学者でもあるシルバーノ・アリエティ（一九一四―八一年）は、美に関する考察において、反復的デザインは見るものに美的快感を呼び起こし、単純化が人間の精神を幾何学的世界観へと導き、やがて宇宙の秩序に眼を見開かせることにつながる、と述べている。また、反復的デザインのなかに、不規則性をとりいれることの効果についても触れている。Silvano Arieti, *Creativity: the Magic Synthesis*, New York: Basic Books, 1976, pp. 201-202.

（33） 主人公が芸術への道を歩むうえで、ゲルマントの方向が果たした役割については次を参照のこと。Claudine Quémar, *op. cit.*, p. 234.

（34） I, p. 166. Cf. *C. S. B.*, p. 211. Philippe Lejeune, *op. cit.*, pp. 113-114.

（35）　拙著『プルースト的絵画空間』前掲、二七五―二七九頁。

（36）　Jean Milly, *op. cit.*, p. 112.

（37）　I, pp. 50-51. I, p. 1126, le reliquat dactylographique を参照のこと。この「メタモルフォーズ」という語と、本論で問題としている草稿の四つの断片をつき合わせてみると、「変えた（changé, modifié）」、「老いた（vieilli）」、「新しい（nouveau）」、「古い（ancien）」、「色あせた（éteint）」、「休眠状態の（assoupie）」、「衰えた（diminué）」などの語が「同一性」と「メタモルフォーズ」の概念を支えていることがわかる。

（38）　II, p. 191. エルスチールの海洋画《カルクチュイ港》については次を参照されたい。真屋和子「プルーストとターナー」、『藝文研究』第六四号、慶應義塾大學藝文學会、一九九三年、八九―一〇九頁。Kazuko Maya, « Proust et Turner: Nouvelle perspective », *Etudes de langue et littérature françaises*, nº 66, Tokyo: Société Japonaise de Langue et Littérature Françaises, 1995, pp. 111-126; *L'« art caché » ou le style de Proust*, Tokyo: Keio University Press, 2001, chapitre 1 « Proust et Turner: Nouvelle perspective ». 拙著『プルースト的絵画空間』前掲、第二章「プルーストとターナー」。

（39）　Cahier 28, N. a. fr. 16668, fº 21rº.

Jamais dessin de maître disposant les *feuilles* tiges, les feuilles ‹ et › les fleurs du fraisier, *de l'aubépine* ou de la violette de manière à leur faire rendre en [même] temps que tout leur charme naturel, toute la puissance d'effet décoratif qu'il croit pouvoir tirer de la variété que lui offre la plante et où il a cru pouvoir démêler un motif de rapprochement et d'oppositon, ne m'a semblé ornemental et « posé » comme était cette tisane.

茎や葉、そしていちごの花さんざしの花あるいは菫の花など、美の巨匠が配置するのは、植物が彼に提供する多種多様なものからひき出しうると信じる自然のすべての魅力、と同時に装飾的なすべての効果を発揮させようとしてだが、その装飾に類似と対比の模様を効果的に浮きあがらせたと彼が思っているデッサンでも、私にはけっして、このハーブティーほどには装飾的でもなく「ポーズをとらせた」ようにも思えなかった。

(40) Cahier 28, N. a. fr. 16668, f° 20v°.

Le desséchement des tiges les avait incurvées en des arabesques qu'il avait ensuite durcies et en faisait une sorte de gracieux treillage où l'épanouissement symétrique des fleurs rabattues faisait penser à ces dessins où un maître essaye *avec la tige, les feuilles et les fleurs leurs d'une même plante de dégager un motif ornemen*[tal] de faire poser la tige, les feuilles et les fleurs d'une même plante de la façon la plus belle et la plus décorative.

(41) Cf. Claudine Quémar, « Inventaire du Cahier 28 », *Bulletin d'informations proustiennes*, n° 13, Paris: Presses de l'Ecole normale supérieure, 1982, pp. 57-62. Bernard Brun, *op. cit.*, pp. 228-256. Bernard Brun, Daniela de Agostini et Maurizio Ferraris, *L'Età dei nomi. Quaderni della « Recherche »*, Milan: Mondadori, 1985. Voir Jean Milly, *op. cit.*, pp. 97-131.

(42) Bernard Brun, *op. cit.*, p. 294.

(43) IV, p.410. Cf. III, p. 713.

(44) Julia Kristeva, *op. cit.*, p. 124.

(45) I, p. 545.

(46) III, p. 710.

(47) Gilles Deleuze, *op. cit.*, p. 70. Gérard Genette, « Métonymie chez Proust », *Figures III*, Paris: Seuil (coll. « Poétique »), 1972, p. 55. Voir IV, p. 450.

第2章　『ジャン・サントゥイユ』のなかのジョン・ラスキン

プルーストは『ジャン・サントゥイユ』[1]を「埋葬することに成功」した。これはモーリス・ブランショ（一九〇七―二〇〇三年）の『来るべき書物』（一九五九年）のなかの言葉だが、理由の如何にかかわらず的を射ている。プルーストは、一八九五年頃から三、四年間かけて書きためていた『ジャン・サントゥイユ』を未完のまま放棄した。この長編小説は、約一〇〇〇頁の断片草稿群からなっており、さまざまな場面がスケッチ風の短い断片でつなげられている。

なぜプルーストは挫折感とともに筆を投げてしまうことになったのだろうか。この三人称の小説を執筆するなかで、見出せなかったものは何か、そもそも、何かを探求しつつ書きすすめていたのだろうか。そして、のちに書かれた自伝的要素の色濃い一人称小説『失われた時を求めて』においては何が見出されたのか。これらの疑問について思索するとき、母親の死という私的体験や、社会に生きる人間プルーストとしての個人的理由などが影響していたことは看過できないが、文学創作という問題を軸にすえるのが彼の意志にそうのではないかと思う。ひとりの人間のなかの社会的自己と芸術創造にたずさわる自己を、彼は分けて考えていたのだから。

通説では、挫折のあとにつづく長い逡巡のなかで、ジョン・ラスキンの書物との出会い、とりわけラスキンの本の翻訳が、プルーストの芸術観を形成するうえで重要な役割を果したとされる。そうであれば、本格的な出会いのまえに執筆した『ジャン・サントゥイユ』のなかで、プルーストがラスキンをどのようにとらえていたかを考察することによって、何か新しいものが見えてくるかもしれない。

ラスキンがのちにプルーストに及ぼした影響が大きければ大きいほど、ひるがえって、創作が行き詰まり断念せざるをえなかったこの未完の小説において、ラスキンがどのように顔を出しているかを知ることが肝要であろう。挫折の理由の一端が多少なりとも輪郭をもって立ちあらわれるのではないだろうか。

プルーストの壁

異なる場面や情景のスケッチ風断片からなっているその小説には、ひとつの作品としての筋書きも構成も見あたらない。かといって、一つひとつが独立した散文詩というわけでもない。もし、かりにこれが散文詩だとして、プルーストが愛読したシャルル・ボードレール（一八二一―六七年）の散文詩と比べるなら、一九世紀の偉大な詩人の『パリの憂鬱』（一八六九年）が〝生きもの〟であるのにたいし、『ジャン・サントゥイユ』は、〝埋葬する〟しかない作品ということになるだろう。

ずいぶんまえからとても息の長い作品にとりかかっていますが、なにひとつ書きあげてはいません。自分は『ミドルマーチ』のドロシー・ブルックの夫に似てはいないか、廃墟の瓦礫を拾い集めているのではないか、と自問することもままあります。二週間ほどまえから、ふだん書いているのとはまったく違った小さな仕事にかかっています。ラスキンといくつかの大聖堂についてです。（*Cor.*, II, p. 377）

一八九九年一二月五日、イギリス人女性の友人マリー・ノードリンガーに宛てたプルーストの手紙である。プルーストの書簡を編纂したフィリップ・コルブ（一九〇七―九二年）によると、「とても息の長い作品」とは、一八九五年九月にベグ゠メイユで書きはじめていた『ジャン・サントゥイユ』のことである。(2) プルーストの挫折感は、ジョージ・エリオット（一八一九―八〇年）の小説『ミドルマーチ』（一八七一―七二年）のなかの、「崩壊した廃墟によって作られたモザイクでしかない伝統の断片」(3)を整理しようとする登場人物の姿と重なって伝わってくる。

この書簡によってあきらかになるのは、まず、プルーストが『ジャン・サントゥイユ』を放棄した時期であり、次いで、ラスキンへの熱の高まりの時期である。さらに興味深いのは、作家としての自らの資質に疑問をいだき、文学創作にたいする才能の欠如を認識しはじめていることを告白している点である。

プルーストがラスキン著『アミアンの聖書』を翻訳し、それが出版されたのは一九〇四年のことだが、「訳者の序文」で強調しているのは、偉大な芸術家には、さまざまな状況や、異なる場面で一貫してあらわれる、その人固有の「本質的特徴」がなければならない、ということであった。しかるに四年間にわたり書きためた膨大な量の断章に、作家固有の独自性があらわれているとは言いがたい。さりとて断章間に有機的つながりがあるかというとそうでもない。まさしくそれは、崩れた廃墟から作られた「モザイクでしかない伝統の断片」のように彼には思われたのであって、「廃墟」から再創造されたひとつの新しい世界にはほど遠い。

プルーストが敬愛していたボードレールの小散文詩『パリの憂鬱』を引き合いにだしたのは、ほかでもない、ボードレールが親しい友人アルセーヌ・ウーセに捧げた文のなかで、この作品を蛇のイメージで印象的かつ端的に紹介しており、文学創作を志すプルーストにとって、よく知られた次の一文に無関心ではいられなかったと考えられるからである。

この著作には、尻尾も頭もないなどと、不当に人は言えないでしょう。なぜなら、逆に、ここではすべてが、代わる代わる、互いに、頭であると同時に尻尾でもあるからです。〔…〕われわれは好きなところで中断することができるのです。〔…〕脊髄の骨を一つ抜きとってみていただきたい、二つの断片に分かれて曲がりくねるこの幻想の書は、苦もなく再びつながるでしょう。(4)

いくつかの断片に分けても、それぞれが生き生きと生存しうる、そんな「蛇の全体」をアルセーヌ・ウーセに謹呈する、と記されている。

『ジャン・サントゥイユ』に欠けていたものこそ、蛇の脊髄の骨としての断片、だったのではないだろうか。一方、『失われた時を求めて』については、円環構造になっており、読者はどの頁でも開いたところから読むことができる仕組みになっている。加えて、多くの描写部分で詩的散文の香り高く、広大な小説宇宙で部分と部分はこだまし合う。こうした意味で、ボードレールが散文詩で叶えようとした「野望」を、プルーストは小説において成しえたといえよう。ボードレールの野望とは、ウーセに捧げた文のなかで語っているように、アロイジウス・ベルトラン（一八〇七—四一年）の散文詩集『夜のガスパール』（一八四二年）に類似したものを生むこころみ、つまり、現代生活を描くのに、絵画的で奇妙にも幽玄な美しさに満ちた手法、昔の生活を描写するのにふさわしい手法を用いる試みであった。ベルトランは散文詩という様式を確立させたフランスの詩人で、ステファヌ・マラルメ（一八四二—九八年）やアンドレ・ブルトン（一八九六—一九六六年）など後世の詩人に影響をあたえたが、発掘したのはボードレールである。

ボードレールが『パリの憂鬱』でめざしていたのは、詩のようなリズムや脚韻をとり入れることなく、それでもなお「音楽的で、魂の抒情的な動きや夢想の波のようなうねり、不意にくる意識の身ぶるいに、ぴったり合うほど、充分しなやかでかつ充分にぎくしゃくとした、詩的散文の奇跡というもの」であった。

創作に込めた詩人の思いはプルーストの心の深いところに届いていたことだろう。本書の第一章で見たように、

『失われた時を求めて』では、文体上の音の効果や、描写同士のつながりとその響き合いを豊かなものにするための仕掛によって、読者はあたかも交響曲を聴いているかのように、ボードレールのいう「詩的散文の奇跡」に立ち会う。『ジャン・サントゥイユ』では、断片の集まりをひとつの作品にまとめあげることができなかった。当時のプルーストには、さまざまな思いを断片的に書きとめる力はあったかもしれないが、それらを有機的にまとめあげることができなかった。あまつさえ詩的散文が成功しているとは言いがたい。

早くも結論づけてしまっただろうか、否、ここが出発点である。芸術の分野において重要なのは、すなわち多くの場合、作品をどのように組み立てるか、どのように全体をまとめるかという問題の鍵を握るのは、どのようにものを見るかということ、ものの見かた、認識のしかたではないだろうか。ものをよく見、それをどのように書くか。これが挫折したプルーストにつきつけられた課題であり、越えなければならない壁であったといえよう。文体はものの見かたのあらわれであり、作品の構成もまた、ヴィジョンの問題と大きく関わる。のちにプルーストが小説のなかで「文体（style）」について語った、そして多くの研究者らによって繰り返し引用されてきた次の言葉はそのように理解すべきであろう。

作家にとっての文体は、画家にとっての色彩と同様、技法《テクニック》の問題ではなく、ものの見かた《ヴィジョン》の問題である。

(IV, p. 474)

プルーストの芸術観をあらわすこの考えかたこそ、『アミアンの聖書』を訳しながら、ラスキンに近づき、彼の美学や思想を深めるうちに感得し、会得したものであろう。つまり、「見る」という基本的姿勢を彼から学んだ。ラスキンは「見る」人であった。挫折したあと、「ラスキンの眼で見る」ことからはじめようとしたプルーストの態度がそのことを如実に語っている。

「見ること」と印象

プルーストの書簡にラスキンの名前がはじめてあらわれるのは、先に引用した書簡がしたためられる三か月前の一八九九年九月である。まさに、ラスキンの眼で風景を見ようと、エヴィアンに滞在中であった彼が母親に宛てて、ラスキンを論じたロベール・ド・ラ・シズランヌの本『ラスキンと美の宗教』を送ってほしい、と二度にわたり書いている。対象をよく見ること、見たものをどのように表現するかという問題に、このときプルーストの意識は向いている。

少なくともそれより以前『ジャン・サントゥイユ』の執筆が中心だった頃のプルーストは、見ることよりも、何を描くかが問題であり、描く対象に、より関心を向けていたようである。次の言葉は『ジャン・サントゥイユ』のなかにあらわれるラスキンの最初の例である。

ラスキンは、われわれはすべてを描くべきで、どんな対象も遠ざけてはならない、なぜならすべては詩的なのだからという。もちろん詩情をかきたてる可能性はすべてのなかにあると思う。しかし、あるものがわれわれにとって、そこにまで至らないかぎり、それを生彩なく描いたところでなにの役に立つだろうか？　私としては「好きなことについてしか決して書かない」というルナンの助言のほうが好きだ。決して好きになることはないだろうと思っていたものをいつか好きになる。しかしそれまではそれについて書いてはならない。(*J. S.*, p. 556)

すべては詩的なのだから、どんな対象でも遠ざけてはならない、という言葉は、ラスキンによる画家ターナー擁護の書、『近代画家論』(全五巻、一八四三―六〇年)のなかに書かれているのを、ラ・シズランヌが引用し、それをプルーストが読んだものと思われる。(5) 対象が何であろうとよく見ること、そして自然のいたるところに散らばっている美を洞察する力を養うことを、ラスキンは芸術家たちにすすめているが、プルーストはここでは見解を異にしている。あるものを書くのは、そのものが「詩情をかきたてるかぎりにおいて」なされることであり、また、「好きなものについてしか書くべきではない」という。文学創作をする者として、この考えはどちらかといえば限定的であり、受動的な姿勢である。

ラスキンは、自ら問いかける積極的な姿勢を芸術家に求めている。「見る」ことにおいて、自らのはたらきかけを重視する。とるに足らない小さなものにたいして目を見開き、洞察力をもって観察するのである。そうすれば、普段われわれが見慣れているものに、新しい照明をあてて見せることができるという。ラスキンの美学はまた、対象の美を直接的に感じとる「観照」も重んじる。美の直感である。『失われた時を求めて』において展開されているプルーストの芸術観は、ラスキンが求める芸術家としての姿勢に近いものであり、ここで述べているプルーストの考えかたとは、大きな隔たりが見られる。

「決して好きになることはないだろうと思っていたものを、いつか好きになる。しかしそれまではそれについて書いてはならない」というプルーストの言葉は、連鎖的に第一篇『スワン家のほうへ』のよく知られたスワン氏の恋をめぐる挿話を思い起こさせないだろうか。恋を例にあげるのは適切ではないかもしれないが、美術批評家であり愛好家であるスワン氏は、それまでは自分の好みからはほど遠いと思っていた高級娼婦のオデットに、ボッティチェリが描いた司祭の娘チッポラの表情との類似を見出したことによって、ある日、たちまち彼女を尊いものに感じるようになる。思いが募って彼女を束縛するまでになる。が、囚われているのはスワン氏自身である。対象が生彩を帯びたからといって、書くことができただろうか。むしろこのような精神のはたらきは、創作活動へと向かうものではなく、文学や芸術を好むディレッタントとして終わらせてしまう、と話者は、スワン氏の失敗を小説のなかで危惧してはいなかっただろうか。

きっかけは、小さなもの、身近なもの、日常のささいなことでよい。それを感じ、対象にたいして積極的にはたらきかけ、洞察的観察力をもって見ることが肝要であり、ひいてはそれが、自らの内面をも見つめることにつながるのだ、とラスキンはさまざまな機会に説いている。彼によれば、芸術家にとって「見ること」とは、存在するものを見ることに加えて、対象の奥にある見えないものや、自らの心の内奥をも凝視することを意味するのである。

ところで、われわれも日常生活で経験することだが、電車に乗って車窓から景色を見ていると、家も煙突も田畑も、すべてのものが後ろへと飛び去ってゆく。しかし、もっとよく見ると、車窓近くの電柱や家々は後方へつぎつぎと逃げてゆくのに、遠くの山並みや家々は自分とともに前方へと進んでいる。やがて遠くの景色もゆるやかに後ずさりするのだが、車窓からの風景はこのような瞬間の連続であることに気づかされる。煙突が立ち並ぶ工場地帯を通過するときに、煙突が重なったり離れたりするのを見ると、動く主体からの距離の遠近によって、対象が後ろへ去っていく速度が異なるためだとわかる。

曲がりくねった道や線路を乗り物で進むときも同様に、煙突が二本になったり、三本になったりする。それと同じ現象を描いたものが、『失われた時を求めて』のなかの「マルタンヴィルの鐘塔」の挿話である。いずれの場合も、動く主体によってとらえられる現象である。それとは反対に、主体が一定の場所にとどまり、距離の近いところと遠いところを、同時に、同方向に、動く対象を眺めたときの印象をとらえ、見事に描出している例が第二篇『花咲く乙女たちのかげに』のなかにある。

バルベックの海岸をさまよう乙女たちの一群は、さながら薔薇の生垣のように見える。花と茎にたとえられた、ひとりひとりの乙女たちのあいだに水平線がとおっている。

断崖上の庭を飾るさまは、ペンシルベニアの薔薇の植え込みにも似ている。これらの花のあいだに大洋の全航程を含み、航行するどこかの汽船が、一つの茎から他の茎へと走る青い水平線のうえを滑っているが、あまりにもゆるりとしているので、船のほうはもうとっくにその花を通り過ぎてしまったというのに、まだその花冠の奥でぐずぐずしているなまけものの蝶が、いつでも飛び立ちさえすれば船より先に着く自信があるので、船が向かって進んで行く花の、いちばん手前の花弁と船の舳先とのあいだを隔てるものが、もうあと紺碧の一片しかないという時がくるまで、こうして待っていられるほどである。(II, p. 156)

空間において知覚したものを印象として表現した結果、時間的空間を描くことに成功している。ふだん見慣れている日常のありふれた風景でも、ものの見かた、その表現方法、新しい照明のあてかたによって、このように新鮮で印象深い風景となる。二つの運動、船と蝶のすすむ速度はほぼ同じである、少なくとも印象としてそのように感じられる。やがて知性のはたらきによって、速度が同じはずではないことが、距離の遠近として認識される。船の遅々たるさまは、大洋の広大さをも表現することになっている。時間を空間化したとも、空間を時間化したともいえよう。花をつけた茎、にたとえられた乙女たちもまた動いていないはずはないが、彼女たちはここでは、生垣であり、ものさしの目盛りなのである。炯眼をもって鳴るドイツの文学研究者であり批評家であるエルンスト・ローベルト・クルティウスは、プルーストの精神性が、「パースペクティヴ的観察における二つの運動の相互関係」と結びついており、精神の高まりが、この印象の視覚的魅力とつながっていると指摘している。[6]

『失われた時を求めて』のなかの「マルタンヴィルの鐘塔」の挿話は、主人公の体験として、またプルースト自身の体験として重要である。プルーストが自分の「文体＝ものの見かた《ヴィジョン》」を確実なものにするうえで、必要不可欠な体験であった。車の運動と道の曲折によって、三つの塔が動き出し、重なり合ったり、離れたりするのを見た主人公は、対象に向かって積極的にはたらきかけている。そのときの印象を紙に綴ったあと、主人公はうれしさのあまり、にわとりが卵を産みおとして誇らしく啼くように、声高らかに歌ったというのである。それは、「見る」ことによって、鐘塔がその背後に隠していた秘めたる何かをつかんだという幸福感に満たされたからであり、見たまま感じたままの印象を書きとめることに成功したと思えたからである。文学創作の才能の欠如を感じていた主人公にとって、光が見えた瞬間の勝ち鬨のようなものだったのではないだろうか。(7)

小説のなかの「マルタンヴィルの鐘塔」の一文は、一九〇七年一一月一九日の『フィガロ』紙に「自動車旅行の印象」という題で掲載されたプルーストによる記事がもとになっている。小説では、馬車となっているが、実際は砂煙を巻きあげて走る自動車での体験であった（この主題については、別の機会に詳しく述べたのでここでは省くが、『フィガロ』紙掲載の記事が、「ターナー的」風景のなかで体験されたことが明記されており、ターナーの絵を参照したと思わせる描写が散見される）。(8) 主人公あるいはプルーストの文学創作のはじまりを予感させる重要な一文である。心の内奥を照らし、受けた印象を描出することに歓びを感じたとき、『ジャン・サントゥイユ』のような三人称ではなく、一人称の小説がふさわしいと思うのは必然であろう。

紅茶とお菓子という日常の小さなものがきっかけとなるプチット・マドレーヌの体験も、主人公の積極的なはたらきかけがなければ起こりえなかった。お菓子のかけらのまじった紅茶をひとさじ口にしたときに「身震い」した、それほどの歓びはどこからくるのか、なにを意味するのか、二口目、三口目と、精神を集中させたり気をゆるめたりしながら繰り返され、執拗なまでに探究がなされる。そして、その歓びの原因が、自分のなか、過去の思い出にある、という考えに至ったとき、真実は対象のなかにあるのではなく、自分自身のなかにあると信じることになった。対象が問題ではないのだ。

小説の最終篇『見出された時』においてわれわれは、プルーストの確信に満ちた言葉を聞くことになるだろう。「粗雑な、誤った知覚だけが、すべては対象のなかにあるのだと思わせる、だが、すべては精神のなかにあるのだ」[9]。この考えかたは、描く対象を重視していた『ジャン・サントゥイユ』執筆のころ、「好きなことについてしか決して書かない」というルナンの助言に共感したプルーストの姿勢からはほど遠いところにある。『ジャン・サントゥイユ』のなかのラスキンのうちひとつは、見たとおり、何をどのように書くべきかという問題にかかわることであった。小説に統一感を与えることになる、「見る力」が当時のプルーストには決定的に欠けていた。プルーストが『ジャン・サントゥイユ』を放棄したあとの数年間は、「ラスキン時代」と呼ばれ、『失われた時を求めて』にとりかかるまでの試行錯誤が続くなかできわめて重要な位置を占めていることに鑑みれば、ここでの、プルーストのラスキンへの関心とその扱いはきわめて表層的であるといえよう。

続いて二つ目の例としてあげるのは、『アミアンの聖書』を髣髴させるくだりである。ラスキンが大聖堂を研究するために六か月過ごしたという小さな町の聖堂でのできごとだ。プルーストがそこで出会った堂守は、いまや年を重ねているが、かつてラスキンが話をした堂守と同じ人であり、その堂守の記憶のなかには、「ラスキンの何かが、この堂守のそばで彼が自分のために生きた真の生活の何かが、残っているのだ」、と感慨深そうに語る場面である。プルーストは自分が感じたことをただ書きとめているにすぎないとしても、このくだりには、ラスキンへの関心とともに、過去や思い出、記憶の問題に関連するプルースト自身の思想が垣間見られる。

また、ラスキンがあらわれる別の箇所では、ラスキンの書物に触発されたプルーストの姿がある。「そのためになら英語を学んだであろう、知りたくてたまらなかった、あのラスキンのレンブラント評」とか、「そのために英仏海峡をわたりたいと思った、あのターナーの雲」という表現が見られる。これらの言葉からは、ラスキンのレンブラント評や、ターナー擁護の書『近代画家論』などを知っていたことがわかる。実際は、まだ本気で読んでもいないし、ターナー的風景を体験してもいないのだが。

すでに見たように、「ラスキンの眼で見る」試みがはじまったのが一八九九年九月である。そして、マリー・ノードリンガー宛の手紙によると、同年一一月二〇日ごろからプルーストは『アミアンの聖書』の翻訳の仕事にとりかかっている。そのわずか数か月後、一九〇〇年二月のマリー・ノードリンガー宛の手紙には、驚くべきことに、ラスキンの『建築の七燈』(一八四九年)、『建築と絵画』(一八五四年)、『プラエテリタ』(一八八五―八九年)ほか数冊の作品は「暗記している」とまで書かれている。このなかで、当時、フランス語で読めたのは『建築の七燈』だけであるから、プルーストが原文でも読んでいたと推察できる。(10) 急速にラスキン熱に火がついたことがわかる。

芸術とは――ラスキン対ホイッスラー事件

「ジャン君がしてくれるラスキンとホイッスラーの訴訟事件の話がもうすぐ終るのだが、とても面白いのでね〔…〕」。(11)

『ジャン・サントゥイユ』に登場するポルトガル国王はこのように言って、オペラ座でオペラを観賞したあとブルターニュ公爵からのお供の申し出を退け、ジャンと一緒に帰るほうを望む。

最後にあげるラスキン登場の箇所もまた、表層的なとりあげかたである。この美術論争事件の内容にはまったく何も触れられていない。なぜ、ジャンがポルトガル国王にこの訴訟事件を話し、わざわざ国王がジャンと一緒に帰る理由としてこの事件を持ちだしたのか、少々突飛な感じさえする。この美術論争裁判については、のちのプルースト美学の本質を知るうえで、重要な手がかりとなるだろう。美術史上有名な、ラスキン対ホイッスラーの訴訟事件とは次のようなものであった。

一八七七年ロンドンにグローヴナー・ギャラリーが開設され、そのこけら落としの記念展に、エドワード・バーン＝ジョーンズ、ギュスターヴ・モロー(一八二六―九八年)などの作品と共にジェームズ・マクニール・ホイッスラー(一八三四―一九〇三年)の作品が並べられた。ラスキンはホイッスラーの《黒と金のノクターン――

落下する花火》（一八七五年頃、デトロイト美術館）という、墨を画布に流したような絵を見て怒りをあらわにした。「公衆の面前にびん一杯の絵の具を投げつけることによって、二〇〇ギニーを要求するのを聞くことになろうとは予想だにしなかった」[12]と、同年七月に『フォルス・クラヴィゲラ』（一八七一―八四年）のなかで激しく非難したのである。

ホイッスラーは、この言葉を名誉毀損にあたるとしてラスキンを訴え、翌七八年一一月二五―二六日にウェストミンスターで裁判が行われた。プルーストはこの事件について、ラスキンの『フォルス・クラヴィゲラ』を読んでいたし、裁判についてはゴンクールの『日記』を読んで知っていた。[13]それにホイッスラーに肖像画を依頼した、ロベール・ド・モンテスキウ（一八五五―一九二一年）からも聞いていたことであろう。

また、裁判の様子が記述されたロベール・ド・ラ・シズランヌの「英国現代絵画」（一八九五年）を読んでいたことも疑いの余地がない。この有名な裁判についてはすでに別の機会に触れたが、芸術理解の基本に根ざした重要な「事件」であり、プルースト自身、書簡のなかでたびたび引き合いに出して関心の深さを示しているので、ラ・シズランヌをよりどころとして、より長い引用文でその進行をたどることにしよう。

それは一八七八年のことであった。ホイッスラー氏はしだいに、一枚の絵は調和のとれた色彩の単なる寄せ集めであるべきだという考えかた、つまり芸術至上主義の理論をアトリエに導入し、フランス的な手法をそこに定着させた。ラスキンは脅威を感じた。三〇年前に、国民芸術を創始したラファエル前派を擁護するためにふるった同じペンによって、彼は英仏海峡の向こうの手法、すなわちどんな細部も見せることなく、昔の茶色と灰色に立ち戻らせ、彼のすべての理論を真っ向から否定し、彼の全生涯にたいする侮辱となっている手法を攻撃したのである。ホイッスラー氏はグローヴナー・ギャラリーに、大胆にも、《花火》と称する《黒と金のノクターン》を出展した。ところがそこには何も見えない。ラスキンは憤慨を抑えることができなかった。

「ホイッスラー氏自身の名誉ならびにこの絵の購入者の財政的安全性のために、カウツ・リンゼイ卿〔グロヴェナー・ギャラリー支配人〕は、画家の形をなさない思想がこれほどまでに詐欺の様相に近づいているこの作品を画廊に受け入れるべきではなかった。私は人生でロンドンっ子によるずいぶん多くの破廉恥な行いを見たり聞いたりしてきたが、公衆の面前にびん一杯の絵の具を投げつけることによって、二〇〇ギニーを要求するきざ野郎の話を聞くことになろうとは予想だにしなかった」。このような中傷を受けて、ホイッスラー氏は『近代画家論』と『胡麻と百合』の著者〔ラスキン〕を法廷に引きずり出した。一一月二五日と二六日、ウェストミンスター裁判所はハドルトン氏を長としてこの問題を審議した。はたしてホイッスラー氏の絵は悪い冗談か否か。裁判官たちは非常に困惑した。宗教裁判所に召喚されたヴェロネーゼ以来、類似の事例はおそらく裁判記録には記載されていなかったであろう。ホイッスラー氏の絵が法廷に持ち込まれ、次のような問答が交わされるのが聞かれた。

ハドルトン男爵　絵のてっぺんの、この部分はバタシーの古い橋を表わしているのかね（笑）

証人　閣下は今、絵に近すぎる所におられるので、私が距離を置いて生み出そうとした効果を感じとることがおできにならないのです。絵を見る人はロンドンの方を向いて上から川を眺めていると想定されるのです(14)。

ひき続きラファエル前派の画家バーン＝ジョーンズが法廷に立った時の様子をラ・シズランヌは「英国現代絵画」のなかで詳細に伝えている。バーン＝ジョーンズとホイッスラーはたがいに評価し合っていたが、ラスキン側に立って証言する。

ボウウェン夫人　芸術作品において、細部と構図《コンポジション》はもっとも重要だと思いますか？
バーン＝ジョーンズ氏　まったくそのとおりです。
ボウウェン夫人　では、どんな細部と、どんな構図がこの《ノクターン》のなかに認められますか？
バーン＝ジョーンズ氏　まったく、何も。
ボウウェン夫人　この絵につけられた二〇〇ギニーは法外な値段だと思いますか？
バーン＝ジョーンズ氏　はい。もっと少ない額で、しばしばなされる丹念な仕事の総体を考えますと。(15)

〔…〕

このやりとりにつづけてラ・シズランヌは、おおよそ次のように書いている。雑誌や新聞紙上では、ホイッスラーの作品にたいするさまざまな論調の批判がなされた。その色は、「泥と煤」であるとか、「筆を拭ったかのよう」、まるで「しみ」、といった画家にとって不名誉な活字が躍った。そして、『タイムズ』は《黒と金のノクターン》を真摯な芸術とは見なさないという立場をとった。

二日間にわたる議論の応酬の末、ホイッスラーは絵を非難する法務長官を巧妙に言い負かし、判決は彼の勝訴に終わった。名誉は守ったものの、全訴訟費用の支払い義務が課され、経済的な破綻に追い込まれることになった。他方、ラスキンにはわずか一ファージング（四分の一ペニー）の損害賠償が命じられた。そして彼が負担しなければならない訴訟費用一万フランについては、募金活動がただちに開始された。(16)

バーン＝ジョーンズの証言にある「丹念な仕事」は、初期ルネサンス美術に戻ることを標榜したラファエル前派の重要な概念であった。細密な描写による絵の価値はしばしば、その仕事にかける時間の長さではかられたからである。この「仕事」の概念について、ラ・シズランヌは、ホイッスラー氏が、三〇年にわたる経験によったという口実のもとに、ほんの瞬時に描いた作品で、二〇〇ギニーを要求するなどということは英国人には考えられない、といった趣旨のことを記している。

いずれにせよ、ラ・シズランヌの記述では、ホイッスラーの様子は詳細には伝えられていない。それだけに比較的おとなしく、真摯に裁判に臨んでいる印象を受ける。

『敵をつくるための優雅な方法』

ホイッスラーの側に立つと、裁判の空気は趣が変わる。ホイッスラーの『敵をつくるための優雅な方法』(一八九〇年)では、くだんの美術論争裁判がとりあげられている。自らの装幀になるこの小冊子には、批評家や学者や一般市民の生真面目な人たちをいかに憤慨させたか、そして、皮肉や諧謔、機知を織りまぜて、いかに「優雅に」敵をつくったかが綴られている。プルーストは『敵をつくるための優雅な方法』を友人のロベール・ド・モンテスキウから贈られているし、英国人の友人マリー・ノードリンガーがプルーストのもとに置いて帰ったことも書簡であきらかにされている。(17)

一八五五年にパリに渡り、パリやロンドン、ヴェネツィアを移り住んだアメリカ生まれのホイッスラーは、奇抜で、辛辣な舌をもった才人として聞こえた。彼の高弟として知られていたオスカー・ワイルド(一八五四—一九〇〇年)はホイッスラーの絵より、画家のそのような側面に魅了された。パリではエドゥアール・マネ(一八三二—八三年)やエドガー・ドガ(一八三四—一九一七年)らと交わり、マラルメの「火曜会」に顔を出していた。

ホイッスラーが名誉棄損でラスキンを訴え、一〇〇〇ポンドの損害賠償を請求するきっかけとなった、「公衆の面前にびん一杯の絵の具を投げつけることによって……」というラスキンの言葉は、『敵をつくるための優雅な方法』の、いわば序曲として奏されて、美術論争裁判のようすが伝えられる。

あらためて気づかされるのは、ラスキンはこの裁判に欠席しているという事実である。彼が法廷に姿を見せないなら、才気煥発なホイッスラーの独擅場になることは容易に察しがつく。それは逆説と警句、嘲弄、皮肉に満ちた晴れやかな記録といえよう。『敵をつくるための優雅な方法』の冒頭部分につづくやりとりを大まかに見てみよう(18)。

問題の絵を「やっつける(knock off)」のにどれくらい日数がかかったのか、とたずねるラスキン側の弁護士にたいしホイッスラーは、彼の使った「やっつける」という言葉に注目させるかのようにたずねる。「……すみませんもう一度おねがいします(笑)」。とぼける弁護士――「あ、失礼、おそらく、いくぶん私自身の仕事の用語をあてはめて使っているようで。あの絵を描くのにどれくらいかかりましたか? このようにおたずねすべきでした」。ところが、ホイッスラーは黙っていない――「いいえ、そうではなく! 言わせていただけるなら、あなたがご自分の仕事に関わる用語をお使いになるご趣味をもっておられるという、そのどんな用語であっても、あまりにも光栄すぎて、それを私の仕事に適用しているなどとは、とうてい思えないのです。では、申しましょう、私がノクターンの絵を――「やっつける」たしかそうでしたね――それを、やっつけるのにどれほどの時間がかかったのか、そうですね、私が覚えているかぎり、まあ一日でしょうか」。

弁護士は驚く――「たった一日?」

もし絵具が乾いてなければ、ところどころに手を加えるのは翌日になるので、厳密には、それを描くのに「二日かかった」と訂正したホイッスラーにたいし、弁護士はすかさず返す。「なんと、二日とは! たった二日の労働は、あなたが二〇〇ギニー要求するに値するものですか!」

そこでホイッスラーは決めぜりふを発するのである――「いいえ、――私は、生涯の体験から得た知識にたいして要求するのです。(拍手喝采)」。

ホイッスラーの風貌を髣髴させるやりとりと、軽妙な筆致に興味は尽きない。実は、機知に富むこの言葉は、ラスキンがターナーについて述べたことが下敷きになっている。裁判の数か月前のターナー展に際して、ラスキンは、ターナーがサミュエル・ロジャーズ（一七六三—一八五五年）の詩集に添えた、挿絵の飾り模様をわずかな時間で完成させたかもしれないが、それに先立つ一〇時間の労働があってはじめて成しえたことである、と書いた。それをホイッスラーの才気が変奏させたのである。

ホイッスラーの皮肉とほどよい諧謔によってしばしば笑いにつつまれる法廷だが、彼のペンの魔力なのか、『敵をつくるための優雅な方法』に記された長くつづくやりとりからは、弁護士の質問の退屈なまでの野暮ったさが感じられる。弁護士にも、英国的ユーモアと多少のフランス的エスプリが必要だったのかもしれない。ラスキン側の証人としてよばれたバーン＝ジョーンズは、冒頭で、ホイッスラーの絵の繊細な色使いや醸す雰囲気をひとまず評価している。そのうえで、綿密な作業、構成の欠如を理由に、この絵が二〇〇ギニーに値しないと結んだ。バーン＝ジョーンズは弁護士たちがこの事件をいまいましいものに変えてしまったと、後にラスキンに報告している。

破産に追い込まれたホイッスラーの毒舌ぶりは、それゆえか、いきおいを増した。その矛先は同時代の芸術批評家にも向けられる。『敵をつくるための優雅な方法』では、次のような優雅ではない方法も指南するのだろう。ある批評家の言、ホイッスラーの「《白のシンフォニー》は、正真正銘の《白のシンフォニー》ではない……というのも、そこには黄色がかったドレスや、褐色の髪、そのほか……赤みを帯びた髪……それにもちろん手や顔の肌の色があるのだから」。

これにたいしてホイッスラーの応酬——「まったくもう！　知ったかぶりのこの人物は、白髪とチョークで塗られた顔を期待していたとでもいうのか？　はたして彼はその驚くべき論理において、イ長調交響曲が、ラ、ただ一つの音符ばかりで、その繰り返しで成りたっていると信じているのであろうか、イラ、イラ、イラ……、ばかモン！」

内容の紹介はこれくらいにしておこう。こうした言説からもわかるように、ホイッスラーの芸術にたいする考えかたも、社会的な地位も、言動も、ヴィクトリア朝を代表する大物ラスキンとはまったく異なっていた。ラスキンの考えが、美術については新しい潮流に追いついていなかったのかもしれず、ラスキンが精神的に不安定で病気を口実に裁判を欠席したことからも察しがつくように、裁判の結果はある程度予測できていたのであろう。

結局、ホイッスラーは勝訴したものの破産に追い込まれ英国を去ることになり、敗訴したラスキンはわずかな損害賠償を支払うことですんだが、この裁判をきっかけに彼の権威は失墜し、結果としてオクスフォードを去ることになった。

一九世紀後半において次第に優勢になっていった美意識と時代に逆行する美意識、二つの相対する美術論争であった。論点はいくつかあるが、ヴィクトリア朝を生きたラスキンにとって芸術とは、実生活と切りはなすことができず、道徳的要素を含むものであった。一方ホイッスラーにとっては、社会で人気があろうとなかろうと、本質とは無関係であり、芸術は純粋で孤高な存在であるべきもの、芸術は、視覚や聴覚など感覚にのみはたらきかけるべきものだと考えていた。

びん一杯の絵の具を投げて

プルーストはラスキンには終生会わなかったが、ホイッスラーとはメリー・ローラン(一八四九―一九〇〇年)のサロンで一度会っている。ダンディなホイッスラーは、サロンでは着こなしで人目を惹き、巧妙な語り口と辛辣さをもって愛されもしたし、恐れられもした。一九〇四年二月マリー・ノードリンガーに宛てたプルーストの書簡である。

ある晩ホイッスラーに会いました。そして彼は、ラスキンは全然絵がわかっていないのだ、と私に言いました。そうかもしれません。でもいずれにせよ、彼〔ラスキン〕が他の人たちの絵についてとりとめのないことを語っている時でさえ、彼の誤った考えは、それはそれとして愛すべき見事な絵を描写し、いきいきと叙述していました。（*Cor.*, IV, p. 54）

『ジャン・サントゥイユ』でわざわざ言及したのは有名な訴訟事件だったからにしても、プルーストが、それ以後も関心をもちつづけたのは、自分と関わりのある人物の裁判であったことに加えて、芸術をめぐる論争であったからに相違ない。プルーストがラスキンの『フォルス・クラヴィゲラ』をどの程度読みこんでいたかは定かでないが、この本のなかでホイッスラーの絵を痛烈に批判する一方で、バーン＝ジョーンズに惜しみない賛辞を呈していることは理解していたと思える。バーン＝ジョーンズの油彩画は「不滅」であり、将来そのジャンルにおける「古典」として受け入れられるだろう、とまでラスキンは書いている。

ラスキンが名誉棄損で訴えられるきっかけとなったのは、何度も繰り返すが、この本のなかの「公衆の面前にびん一杯の絵の具を投げつけることによって……」という言葉である。おそらく、レオナルド・ダ・ヴィンチ（一四五二―一五一九年）によって、ボッティチェリの言葉として伝えられている次の主張を受けてのことだろう。「とりどりの色をいっぱいふくんだスポンジを壁にちょっと一投げすれば、壁の上に斑点がのこり、そこに美しい風景が見える[19]〔…〕」。もちろん、このような画家は貧弱きわまる風景を描く、とボッティチェリもレオナルドも批判的にとらえてのことである。したがって美術史上有名となったラスキンの言葉は、芸術論と認識の問題と、美術史の流れを含む重いものなのである。

ホイッスラーの《黒と金のノクターン》は、ラスキンが擁護していたラファエル前派の画家たちの絵の特徴とは対照的である。ホイッスラーと同時代の画家である彼らは、はっきりした輪郭や色の鮮明さ、細部の綿密さを好み、構図を重視した。比べるならば、非難の的となったホイッスラーの作品が、「泥や煤の色でさっと描かれた」、などと評されても無理はない。ところが、ラスキンが擁護し、印象派の先駆者といわれたターナーの作品には輪郭線がなく、ホイッスラーに近いものがあるのではないか、そのように感じる鑑賞者は少なくない。実際、自然にたいする画家の考えやとらえかた、描きかたにおいて、ターナーとホイッスラーの、いったい何が違うのか、という批判もあがっていた。しかしホイッスラーと異なり、自然を徹底的に観察する画家ターナーは「芸術のための芸術」の理論からはほど遠いところにいる。

ホイッスラーの制作方法はといえば、媒剤を用いて絵具を混ぜ合わせ、彼のいう〝ソース〟を作る。次に、床に置かれたキャンバスにこのソースを垂れ流す。このあと必要に応じて色を加えながら絵筆を動かして色調を整えたり、重ね塗りをしたりして、川や橋、建物などにかすかな輪郭を浮かびあがらせる。そして最後に、人物が点景として描き添えられるのである。プルーストの肖像画を描いた、彼の友人の画家ジャック゠エミール・ブランシュ（一八六一―一九四二年）は、ロンドンにあるホイッスラーのアトリエでその創作法を見て幻滅を覚え、彼のまやかしのような態度についても批判したが、プルーストはこれに反論している[20]。

表現方法も作風も大きく異なるターナーとラファエル前派を、ラスキンが擁護したのは不思議なことではないだろう。自然の観察に基礎をおいた、科学的実証主義の精神という流れのなかにあって、芸術に必要不可欠な、想像力と再創造する力をもち合わせていることで共通する。芸術においては、主体の具体的経験が育んだものは、科学的知識にまさるのである。

ターナーは印象を重んじた。つかの間の移ろいを画布に定着させるフランス印象主義の美学ではなく、自然現象を洞察的に観察し、内面の深いところの印象と合体させて表現する。ラファエル前派の場合は、「眼に見える自然の奥に、眼に見えない魂の神秘、情熱の世界、さらには自然を越えた聖なるものの存在をも見て」表現する。その点で「ロマン主義から象徴主義にいたる一九世紀のもう一つの重要な流れとも密接に結びついて」いるのである。[21] バーン＝ジョーンズは、フランスを代表する象徴主義画家ギュスターヴ・モローと同時代の画家であり、文学的な絵画という点でも共通するため、英国やフランスでしばしば並べて論じられたが、プルーストはそのいずれの画家も愛し、両者を比較した論評を読んでいた。

プルーストが「暗記してしまっている」というラスキンの『建築と絵画』には、「ラファエル前派主義」（一八五一年）という論評が収められている。そのなかで強調されているのは、作品の「構図」と、「調和」の大切さである。ホイッスラーが、構図と調和を大切にしていなかったわけではない。ただ、ラファエル前派の画家たちが、絵の部分と部分の調和や、部分と全体との調和に心を砕くのにたいし、ホイッスラーは輪郭すらなく漠然とした、おそらく「音楽的な調和」を求めたのであろう。「教養ある」プルーストはそれぞれの画家の作品がもつ美や特徴を理解し、尊重して、『失われた時を求めて』のなかの架空の画家エルスチールの同時代人として作品に巧妙にとり込んだ。

芸術理論について持論を展開する格好の材料であるにもかかわらず、『ジャン・サントゥイユ』に見るこの事件は、芽がでようが、でるまいが、小説の土壌にただ蒔かれただけの種にすぎない。発芽し、成長するには水も光も養分も足りなかった。あるいは蒔くだけでよかったのかもしれない。この事件に惹かれていたとしても、なぜ惹かれるのか、プルースト自身わかっていなかったのかもしれない。

プルーストによる『アミアンの聖書』の翻訳がメルキュール・ド・フランス社から刊行されたのは、一九〇四年二月である。それとほぼ同時期に、書簡のなかで、あらためてこの美術裁判事件に言及している。「ラスキン時代」といわれる時期を経た今、語る言葉をもった。自分の考えをもっていた。『失われた時を求めて』において確立されたプルーストの芸術観は、この一九〇四年の書簡が示すものや、『アミアンの聖書』の「訳者の序文」で兆しを見せているものの延長線上にある。

万神殿《パンテオン》での和睦

ラ・シズランヌが伝える裁判にはなかったが、ホイッスラーによる記録や別の資料には、次のようなやりとりが記述されている。

裁判でラスキンの弁護にあたった法務長官ホーカー卿が、問題の絵に美を感じることができず、説明を求めたのにたいし、ホイッスラーは、《黒と金のノクターン》の美についてわからせるのは、音楽家が「ある小曲における独特のハーモニーの美」を音楽のわからない者に説明する以上に不可能なことだ、「教養ある」芸術家であれば、見出すであろう美を、ラスキンならば認めないにちがいない、と言いきった。(22) ラスキンがホイッスラーを、「教養のない」画家の「きまぐれ」扱いしたのを、逆手にとったかたちで、巧みに答えているのである。

あとにつづくのが、描くのにどれほどの時間で「やっつけたか」という、法務長官による反対尋問で、これにたいしホイッスラーが、わずかな時間でというが、全生涯の経験によって描いた、と機知に富む言葉を発して拍手喝采をあびたのであった。(23)

このくだりが、プルーストの心をとらえたようである。訴訟事件から二〇年以上も経った一九〇四年二月、マリー・ノードリンガー宛の書簡で、プルーストは対立する二人について、次のような見解を示している。

ラスキンに対する訴訟の際にホイッスラーはいっています。「この絵を私が数時間で描いたとあなたはおっしゃいます。しかし私は全生涯の経験によってそれを描いたのです」。ところで、ちょうどその頃ラスキンはロセッティにこう書き送っています。「私が好きなのは、あなたが丹念に筆を加えたものより、即座にさっと描いたもの、あなたの素描画〔pochade〕なのです。入念に手を加える作品の場合、あなたがそれを制作するのにたとえば六か月かけるとします。ところが一気に描きあげるものは、多年にわたる夢、愛情、そして経験の帰結なのです」。ここにおいて二つの星は、おそらく互いに敵意を含んではいても同一の光によって同じ地点を照らしているのです。(*Cor.*, IV, p. 53)

そもそも、機知に富むホイッスラーの言葉は、先に見たように、ターナーについて述べたラスキンの言葉の変奏である。プルーストはおそらくこの事実を知らなかったと思うが、ラスキンのなかにある同様の考えを自分で見つけて主張しているのである。あげている例はひとつでも、ラスキンの基本的姿勢をプルーストは感じとっている。

このように一見相容れないように思えるものを結びつけるのは、プルーストの得意とするところである。社会的にみた人間性や、表面的な芸術理論は、ラスキンとホイッスラーでは正反対といえよう。空間において、事物をあらゆる側面から同時に見ることができないのと同じで、ある側面から眺めているときには、他のさまざまな側面は見る者に隠されてしまう。『失われた時を求めて』の主人公が曙の車窓を眺めているとき、左右の窓に正反対の表情を見せる、朝と夜の景色を、彼のなかでひとつづきの絵に仕上げようと列車のなかを動きまわる行為に象徴されるように。

その別の例は、小説のなかのエルスチールの海洋画である。渾然一体となった海と陸が転置している絵は、理屈のうえでは二重焼であり、一方が他方のうしろに隠れていることになる。またプルーストにおいては、部屋の内と外は照応する。シャルリュスという人物についても、美徳と悪徳が表裏一体となっていたりする。作品のマクロの視点からは、互いに反対に位置すると思われていた二つの方向、ゲルマントのほうとメゼグリーズのほうは隣り合うことになるし、時間的にも、過去と現在は結合を見せるに至る。両極にあると思われるものの隠れた類似やつながりを、水面下に感じとり、見つけ出す能力をプルーストは発揮している。

プルーストによる『アミアンの聖書』の翻訳が刊行されたのは、この手紙と同じ年の同じ月であった。プルーストは訳すにあたり、一見したところ関連性がないようでいて、類似している考えを、ラスキンの他の著作から見つけ、訳注で指摘することによって、彼の本質的特徴を浮き彫りにするよう心を砕いた。プルーストのものの見かたあるいは世界観は、異なる要素の間に類似を見出す能力に支えられている、といっても過言ではない。この能力によってアナロジーの概念を見出し、それを文学創作の方法と結びつけることができた。『ジャン・サントゥイユ』と『失われた時を求めて』のあいだに位置する、翻訳の仕事にその契機を探ることができるのではないだろうか。

『アミアンの聖書』の翻訳の刊行とちょうど同じころ、過去の美術論争をもち出して、対立していた二人について自らの見解を述べていることは偶然ではないだろう。また一九〇五年には、パリでホイッスラー展が開催され、プルーストは体調がすぐれないにもかかわらず見に行っていることや、この頃の書簡からも、ホイッスラーの絵や「事件」にかなりの関心を寄せている様子がうかがえる。

プルーストは、一九〇五年のノードリンガー宛の書簡でも、ホイッスラーの言葉に言及し、「この上なく美しい言葉だ」と称賛している。そして、ダンテ・ゲイブリエル・ロセッティ（一八二八—八二年）がさっと描き上げるスケッチは、何年にもわたる知識によるものである、というラスキンの言葉を再度引用し、ここでも両者を和睦させるのである。(24)「まったく美しい言葉だ」としてこの事件をとりあげているのは、ゴンクールの『日記』である。一八九三年四月五日付の日記に記されていることから、ゴンクールの『日記』もこの裁判の情報源のひとつであったことがわかる。(25)プルーストはこの書簡のなかでラスキンとホイッスラーについて次のように書いている。

実際は、かりに彼らの理論、すなわちわれわれ個人個人にあってさほど本質的なものではない部分、が正反対であったとしても、ある深さにおいては、二人は自分たちが思っているよりももっと頻繁に意見の一致を

みていたと思うのです。(*Cor.*, V, p. 42)

ラスキン翻訳後のプルーストは、つねにものの本質を見ようとしている。ホイッスラーの言葉と共鳴する言葉を、対立関係にあったラスキンから見つけ出すことは、プルーストだからこそできたのではないだろうか。『ジャン・サントゥイユ』のなかで表層的なあらわれかたをしていたこの「事件」が、プルーストにとって芸術とは何かという問題について考えるきっかけの一つになったであろうことは想像に難くない。それにもまして、この事件をめぐっては、自分が好む芸術家たち、対立する二人の芸術家同士の奥深いところに共通点を見つけ、自分のなかで和睦させずにはいられないプルースト的精神が息づくのが感じられる。

プルーストは一九一〇年三月、ロベール・ド・ビイ宛の書簡で、「ドイツ文学、イタリア文学、多くのフランス文学は自分の気を惹かないが、英文学ほど強い影響を与えてくれるものはない、ジョージ・エリオットの『フロス川の水車小屋』を二ページも読むと涙が出るのだが、ラスキンがこの小説を唾棄していることを知っている、しかし、〔…〕」と書いたすぐあとに、次のように明言している。

反目し合う神々同士もぼくの崇拝の「万神殿《パンテオン》」のなかで和睦させる。(*Cor.*, X, p. 55)

彼の思想の本質を言い表した言葉ではないだろうか。すべての神に捧げられた神殿を意味するパンテオンのなかで、彼が尊敬の念を抱いている芸術家たちの対立は解消されるのである。相反するもののあいだに共通する要素を見つけ、それらを融和させる。異なる二つのものの境界を曖昧にすることは、逆説的かもしれないが、その「あわい」を見極めることであり、そこに潜む本質を見抜くことであろうと思う。ラスキン対ホイッスラーの美術論争裁判を、政治や宗教、日常の争いごとなど、何かべつのものに置きかえてみると、芸術をつうじてプルーストは、何か大切なことを教えてくれているように思える。『失われた時を求めて』の誕生に先立つ諸々の作品、処女作『楽しみと日々』（一八九六年）、それより前からとりかかっていたにもかかわらず未完に終わった『ジャン・サントゥイユ』、ラスキンの翻訳、評論など、そして『サント＝ブーヴに反論する』にいたるまで、長い年月をかけて積まれた研鑽の成果はすべて、『失われた時を求めて』の誕生とともに、埋葬されることに成功したのかもしれない。それはしかし、次のような意味においてである。埋められた作品は、土の奥深くまで健やかにのびる根となり、栄養素を豊かに吸いあげる、やがてそれ自体が土中で分解され栄養素となり、自然の営みと同じ好循環をつくりだす、これから誕生する広大な自然の森のために。

（1） Marcel Proust, *Jean Santeuil, précédé de Les Plaisirs et les jours*, édition établie par Pierre Clarac, avec la collaboration d'Yves Sandre, Paris: Gallimard (Bibliothèque de la Pléiade), 1971.
（2） *Cor.*, II, p. 377, note 2, p. 378, note 4.
（3） George Eliot, *Middlemarch: étude de la vie de province*, traduit de l'anglais par M.-J. M., Paris: Calmann-Lévy, 1890, Livre V, chapitre 6, p. 59.
（4） Charles Baudelaire, *Le Spleen de Paris, Œuvres complètes*, t. I, texte établi, présenté et annoté par Claude Pichois, Paris: Gallimard (Bibliothèque de la pléiade), 1975.
（5） *J. S.*, p. 1050, note 2 を参照。
（6） Ernst-Robert Curtius, *Marcel Proust*, traduit de l'allemand par Armand Pierhal, Paris: Revue Nouvelle, 1928, p. 131.
（7） I, pp. 177-178.
（8） Marcel Proust, « Impressions de route en automobile », *Le Figaro*, 19 novembre 1907; « Journées en automobile », dans *C. S. B.*, p. 64. マルタンヴィルの鐘塔をめぐる総合的なことについては次を参照されたい。Kazuko Maya, *L'« art caché » ou le style*

de Proust, Tokyo: Keio University Press, 2001, chapitre 1 « Proust et Turner », pp. 11-55. 真屋和子『プルースト的絵画空間――ラスキンの美学の向こうに』水声社、二〇一一年、第二章「プルーストとターナー」、四五―一〇九頁。

（9） IV, p. 491.

（10） *Cor.*, II, p. 387.『野生のオリーヴの冠』と『建築の七燈』のフランス語訳が一八九九年に出版された。

（11） *J. S*, p. 682. 次も参照のこと。Marcel Proust, « John Ruskin », dans *C. S. B.*, p. 440.

（12） John Ruskin, *Fors Clavigera: Letters to the Workmen and Labourers of Great Britain*, III, in *Works*, vol. 29, p. 160.

（13） 次を参照。Edmond et Jules de Goncourt, *Journal, Memoires de la vie littéraire*, texte intégral établi et annoté par Robert Ricatte, 22 volumes, Monaco: Imprimerie nationale de Monaco, 1956-58, t. XIX, *1892-1894*, p. 92. *C. S. B.*, p. 399. 拙著『プルースト的絵画空間』前掲、第六章・第八章を参照されたい。

（14） Robert de La Sizeranne, « La peinture anglaise contemporaine », *Revue des Deux Mondes*, Paris: Bureau de la Revue des deux mondes, 15 janvier 1895, pp. 396-397.

（15） *Ibid.*, pp. 397-398.

（16） *Ibid.*, p. 398.

（17） *Cor.*, IV, pp. 52-55.

（18） James Abbott McNeill Whistler, *The Gentle Art of Making Enemies*, New York: John W. Lovell, 1890 を参照。

（19） レオナルド・ダ・ヴィンチ『レオナルド・ダ・ヴィンチの手記』上巻、杉浦明平訳、岩波書店（岩波文庫）、一九九八年（初版、一九五四年）、二五四頁。

（20） 拙著『プルースト的絵画空間』前掲、一九三頁。

（21） ローランス・デ・カール『ラファエル前派――ヴィクトリア時代の幻視者たち』高階秀爾監修、創元社、二〇〇一年、三―四頁。

（22） Robin Spencer, *Whistler*, London: Studio Editions, 1993 (1st ed., 1990), p. 92.

（23） Robin Spencer, *op. cit.*, p. 92.

(24) *Cor.*, V, p. 42.

(25) Edmond et Jules de Goncourt, *op. cit.*, p. 92. プルーストはシドニー・シフ宛の書簡で、ホイッスラーが語る昼食中に執行吏たちに踏み込まれた挿話をとりあげているが、これと同じ挿話がゴンクールの『日記』に記されている。次を参照。*Cor.*, XIX, p. 435, *Cor.*, XXI, p. 342. Edmond et Jules de Goncourt, *Journal, Memoires de la vie littéraire, op. cit.*, t. XX, *1894-95*, pp. 50-51.

第3章　翻訳家プルーストの誕生と旅立ち

現代作家であれば、国籍を問わず誰でも、二〇世紀を代表するフランスの作家マルセル・プルーストの影響を、直接あるいは間接的に受けているのではないだろうか。二〇一四年にノーベル文学賞を受賞したパトリック・モディアノは「現代のプルースト」と称されているし、同じく二〇一七年にノーベル文学賞を受賞した、日本生まれの英国人作家カズオ・イシグロは、プルーストから多くを学んだという。そのプルーストは、グラフが示すように、ラスキンから多大な影響を受けた[1]（図版1）。グラフは、フィリップ・コルブによって編纂された『プルースト書簡集』（全二一巻）にあらわれる名前の回数の割合をあらわしたものである。登場の頻度の高さから単純には影響の大きさははかれないものの、ラスキンは、プルーストが少なからぬ影響を受けたとされるショーペンハウアーやアンリ・ベルクソ

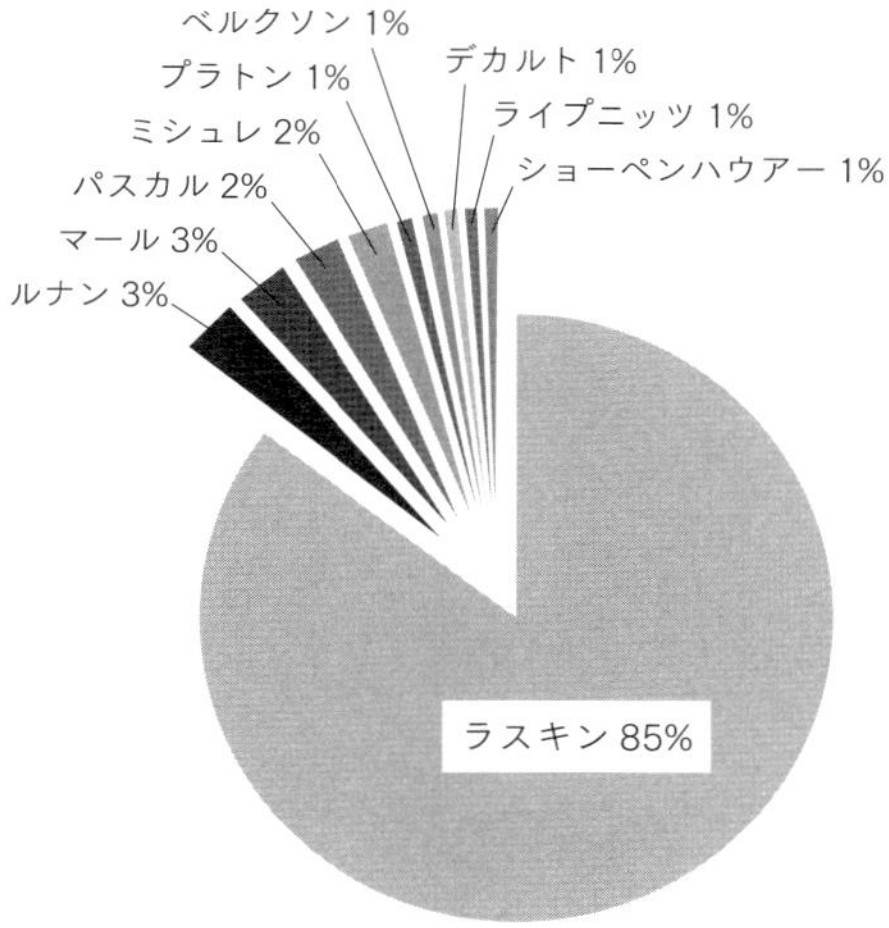

図版1　プルーストの関心——哲学・思想（和田章男「プルーストの文学的・芸術的教養」において、『プルースト書簡集』をもとになされた統計的分析結果にもとづき、真屋がグラフ作成）

ン（一八五九―一九四一年）、エミール・マールらを圧倒している。

第二章で見たとおり、代表作『失われた時を求めて』にとりかかるまでに、プルーストには長い間、書けない時期があった。それまで四年間にわたって書いていた小説『ジャン・サントゥイユ』が完全に行き詰まり、放棄することになった一八九九年は、ラスキンが亡くなる一年前である。彼への傾倒がはじまったのはちょうどそのころであった。

アミアンへの旅

はじめはフランス語に訳されたラスキンの文章にプルーストは親しんでいた。彼に決定的な影響をあたえることになったラ・シズランヌの著作『ラスキンと美の宗教』は、一八九五年一二月から九七年四月にかけて『両世界評論』という総合誌に連載された論評が、同年にアシェット社から単行本として刊行されたものであり、書物として出版された時点でプルーストはすでに雑誌で読んでいた可能性が高い。ラスキンは、当時フランスでも人気の高まりを見せており、この本が、出版された年に第二版、翌年に第三版、その翌年には第四版と、着実に版を重ねていることからも、フランスでラスキンが受け容れられていたことがわかる。「英国現代絵画」（一八九五年）のラスキンが訴えられた裁判についての報告文もまた、ラ・シズランヌによるものであった。

こうしたフランスでの栄光のかげでラスキンは精神の病に苦しんでいた。裁判が行われる三年前の一八七五年、長年にわたり愛しつづけた女性ローズ・ラ・トゥーシュが世を去り、ラスキンは悲嘆にくれた。精神不安定におちいり、発作もたびたび起きるようになっていた。思索に集中力を欠くこともあり、『フォルス・クラヴィゲラ』（一八七一―八四年）では、論理的一貫性の欠如も見うけられるようになっていた。つづく裁判の敗訴は心身の打撃に追い打ちをかけることになり、しだいに彼を時代遅れの人として見る風潮も生まれていた。そのような状況のなかで、ラ・シズランヌはラスキンの美学の神髄を見きわめ、ラスキンの文と見紛う見事な美文でフランスの同時代人に向けてラスキンの真の姿を紹介したのである。

『ラスキンと美の宗教』を読んだプルーストは、ラスキンの文体と美学に惹きつけられた。エヴィアンに旅したときは、この本に引用された多くのラスキンの文章が、風景の見かた、ものの見かたの導き手となったのである。プルーストの知的欲求はやがて原書へと向かわせるようになるが、ラスキン熱が高じ、ついに、ラスキンの著作『アミアンの聖書』を自ら翻訳して一九〇四年に出版することになった。翻訳家プルーストの誕生である。

レストランでの注文には困らない程度の語学力しかないと思っていたまわりの人たちからは、英語力不足で、さぞかし誤訳が多いことだろうと揶揄されたが、プルーストはこれにたいし、きっぱりと返した。「英語ができるなどと言い張るつもりはありません。ラスキンを知っていると断言したいのです」[(2)]。美術論争裁判のホイッスラーの言葉と同じくらい「美しい言葉」だと思う。真の意味での語学力が、自分の主張したい内容をもっており、それを正しく伝達できる能力であるとすれば、翻訳のための語学力とは、原著者を理解し、本質をつかんで、それを読者に伝える能力のことではないだろうか。その作家の魂をひき出しながら、自分も生きる翻訳法を身につけた人がもつ能力である。プルーストのラスキン理解の深さは、『アミアンの聖書』につけられた「訳者の序文」と脚注が証明して余りある。

ラスキンを翻訳するという作業はプルーストにとって特別な意味をもつことになった。挫折の経験をへて小説を書くにいたる過程で、プルーストがラスキンから学んだもの、彼の思想や美学を摂取し、消化・吸収して滋養となりえたものの要素が、「訳者の序文」と脚注に、意識的、ときに無意識に織り込まれている。翻訳家のなかに、批評家を含んでいるのである。彼に感応する精神をそなえたプルーストは、作品を訳すことによってラスキンの「スタイル（style）」をつかんだといえよう。そしてそれは彼の思想に寄り添いつつ、内面の鏡に自分自身の思想を映しだし、十全に意識する機会でもあった。

プルーストは『ジャン・サントゥイユ』に欠けていたものを探し求めていたというより、自分のなかにすでにあったもの、存在していたが気づかずにいたものを再発見したのである。自分のなかへの旅ははじまっていた。無いものを求めても不毛におわるだろう、在るものを見出し、それを信じることこそが最終的には実りをもたらす。創作もまた「テクニック」の問題ではなく、「ヴィジョン」の問題であることを、翻訳という作業をつうじて感得したようにも思える。

翻訳の仕事のあと、すぐには小説にとりかからず、同一テーマで何人かの作家の「模作」をしたり、論考や批評文を書いたりした。「模作」を試みたのは、一九〇八年の二月から三月にかけてのことである。自分の文体を模索するためではない。このときすでに立ち戻るべき自分の文体を見出している。作家の特徴をとらえる感性に優れたプルーストにとって、それぞれの作家の「リズムに合わせて」彼の「内面のメトロノームを調整」しさえすれば難なく書けてしまうのだ。この即興の模作の「テクニック」におくられた賛辞にたいし彼は、「テクニック」などというほどのものではない、「ばかばかしい文章練習だ」と断じ、「模作など糞くらえ！」と書簡に書いた。(3) これらの言葉からすると、プルーストにとって、翻訳の仕事が、原著者に寄り添うことによってなされたのにたいし、模作は、他の作家の、一時的で軽妙な乗っ取りなのかもしれない。もっとも、模作は物真似と同様、本質をつかむ能力と関わっている。

彼に逡巡があったのは、新しくとりかかろうとする作品を、評論にするか、小説にするかという形式の問題についてであった。吉田城（一九五〇―二〇〇五年）氏によれば、「私」という話者が一人称で物語を語っていく形式をとりはじめたのは、一九〇八年末から翌〇九年にかけて書かれた『サント＝ブーヴに反論する』の草稿の段階においてであった。(4) 草稿は何度も書き直され、修正が加えられ、推敲に推敲が重ねられて『失われた時を求めて』へと変貌していく。『アミアンの聖書』の翻訳が、結果として挫折から立ち直り、プルーストのいう「自分の心の翻訳」、つまり『失われた時を求めて』へと向かう契機になったことは疑いの余地がない。

ところで人が旅に出て新しい世界に接するとき、訪れる土地や国のことについてあらかじめ知識をえて、そのうえで風景や歴史的建造物を眺めることによろこびを感じる場合もあれば、何も知らないまま接して、自分の眼で見、肌で感じ、新鮮な印象や、衝撃、感動を胸に刻むことを優先する場合がある。プルーストは旅をするとき、家族と保養に行く場合以外は、必ずといってよいほど、ラスキンの書物とともに出かけている。旅立つまえには、書を読んだり夢想をしたりしているが、旅先では、まずその地で直に感じることや印象を大切にしている。そのうえで、感じながら知り、知りながら感じるという、知性と感性を相互にはたらかせる方法で歴史的建造物や彫刻を見ているようである。これはラスキンから学んだ旅の方法だが、旅にかぎらず、プルーストが小説を書きすすめるなかで、要所要所でのラスキンとの関わりかた、「書くこと」と「読むこと」が絡みながら支え合っている関係にもあらわれている。

ラ・シズランヌが『ラスキンと美の宗教』のなかで示した、ラスキンによる旅のしかたなるものを、吉田城氏は「プルーストがラスキンから学んだ最初の方法論」として次のように記している。「時空を超えた美術史や博物学の成果を、先達の導きを仰ぎつつ、具体的な建築物や地層のなかで観察すること。教会や記念物を単なる知識としてではなく、旅行者として風土のなか、地誌のなかで読み解き鑑賞する眼を養うこと」[5]。ラ・シズランヌは、ここではラスキンを、書斎にこもっているだけの思想家ではなく、現地での実態に即した調査や研究にこだわる思索家として紹介していることがわかる。

しかしラスキンには、実証的観察者とは別の顔がある。観察したものを文章にするときは、対象を見たまま、感じたままに表現する印象主義者としての姿がある。たとえば、草木が川や海など水と接するところでは、水しぶきが草となって見えることも、生い茂る木々が波がしらとなって見えることもある。その見たままの印象を綴ると、隠喩表現になるのである。ラ・シズランヌの本はむしろラスキンの詩人としての側面を際立たせており、プルーストが惹かれたのは、ラスキンの流麗な文の深いところにある、ものの見かたである。旅の地でプルーストは、ラスキンの教えにしたがって彫像や建築物に接し、感じ、観察し、自らの精神の糧とした。

プルーストが考えるラスキンの「スタイル」、思考法の特徴とはどのようなものだったのか、彼自身のなかに見出したものは何か、その答えを『アミアンの聖書』の「訳者の序文」と脚注に探りたい。それはまた、プルーストの美学と共振するものであり、小説において展開する文学理論の礎となるだろう。

考察にあたり、『アミアンの聖書』でプルーストが注目して、「訳者の序文」でとり上げている箇所を三つ選んだ。それら三つのくだりは、ラスキンが好んだアミアン大聖堂の、ある部分について書かれている。プルーストが一八九九年の晩秋にラスキンの本をガイド役としてはじめて訪問した際、プルースト自身も感銘を受けた部分でありオブジェである。ラスキンが好んだものに実際に接し、彼の精神に迫りながら、自分が感じたことを記している。耳を澄ましてそれぞれの声を聴きとりたい。

〈黄金の聖母〉の微笑

アミアンの大聖堂に行けば、ラスキンに会うことができる。しかも「彼は、駅まであなたがたを迎えに来てくれているのだ」、とプルーストは「訳者の序文」のなかでいう。実際、この旅行案内の本には、われわれの都合によって選択可能ないくつかの道順を示してくれる配慮があるだけではなく、楽しい気分になるようにと道すがら「ボンボンやタルト」を買うことをすすめてくれる気遣いもある。

『アミアンの聖書』という表題の「聖書」に比喩的な意味はない。ラスキンは大聖堂西正面扉口に刻まれた彫刻を文字どおり「読む」のである。『アミアンの聖書』は四章からなり、アミアンのノートル・ダム大聖堂の構造と彫刻について具体的で詳細な説明がなされる第四章にたいし、第一章から第三章までは、第四章で彫刻や彫像をより深く「感じる」ための予備知識のような役割を果たす。そこでは、五世紀ごろのピカルディー地方の歴史を概観している。大聖堂の美とそれを生み出した人や土地の魅力を結びつけるラスキンの思想のあらわれであるが、まず、アミアン大聖堂をフランク人の傑作とみなしたうえで、五世紀ごろのヨーロッパを中心とした地理や歴史、フランク人について語られる。この旅行案内の書のおよそ半分までくると第四章である。ここにきて建築や彫刻を「読む」とき、それまでに語られた歴史的背景がエコーとなって響く。

たとえば、もっともわかりやすい例をあげると、このラスキンの旅行案内書を片手に、四つ葉飾りに彫刻された預言者ナホムの彫像の前に立ったとき、「豊かな髪の王冠型髪飾りが、乙女のそれのように結ばれている」ことに注意して見るようにという。この「フランク人の王たちの象徴のひとつ」である長い髪は、第二章においてすでに語られた、「王とその一族しか、自由に髪をのばせなかった」という説明に立ち返らせる。ラスキンは、注で第二章を参照するよう促すとともに、ナホムに言及している彼の別の著作も参照させている。こうしてわれわれは、王たちは巻き毛を「背中まで波打たせ」、王妃もまた巻き毛を「足まで波打たせ」ていたのにたいし、市井の人々は、「法律か習慣によって、後頭部を剃り、櫛を入れた髪をひたいのうえに垂らす」ことで満足させられていたことを知るのである。[6] ナホムの彫像をまえにして直接感じたことに知識が加わり、それは感慨となる。

「美しい鱒のいる一二本の河」によって魅力がいやますフランス北部の都市アミアンは、「河の女王」とも「ピカルディ地方のヴェネツィア」とも呼ばれていた。かつてはすぐれた織物がここから見知らぬ国へと運ばれた。このような地に立つ大聖堂は、時間のなかにあるもの、歴史的なもの、その土地の人間と切り離すことのできないものとして存在する。ラスキンのこの考えかたは『アミアンの聖書』の構成それ自体に反映されている。過去の人々の精神的かつ芸術的価値観が凝縮した大聖堂は、解読すべき書物としてだけではなく、感じとるべき美としても存在している。

そのひとつ目は、聖母である。ラスキンにしたがって道をすすんだ先には、アミアンの大聖堂で彼がもっとも愛したもののひとつ〈黄金の聖母〉（図版2・3）の微笑が待っている。この聖母はかつて黄金色に塗られていたことからそう呼ばれる。

ついに扉口に到着したとき、その中央にいる愛らしいフランスの聖母をだれもが気にいるに違いない。顔は少し脇を向いて、彼女の光輪も、似つかわしいボンネットのように少し脇に傾いている。彼女は退廃的な聖母である、彼女のかわいらしさと陽気な小間使いふうの微笑みにもかかわらず、いやむしろ、それだからこそ、といえよう。[7]

図版2・3　アミアン大聖堂南翼廊扉口〈黄金の聖母〉（13世紀）

ラスキンはこの聖母に「愛らしさ」と、「陽気な、小間使いふうの微笑み」を見ている。彼が用いている言葉「小間使い（soubrette）」は、オペラや喜劇に登場する、機転のきく小粋な小間使いのことだが、「ボンネット（bonnet）」という言葉同様、フランス語が起源である。この聖母をラスキンは「典型的なフランスふう聖母[8]」と書いていることから、意図的にこれらの言葉を使ったと思われる。「聖母と、彼女のさんざしの花で装飾されたまぐさ石〈古代の建築で、窓や扉口の二つの支柱の上に水平に渡されたブロックのこと。聖母の顔のうしろにある浮彫の施された部分〉は注目にあたいする」[9]とラスキンは称賛する。この〈黄金の聖母〉は西正面扉口にはいない。西正面扉口から、向かって右側へ回った南翼廊扉口に立っている。

実はアミアン大聖堂西正面には、別の聖母がいるのである。西正面にある三つの扉口のうち、向かって右の「聖母マリアの扉口」と呼ばれる扉口に、ラスキンが称するところの「女王ふう聖母」（図版4）が立っている。厳かで気品があり重々しい雰囲気の女王で、悪魔の表象としてのドラゴンを踏みつけている。

この「聖母マリアの扉口」の説明のくだりで、歴史的観点から、ラスキンは聖母を三つのタイプに分けている。そのひとつを代表するのが、「女王ふう聖母（Madone Reine）」である。このタイプは、「本質的にフランク族とノルマン族の聖母」で、「王冠をいただいており、落ち着きがある、権威に満ちた優しいマドンナ」なのである。[10]もう一つのタイプは、「典型的なフランスふう」のもので、「子育て聖母（Madone Nourrice）」として、ラスキンは分類している。この「子育て聖母」として例にあげているのが、〈黄金の聖母〉（図版2・3）である。このタイプは、概して「退廃的」な聖母であり、「ラファエッロふう」だと書いている。[11]

図版4　アミアン大聖堂西正面「聖母マリアの扉口」（13世紀）

三つ目は、先にあげた二つのタイプより古い時代のもので、憂いを秘めた崇高なマドンナ、「悲しみの聖母（Madonna Dolorosa）」として分類されている。ラスキンによると、「悲しみの聖母」には「ビザンチンタイプと、チマブーエ〔ジョット以前の一三世紀イタリア最大の画家（一二四〇／五〇―一三〇二／〇三年）〕タイプ」があるのだが（図版5）、「すべてのなかで、「悲しみの聖母」がもっとも高貴」であり、「大衆に影響を及ぼした、もっとも初期のもの」だという。[12] 比較して、聖母マリアの扉口の「女王ふうの聖母」は一三世紀のきわめて優れた様式ではあるが、「初期ビザンチンのほうがはるかに崇高である」と述べている。

興味深いのは、ラスキンがこのくだりの注で、自著『ヴェネツィアの石』第二巻の〈ムラーノの聖母〉（図版6）を参照させていることである。そこには、ムラーノ島のサンタ・マリア・エ・ドナート聖堂を訪れ、ドームの金色の地に聖母を見つけたときのラスキンの驚きと感動が述べられている。暗がりのなか、注意深い一瞥によって「金地のうえに描かれたギリシアふうマドンナの絵」が見える、とラスキンは思った。そして――

そして足許がぐらつくように感じるのが、敷石のうえに、最初に歩をすすめたときである。実はそれらもギリシアふうのモザイクでできていたのであり、まるで海のように波打ち、鳩の胸もとのように染めあげられている。[13]

図版5　チマブーエによる聖母（アッシジ）（ライブラリー版『ラスキン全集』第33巻より）

図版6　ムラーノ島のサンタ・マリア・エ・ドナート聖堂の聖母（13世紀）

聖母は描かれているのではなく、モザイクでできていたのである。鋪床のモザイクは壊されたり改修されたりしていてラスキンをうんざりさせるが、当初のまま、傷つけられずに残されている部分があった。それは大理石のモザイクでできており、その図柄は、「孔雀、獅子、ニワトリ、グリフィン」など、それぞれが二匹一組になって構成されている。(14)

すこし横道にそれるが、ラスキンがここで、ムラーノ島のサンタ・マリア・エ・ドナート聖堂の鋪床と、サン・マルコ大聖堂の鋪床を比較していることに注目しよう。時代も同じ一二世紀で、まったく同じ床の造りかただが、異なるのは色彩であり、色彩の変化の妙においては、ムラーノのサンタ・マリア・エ・ドナート聖堂が勝るのだという。サン・マルコ大聖堂の床のモザイクは、多くの場合一つひとつの石片は、同色で色彩変化がないが、各石片のとり合わせかたが巧妙だという。鋭い観察である。つまり現代的にいえば、ムラーノの聖堂のギリシア風モザイクのほうが、画素数が多いといった感じであろうか。

すこし寄り道をしたのは、モザイクの敷石のうえに歩をすすめて、足許がぐらつくような感覚を覚えるラスキンのこの体験が、プルーストの第六篇『逃げ去る女』と最終篇『見出された時』のなかの、サン・マルコ大聖堂の敷石の逸話を思い起こさせるからである。『逃げ去る女』のなかで、母親とヴェネツィアに行った主人公が、ラスキン研究の実地調査のためサン・マルコ洗礼堂を訪れたとき、地盤沈下のために不揃いになったモザイクの床をとおって建物の中に入っている。このときの鋪床の感覚は、『見出された時』のなかの一連の無意志的記憶の蘇りの大事な場面へとつながってゆく。

ゲルマント大公邸でおこなわれる午後のパーティに招待され、ゲルマントの館の中庭に入っていた主人公は、一台の自動車をよけようとして、不揃いな敷石につまずき、よろけながら敷石に片足をおく。そのとき、えもいえぬ幸福感が彼を満たす。それは、かつて味わったサン・マルコ大聖堂のモザイクの不揃いな敷石の感覚とつな

図版7・8　ヴィオレ＝ル＝デュクのドローイング
（Eugène-Emmanuel Viollet-le-Duc, *Dictionnaire raisonné de l'architecture française du XIe au XVIe siècle*, 10 volumes, Paris: Bance, 1854-68, t. 9）

がったからであり、不揃いな敷石がヴェネツィアの日々を蘇らせる。[15] その敷石がもたらした歓びは、マドレーヌの味、マルタンヴィルの鐘塔のながめ、ヴァントゥイユの「七重奏曲」などを体験したときの感覚によって生まれた幸福感と同じものだったのである。プルーストは、『ヴェネツィアの石』から多大な影響を受けたことから、ラスキンの出来事が頭にあった可能性がなくはない。

『アミアンの聖書』に話を戻すと、聖母のタイプを分類した項には、プルーストも関心を抱いていた一九世紀フランスの建築家ウジェーヌ・エマニュエル・ヴィオレ＝ル＝デュク（一八一四—七九年）への言及がある。ラスキンは、彼の辞典のなかの「聖母マリア（Vierge）」の項目にたいして、その細密さと、アミアンの大聖堂の二つの聖母のあいだにヴィオレ＝ル＝デュクが立てた対比を称賛している。彼による二つのドローイングにも触れ、「女王ふう聖母のほうをすこし実際より良くみせて、子育て聖母のほうをすこし俗化させていることは公平ではない」などと評しているあたりラスキンらしい[16]（図版7・8）。

あの独特な微笑みをうかべているあるがままの〈黄金の聖母〉を、私はどんなに愛していることだろう、天上の女主人の微笑をうかべているあの聖母が、薫るようでいて簡素なさんざしに飾られ、大聖堂のこの扉口で迎えてくれるのを、私はどんなに愛することだろう。（*B. A.*, p. 26）[17]

この一文はラスキンのものではない。『アミアンの聖書』の「訳者の序文」のなかのプルーストの文章である。「女主人（maîtresse de maison）」という言葉を使って、〈黄金の聖母〉に家庭的要素を見ていること、「女主人」に「天上の（céleste）」という言葉を加えて、聖と俗を融和させていることなど、まなざしはラスキンと同じである。品位ある「女王ふう聖母」が正面扉口に立っているのにたいし、〈黄金の聖母〉は右手へ回った翼廊、いわば家の勝手口のようなところにいる。すでに見たように、ラスキンが「子育ての聖母」と名づけ、「小間使いふうの微笑」をたたえているというこの聖母は、「ラファエッロふうの聖母」でもある。聖なる光輪と、卑近な「ボンネット」を重ね合わせ、聖母に小間使いを見るという、ラスキンのアナロジー感覚にプルーストは大いに刺激をうけた。そして彼は、ラスキンにならったかのように、聖母をこの大自然から生まれ、生活するアミアンの住人のように眺める。

〔…〕何世紀もまえからこの町の住民たちを眺めてきた彼女は、この町のもっとも古いもっとも出不精な住人なのであり、正真正銘アミアンの女なのだ。芸術作品などではない。誰ひとりそこから連れ出すのに成功しなかった田舎の憂愁を帯びた地に放っておかなければならないいとしい女であり、彼女はそこで、〔…〕アミアンの風と太陽とを顔いっぱいに受けつづけ、手のひらにとまる小さな雀たちを愛想よく迎え、あるいは何世紀もの昔から彼女を若々しく飾っている古いさんざしの石のおしべをついばませつづけるだろう。(18)

（*B. A.*, p. 28）

ラスキンの影響で、プルーストはこの聖母を愛するようになった。聖母のことを、独特な微笑を浮かべていつもそこにいる身近な人間であるかのように見ている。

プルーストの部屋には、この〈黄金の聖母〉の写真のそばに、レオナルド・ダ・ヴィンチの《モナリザの微笑》の写真がかけられていた。モナリザは、フランスに帰化した「無国籍者」のようなもの、〈黄金の聖母〉は、アミアンから遠くない石切り場出身の「アミアン女」、一方は、芸術作品として「傑作の美」を保ち、もう一方は、「思い出の憂愁」に満ちている、という。(19) ここにおいて、プルーストはラスキン同様、異なる国籍、異なる芸術間の垣根を越えている。

アミアンの〈慈愛〉とジョットの〈慈愛〉

では「読んでいきましょう」とラスキンは、西正面中央扉口（図版9）のキリストの使徒たちの足の下にある、腰石部の浮彫へと誘う。扉の左右に並ぶ使徒たちの下の帯状に見える部分である。プルーストの熱意と遊び心が綯《な》い交ぜになったデッサンの細部はあまりに前衛的というべきか（図版10）。日付は特定できないようだが、プルーストが『アミアンの聖書』翻訳にかかわっていたころ、友人で作曲家のレーナルド・アーン宛の手紙にこの西正面中央扉口のデッサンをしている。

図版9　アミアン大聖堂西正面（ライブラリー版『ラスキン全集』第33巻より）。向かって右が「聖母マリアの扉口」

そこで目に入るのは、四つ葉の形をした浮彫、それぞれの使徒が教えを説いた徳行が表わされた浅浮彫りである。美徳が上に、悪徳が下の列にそれぞれ並んでおり、〈信仰〉と〈偶像崇拝〉、〈希望〉と〈絶望〉、〈慈愛〉と〈貪欲〉という具合に対をなしている。ラスキンの説明はいずれもプルーストの知的好奇心をくすぐるが、なかでも彼が大きな関心を示しているのは、〈慈愛〉を表わす彫刻である（図版11）。

その美徳〈慈愛〉のすぐ下には、悪徳〈貪欲〉があり、ラスキンは次のとおり〈貪欲〉を解説する。「金庫と金銭をかかえ込んでいる。これらを羊毛製造の〝神聖なる〟目的達成とするのは、イギリス人もアミアンの住民にも共通する近代的な観念である」[20]。このように、金銭第一主義という、人間性の欠如にもつながりかねない近代化にラスキンは警鐘を鳴らしていた。産業革命を世界に先駆けて達成した英国で、経済重視の国民性を告発していた彼が、フランスの地で、一三世紀に建てられた聖堂の浅浮彫り

図版 10
右：プルーストによるアミアン大聖堂のデッサン（1900-06 年頃。ペンと黒インク）（*Lettres à Reynaldo Hahn*, présentées, datées et annotées par Philip Kolb, Paris: Gallimard, 1984, p. 117）
左：アミアン大聖堂西正面

図版 11　アミアン大聖堂西正面の腰石部浅浮彫り〈美徳と悪徳〉（部分）（ライブラリー版『ラスキン全集』第 33 巻より）。左の上下が〈慈愛〉と〈貪欲〉

に、いつの時代も変わらない人間の業のようなものを見ている。

プルーストは、こうしたラスキンの社会思想家、社会改革者としての側面にはほとんど興味を示していない。彼がとりわけ関心を抱き、繰り返し言及しているのは、〈貪欲〉ではなく、それに相対する〈慈愛〉についての解釈である。ラスキンは次のように書いている。「裸の物乞いにマントを与えている。アミアンの昔の毛織物製造は、その目的について次のような認識を持っている。――つまり、まず貧者に着せ、富者はそのあとに着せる」[21]。道徳論者としてのラスキンの思想の片鱗をうかがわせる言葉である。

このくだりをプルーストはたいそう気に入っている。ただし道徳論とは無関係のようである。『アミアンの聖書』を翻訳するなかで、この浅浮彫り〈慈愛〉について触れたラスキンの別の著作が脳裏に浮かんだとみえ、脚注で参照させている。その著作とは、一八八四年から翌年にかけて行われた四つの講演からなる著作『英国の楽しみ』(一八八四―八五年)である。プルーストが「訳者の序文」の本文でも書いているように、『英国の楽しみ』でとくに彼の関心をひいたのは、次の文章である。ラスキンは、アミアンの浅浮彫り〈慈愛〉を、一三世紀後半のイタリアの画家ジョット・ディ・ボンドーネの〈慈愛〉(図版12)と比べて論じている。

アミアン大聖堂西正面の〈慈愛〉が、町の工場でできた毛織物を乞食にあてがうだけで満足しているのにたいして、パドヴァの理想的なジョットの〈慈愛〉は、自分の心臓を神に差し出すと同時に、世俗の富、金貨の入った袋を足で踏みつけ、施しとして麦と花を与えている[22]。

このようにラスキンは、異なる表現形式である彫刻とフレスコ画の二つを比較し、一方については少々不満げに語り、もう一方のジョットの〈慈愛〉については、「理想的な」と形容して称賛している。称賛の理由は、おそらく、ひとつの作品のなかに、世俗的な金儲け主義を否定する内容と、自分の心臓を神に差し出しながら、右手には自然の恵みである花や麦を持って、分け与えるといった深い愛情および人間のあるべき本来の姿、その両方が表わされているからであろう。しかしプルーストの関心は道徳的な内容よりも、二つの異なるものの比較にあったように思われる。

アミアンでは〈慈愛〉にたいする悪徳は〈貪欲〉であった。ジョットのほうは、〈慈愛〉に〈嫉妬〉（図版13）が相対する。プルーストはこれらの絵をラスキンの『フォルス・クラヴィゲラ』の図版で見ており、一九〇〇年のヴェネツィア旅行の際、パドヴァまで足をのばし実際に目にしている。ジョットの〈慈愛〉に描かれた女性の頭の周りをよく見ると、円光と火の十字が見える。実は、このことに気づかせてくれるのもプルーストなのである。彼はまず、〈慈愛〉の「円光と火の十字」について触れているラスキンの著作『ヴェネツィアの石』の一節[23]を、脚注で参照させている。さらに興味深いことに、ジョットの〈慈愛〉について、『アミアンの聖書』のなかでの説明と異なる解釈がなされていることを指摘しているのである。

『ヴェネツィアの石』でラスキンは、火炎は「美徳の愛の輝き」を表わしたものであり、それが十字形に頭のまわりに配されていると説明する。そして「円光と火の十字」が与えられている美徳を表わす女性像は、他のすべての美徳の像から区別されているという。それにつづくラスキンの解釈である。

図版12・13　ジョット、スクロヴェーニ礼拝堂壁画
（1306年頃、フレスコ、パドヴァ）
左：〈慈愛〉　右：〈嫉妬〉

右手では、穀物と果物のはいった鉢を差し出し、また左

の手ではキリストから財宝を受けとっているが、そのキリストは彼女の上方にあらわれ、彼女に絶えざる慈善の役を果たすための資力を与えようとしているのであり、一方彼女はその足許に地上の財宝を足で踏みつけて立っているのである。[24]

施しとして麦や花を差し出していることと、金貨の入った袋を足で踏みつけていることは、『英国の楽しみ』での解釈と同じだが、ここでは、女性が慈善を施しつづけるために、その元手となる財宝をキリストから受けとっている、というのである。「自分の心臓を神に差し出す」女性像とは、物と心、そのものの流れる方向、ともに反対である。しかし実際、キリストから財宝を受けとっているようにも見えるから不思議である。そのとき〈慈愛〉は、〈偽善〉と表裏一体となるのだろうか。プルーストの脚注を読むかぎり、異なる解釈について気に留めている様子はない。

自分の心を神に差し出す行為と財宝をキリストから受けとる行為、地上の富を足許で踏みつけながらも施す慈悲。それらの関係をどのようにとらえればよいのだろうか、解釈は多様であり、自由だと教えているようでもある。ともあれ、このようにプルーストの脚注は、『アミアンの聖書』の〈慈愛〉にはじまり、ラスキンの他の書物へとわれわれを誘い、自由な旅の散策をゆるすのである。ある書物から他の書物へと橋を架けるうちに出くわす矛盾や、表面的一貫性の欠如にプルーストはけっして驚きはしない。それらもまたラスキンの魅力のひとつとしてとらえているのかもしれない。ラスキンはときに間違っているが、それはそれで美しい、とどこかで述べているように。

記憶の宝石箱

プルーストが注目するのはこうした解釈のちがいではなく、ラスキンが〈慈愛〉の女性像に、「僧院的な」要素と同時に、「家庭的な」要素を見ていることであり、聖なるものと俗なるものを融和させるつねに変わらぬラスキンの視線である。聖・俗の和合に加えて、彼が刺激を受けたのは、異なる国や時代、異なる芸術分野の境界を超えた融合である。一方は、イタリアのスクロヴェーニ（アレーナ）礼拝堂のフレスコ画であり、もう一方は、フランスにあるアミアン大聖堂の四つ葉飾りの彫刻である。ラスキンの解説の独自性に加えて、プルーストが脚注のなかで驚きをもって指摘するのは、時空を超えて異質なものを自由に結合させる、ラスキンの記憶と想像力の豊かさである。

記憶のすばらしい宝石箱からつねに新しい宝石をひき出すのは、彼の無尽蔵な豊かさの魅力的な遊びであった。ある日はアミアンの貴い薔薇窓を、またある日はアブヴィルのポーチの黄金色のレースをひき出して、イタリアの眩い宝石と結婚させたのである。（*B. A.*, p. 61）

たとえば一見かけ離れているような、ピサの石とシャルトルの石に、ラスキンは同じ「魂」を見ていたとプルーストはいう。「フランスの石をイタリアの魔術的な反映で照らす」ことで、中世キリスト教芸術の一体性をわれわれに伝えているのだと解釈する。[25] こうしたアプローチのしかた、あるいはものの見かたは『アミアンの聖書』にかぎらない。ラスキンの著作に添えられたデッサンについて、プルーストが「意味深い」として、さまざまな土地に見られる「同じ蝶の変種」を見る思いがするというのは、同じ一枚の図版に並べてデッサンされ、一目瞭然、視覚にうったえてもいるからだろう。なるほど、プルーストが「暗記している」というほど読み込んでいたラスキンの『建築の七燈』第五章には、フランスやイタリア各地の聖堂、アブヴィル、ルッカ、ヴェネツィア及び、ピサの比較のくだりで、彼自身によるデッサンが見られるし（図版14）、同じ本の別の章には、英国の

図版14　アブヴィル、ルッカ、ヴェネツィアおよび、ピサ建築の細部の比較（ライブラリー版『ラスキン全集』第8巻より）

図版15　ルーアン大聖堂およびソールズベリー大聖堂の狭間飾と繰形の比較（ライブラリー版『ラスキン全集』第8巻より）

ソールズベリー大聖堂と、フランスのルーアン大聖堂を比較するデッサンが添えられている（図版15）。前者は、ターナーと並び称される風景画家ジョン・コンスタブル（一七七六—一八三七年）の絵で知られる聖堂であり、後者は、光と影が織りなす色階の《ルーアン大聖堂》をターナーが描き、その絵に触発されて、クロード・モネが連作を描いたことでも知られている（第六章、図版13・14）。

『アミアンの聖書』の「訳者の序文」では、そうした結合を「さまざまな種類の芸術、さまざまな国のあいだに打ち立てるこの平行関係[26]」と表現し、脚注でも複数の具体例をあげている。サン・マルコ洗礼堂のモザイクを例にとって、ヘロディアスにカネポロス（古代ギリシアにおいて祭礼の際、供物を頭にのせた娘）を見、金色の丸屋根にギリシアの壺を見る。そうかと思えば、ヘロドトスのことを同時代人であるかのように語るといった具合で、ラスキンの柔軟で自在な想像力に驚嘆している。あるもののなかに別のなにかを見る、こうしたものの見かたこそラスキンに特徴的なものだとプルーストは考えた。

しかし、彼はただ驚嘆するばかりではない。ラスキンが異なる二つのものを融合させるのは、なぜなのかという問いに、自らひとつの答えを出していると思える興味深い一文があとにつづく。

もし彼〔ラスキン〕の名前が、「ラファエル前派主義」に結びつけられるべきだとすれば、この言葉から理解すべきは、ターナー以後のそれではなく、文字通りラファエッロ以前のそれなのである。今日、彼がハント、ロセッティ、ミレイになした奉仕は忘れてもよい。しかし、ジョット、カルパッチョ、ベッリーニのためになしたことを忘れることはできない。彼の崇高な業績は、生者をかき立てることではなく、死者を蘇らせることにあった。(*B. A.*, p. 61)

ロイヤル・アカデミーに反発して、一八四八年に英国で結成されたグループ「ラファエル前派」の画家、ウィリアム・ホルマン・ハント(一八二七―一九一〇年)やロセッティ、ジョン・エヴァレット・ミレイ(一八二九―九六年)らは初期ルネサンス美術に戻ることを標榜した。「ラファエル前派」を擁護したラスキンが思想的な面で彼らに影響をあたえたことは周知のとおりだが、プルーストは、盛期ルネサンスの三大巨匠の一人ラファエッロ・サンツィオ(一四八三―一五二〇年)より前の、初期ルネサンス画家たち、つまりジョットやカルパッチョなどを再発見したラスキンの功績の大きさを讃えているのである。

過去のものを「現時的」に見る視点がつねにラスキンにはある。そして今と過去を結合させる、過去のものに息をふき込み、蘇らせることで、今あるものにも新たな息吹を生みだすのである。ラスキンの作品の随所に見られるこのような関係性に、彼の精神生活が結ばれていることをプルーストは鋭い眼力で見抜いている。現時と結びつけることで、「死者」あるいは「過去」を蘇らせる、これはマドレーヌ菓子の体験でも見たように、プルーストの小説において、重要な役割を担う挿話と関係するケルト信仰にも似た考えかたである。ならば、プルーストは翻訳をしながら、書くべき小説の本質について答えの半分はすでに見出しているのではないだろうか。

ジョットの〈慈愛〉に戻ろう。〈慈愛〉についてのラスキンの解説から着想を得て、プルーストはこれを『失われた時を求めて』のなかにとり込んだ。プルーストの草稿を見ると、「ラスキン」の名前や、『アミアンの聖書』の文字がはっきり記されていたり、他にも中世芸術やイタリア美術に関するくだりでは、「ラスキン」の名や引用文があらわれたりする（図版16・17）。ところが、何度も書き直すうちに、それらの言及は、変更されたり、削除されたりして、最終的に、小説のなかには、残り香だけが漂うことになる。

小説の主人公が、勉強部屋の壁に飾ってあるジョットの〈慈愛〉を、家に雇われた小間使いの女性に重ねてながめるくだりは、あきらかにラスキンが霊感源となっている。主人公は、小間使いと〈慈愛〉の女性像、虚構の

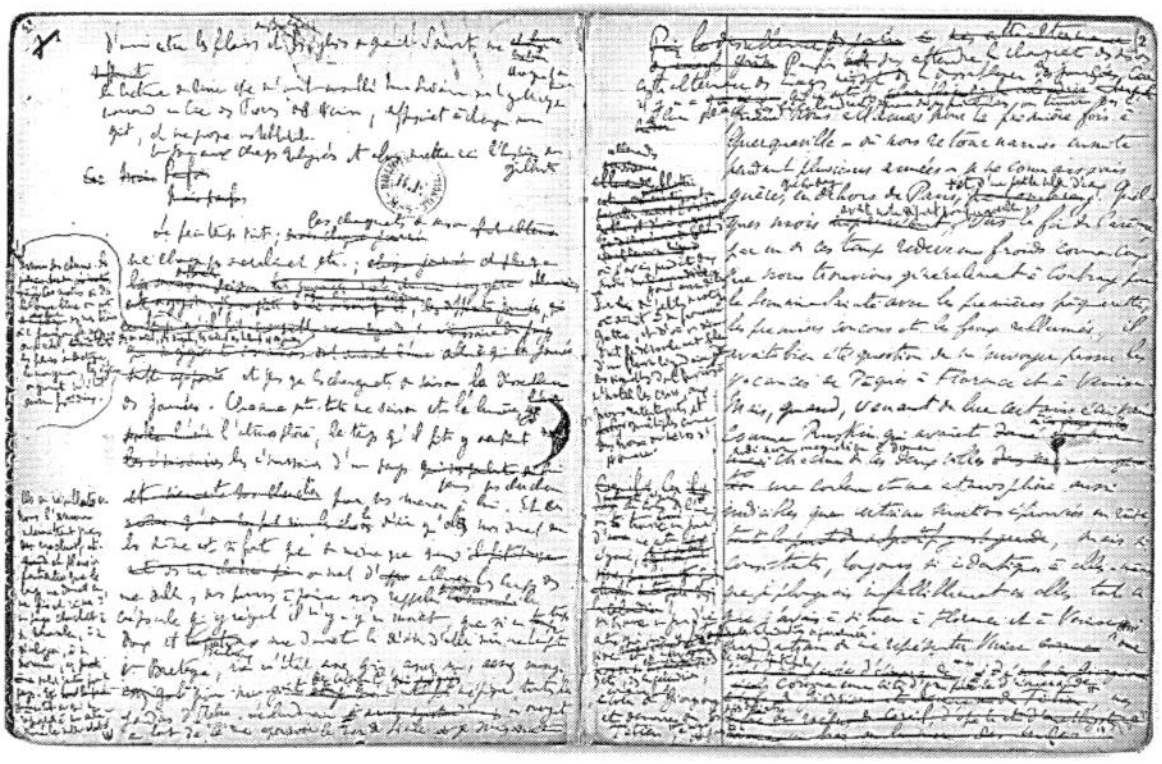

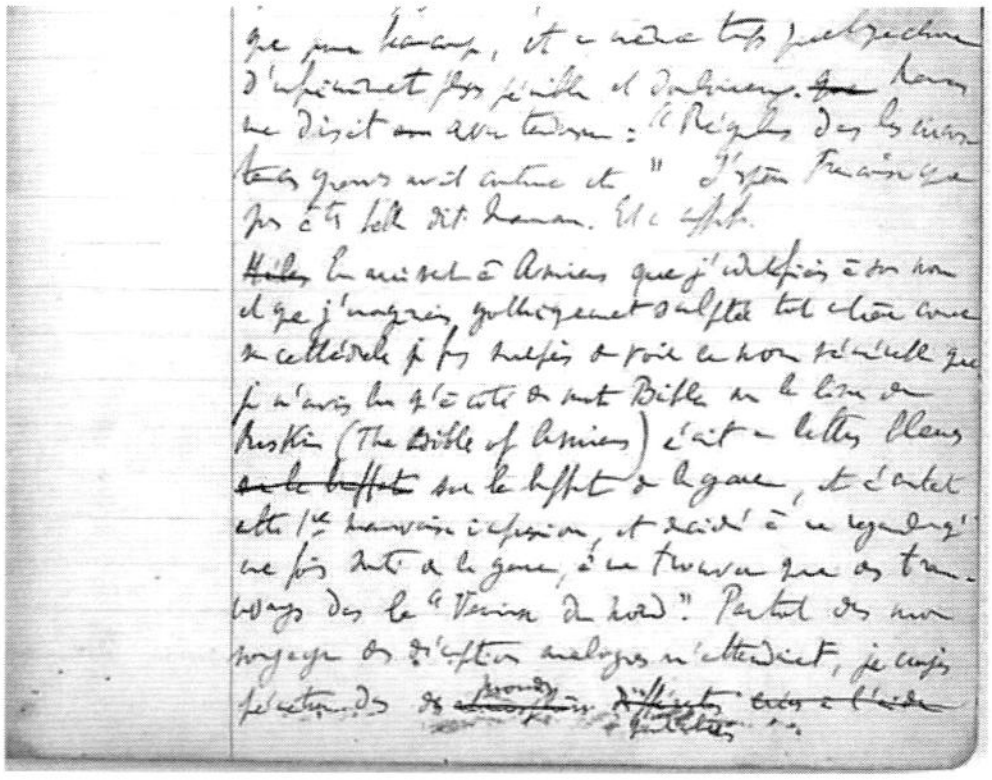

図版16・17　ラスキンの名と『アミアンの聖書』が記されたプルーストの草稿帖（Bibliothèque Nationale, Paris 提供）

世界と実体、そのあいだにある境界線をとり払って「見る」。このくだりの引用文は本書の最終章にあげている（第六章、二四〇頁）のでここでは省くが、興味深い現象が起こっている。

かりに画家が、「臨月が近づいた小間使い」をモデルに、「葡萄の実を踏んで」ワインづくりをしていたり、背丈が足りないので「穀物袋を踏み台にして」、換気窓から「栓抜き」をわたしたりしている日常生活を描いたとして、それがジョットのフレスコ画、〈慈愛〉の女性像になるだろうか。描かれたものと現実はかけはなれている。

実際はこれを反転させたかたちで、壁にかかったジョットの〈慈愛〉をながめる主人公が、家で雇っている小間使いの働く姿を重ねながら、視覚芸術を言語化しているのである。逆さにしてみると、ものの見かたと表現における、プルーストの発想と想像力の独創性が浮き彫りになる。「芸術は自然を模倣する」、と『詩学』で語るアリストテレス（前三八四―前三二二年）の言葉をあてはめようとしても、はみ出してしまう。

アリストテレスの言葉にたいして、逆説的にオスカー・ワイルドは、人生や「自然は芸術を模倣する」、と「嘘の衰退」（一八九一年）のなかでいう。たとえば、人はターナーが霧を描くようになってはじめて、自然のなかに霧を見るようになったというように理解されている。プルーストの小説において、この言葉にあてはまる例は、〈慈愛〉のくだりにかぎらない。ここでは下働きの女中に美的価値を添えることを忘れてはいないが、他にも、風景をターナーのように見たり、モネの睡蓮のように見たり、登場人物を肖像画に重ねたり、と枚挙にいとまがない。

芸術作品を鑑賞したり、絵を言語化したラスキンの書に接したりすることで養われたプルーストの眼は、自然や人生をより豊かに見るようになり、さらに豊かな眼で芸術作品を鑑賞する、といった循環をつくりだすのだろう。それが小説に反映されており、芸術と人生が相互的に作用している。芸術作品は生命をおび、四次元の世界に生きはじめるのである。ここでも〈慈愛〉の女性は作品から抜け出て、聖なる世界から、俗なる日常のなかに生きている。

神に差し出す「心臓」を、「栓抜き」と重ねるのは大胆な聖と俗との結合であるが、(27) こうしたものの見かたは、ジョットについて、ラスキンが『フィレンツェの朝』(一八七五―七七年)で論じている一節とも呼応する。

彼〔ジョット〕は人間の本性に付随するあらゆる思いやりのある性質を、定義し、説明し、賛美する。〔…〕彼は、家庭的な生活の思考と、僧院的な生活における思考がもつあらゆる徳を、それぞれ高めたうえで、融和させようとする。彼はもっとも単純な家事の仕事を、神聖なものにする一方で、もっとも崇高な宗教的情熱をわれわれに、身近で現実に即したものにするのである。(28)

ジョットの〈慈愛〉は、プルーストの小説の主人公にとっても、身重の小間使いと同じように生き生きとしたものに見え、また反対に、小間使いのほうは、〈慈愛〉の女性像にさほど劣らず、「寓意的」に見えたのである。そしてその絵の魅力は、作品の美的価値や神聖な化身が描かれていることに加えて、心理的にも、人相学的にも、「多くの現実性」をそなえたものとして眼に映ったのである。(29) プルーストの書簡には、ラスキンによる旅行案内の書『フィレンツェの朝』を原書と翻訳の両方で読んでいたことが明記されている。(30)

さて、これ以上横道にそれないようにしよう。それでは、「ラスキンと一緒に、大聖堂のになかへ入ろう」、とプルーストはわれわれをうながす。

フランボワイヤン様式の聖歌隊席

アミアンに来ていて、見たいものがあるが立ち去らざるをえないとしても、仕事があってあわてて急行列車に乗らないといけないとしても、一五分の余裕があったら、大聖堂の聖歌隊席（図版18）を見るべきである、とラスキンはいう。

フランス一五世紀のゴシック建築の様式で、炎のような装飾がみられることから「火炎式の」という意味をもつフランボワイヤン様式。その様式でできたこの聖歌隊席は、木工細工で、これほどの傑作を他では決して見ることができない、とラスキンが断言する。「彼と一緒に、大聖堂のなかへ入ろう」、とプルーストはわれわれを促がし、ラスキンの解説を長々と引用する。次にあげるのは、ひとつ目が、プルーストがラスキンから引用した文の一部で、二つ目は、その引用文のあとに続くプルーストの感想である。

> それは彫刻家の手のもとで、粘土のように彫り刻まれ、絹のように折り重なり、生きた枝々のように生い茂り、燃えさかる焔が立ちのぼるよう。天蓋が天蓋にかぶさり、小尖塔が小尖塔を突きさし、――それは自らを吹き出し、絡み合い、魔法にかけられた森のあき地を生み出しているのだが、その絡みは解きがたく、朽ちることなく、どんな森より葉叢に満ち、どんな書物よりも多くの物語が詰めこまれている。[31]

> これらの聖職者席の木は、徐々にあの濃い紫色を帯びるに至り、というよりはむしろその色をにじみ出させているが、それはまるで木の心のようであり、ひとたび魅せられた目には何より好ましく思え、〔…〕つねにより激しく燃え上がる木の熱情のなかで、時とともに溢れ出る樹液のようなも

図版18　アミアン大聖堂、聖歌隊席
（ライブラリー版『ラスキン全集』第33巻より）

のを味わうとき、人は一種の陶酔を覚えずにはいられない。(*B. A.*, p. 31)

このようにプルースト自身、オーク材でできた、四〇〇年を経た聖歌隊席をまえにして感嘆の念にとらえられたが、それを描写したラスキンの文章にも感動を覚えたことだろう。流麗な文体は、比喩表現に富み、挿入句や節が連なる長文で知られるプルーストの文体を思わせる。聖歌隊席について書いた両者の文の内容はまた、それぞれに、文体について語っているようにも、作品について述べているようにも読みとることができるから不思議である。

プルーストは、芸術家は死んでも作品は生き残る、という考えから、「死んではじめて、忘却の草ではなく、永遠の生命である、豊かな作品という草が、密に生えてくるのだ」と『見出された時』のなかで書いている。[32]永遠の生命の草である作品が密生するという隠喩表現は、ラスキンのいう、「朽ちることなく」「葉叢に満ち」、「多くの物語が詰めこまれている」聖歌隊席に具現化されてはいないだろうか。

聖歌隊席についてのこの文章がプルーストの琴線に触れたことは想像に難くない。彼が小説のなかでそうしているように、文体について暗示的に語っているようでもあり、同時にその文体が実践されてもいるからである。たとえば、「粘土のように彫り刻まれ、絹のように折り重なり、生きた枝々のように生い茂り、燃えさかる焔が立ちのぼるよう」というラスキンの文章に見られる「……のような」という語を用いた比較、比喩は彼に特徴的なものであり、詩的に認識されたこのような印象表現は不朽のものである、と説いているようにも解釈できる。主体としての精神に重要性を置く主観的な美学は、ラスキンが生きた時代のロマン主義の影響も少なくないだろうが、むしろ印象主義的美意識からきていることもすでに述べた。こうしたラスキンの姿勢と美意識から生まれる表現方法、比喩に満ちた文体にプルーストは惹きつけられたのである。

プルーストの「スタイル」

旅のガイドブック『アミアンの聖書』を片手にしたプルーストに引率されて、かぎられた時間のなかわれわれは大いそぎでアミアン大聖堂をめぐった。われわれからすれば、『アミアンの聖書』の「訳者の序文」から、とくにプルーストが感銘を受けたと思えるアミアン大聖堂の部分を選び、ラスキンによる解説と、プルーストの関心のありどころを、のちに書かれた小説のなかの本質的な部分と結びつけて、その関係性を探ったわけである。

三つの例をとりあげて検討するかぎり、異なる二つのものを共通する要素によって結びつける「類推《アナロジー》」の概念で表されるものにプルーストは感応しているといえよう。この分析結果は、聖なるものと俗なるもの、異なる芸術分野、異なる国、異なる宗教のあいだ、遠く離れた時代と今、それらの境界線を超えて自在に融和させるラスキンに驚嘆している事実にも支えられるであろう。そして、アナロジー感覚によって認識したものを書物に定着させるのに、「隠喩《メタフォール》」という手法こそふさわしい、とラスキンの文章に接するうちに確信を深めていったのではないか。

これまで見てきたアミアン大聖堂をめぐる、わずか三つの事柄から短絡して結論に導こうとするものではない。ここで、プルーストが『アミアンの聖書』を翻訳するにあたって、心がけたことについて触れておく必要があるだろう。それは批評家の果たすべき重要な任務としてプルーストがあげていることでもある。翻訳をしながら同時に、批評家としてあるべき姿を示そうとしたプルーストは、はじめてラスキンの本を読む人が、彼にはじめて会った気がしないようにすることに努め、読者が作家の「本質的特徴」をつかめるように手助けする役割を心がけた。そのために彼は、ある文章が、ラスキンの他の著作を思い出させるたびに、脚注のかたちで指摘し、そのくだりをとり入れて、意見や補足的な解釈を記した。それは、作家、音楽家、画家など、芸術家の作品について、プルーストは次のように考えるからである。

ある著者の本を一冊しか読まないのは、その著者に一度しか会わないのに等しい。〔…〕それら〔その人独自の特徴〕を真に特徴的、本質的なものと認めることができるのは、さまざまな状況でそれらが繰り返される時だけである。音楽家や画家の場合と同様、ある作家にとって、一種の実験によって、性格の恒常的特徴の識別が可能になるような状況の多様性とは、作品の多様性にほかならない。〔…〕最初は判断に迷った特殊性が、二冊目の書物、別の絵にも見出される。するとわれわれは、さまざまな作品の類似関係から共通する特徴を引き出すのだが、芸術家の相貌を形づくるのは、まさにそれら共通の特徴の集合なのである。(*B. A.*, p. 9)

この考えかたは「訳者の序文」や脚注のなかで、言葉をかえて繰り返されている。「類似」した特徴をできるかぎり多く、読者のまえに並べて見せることによって、「いわば即興の記憶」のようなものを提供するのである。このようにして、読者がラスキンの特性の「本質的特徴」を受けとめられるようにすると、『アミアンの聖書』のなかの言葉は、「親愛感あふれるエコー」を呼び起こし、「より豊かな響き」をたて、「一種の共鳴箱」になるのだとプルーストはいう。(33) プルーストが考える批評家なるものの第一の任務とはこのようなものであった。異なる二つのものに共通する要素をとらえ、融合させる鋭いアナロジー感覚に恵まれていなければ不可能なことだが、ラスキンの作品が、発揮されたアナロジー感覚の結晶に満ちていたこともプルーストにとって幸運であった。そして、二冊目のラスキン翻訳によって、プルーストの確信はより強いものとなっている。

『アミアンの聖書』の翻訳のあと、一九〇六年に、『胡麻と百合』(原書は一八六五年)がやはり「訳者の序文」と長い注を付して出版された。その注のなかでプルーストは、ラスキンの作品の魅力は、彼の一冊の本のなかで示されたさまざまな考えの間、あるいは他の著作との間に、彼が明示しない関連、ときにほのめかす程度の関連をもたせているところにある点をあきらかにしている。ラスキンの思想の「つねに変わらぬ同一の実質」からひき出された考えであるからには、結果として、本に「現実的な統一性」を与えるのだという。

ラスキンを二冊翻訳する過程で発見したこの「共鳴箱」の方法は、批評の方法から、やがて書くべき自らの小説に応用可能な方法として、しだいに意識が変化していったのではないだろうか。ラスキンの本に「現実的な統一性」を認めたプルーストは、それが小説の「構成上の統一性」となるように、ラスキンよりおそらく意識的に、巧みに、考えなりイメージなりを配置し、構成すればよいのだ、と。

特筆すべきは、このラスキンの思考法の特徴を記したくだりのすぐあとに、プルーストの文学創作に決定的な影響を与えたと思えるラスキンの方法について、プルースト自身が語っていることである。

〔講演の末尾で〕ラスキンは講演をつうじて、いくぶん無秩序にあらわれていたすべての主たる考え――あるいはイメージ――を順に並べ、混ぜ合わせ、一緒に作動させ、光り輝かせる。それが彼の方法だ。彼はある考えから別の考えへと表面的には何の脈絡もなく移っていく。しかし実際のところ、彼を導いている気まぐれは、心ならずも彼にある高度な論理を与えることになるような、深い親和性に従っているのである。その結果、最終的に彼が一種の秘密のプランに従ったということになるのだ。それは最後に明かされて、全体にたいして、遡及的に一種の秩序を与え、その秩序が後の大詰めをむかえるまで見事に積み重ねられていることを示して見せる(34)。

プルーストの炯眼によってもたらされた示唆に富む言葉である。一見、無秩序のように見えるもののなかに、秩序が存在する、これはラスキンの『ヴェネツィアの石』のなかでもとりわけプルーストに影響を与えた「ゴシックの本質」の章で、建築について語る次の言葉と呼応する。

しかし、そこには見かけ上の混乱のなかに絶妙な均整が一貫して存在しているのである。(35)

プルーストがラスキンについて述べたことも、ラスキンが建築について語ったことも、それらの文章がそのまま『失われた時を求めて』にあてはまることに気づかされる。プルーストはおそらく、文学創作の方法をこのときすでに見出していたのではないだろうか。作品の構成について、用意周到に綿密なプランをたててとりかからなくとも、「深い親和性」があれば、主たる考えやイメージの部分部分が求心力をもってつながり、あたかも「秘密のプラン」に従ったかのように、結果として、遡及的に作品に一種の秩序をもたらすものだと確信していたのであろう。フィリップ・コルブが指摘するように、プルーストのこの文章が『失われた時を求めて』の構成を決定づけた、といえよう。(36)

フランスの批評家ロラン・バルトの言葉が、正鵠を射ていると思えるなら、視点は違えども、プルーストがラスキンについて言っていることと同じであると気づくであろう。一九七八年のコレージュ・ド・フランスでの講演のなかで、『失われた時を求めて』の構造についてバルトは次のように述べている。

この作品の構造は、実をいうと、ラプソディ風、つまり（語源からも）断章を編み継いだものとなるのです。それにこれは、作品は一着の服のように作られる、というプルースト自身が用いた比喩（メタフォール）でもあるのです。(37)

ラプソディ風テクストを織りなす方法と、布の断片を、並べ、差し替え、調和させ、縫い上げてゆく婦人服仕立の技術との共通点を指摘した上で、バルトはそれらが単なる「パッチワーク」ではなく、断片と断片が「呼応し合う」関係で成り立っている点を強調している。

いずれにせよプルーストが、ラスキンの作品のなかの一見したところ無秩序な要素の間に、そして別の作品との間に、「地下のつながり」[38]や、隠れた構造を見ようとしたことからはじまって、文体というミクロの次元はもとより、作品の構成というマクロの次元まで、一貫して、「アナロジー」の概念に支えられていることを見抜いたのは、プルーストの炯眼以外の何ものでもない。そして、ラスキンの二つの作品の翻訳がプルーストの芸術観の形成に果たした役割は大きいといえよう。

むすび

ラスキンについては、研究者によってしばしば指摘されるように、確かに、『アミアンの聖書』の「訳者の序文」おわり近くで偶像崇拝をめぐって批判をしているし、プルースト自身、ラスキンの種々の矛盾にも気づいていた。一九〇四年に『アミアンの聖書』、一九〇六年に『胡麻と百合』の翻訳がそれぞれ出版されたあと、プルーストはラスキンを翻訳することをやめ、自分の魂の翻訳へと移行して、文学創作にとりかかったことは事実である。ことの本質を見るならば、偶像崇拝をめぐる批判は、ラスキンとの「決別」を意味するのではなく、プルーストのいう「深い自我」の探求途上における通過儀礼のようなものではないだろうか。しまいには彼を寛容の精神で包み、すべてをひっくるめて敬愛していたのだから。「ラスキンの著作は、ときにばかばかしく、偏執的でうるさく、間違っていて、滑稽かもしれない、しかしそれでも、彼は、つねに尊敬に値するし、つねに偉大なのだ」。そう、一九〇八年一一月、ジョルジュ・ド・ロリス伯爵に宛てて手紙を書いた[39]。

キリスト教徒でありモラリストであり、経済学者で、美学者であった。〔…〕自らの財産をあきらめ、世界に美を与え、しかしまた、この世の不正を減らすことに心を配り、心を神に捧げた彼は、ジョットが〔…〕描いたあの慈愛の絵姿、ラスキン自身しばしば自著のなかで語ったように、「金貨の袋も地上のあらゆる財宝も足もとに踏みつけ、ただ美と花のみを与え、苦悩にさいなまれながら、焔に包まれた自らの心臓を神に差しのべる慈愛」の絵姿を思い出させる。[40]（*C. S. B.*, pp. 443-444）

一九〇〇年一月、ラスキンが永遠に旅立ったとき、プルーストは新聞『フィガロ』紙（二月一三日）に、ラスキン追悼記事を寄せた。ラスキンをジョットの〈慈愛〉に重ねて、このように追悼文を締めくくっている。

（1）グラフは、和田章男「プルーストの文学的・芸術的教養——『プルースト書簡集』作品別および作者別索引に基づく統計的分析の試み」、『大阪大学大学院文学研究科紀要』第四一巻、二〇〇一年による統計的分析にもとづき、真屋が作成したものである。和田氏は、フィリップ・コルブ編『マルセル・プルースト書簡集』全二一巻（*Correspondance de Marcel Proust*, texte établi, présenté et annoté par Philip Kolb, 21 volumes, Paris: Plon, 1970-93）の索引をもとに、美術や哲学・思想などの各分野について、名前や作品名があらわれる頻度によって統計的に分析している。

（2）*Cor.*, III, p. 221.

（3）*Cor.*, VIII, p. 67, *Cor.*, IX., pp. 69, 135.

（4）吉田城『『失われた時を求めて』草稿研究』平凡社、一九九三年、六二頁。

（5）吉田城編『テクストからイメージへ——文学と視覚芸術のあいだ』京都大学学術出版会、二〇〇二年、三一頁。

（6）John Ruskin, *The Bible of Amiens*, in *Works*, vol. 33, p. 159. ラスキンは次を参照させている。John Ruskin, *Fors Clavigera: Letters to the Workmen and Labourers of Great Britain*, III, in *Works*, vol., 28, Letter 65 May 1876, p. 601.

（7）John Ruskin, *The Bible of Amiens*, *op. cit.*, p. 128.

（8）*Ibid.*

（9）　*Ibid.*, p. 129.

（10）　*Ibid.*, p. 165.

（11）　*Ibid.*

（12）　*Ibid.*

（13）　John Ruskin, *The Stones of Venice*, II: *The Sea-Stories*, in *Works*, vol. 10, p. 62.

（14）　*Ibid.*, p. 64.

（15）　IV, p. 446.『見出された時』のなかの、ゲルマント邸中庭の不揃いな敷石がヴェネツィアでの思い出を蘇らせる挿話の原型は次を参照。*C. S. B.*, p. 212.

（16）　John Ruskin, *The Bible of Amiens*, *op. cit.*, p. 368.

（17）　以下、ラスキンの著書と、訳者プルーストの序文が錯綜するので混乱を避けるために、凡例でも示したようにプルーストによるフランス語訳『アミアンの聖書』(John Ruskin, *La Bible d'Amiens*, traduction, notes et préface par Marcel Proust, Paris: Mercure de France, 1904）は「*B. A.*」と略記し、プルーストの「訳者の序文」からの引用は「*B. A.*, p. 26」の形で本文中の引用文のあとに記す。*C. S. B.*, p. 129.

（18）　プルーストはこのくだりに、彼女もまた住民から眺められている、と注を付している。引用文にある、「さんざしの石のおしべ」とはさんざしの彫刻で飾られたまぐさ石である。
なおプルーストは、先に見た聖母とさんざしのまぐさ石に注視するようすすめるラスキンの言葉を「訳者の序文」で引用していることに加えて、脚注ではラスキンの別の著作をあげて、さんざしの装飾で覆われた大聖堂のポーチの例を参照させていることから、『失われた時を求めて』における教会やマリアと結びついたさんざしの挿話は、ラスキンの書物に想をえた可能性がある。

（19）　*B. A.*, p. 28.

（20）　John Ruskin, *The Bible of Amiens*, *op. cit.*, p. 155.

（21）　*Ibid.* プルーストは、エミール・マールの『フランス一三世紀宗教芸術』も読んでアミアンの〈慈愛〉について知識を得ていたようである。*Cor.*, II, p. 24. Emile Mâle, *L'art religieux au XIII*e *siècle en France, étude sur l'iconographie du Moyen-Age et sur ses sources d'inspiration*, Paris: Ernest Leroux, 1898, p. 157.

(22) John Ruskin, *The Pleasures of England*, in *Works*, vol. 33, p. 486. プルーストが、『アミアンの聖書』「訳者の序文」で、このくだりについて言及している次の箇所も参照のこと。*B. A.*, pp. 62, 302-303. *C. S. B.*, pp. 97, 115.

(23) John Ruskin, *The Stones of Venice*, II, *op. cit.*, p. 397.

(24) *Ibid.*

(25) *B. A.*, p. 62.

(26) *Ibid.*, p. 63.

(27) I, p. 80. 聖母マリアと聖ヨセフとキリストを描いたジョットの作品を、家族の日常生活を眺めるようなラスキンのまなざしについては次を参照。John Ruskin, *Mornings in Florence: Being Simple Studies of Christian Art for English Travellers*, in *Works*, vol. 23, p. 332.

(28) *Ibid.*, p. 333.

(29) I, p. 81.

(30) *Cor.*, VI, pp. 241-242. *Cor.*, VIII, p. 102.

(31) John Ruskin, *The Bible of Amiens*, *op. cit.*, p. 125.

(32) IV, p. 615.

(33) *B. A.*, p. 10.

(34) John Ruskin, *Sésame et les lys: des Trésors des rois, des Jardins, des reine*, traduction, notes et préface par Marcel Proust, Paris: Mercure de France, 1906, pp. 62-63.

(35) John Ruskin, *The Stones of Venice*, II, *op. cit.*, p. 148.

(36) Philip Kolb, « Proust et Ruskin: nouvelles perspectives », *Cahiers de l'Association internationale des études françaises*, nº 12, Paris: Les Belles Lettres, 1960, pp. 259-273.

（37） Roland Barthes, « Longtemps, je me suis couché de bonne heure », *Le Bruissement de la langue, Essais critiques IV*, Paris: Seuil, 1984, p. 317.

（38） *B. A.*, p. 339.

（39） *Cor.*, VIII, p. 286. 次も参照のこと。*Cor.*, VI. p. 146.「あらゆる意見が合う場合でも、まったく好きになれない作家がたくさんいます。それとは反対に、ほとんどの問題について同じ考えかたをしなくてもラスキンをとても素晴らしいと思うのです」。

（40） 初出は Marcel Proust, « Pèlerinages ruskiniens en France », *Le Figaro*, 13 février 1900.

第4章 隠喩《メタフォール》――モネからターナーへ

文体は精神のもつ顔つきである。
ショーペンハウアー

文体模作「プルースト」

英国で『失われた時を求めて』の英訳が出たとき、小説家E・M・フォースター（一八七九―一九七〇年）は、プルーストのするどい感受性と、原文の持ち味を尊重した翻訳の正確さを認めつつも、翻訳にたいする批評家たちの惜しみない賛辞にかならずしも同調できなかった。その理由は、英語になるとプルーストの文章が少しはやさしくなるかと期待していたのに、それが裏切られたからである。

英訳の出版に際して、『ニューヨーク・ヘラルド・トリビューン』紙の一九二九年四月二一日号に掲載された、「プルースト」と題するフォースターの書評の一部である。

初めはきわめて単純な文章がうねるようにひろがっていき、生垣のような文章が割り込んでくるかと思えば比較という花が咲き、野原三つをへだてた向こうに傷ついた猟鳥さながら本動詞がひそんでいるという具合だから、やっとその獲物を拾いあげてみても、これだけ歩きまわり、これだけたくさんの銃と猟犬を使うほどのことがあったのかと首をかしげて、しかも半頁ばかり前にきれいに収まっている主語との関係を見れば、けっきょく直接目的語だったことが分かるのである。(1)

本論のいわば序曲としてこの一文をとり上げたのはフォースターについて云々するためではなく、「隠喩」こそが真実を表現できる方法であると考えるプルーストの文体の本質的特徴をとらえて、見事に言い表しているからである。

生垣や花の比喩、野原での狩猟のたとえを駆使した技法は、あたかもどこまでもつづく丘陵地帯をゆったりと散策しているかのようなのどかな風情をかもしだす。しかし文法どおりにいかない複雑で厄介な文章がその足元に絡みつき、途中で休みたいと思うのだが腰をおろす石はひとつもない、といった二重性の面白味がある。この長い一文は途中に句点がなく、ただ一つの文章からなっている。それにもかかわらず、比喩的な表現を巧みに用いたこの文章に不明瞭さはまったくない。プルーストの文体模作といってよいだろう。

彼の文体の特徴をこのように表現するフォースターの困惑には、ドイツのエルンスト・ローベルト・クルティウスが炯眼をもってとらえた、プルーストの比喩的表現にみる「新しい調和」、そして日本の堀辰雄（一九〇四―五三年）がプルーストの文章をそう呼んだところの「忠実な混乱」といったものと同じような印象や理解が含まれている。戸惑いと深い理解が綯い交ぜになった言葉であり、その背後に、新しい小説の誕生にたいする驚きと、やがてそれが古典になるだろうという予感があることを感じさせる。

長文であっても説明的ではなく、難解でもないプルーストの文章には、言葉の奥や行間に、読みとることの可能な多くのものが隠されており、その解釈の多様性ばかりか、隠されているということ自体にも、多声的、重層的なものの見かたが反映されている。

「隠喩の発見」の場面は最終篇『見出された時』で重要な位置をしめている。悟りに近い境地に達した主人公は、客観主義を批判的に見ており、描く対象物はあくまでも自分との関係においてとらえるべきだとする主観主義に確信をもつ。何もないところから新しいものを創り出す必要はない、すでに自分のなかに存在するものを「翻訳すればよいのだ」と思うにいたる。すでに見たように、プルーストは書簡のなかで、ラスキンの翻訳の仕事のあと、「自分の心の翻訳」にとりかかると書いていた。このとき、文学の材料となるのは自分自身であり、自分の内奥に降りていって明かりで照らし出し、それを「翻訳」するのだという意思をあきらかにしていた。

しかしそれを「どのように」表現するのか。表現方法として「隠喩」を見出したプルーストは、その挿話を物語のクライマックスに「出来事」としてとり込んだ。主人公がエルスチールの《カルクチュイ港》に「隠喩」を読みとった場面とともに、その挿話は小説の二大柱として小説を支えている。プルーストにおける隠喩の概念は、内包する本質的なものが厳密に定義されていないため、特定されず、言うなれば緩い、一般的なものとして認識され、当然その外延ともいうべき、それを適応することのできる範囲が増大するのであろう。

そうした「隠喩」の概念を基本にすえて芸術理論を展開する一方で、プルーストはその理論を小説空間において実践する。草稿には、「隠喩」の真の発見まで試行錯誤の跡が残されている。

プルーストの文学観、芸術観の本質を理解するうえで鍵となる「隠喩」について、完全な理論を展開したり、作品にちりばめられた隠喩の例をあげて分析を加えたりするのが本論の目的ではない。プルーストの隠喩について考察するには、作家の芸術観を中核にすえることが肝要であろう。プルーストの美に関わる主要部分をとりあげ、その生成過程に目を向け検討することによって、彼の芸術観の本質に近づくことを試みたい。

アナロジーの奇跡

「私は自分がどのようなものを作ったのか分かりませんが、どんなものを作りたかったのかは知っています」と自分の書いた小説についてプルーストはいう。「何か普遍的な法則を明らかにすると思えるようなものにしか執着しない」、それはマドレーヌと「紅茶の味」のように、「知性によって明らかにされるものではなく、自己の無意識の奥底深くまで降りてとってこなければならないもの」であり、「記憶と認識にかんする一貫した理論を示している」、このようにルイ・ド・ロベールに書き送っている。(2)

隠喩の発見

ラッパが鳴り響いて、霧の中に兵営が浮かびあがっても、戦争に駆り出されるわけでもない、騎士道的な冒険なども、どこをさがしてもない、とフォースターは書評のなかで書いている。たしかに小説の筋には特別な出来事や事件があるわけでもなく物語は静かに流れる。

しかしその小説の終り近くで盛り上がりを見せるのは、内面の大きな出来事というべきであろう。文学創造における長い逡巡のあと、主人公がようやく文学の方法や意義を見出し、作家としてすすむべき道に迷いがなくなるのである。

真実はつぎの瞬間にしかはじまらないだろう。その瞬間とは、作家が二つの異なる対象をとりあげ、科学の世界における因果律という唯一の関係に類似した、芸術の世界でのその二つのものの関係を設定し、その二つの異なる対象を、美しい文体の必然的な環のなかにとじこめるときである。さらにまた、生活も同様に、真実はつぎの瞬間にしかはじまらないだろう、すなわち作家が、二つの感覚に共通の特質を関連づけ、二つの感覚をたがいに結びつけることによって、それらに共通のエッセンスをひきだし、それらをひとつの隠喩《メタフォール》のなかで、時の偶然性からまぬがれさせるであろうときである。（IV, p. 468）

よく知られた「隠喩の発見」の場面である。真実と呼ぶことができるのは、自分の心の内奥とかかわるものだけである。たとえば一冊の赤い本は、ただ赤い本なのではなく、そこに過去の感覚、その本を読んでいたときの陽ざしや風の音、新緑の香りやカフェ・オ・レの味を含んでいて、ふたたび手にした赤い本がそれを呼び起こすと、事物の「不変のエッセンス」が放出され、「真の自己が目覚め、生気をおびてくる」のである[3]。印象が記憶として自分の内奥に残ると同時に、その時の感覚が物にも纏わりつくということだろう。印象についてのプルーストの言葉がある。「あらゆる印象は二重構造になっていて、半分は対象のさやにおさまり、残りの半分はわれわれ自身の内部にのびている[4]」。こうした印象主義の見かたに真実があるとする一方、客観主義の考えかたにたいしては批判的である。映画の視像などは、「真実なものだけにとどめようとするから、真実から遠ざかる」という。事物を単に描写するだけ、事物の「線と面の貧弱な抜き書き」を示すだけで事足れりとする文学は、「レアリスムの文学と呼ばれていても、現実《レアリテ》からはもっとも遠い」。プルーストの小説の映画化が至極困難とされるゆえんである。

この「隠喩の発見」によって、主人公は確信をもって文学創作へと向かうことになる。「隠喩《メタフォール》」という言葉は、小説のなかの重要な場面ばかりでなく、草稿や、プルーストによる論考、書簡などにも特別な意味合いを帯びてあらわれる。この言葉について、プルーストはそのときどきで考察を深めようとしており、「隠喩」という言葉の本来の概念にとらわれず、自由な発想でとらえていることがわかる。

「隠喩の発見」の場面が迫力をもって伝わるのは、小説のなかで語られたさまざまな挿話がここにおいて、磁石が砂鉄を吸い寄せるように集まったかと思うと、そこから立ち上がり、動き、離れては、またつながり、組み合わさりして、いつの間にか巨大な建築物が立ちあらわれるのを見ることになるからだ。

偶然がもたらす類推《アナロジー》

そうした意味において、プルーストの隠喩は、彼自身が使っている言葉「類推《アナロジー》の奇跡(5)」と相まって求心力を帯び、小説に統一性をもたらすことになる。修辞学では、隠喩は比喩の一つとされる。比喩は、「直喩」、「隠喩」、「換喩」、「提喩」四つの型にわけられている。換喩は、ある事物を表わすのに、そのものと関係のある事物で置き換える。提喩は、全体と部分の関係にもとづき、全体で部分を、部分で全体を表現する。直喩が、「……のようだ」、「……のごとし」などの語を用いて二つの事物を直接に比較して示すのにたいし、「隠喩」はそれらの語を用いず、そのものの特徴を直接、べつのもので表現する比喩法のひとつである。ジェラール・ジュネットの指摘を待つまでもなく、プルーストは、類推を表すあらゆる文彩を「隠喩」と呼んでおり、あきらかに修辞学の定義をはみ出るものである。

一九一三年七月、ルイ・ド・ロベールに宛てた書簡では、この頃考えていた三巻からなる作品の第一巻につけた標題『スワン家のほうへ』を説明するために、プルーストは「隠喩」という語を使っている。「コンブレーの周りには二つの方向があって、スワン家のほうまたはメゼグリーズのほうと、ゲルマントのほうです。第一巻はスワンの生涯について語っているので、それが一種の隠喩になっているのです(6)」。このように小説の構造に関わることについても、隠喩の概念でとらえるのである。

それゆえプルーストの「隠喩」は、文脈から切り離して考えることは避けなければならないし、また修辞学者がこの言葉に与える限定された意味で理解しようとしてもうまくいかないだろう。彼が作品のなかで「隠喩」に与えている意味は、「類推《アナロジー》」によって置き換えられるかもしれない。

しかし論理学でいわれるような、二つの事物の間に本質的な類似点を認め、それを根拠にして、一方の事物がある性質をもつ場合に他方の事物もそれと同じ性質をもつであろうと推理するという意味においての類推ではない。プルーストの場合、アナロジーは、推理するといった理性のはたらきによるものではないからである。本質的な類似点を直観的に、感覚的にとらえて二つの事物の結合はもたらされる。それは錯覚をも含む感覚がひき起こすこともあり、その錯覚に修正を加えるのが理性なのである。したがって、蓋然性の問題ではなく、偶然性によるものなのである。

> 過去を喚起しようとつとめるのは空しい労力であり、われわれの理知のあらゆる努力はむだである。過去は理知の領域のそと、その理性の力のおよばないところで、何か思いがけない有形物のなかに（その物があたえてくれるであろう感覚のなかに）隠されている。その対象物にわれわれが死ぬよりまえに出会うか、または出会わないかは、偶然によるのである。（I, p. 44）

小説のはじまり近くにあるプチット・マドレーヌの挿話のまえにこう語っている。現在の味覚が過去の味覚を呼び起こし、無意志的記憶の蘇りのきっかけとなるこの有名な体験を、生活における「隠喩」とみなしている。生活における「隠喩」にたいし、芸術における「隠喩」で最も重要なのは、いうまでもなく第二篇『花咲く乙女たちのかげに』で、画家エルスチールが描いたカルクチュイの絵に主人公が蒙を啓かれる場面である。理知が介入するまえに、見たままを画家が描いた《カルクチュイ港》の絵に主人公が読みとったのは、陸と海が転置する「変身《メタモルフォーズ》」であり、文学の分野でいえば、「隠喩《メタフォール》」だと直観する。対象の表面のみならず、その奥にある本質的なもの、自然現象やダイナミックな構造をとらえて表現した英国の画家ターナーの海洋画から《カルクチュイ港》の着想をえたことは、別の機会に例証しているのでここでは省くが、[7] ターナーとエルスチールの絵に共通する流動性や律動感が、陸と海の転置をゆるすのである。プルーストが直接ターナーの絵に触発されることもあったかもしれないが、両者のあいだにいる詩人としてのラスキンの存在は大きく、美学や文体については彼からの影響が考えられる。ラスキンは実際の風景を見たり、ターナーの風景画を見たりして、隠喩に富む流麗な文体でそれらを描写しているからだ。したがって、主人公が絵から読みとる「変身《メタモルフォーズ》」が、詩における「隠喩《メタフォール》」に変容するそのあいだに、ラスキンの影が見え隠れする。

《カルクチュイ港》の言語化された描写は美しく、フランス印象主義の画家の作品をながめるように読めることもあってしばしばとり上げられる。しかし描写にはプルースト芸術の本質が塗り込められており、その内容は示唆に富む。本質的な部分では、《カルクチュイ港》が印象主義画家の絵からは離れていくことに気づかされるだろう。

「小説全体が、芸術原理を作品化したものにほかならない」(8)とプルーストは、一九〇九年八月、アルフレッド・ヴァレットに宛てた書簡のなかで書いている。その芸術原理は、視覚的映像である絵画を小道具として用いた《カルクチュイ港》において、もっともわかりやすく、もっとも印象的な形であらわれている。つまり、視覚芸術のたすけを借りたプルースト自身の芸術観の表明の場となっており、われわれの脳裏と網膜に灼きつけるための装置ともなっている。このくだりが鮮烈な印象をあたえるのは、読者の想像力、創造力ともに試され、各自がそれぞれの作品を創りあげることによって、より深く心に刻まれるからである。(9)

『失われた時を求めて』を一種の教養小説として読むとすれば、文学創造への道として、小説のはじめにマドレーヌ体験、すなわち生活における「隠喩」の体験があった。次に《カルクチュイ港》に見る、芸術における「隠喩」の啓示、そして最後に、その両方が合体した形で「隠喩」の発見があった。このように大きな三本柱をあげることになるのだろうか。しかし重要なのは物語の筋ではない。「隠喩」の概念を核として、さまざまな挿話が旋律線の流れを響かせながら、対等の立場で絡み合ってきて、一見したところ関係ないようなものまで引き込みながら、有機的なつながりを形成する。作家プルーストが内面の探求をつづけた結果、「隠喩」を見出し、それが小説に統一性をもたらすことになった、という可能性があるのではないだろうか。

プルーストが「隠喩」という言葉を選んだ経緯について考えるにあたり、その手掛かりを草稿に求めよう。

文学のほう——「撞着語法」から「隠喩」へ

「隠喩」という言葉によって、絵画と文学が結ばれていることが認められた。芸術の異なる分野で用いられる一つの言葉「隠喩」に収斂するまえは、それぞれ別の概念がプルーストの念頭にあったと思われる。まず、文学の分野について見てみよう。

ターナーの名

『見出された時』のなかの「隠喩の発見」までの道のりは、文学の方法と意義について自問しつづけたプルースト自身がたどった道でもある。その足跡はある程度、草稿に残されている。その草稿帖のカイエ28（一九一〇年頃）には、先に引用した「真実はつぎの瞬間にしかはじまらないだろう」と語られる、「隠喩の発見」の場面に呼応する文章がある。

> 芸術における真実は、異なるものの結合によるある関係性、ある法則性にあるので〔…〕真実は次の瞬間にしか生まれないだろう。文体、つまり、撞着語法を持ったときである。文体（style）によってはじめて芸術作品が存在しはじめるが、それまでは離れ離れになって逃げ去りつづける、さまざまな感覚の果てしない流出でしかない。（N. a. fr. 16668, f° 33r°. 強調はプルースト）[10]

興味深いことに、「隠喩の発見」のくだりで見た「隠喩（métaphore）」という言葉の代わりに、草稿では「撞着語法（alliance de mots）」が用いられていた。隠喩の解釈が彼独自のものであるのと同様、ここでいう「撞着語法」も厳密な意味でとらえることはできないが、プルーストの隠喩の概念につうじる考えが展開されていることから、「隠喩」の前候補と考えられるだろう。[11] この断章では、「撞着語法」（「対義結合」ともいう）が何を意味するのかを、鉄を打つイメージを用いて次のように説明する。時の流れとともに逃げ去り、薄れてゆくさまざまな感覚をつなぎとめるには、「結合によって関係性が生み出せるような二つの感覚を、一緒にし、鉄床の上で鍛え、二つのものが結合してひとつになったオブジェを炉からとりだす」ように言語化して定着させるのである。ここで具体例としてまずあげているのは、『胡麻と百合』の「訳者の序文」の一文である。教会の広場の菓子屋で日よけによって保護されたお菓子を「のんびりして甘いその香り（leur odeur oisive et sucrée）」と表現して、日曜日の教会まえ広場の雰囲気とお菓子の味覚を伝えている。「のんびりして」と、「甘い」を結合させることによって、関係性をうち立て、感覚や印象を定着させたとき、はじめて真実が生まれ、文体が生まれるのだという。[12]

二つ目にあげている例は注目にあたいする。視覚芸術にたとえを借りているのだが、そこに英国の画家ターナーの絵を登場させているのである。

同様にたとえば、光の効果の重要性を説こうとして、歴史的建造物を表現しているターナーの油彩画を私が描写して、それほど「つかの間の」建造物があらわれているというとき、真実があり、文体があるのだ。[13]

（N. a. fr. 16668, f°s 33r°-34r°. 強調はプルースト）

ここでプルーストは、ターナーの描いた建造物の表面に移ろいゆく光の効果を認めており、それが永遠のものとなるように、文体によって定着させようとしている。プルーストのイメージを借りていえば、移ろう光と、堅牢な建物を、鉄床の上で鍛錬し、炉からとり出したのだ。

この草稿断片には、「隠喩」という言葉が出てこないが、文章を吟味するかぎり、「撞着語法」をめぐる一節は、最終稿の「隠喩の発見」の場面に呼応する。しかし草稿には加筆や修正など試行錯誤の跡が残されていることから、プルーストの重要な文学観を示す考え、文体はすなわち、ものの見かたの問題であるという考えを主張するには、「撞着語法」では力量不足だと感じているように思える。

この重要な草稿断片は、カイエ57でも再び検討され、準備され、最終的に、小説の終り近くの大団円、「隠喩の発見」の場面へと変貌をとげることになった。変化は漸進的であるように見えて、実は、プルースト自身、啓示を受けたような瞬間があったのではないだろうか。

モネの眼

プルーストの眼に着目するならば、ここでのものの見かたは、まだ「ラスキンの眼」や「ターナーの眼」で見ているとはいえない。というのは、光の効果によって刻一刻と変化する特定の場所の一瞬をとらえ、移ろいやはかなさを画布に定着させようとしたクロード・モネなどフランス印象主義の画家とは異なり、光の効果を念頭においた場合でも、ターナーは、一瞬を問題としたのではなく、より本質的に自然現象をとらえ、経過する「時間」をも含めて画布に定着させようとしていたからである。

ターナーの絵をまえに、撞着語法によって光の瞬時性と建物の堅牢性を合体させたとき、プルーストは、印象派の先駆者としてのターナーの側面を、モネの眼で見て、書いたとしか思えないのである。なぜなら、それは『アミアンの聖書』の「訳者の序文」のなかに記された、大聖堂の西側正面を眺めるプルーストのまなざしや印象とほぼ同種のものだからである。

アミアンの西側正面をはじめて目にするとき、それは霧のなかでは青く、朝はまばゆいばかりに輝き、午後は太陽を吸い込んで黄金色に厚く塗られ、夕暮れには薔薇色ですでに夜の冷気を漂わせている。聖堂の鐘が空に響きわたるどんな時刻であれ、そしてクロード・モネがあの傑出した一連の画布に定着させたどの時刻であれ、〔…〕自然がそれを包む千変万化の色彩から大聖堂をぬけ出させ、この正面のまえで、漠然とした、しかし強烈な印象を受けることになる。(*B. A.*, p. 32)

モネが描いた一連の絵《ルーアン大聖堂》が念頭にあることを、プルースト自身が注であきらかにしている。アミアン大聖堂の壁面に移ろう光と影のさまざまな瞬間のとらえかたはまさしく、モネの眼であり、ターナーやラスキンの眼ではない。草稿のカイエ28のなかで、ターナーの歴史的建造物につかの間の光を見るまなざしもこれと同じではないだろうか。

芸術における真実は、異なるものの結合による関係性にある、とプルーストがいうとき、異なる要素のあいだで相互作用、相互浸透[14]が可能になるような、共通する要素がなければうまくいかない。「撞着語法(alliance de mots)」という言葉を、ここでは本来の定義に近いものとして使っている。『文体基本語辞典(*Vocabulaire de la stylistique*)』(一九八九年)によると、構文的に二つ言葉を結びつけた、ミクロ構造上の文彩であり、一方の言葉がもう一方の言葉を特徴づけるが、その二つの語の意味的な関係は、とっぴなものであったり、矛盾したものであったりする、とある。たとえば、関与的特徴づけではない例としては、「聡明なロースト肉」という表現があげられ、矛盾形容あるいは正反対の言葉の結合としては「あの薄暗い光明」や「残忍で優しい男」が例としてあげられている。「雄弁なる沈黙」などもわかりやすいのでよく目にする例である。『ロベール仏語大辞典(*Le Grand Robert de la langue française*)』(一九八五年)によると、「撞着語法」は、「異なる要素の結合」とある。この語にたいしては、プルースト自身どこか窮屈さと頼りなさを感じていたのではないだろうか。主人公は文学創造を志しているので問題がないとはいえ、「結合」を意味する《alliance》の後ろの補語にあたる《de mots》は「言葉の」という意で、「撞着語法（alliance de mots）」では、文字通り、言葉の結合に限定され、当然のことながら、名詞や付加形容詞などに意識は差し向けられてしまう。文学や絵画など芸術の分野の垣根をとり払って芸術観を表明しようとしている彼にとっては、文学の領域を超える意味を含みうる言葉を探し求めていたにちがいない。

他方、「隠喩」の本来の意味は、『小学館 ロベール仏和大辞典』（一九八八年）によると、「ある物事を、それと似ている別の物事の名称を借りて表す表現方法」とある。「隠喩」が、「撞着語法」と異なる点は、前者が、異なる事物の間の、共通する要素によってつながるのに対し、後者は、まったく別の離れたもの、あるいは相対する要素間に、共通する要素がなくてもつながるのであって、本質的に異質なものでよい。これは二種類の金属を鍛錬し炉に入れて溶解させても、混合して均一な状態にはならないイメージとでもいおうか。

これにたいし、隠喩の場合は、たとえば「私の愛」を、「私の炎」と言ったとすると、炎のような愛をほのめかす。異なる二つのもののあいだに、本質的に共通する要素があれば、かけ離れたもの、対立関係にあるものでも融合が可能である。プルーストが「隠喩」に惹かれた理由には、「隠喩」という語に含まれる《transfert》（語の意味などの転移）や《transpositon》（言語要素の位置転換）という概念があるのではないだろうか。異なる二つのものが、共通する本質を要として転置される、あるものが別のものに置き換えられるが本質は類似する。こうした関係性は、陸と海の転置にとっても好都合であろう。

試行錯誤のすえ見出した「隠喩」という語に新しい解釈をあたえ、本来の意味を広義に用いることによって、多様性と、つながる力動感と斬新さを生み出し、小説空間に広がりと統一性を同時にあたえることになったのではないだろうか。またミクロの次元において、フォースターによるプルーストの「模作」で見たような、ある対象の各部にわたって延々と展開される隠喩、「紡がれた隠喩（métaphore filée）」を駆使した文体は、多声が響く重層的な世界を織りなし、それ自体で豊かであるうえに、そうした重層性が、小説のなかのべつの箇所へと観念連合によって結びつくきっかけを幾何級数的に提示し、畢竟、小説の構成というマクロの次元と関わって、小説世界をかぎりなく豊かなものにしている。

技法や表現方法など、文体をめぐってプルーストが熟考するその延長線上には、彼の文学や芸術に関する考えがあり、自身の芸術観、世界観を象徴的に示す言葉は「隠喩」でなくてはならなかった。プルーストにとって文体は、「技法《テクニック》の問題ではなく、ものの見かた《ヴィジョン》の問題」なのだから[15]。

『見出された時』のなかでは、周到な準備がなされて「隠喩の発見」のクライマックスに達し、主人公が文学創造へと向かうことになるが、実際は小説の冒頭で、半醒半睡のひじょうに曖昧な状態にある主人公が小説世界へとわれわれを誘うところからすでにその準備はされていたといえよう。眠っているのか目覚めているのか、現実なのか夢の世界か、その境をゆらゆら揺蕩しながらさまようさまは、エルスチールの海洋画における陸と海の境界の揺らめきを予告するかのようである。

『見出された時』において、主人公である話者はゲルマント大公夫人邸で催される午後のパーティに出席する。ゲルマントの館の中庭で一台の自動車をよけようとして、不揃いな敷石につまずいたことにはじまり、連鎖的に無意志的記憶の蘇りが起こる。今・ここと、過去のある時・ある場所が融合して、えもいえぬ幸福感に満たされる瞬間である。不揃いな敷石がヴェネツィアを想起させたことをきっかけに、無意志的記憶の代名詞のようなマドレーヌ菓子の体験、そして「書くこと」に直接関係するマルタンヴィルの鐘塔の体験など、そのときどきで「特権的瞬間」を味わった過去の時がつぎつぎに合流する。その時とそれ以前の感覚や印象の結合が数珠つなぎになってあらわれる。

絵画のほう――「曖昧さ」から「隠喩」へ

文学に関しては、「撞着語法」から「隠喩」への移行が確認できた。絵画をめぐっては、実在する画家の絵が念頭にあったのか、また、絵が体現しているどのような概念を必要としていたのだろうか。

《カルクチュイ港》とターナー

『花咲く乙女たちのかげに』のなかで、主人公はバルベックにあるエルスチールのアトリエで《カルクチュイ港》を目にする。海と陸とが転置され、「執拗に、倦むことなく」比較されている絵をまえに、新しい世界がひらけたのを感じる。海と陸がそれぞれ物につけられた名を交換して、画家によって再創造された世界である。文学を志す主人公にとって、それはまさしく啓示であった。次にあげるのは言語化された絵である。

> 家々は、港の一部を隠しているのか、修理ドックを隠しているのか、それともこのバルベック地方でよく見られるように入江になって陸地にくいこんでいる海そのものを隠しているのだろうか。ともかく並んだ家々の屋根が、町を抱いている岬の向こう側に何本ものマストを（まるで煙突や鐘塔が屋根の上にとび出しているかのように）そびえさせ、マストは、その本体である船を町の一部のような、地上の建築物のようなものに見せていたが、〔…〕この画家は目を習慣づけて、浜辺の前景では、陸と大洋の間に、固定した境目、絶対的な境界を認めないようにする術を心得ていた。（II, pp. 192-193）

陸と海と空の境界線が消し去られており、「町を描くためには海に関する名辞しか用いず、海には町に関する名辞しか用いないといった技法」でできているその絵のなかで、比較は倦むことなく繰り返されているのだと主人公は感じ入る。この絵の魅力は、表現されているものの、ある種の「変身（métamorphose）」にあり、それは詩において「隠喩（métaphore）」と呼ばれているものだということに気づく。陸と海、海と空、異なる要素間の相互的な「変身」であるから、隠喩の概念に含まれる「転置（transposition）」の意味が、いっそうはっきりと輪郭をあらわす。また、比較が「執拗に」繰り返されているというプルーストの表現から考えると、厳密には、「紡がれた隠喩（métaphore filée）」のことを示している。ここでは海洋画の連作のようなものを思い浮かべるとわかりやすい。一つの隠喩からひき出される別の隠喩が連鎖をなす手法はプルーストの文体を特徴づけるものであるが、それが、絵画における「連作」と相性がよいことはいうまでもない。

こうして「エルスチールによって養われた」主人公の眼は、二度目のバルベック訪問の際、画家と同じような眼で海を眺めて、「いまや海は逆にそれ自体、ほとんど陸のように」思えるのである[16]。また、母親とのヴェネツィア滞在中にも、海と陸を転置させて眺めている。「小さな運河の両岸では、大運河の場合と同様に、陸と海とが転置されているおかげで、〔…〕教会は水辺からそびえ立ち、一方庭は、運河の貫通によって横切られ、葉や果実が水のなかに引きずり込まれるがままになっていた[17]」。

草稿に目を転じれば、《カルクチュイ港》の「隠喩」の部分に呼応するいくつかの文章が、すでにみた文学における「隠喩の発見」に呼応する部分と同じカイエ28にある。このことからも文学と絵画に橋をかけようとした意図がうかがえて興味深い。エルスチールの《カルクチュイ港》にみる「隠喩」の技法について書かれた断片である。

(1) 彼の絵はある種の隠喩からできており、〔…〕それらの隠喩は、あるものが生み出す印象の本質を表現するが、その本質というものは、天才がヴェールをとりのぞいてそれを示してくれないかぎりわれわれには近寄ることができないのである。（N. a. fr. 16668, f° 17r°）

(2) まずはすべてが、隠喩を生み出していたが、それは、小さな町を描くのに海の名辞を、海を描くのに陸

の名辞をという具合に相互的用法によるものである。[18]（N. a. fr. 16668, fº 72rº）

(3) このようにして彼の海洋画は、隠喩によって満たされ埋め尽くされている、というか、さまざまなイマージュで満たされているのだが、それが、みな同様の隠喩を表わしているのだ。（N. a. fr. 16668, fº 72vº）

「隠喩」という語が含まれるものの、絵としての力強さや具体性を欠く。(1)の断片の「天才がヴェールを」とりのぞくという表現は、プルーストが愛読していた本のなかでラスキンが、シェークスピアとターナーの名をあげて、彼ら天才はわれわれが日ごろ見慣れているものから、習慣のヴェールをとりのぞいて見せるのだ、と書いているくだりを喚起する。(2)と(3)は最終稿にとり入れられた。しかしこの時点で、「隠喩」を体現する具体的な絵としてターナーがプルーストの脳裏にひらめいたとは思えない。すでに別の機会に例証しているので[19]ここでは省くが、《カルクチュイ港》は、ターナーの絵画とラスキンの文学が合わさったものだと筆者は考えている。ラスキンがターナーについて語った芸術理論や、さまざまな絵を解説した文章などから影響を受けたことは疑いの余地がない。

同じカイエ28にある次の文は、架空の作家ベルゴットがある画家について述べたこととして語られているが、数頁にわたる長いものなので一部だけ引用する。この引用文のあとに掲げるラスキンがターナーについて述べている文と比べて読んでみよう。

ベルゴットが言ったことを私はよく覚えていないので〔…〕間違っているかもしれないが、それは偉大な画家についてであって、〔…〕海のなかへと、すばやく逃げ去り〈あれほどまでに動き回って：加筆〉あれほどまでに高くのびる輪郭線、あるときは岩の線と同じような、動物の形をした輪郭線を空高く立ち上がらせ

るのである。(N. a. fr. 16668, f°s 2r°-13r°)

画家は海を生きもののように見ている。「ベルゴット」を「ラスキン」に、「偉大な画家」を「ターナー」に置き換えて読むことも可能だろう。ターナーが見た海を、ラスキンは比喩を使って次のように語っている。

ターナーは、南海岸を旅行した際、海はそのようなものではないことを発見した。つまり海は、今まで考えられていたのとは反対に、まったく気紛れで少しもじっとしていないものであり、「船の腹」におとなしく波打っているときもあれば、天高く荒れ狂うこともある〔…〕波のひとつひとつが二つに砕け、その瞬間、陸の何マイルものところに打ち寄せる。〔…〕鉄のこての如く打ちつけるかと思えば、雲のように消え、目には見えなくなってしまう。堅牢な洞窟のように口を開けたかと思うと、次の瞬間には大理石の柱となり、また次には雷雨に濡れてずっしりと重みを増した真っ白な羊の毛となる。ターナーはこのような事実をけっして忘れはしなかった。[20]

これは『ターナー――英国の港』(一八五六年)と題されたラスキンの本からの引用だが、あとに続く次の言葉が重要である。ターナーは「それ以後、決して、空と海のあいだ、海と陸のあいだのはっきりした区別という概念をとりもどすことはなかった」[21]。『ターナー――英国の港』はプルーストが小説を書くために参照していた本のひとつであり[22]、ジャン・オトレも指摘するように、プルーストはこの言葉に啓発された可能性が高い。本は、ターナーの数々の銅版画とラスキンによる美しい説明文からなっている。

このように、カイエ28には「隠喩」をめぐる断片がいくつか見つかる。吉田城氏は、カイエ28の「隠喩」についての断片を最終稿までとっておいたのだろう、と指摘する[23]。

モネの雪どけの絵

エルスチールの芸術を「隠喩」という言葉で表現するかわりに、「曖昧さ（équivoque）」という語を用いている文章がある。先に見た断片が書かれているカイエ28（一九一〇年頃）のあとに書かれたもので、カイエ28と最終稿のあいだに位置する一九一三年のグラッセ社の校正刷りのなかにある。

〔…〕エルスチールのアトリエで目にした《ブリズヴィルの雪どけの効果》では、粉々に壊れた氷によってすべての境界線が隠されてしまっており、その真ん中から、ほとんど葉を落とした何本かの木が空にのびていて、自分のまえにあるのが河床なのか森林のなかの空き地なのかわからないようになっていたが、反射するこの広大な、曖昧さのなかにある美というものを私におしえてくれた。そこでは、くらんだ目が、一片の紺碧の氷が輝いているのを見ているのか水の上の太陽のきらめきを見ているのかはっきりしないのだ。その一方で、雪や木々の先端の赤褐色にも混じった枯れ葉が、天空とそして朝から夕方まで持続する日没のようなバラ色の微光を凍らせた鏡のなかに散っている。(24)

原文は句点が最後にあるだけの一つの文章からなっている。この雪どけの絵はおそらく、モネによる一連の雪どけの絵のどれかから着想を得たものであろう。エルスチールの芸術を、「隠喩」ではなく、「曖昧さ」という文彩で説明しようとしているこの絵も、《カルクチュイ港》に呼応する部分だと思われる。なぜなら、エルスチールのアトリエで主人公が目にした具体的な絵の描写であること、そして絵を言葉で説明するなかに「曖昧さ」という本質的な概念を含むことなどが《カルクチュイ港》の場面と類似するからである。この雪解けの絵はしかし、最終稿では、《カルクチュイ港》にとって代わられ、切り離されて、第三篇『ゲルマントのほう』に移されている。

エルスチールのアトリエで主人公が見る絵については、カイエ28においても、カイエ34（一九一二―一三年）の段階でも、雪どけや、断崖の絵などモネを中心としたいくつかの絵がプルーストの念頭にあったようである。[25]ここにターナーの絵を暗示するものはない。

ところで、テーマ批評で知られるジャン＝ピエール・リシャールは『プルーストと感覚世界』のなかで、「曖昧さ（équivoques）」という項目を設けているが、その概念の説明のために、小説から次の文を引用している。主人公がバルベックのホテルに滞在中のことである。「海のほかより暗くなった部分を遠方に湾曲した海岸だととりちがえたり、そこが海に属するのか、空に属するのかわからないまま、青くなって流れている一帯をおもしろくながめたりすることがあった」。[26]リシャールは文の前半は「錯覚」、後半は「曖昧さ」が問題となるとしたうえで、曖昧さの説明として、そこでは「二つの要素がまたたき、一方を、もう一方のほうへと滑り込ませる」のであって、理知の介入によって、あるべき場所におさまるまでは解決する道がない、と語っている。そして、「曖昧さ」というのは、「総合」に属するものではなく、「離接された総合（synthèse disjonctive）」のかたちをとるのだという。[27]

このようにして見ると、静的なモネの絵には、「曖昧さ」という語がふさわしいし、動的なターナーの絵には、異なる二つのものが共通する要素によって相互に転置する「隠喩」の概念があてはまるのではないだろうか。いったい海と陸に共通する要素があるというのか、という疑問にたいしては、エルスチールが、ターナーからその答えを受けついでいる。「知っていることではなく、見たままを描く」のが信条であって、実際、逆転して見えるからそう描くのである。[28]錯覚は第二の現実とでもいおうか。

を読みとったからであろうか。

文学と絵画――「隠喩」への収斂

異なる二つの分野、文学と絵画の垣根をとり払って結びつけることができたのは、プルーストが絵に「隠喩」を読みとったからであろうか。

迷いと「変身」

推測ではあるが、文彩としての「隠喩」と、その概念にまとわせようとする衣がモネの絵だとかみ合わないし、文学と絵画を融合させるために同一の概念にしたいのだがままならない、などの理由でプルーストが逡巡しているように思える。

文学のほうでは「撞着語法」に絡めてターナーの作品の例が出てきた。ただし、そこでは完全にモネの眼で見られていた。絵画のほうでは、モネの作品に「曖昧さ」があてられていた。モネと「隠喩」は結びつきにくいので、絵画のほうの「隠喩」の記述は、心惹かれるままに保留にした、といったところではないだろうか。「隠喩」の概念に収斂する方向はまだこの段階では感じられず、モネへの固執による窮屈さと、文学と絵画がしっくり共鳴しない不満足のみ感じて、試行錯誤が重ねられていたのかもしれない。

芸術についての記述が多く含まれるカイエ28を見るかぎり、文学のほうと、絵画のほうがうまく合致していない。異なる二つのものを問題にするという点でのみ一致する「撞着語法」、「隠喩」、「曖昧さ」の定義、似てはいるがまったく異なる三つの概念の周辺をぐるぐるまわりながら思案するプルーストの姿が浮かんでくる。一九一〇年から一三年までの約三年間は、保留にしていた「隠喩」についての文章に適合する絵が見つからなかったか、エルスチールの同時代人、モネの絵を使うことにこだわり続けていたか、それとも、ラスキンの文章のほうに関心が偏っており、ターナーの絵の理解にまでおよんでいなかったのかもしれない。

海と陸を相互浸透させた絵をターナーは多く描いており、ラスキンが「隠喩」を使って絵を描写している。プルーストがラスキンの文体に大きな影響を受けて「隠喩」に価値を見出したのだとすれば、その概念の衣として、ターナーの絵を選ぶのが合理的であろう。プルーストがのちにラスキンの書物などをつうじてターナーの作品に対する理解を深めたことはたしかである。

何よりも文学の表現方法としての「隠喩」と、絵画に読みとる「隠喩」を結ぶための言葉を見出したことが実りをもたらしている。その言葉とは、《カルクチュイ港》をまえにして主人公が使った「変身（métamorphose）」である。これが、同じひとつの語「隠喩」によって文学と絵画を結ぼうとするとき、二つのあいだの連関、なめらかな移し替え（transposition）の役割を果たしている。けっして唐突な印象を与えることなく、二つの芸術分野を重ねるための扇の要として。

絵に主人公が見てとることができたのは、「それらの絵の一つひとつの魅力が、表現された事物の一種の変身《メタモルフォーズ》にあるということ(29)」、それは、物からそれにつけられた名をとりさること、イメージが枠の外にはみ出ること、再創造のための解体のはじまりであった。絵と文学のあいだをつなぐ「変身」、この発見こそ《カルクチュイ港》から受けた啓示である。彼が目にしたのは、画家によって「再創造」された空間なのであった(30)。

最終稿で、主人公はターナーのさまざまな絵がモデルだと思われる作品に「隠喩」を読みとっている。しかし草稿の段階では、エルスチールのアトリエで目にする絵は、主にフランス印象派の画家のかなり特定しやすい作品の混合が考えられていたことが吉田城氏によってあきらかにされている(31)。

煩雑になるのを避けて、草稿については、何らかの概念を含んだモネの絵にしぼって考察を加えたが、最終稿に先行する草稿では、エルスチールのアトリエで主人公が目にする作品は、モネのいくつかの絵、ジャン＝バティスト・シメオン・シャルダン（一六九九―一七七九年）やホイッスラーなどほかの画家の絵が着想源となっていた(32)。エルスチールの絵は、蛹が変態をとげるかのように変身したのである。

文学と絵画のマリアージュ

ターナーを思わせる多くの絵が、プルーストの「隠喩」というシーニュのもとに集まってきたのは、一九一四年から一七年にかけてである。第一次世界大戦中のことであった。タイプ原稿の段階で訂正がなされた。[33] この大戦中に、エルスチールのアトリエで目にする絵について、試行錯誤のうえ大幅な修正と増幅がなされたのである。一九一三年のグラッセ社の校正刷りのなかの絵《ブリズヴィルの雪どけの効果》の運命は先に見たとおりである。最終的に、絵画のほうは、モネの雪どけを思わせる絵と、そこからひき出す「曖昧さ（équivoque）」をとりやめ、ターナーを思わせる《カルクチュイ港》と、その絵に読みとる「隠喩（métaphore）」という概念に置きかえられた。もともと、エルスチールの芸術観については、比較的早い段階で、ラスキンがターナーについて述べた事柄からその大部分がとり込まれていたため、モネやフランス印象派の絵では本質的なところで歪みが生じるのである。

並行して、文学のほうは、はじめはターナーの作品からひき出した「撞着語法（alliance de mots）」が、やがて「隠喩（métaphore）」という語になった。このように、「隠喩」という重要概念に纏う衣としての絵が、モネからターナーへと移行することで、「隠喩」の概念のもとに収斂した。ここに文学と絵画の結合が整合性を損なうことなく実現したのである。

同じ時期に、独自の遠近法など、ターナーに特徴的な要素も、エルスチールの芸術に加えられ、[34] エルスチールのアトリエの絵は、有機的一体性と力強い一貫性を獲得したといえよう。紆余曲折を経てこの選択に逢着したのである。プルーストの小説は、物語的な部分と、文学理論や美学的主張をまとまりあるひとつの作品として融合させている。プルーストが絵画から文学理論を引き出そうとしたとき、隠喩の概念と、その実例ともいえる絵の両輪が一致して、ターナーへと収斂することによって、プルーストが構想した小説に力強い統一感をあたえることになったのだ。

ラスキンが風景を描写したりターナーの絵を言語化したりする際には、異なるものの相互的浸透を、延々と隠喩を紡いで[35]、イメージを二重焼にすることによって表現している。そして、それこそプルーストがラスキンから大きな影響をうけたとされる文体であったことをつけ加えておこう。

錯覚と印象と想像力

ラスキンは、ターナーが「無垢の目」で見て描くことで、ふだんわれわれが見慣れているものを、いつもとは違った光のもとに照らし出してくれたと称賛する[36]。プルーストはラスキンの言葉に応えるかのように、芸術家は、ものから生じた「錯覚」によって、つまり、そのものとは異なる他のものによって、あるものを表出することができるとさえ考えて、次のようにいう。「印象の根源そのものに誠実に立ちかえることによって、一つのものを表現する、しかも最初にひらめいた錯覚のなかでわれわれがとり違えてつかんだ別の物によって元の一つの物を表現する、そうするほうが論理的ではないのか？[37]」小説の主人公は、社交界の人たちに受け入れられなかったエルスチールのいくつかの絵に惹かれる。「他のもの以上に私の興味をひいたのは、それが視覚上の錯覚を再創造していたという点であって、その視覚上の錯覚は、もしわれわれが推理に頼らなければ描かれた対象が何であるか識別しえないだろう、ということを示すものなのだ[38]」。

この独自の芸術観によって、エルスチールはフランス印象主義のどの画家からも一線を画し、ターナーにかぎりなく近づくのである。印象主義の画家たちは見たままの印象を描くにしても、視覚上の「錯覚」までもその範疇に入れることはしない。エルスチールは、見ているものが何であるかを理知のはたらきによって知ろうとすることからあまりにも遠ざかっているため、あるものを別のものととり違える瞬間すらとらえて再創造しているのである。

プルーストが書いているように、人は「写真や心理学があたえる不動の観念どおり」には知覚しない。この世界をわれわれは「曲げたかたちで」理解している。「視覚、聴覚の世界においてのみならず、社会、感情、歴史などの世界においても同様」で、この世界においてわれわれがもっているのは、「かたちの定まらない断片的な視像」だけなのである。(39)

また一言で、印象といっても、画家や小説家によってその性質を異にするだろう。モネをはじめとするフランス印象主義の画家は主として、その時生まれつつある印象を瞬時にとらえて描く。キャンバスを外へもち出して描くことでそれは可能となった。ターナーはたとえ錯覚であっても、胸のうちに刻まれた印象を記憶によってとらえなおし、アトリエで再構築して描く。ラスキンによって評価される、ターナーの洞察力と想像力をもって、過ぎ去った時の印象を再創造するのである。印象をめぐるこの相違を、時との関連で表現するなら、破壊作用をもつ「時」のなかの印象を定着させる芸術と、時のそとにある、超時間的な印象を表現する芸術、ということになるだろう。

印象主義の多くの画家たちにとっては、瞬間的な移ろいが問題となる。印象をすばやくとらえ、それを一気に画布に定着させなければ、逃げ去ってしまう。記憶は重要な役割をあたえられていない。表現上の問題に加えて、技術的にも、細密に描く時間的余裕はなく、物の輪郭線、物と物の間の境界線のない技法が生まれるのは当然の成り行きといえよう。

こうした印象主義画家の技法は、写真術の登場によって絵画芸術の存在意義が問われることになった事実と無関係ではない。一方、ターナーが境界線を描くのを拒むのは、それが彼のものの見かたと深く関係しているからであり、自然現象は動的であるという考えにもとづくものなのである。(40)ものを名づけられた物として見るのではなく、不安定で、流動的な存在としてとらえるのである。ターナーについて、ケネス・クラーク(一九〇三―八三年)は次のように指摘している。「彼はとりわけ空と海が接する線、つまりその色合いの調和によって、たがいに対立する物どうしの全面的和解をもたらすような、異なる要素の融合に心を奪われたのである」[41]。物には輪郭があると信じられていた時代に、ターナーの作風は画期的だったと述べている。

ターナーの「知っていることではなく、見たままを描く」姿勢は、エルスチールの芸術にたいする態度としてプルーストの小説にとり込まれたが、これは客観的に自然を写しとるという意味ではなく、すでにもっている科学的知識を捨て去り、自らの感覚に忠実に描くということである。ラスキンがターナーについて語るなかで、次のようにいう。

真に才覚のある芸術家は選ばれた場所から、まず、ある印象を受ける、そしてそれを、もっとも貴重な財宝を保存するようにとっておく（そのことに彼〔ターナー〕は大した困難を覚えることはないだろう。まさに、消え去ることのない強烈な印象を受けることができるその才能によって、彼はほかの画家たちと区別されるのだから）。そしてそれらの印象を鑑賞者の精神に、できるかぎり、再創造しようとする仕事にとりかかるだろう。[42]

印象を宝物のように心に保存してもち帰り、アトリエで再創造する。プルーストが、小説にこの考えをとり入れようとしていたことが草稿のなかの次の一文によってわかる。「私は思考のなかにそのイマージュを貴重品のように大切にしまい、それが飛び去ってしまうのをおそれるかのように慎重に歩をすすめた。安心してそれを開けることができるのは、家に着いて用紙に向かってからでしかないのだということを確信した」、このとき主人公が大切に家にもち帰ったのは、文学創作の第一歩ともいえるマルタンヴィルの鐘塔のくだりと関係があると思われる、「遠くへと逃げ去る鐘塔」の印象であった。[43] マルタンヴィルの鐘塔に関するプルーストの実体験にはターナーの絵に対する言及があることもつけ加えておこう。[44]

ターナーを「巨人的な記憶力」のもち主であるとラスキンは強調する。「真の想像力をもつ人間は、把握力によって、ひとたび自分の視野のなかに持ち運ばれたすべての事物を摂取する」が、その特性を理解するうえで忘れてはならないのが「記憶力」だという(45)。把握力と記憶力のうえに真の想像力は成り立ち、その想像力によって美を享受する。

諸能力の女王——隠喩力

隠喩力、そんな言葉は存在しない。しかし、遠く離れた二つのもの、対立する二つのもののあいだに共通する要素を見つけ、それらを融和させる能力があると自負し、小説において惜しみなくその力を発揮してみせたプルーストには、隠喩力がある、という表現があてはまるのではないだろうか。

ボードレールの影

ラスキンの考えを敷衍するなら、記憶力が把握力につながるような、真の想像力を有する芸術家は、優れた隠喩力をもっているはずである、ということになりはしないか。プルーストが小説のなかで、視覚芸術を文学と結びつけ、自らの文学理念をより印象的に表明しようとしたとき、「隠喩」の概念を軸に、ターナーの絵をそれに纏う衣として収斂させていく過程が浮き彫りになった。これによって小説世界に整合性が生まれ、文体、発信される文学理念や芸術観、そして小説の構造は一気に一貫性と力強さを得ることになった。

だが何が「隠喩」ということばに息吹を吹き込んだのか、何がプルーストに揺るぎない確信を与えたのか、そう考えるとき、ラスキン以外にプルーストに影響を与えた偉人の名前が脳裏に浮かぶ。そのうちのひとりは、ラスキンとほぼ同時代人の一九世紀フランス象徴派詩人、シャルル・ボードレールである。彼は美術批評「一八五九年のサロン」(一八五九年)のなかで、想像力を「諸能力の女王」と名づけて次のように書いている。

色彩や輪郭や音や香りのもつ精神的な意味を人間に教えたのは、想像力である。想像力は世界の始まりにおいて、類推《アナロジー》と隠喩《メタフォール》を創った。想像力は、被創造物のすべてを解体し、その起源は魂の最も奥底にしか見出すことのできないような規則にしたがって、集められ、配置された素材をもって、ひとつの新しい世界を創り出し、新たなるものの感覚を産み出すのである。(46)

このボードレールの言葉は、彼の作品を愛読し、深く理解していると自負するプルーストの心に響いたにちがいない。諸感覚が受けた印象を記憶し、心の内奥で溶暗状態になって重なり合う形象を、配置し、さまざまに結合させて新たな世界を創造する。そうした創造力を、想像力というのであれば、隠喩的能力ともいえよう。「父なる神が名をつけることによって物を創造したとすれば、エルスチールは物からその名をとり去る、あるいは物に別の名をあたえることによって、再創造している」と気づいた主人公は、《カルクチュイ港》(47)に隠喩を読みとった。被創造物から概念をとり去り、それを壊したうえで新しい世界を「再創造」する芸術家の姿勢は、ボードレールの言葉とあざやかに一致する。

ボードレールは、ヴィクトール・ユゴー（一八〇二―八五年）について書いた論考のなかで次のようにいう。「優れた詩人たちにおいては、現実の状況のなかで数学的に正確な適合性をもっていないような隠喩、直喩、あるいは形容辞というものはない、なぜならそれらの直喩、それらの隠喩、それらの形容辞は、普遍的類推の尽きることのない資源の中から汲まれるものだからであり、他のところでは汲まれえないものであるからだ」(48)。プルーストをボードレールと同心円で語ることはできないが、両者の考えは次の点で一致するだろう。優れた詩人において、類推関係によって結合される異なる二つのものは、本質的に共通する要素と、比例する調和から成り立ち交感することから、「普遍的類推」の宝庫から汲み上げられることになる。プルーストが「隠喩だけが文体に一種の永遠性を与えることができる」[49]と確信するのもこうした考えと無関係ではない。想像力それ自体は主観主義に属するものである。「真の芸術家、真の詩人は、自らの見るところ、自らの感じるところに従ってしか描いてはならない。自分自身の自然にたいして真に忠実でなければならない」[50]とボードレールは述べている。プルーストは主人公の姿をかりて、『スワン家のほうへ』で、ボードレールがトランペットの音に、「甘美な《デリシュー》」という形容詞を用いていることに感じ入っている。[51]彼の作品を愛読していたプルーストが、主観的表現でありながら、普遍性を含む隠喩に価値を見出したとしても不思議ではない。

アリストテレスとショーペンハウアー

直接的な影響を受けたかどうかはあきらかではないが、時代を遠くさかのぼって、アリストテレスの言葉に耳を傾けてみよう。これには歴史の流れがある。プルーストの高等中学時代は、オーギュスト・コントの継承者イポリット・テーヌから受けつがれた実証主義、科学万能主義がまだ影響力をもっていた。そのような時代に、アリストテレス、そしてカントに連なるフランス哲学の一派、フェリックス・ラヴェソン（一八一三―一九〇〇年）をはじめとして、シャルル・ルヌヴィエ（一八一五―一九〇三年）や、プルーストの大学時代の恩師であるエミール・ブートルー（一八四五―一九二一年）らの尽力によって、唯心論に目が向けられるようになった。一般的に非理性的なものと考えられていた隠喩に光があてられるのもこうした時代背景とまったく無関係ではないだろう。[52]次にあげるのは、詩人における隠喩の意義について語るアリストテレスの言葉である。

はるかに最も偉大な業は、巧妙な隠喩を案出することである。これればかりは、他人から学びとることができない性質のものであって、まさに生来の才能のあかしなのだ。なぜなら、絶妙な隠喩を案出することは、事物に共通の類似した特性を把握することだからである。[53]

これは『詩学』のなかの言葉だが、『弁論術』でも、隠喩は他の人から学ぶことはできない、と繰り返されている。詩や散文において、隠喩が最も大きな力をもつことが強調され、散文においてはとくに、隠喩に骨身を惜しむべきではないと語られたあと、隠喩は、「明瞭さ、心地よさ、思いがけなさ」を最も多くもっている、と述べている。(54) 実際に人は、難解なことでも、隠喩によって身近な事例にひき寄せればわかることもあるし、理解することが心地よさにつながることもある。ときに、異なる二つのものの結合の意外性に快い驚きを感じたりもするのである。アリストテレスはまた次のようにいう。

隠喩は、〔…〕身近なものから、そしてあまりに明白すぎないものから、ひき出してこなければならない。哲学においてのように、いちじるしく遠く隔たっているものの間に共通の類似点を把握するのは、鋭い洞察力の業である。(55)

遠く離れたもの、相反するものの間に共通の類似点を見出す能力が自分にはある、とプルーストが言っていたことを思い起こそう。彼が「フロベールの文体について」という論考のなかで、「フロベールの全作品のなかに、美しい隠喩はおそらく一つもない」(56) といって、彼からすれば紋切り型で平凡に思える隠喩を批判したこともその自負を裏づけるものである。プルーストは『感情教育』(一八六九年)から例をあげて、次のように書いている。「彼の眼は星の輝きをおびた。彼の髪は太陽光線のように長くのびた。彼の鼻から吐く息は薔薇の甘美さがあった…」。ここには、〔…〕悪いところは一つもないし、ちぐはぐなもの、不快だったり、滑稽だったりするものは何一つない。ただ、フロベールのたすけを借りなくても、フレデリック・モローのような人物でも、これくらいのことは見つけ出せただろう(57)」。なるほど、『ボヴァリー夫人』(一八五七年)においても、輝く顔を雲が晴れた空にたとえたり、心のわななきをヴァイオリンにたとえたりしているが、明白すぎて、独創性に欠けるといわざるをえないだろう。

　ならば、次のような比喩にたいして、心地よい意外性をプルーストは悦んだであろうか。ドイツ語の長い悪文、もつれ合った挿入文がその間にいくつも入り込んだ文体をたとえていった「ちょうど、りんごを詰めた鵞鳥《がちょう》の丸焼きのような文章である」。文体についての論考のなかでこのように書いたのはショーペンハウアーであった。隠喩について書かれたアリストテレスの言葉が、プルーストの考えかたと一致するからといって、その影響の確たる証拠を示すことはできないが、ショーペンハウアーをつうじて間接的にアリストテレスの隠喩に関する言葉を読んでいることは疑いの余地がない。プルーストが生きた、世紀末パリではショーペンハウアーの思想が再評価されていた。プルーストが彼の作品を愛読していたことは周知の事実だが、彼もまた文体について語るなかで、隠喩の重要性を説いている。隠喩や直喩は、「未知の状態を既知の状態に還元するかぎり、大きな価値をもつ」ものであり、どのような物事についても、「それが何であるか把握しようとすれば、まず比喩から出発しなければならない」と説く。そして、「すぐれた比喩を見せてくれる人は、あきらかに深い理解力の持ち主である」という(58)。

　このように書いたうえで、アリストテレスの言葉を援用している。つまり、絶妙な比喩の業は天才であることの証しである、それは事物の類似した特性を把握する能力にほかならないからである、という先に見たアリストテレスの文をそのまま引用しているのである。プルーストはショーペンハウアーのこのくだりに強く共感したことだろう。さらに、隠喩の重要性とその理由を述べたなかに、プルーストの考えを髣髴させる文章がある。

　まったく異なるさまざまなケースや、まったく異質なものの間に、類似が認められれば、それだけいっそう明白に、いっそう純粋な形で把握することになる。すなわち、たとえば、ある一つの関係があらわれているケースをただ一つしか知らないかぎり、それについて私の知識は、普遍的な意味をもたない知識にすぎない。〔…〕しかし二つの異なるケースにあらわれている同一の類似を把握するかぎり、私はその類似について一つの概念をもつ、つまり、より深く、より完全な知をもつことになる。(59)

ほぼ同様のことをプルーストも述べていることをわれわれは知っている。第三章「翻訳家プルーストの誕生と旅立ち」の章の「プルーストの「スタイル」」で引用した、「ある著者の本を一冊しか読まないのは、その著者に一度しか会わないのに等しい」からはじまる文である。芸術家の独自の特徴を、「本質的なものと認めることができるのは、さまざまな状況でそれらが繰り返される時だけ」であると述べ、翻訳にこの方法をとり入れて見せた。プルーストの脚注が一種の共鳴箱となって、『アミアンの聖書』の言葉が「親愛感あふれるエコーを呼び起こし、より豊かな響きをたてる」。そうすることによって読者が作家の本質的特徴をつかむことができるよう配慮したのである。(60) ここに、プルーストの原点がある。鋭い洞察力によって、類似する特性を把握し、読者にそれを示した。まさに隠喩力の賜物というべきである。

むすび

第一次世界大戦中にエルスチールのアトリエ訪問のくだりは大幅に修正、加筆された。当初プルーストの念頭にあったモネの絵はアトリエから消え去り、ターナーの芸術観の多くの部分がこの時期、エルスチールのものとして加えられると同時に、「隠喩」という重要な概念を軸としてターナーを思わせる多くの絵が集まってきた。文学と絵画の融合がミクロとマクロの次元で実現したことは、音楽における、調性と楽想のうえで全体的統一をもつ交響曲と同じような統一性を作品に生み出すことになった。『ジャン・サントゥイユ』という幼虫が蛹となり、飛翔能力をそなえた蝶へと完全変態をとげるのにわれわれは立ち会う思いがする。

プルーストの「隠喩」には、ラスキンの書物との出会いのまえに、理論的にはボードレールやショーペンハウアーらによって培われた知性や感受性の素地があったと思われる。短絡な発想におちいるのをおそれずにいえば、プルーストが文学創作する過程で、かりにラスキンやターナーによって文学的、美学的に目を見開かされ、「隠喩」に目覚めたのだとしても、思想的には、アリストテレスやショーペンハウアー、ボードレールら、哲学者や詩人によって支えられていたのではないかと思えるのである。そして、それは、文体とは技法《テクニック》の問題ではなく、ものの見かた《ヴィジョン》の問題であるというプルーストの言葉の重みに集約されるものであろう。

（1）E・M・フォースター「プルースト」小野寺健訳、『E・M・フォースター全集』第九巻「アビンジャー・ハーヴェストI」、みすず書房、一九九五年、一四五頁。『失われた時を求めて』を英語に訳したのはC・K・スコット・モンクリーフ（一八八九―一九三〇年）。

（2）*Cor.*, XII, pp. 230-231. 次も参照。吉田城『『失われた時を求めて』草稿研究』平凡社、一九九三年、四六頁。プルーストは執筆するかたわら、出版社を見つけなくてはならなかったが、ファスケルやガリマールから断られ、一九一二年、グラッセ社から自費出版することになった。そして翌一九一三年夏に、第一巻の刊行が決まった。ルイ・ド・ロベール宛の手紙（一九一三年七月）はちょうどその頃のものである。*Cor.*, XII, pp. 90, 91, 95-97.

（3）IV, pp. 463, 467.

（4）IV, p. 470.

（5）IV, p. 450.

（6）*Cor.*, XII, p. 224.

（7）真屋和子「プルーストとターナー」、『藝文研究』第六四号、慶應義塾大學藝文學会、一九九三年。Kazuko Maya, « Proust et Turner: Nouvelle perspective », *Etudes de langue et littérature françaises*, n° 66, Tokyo: Société Japonaise de Langue et

Littérature Françaises, 1995; *L'« art caché » ou le style de Proust*, Tokyo: Keio University Press, 2001, chapitre 1 « Proust et Turner ». 真屋和子『プルースト的絵画空間――ラスキンの美学の向こうに』水声社、二〇一一年、第二章「プルーストとターナー」。

（8）*Cor.*, IX, p. 156.

（9）Kazuko Maya, *L'« art caché » ou le style de Proust*, *op. cit.* および、拙著『プルースト的絵画空間』前掲を参照されたい。

（10）IV, p. 1406. なお原文中の削除、加筆部分の表記は煩雑になるのを避けて省略する。

（11）Cahier 28, N. a. fr. 16668, f° 33r°. IV, p. 1406. 次も参照のこと。Jean Milly, *Proust et le style*, Paris: Minard, 1970; réédition Genève: Slatkine Reprints, 1990, pp. 89-90. Bernard Brun, Daniela de Agostini et Maurizio Ferraris, *L'Età dei nomi. Quaderni della « Recherche »*, Milan: Mondadori, 1985, p. 249. Antoine Compagnon, *Proust entre deux siècles*, Paris: Seuil, 1989, p. 228.

（12）Cahier 28, N. a. fr. 16668, f° 33r°. IV, p. 1406. ジョン・ラスキン『胡麻と百合』吉田城訳、筑摩書房、一九九〇年、一五頁。

（13）『失われた時を求めて』の「エスキス」（プレイヤッド新版では整理された関連草稿群の主要部分が「エスキス」という名のもとにまとめられている）のなかの、異文（ヴァリアント）と注（IV, pp. 1406-1407）では、« quand dans un tableau de Turner » (Cahier 28, f°s 33r°-34r°) となっているが、この部分の手稿をマイクロフィルムリーダーで照合して読んだ際、誤りではないかと気づかされた。前置詞 « dans » の代わりに、現在分詞 « décrivant »（「描写して」）あるいは « découvrant »（「見出して」）と書かれているのではないかと思う。主人公が絵から修辞的な文彩を引き出そうとしている場面であることを考慮すれば、動詞 « décrire » が、その文脈によりふさわしいのではないだろうか。

もう一箇所指摘しておきたい。光の効果の重要性について語るのに、ターナーのある絵が問題となっているのだが、注によると、手稿では « un tableau de Turner représentant un [château *biffé*] monument pour parler de l'importance de l'effet de lumière *ms.* » (IV, p. 1407) となっており、« château »（「城」）は線を引いて削除、とされている。しかし、草稿（マイクロフィルム）と照合すると、線を引いて消されている語は « château » ではなく、« clocher »（「鐘塔」）ではないかと思った。したがって « clocher » が、引用文に見るように « monument »（「歴史的建造物」）に訂正されたことになる。鐘塔に見出す「光の効果」といえばマルタンヴィルの鐘塔を思い起こさせるものであり、マルタンヴィルの挿話からは、ターナーの名が削除されるものの、挿話のもととなった随筆のなかのターナーに言及している箇所において、光の効果のあらわれた建物が、「つかの間の（momentané）」という語によって形容されていたことは注意してしかるべきである。Cf. Bernard Brun, Daniela de Agostini et Maurizio Ferraris, *op. cit.*, p. 249. 拙論「プルーストとターナー」、『藝文研究』第六四号、一〇七頁と注（20）。Kazuko Maya, « Proust et Turner », *op. cit.*, p. 119 note 1.

（14）次を参照のこと。Gérard Genette, « Métonymie chez Proust », *Figures III*, Paris: Seuil (coll. « Poétique »), 1972, p. 54. Akio Ushiba, « L'aspect dialogique d'*A la recherche du temps perdu* » *Equinoxe*, nº 2, Kyoto: Rinsen Books, 1988, pp. 135-136.

（15）IV, p. 474.

（16）III, p. 179. プレイヤッド版の注では、「隠喩」という語によって、エルスチールが主人公の導き手とされているが、それよりはるか前から、プルースト自身、空と海の境界線がとり払われた海の風景にたいして鋭い感性をもっていたことが指摘されている。II, p. 1435.

（17）IV, p. 206.

（18）プルーストによって斜線で削除されたところは省く。次も参照。Pierre-Louis Rey, « L'entrée du port peinte par Elstir », *La Revue des Lettres modernes: Marcel Proust 1*, Paris: Lettres modernes, 1992. Kazuko Maya, *L'« art caché » ou le style de Proust*, *op. cit.*, p. 107.

（19）拙著『プルースト的絵画空間』前掲、四五—一〇九頁を参照されたい。

（20）John Ruskin, *Turner: The Harbours of England*, in *Works*, vol. 13, p. 44.

（21）*Ibid.* Cf. John Ruskin, *Modern Painters*, I, in *Works*, vol. 3, p. 410, *Modern Painters*, IV, in *Works*, vol. 6, p. 59. Jean Autret, *L'influence de Ruskin sur la vie, les idées et l'œuvre de Marcel Proust*, Genève: Droz: 1955, p. 132 を参照。III, p. 880.

（22）*Cor.*, VII, pp. 260-261. 一九〇七年四月、プルーストはカブールのグランド・ホテルに滞在中、ライブラリー版『ラスキン全集』の内、数冊を、できるだけ早く送るよう書簡で依頼している。そのなかの一冊が第一三巻『ターナー——英国の港』である。また、同じ書簡のなかで、ターナーの画集『フランスの川』（一八三七年）のなかの各作品の題を書き写して送るようにとも依頼している。ジャン・オトレによると、一九〇七年夏、ノルマンディ地方へ「ラスキン探求の旅」をしたが、八月、九月バルベックの舞台となったカブール滞在中に、『フランスの川』のなかに資料を求めたとのことである。*Turner: The Rivers of France*, introduction Eric Shanes, London: Longman, 1837; *Turner: Les Fleuves de France*, Paris: Adam Biro (introduction traduite de l'anglais par Martine Laroche), 1990.

（23） Jo Yoshida, « La genèse de l'atelier d'Elstir à la lumière de plusieurs versions inédites (1) », *Bulletin d'informations proustiennes*, n° 8, Paris: Presses de l'Ecole normale supérieure, 1978, p. 25.

（24） II, p. 1448. 雪どけの絵は『ジャン・サントゥイユ』にもあらわれる。*J. S.*, pp. 892-893. 次を参照のこと。Jo Yoshida, *op. cit.*, p. 23.

（25） 次を参照。Albert Feuillerat, *Comment Marcel Proust a composé son roman*, New Haven: Yale Universitey Press; Genève: Droz, 1934. Jo Yoshida, *op. cit.*, pp. 15-28. 拙著『プルースト的絵画空間』前掲、八五―九〇頁。

（26） II, p. 191.

（27） Jean-Pierre Richard, *Proust et le monde sensible*, Paris: Seuil (coll. « Poétique »), 1974, pp. 122-123.

（28） 拙著『プルースト的絵画空間』前掲、一〇〇―一〇二頁。

（29） II, p. 191.

（30） この絵がターナーの作品から着想を得たことについては拙著をご参照いただきたい。『プルースト的絵画空間』前掲、五五―六一頁。次も参照のこと。Alexander J. Finberg, *Turner's Sketches and Drawings*, London: Methuen, 1910; reprint with an introduction by Lawrence Gowing, New York: Schocken Books, 1968, plate LXXV. J・M‐ホーナングは「カルクチュイ港」の描写が、ターナーのいくつかの作品を喚起すると指摘している（J. Monnin-Hornung, *Proust et la peinture*, Genève: Droz, 1951, pp. 91-95）。オトレは、ターナーの《スカボロー》と《プリマス》がエルスチールの「カルクチュイ港」の着想源であることを例証しているが、カルパッチョの《聖女ウルスラ伝》のなかの一枚の絵からも何らかの着想を得たと考えているようである（Jean Autret, *op. cit.*, pp. 130-137）。アルベルト・ファイユラ（一八七四―一九五二年）は、マネの《ボルドー港》との類似に着目して次のような見解を示している。「私は「カルクチュイ港」と《ボルドー港》の類似よりほかに心に留めるべきことが見当たらない。その二つの作品においては、同じような陸と海の交錯と、同じような帆柱と家々の錯綜が見られる」(Albert Feuillerat, *op. cit.*, p. 62)。このファイユラの指摘についてMーホーナングは、「結びつきの可能性があるかも知れないこのマネの作品のなかに、何ら見当たるものはない」と述べて類似を認めない(J. Monnin-Hornung, *op. cit.*, p. 94)。

ロジェ・アラール(一八八五―一九六一年)は、エドゥアール・ヴァイヤール(一八六八―一九四〇年)やピエール・ボナール(一八六七―一九四七年)との類似を示唆して次のように述べる。「誰もが『花咲く乙女たちのかげに』のなかに、バルベックの海の絵を読む。そこでは光の効果によって、物が形を変え、ときには完全にのみ込まれたり、透かし細工になったりして、遠景を近づけ、パースペクティヴを変化させる。そうした光の効果は、実を言えば、印象派の画家たちよりも、ヴァイヤール氏やボナール氏のような印象派の後継者たちのものなのだ」(Roger Allard, « Les arts plastiques dans l'œuvre de Marcel Proust », *La Nouvelle Revue Française*, Paris: Gallimard, 1 janvier 1923, p. 228)。

またM・ビュトール(一九二六―二〇一六年)は、ジョルジュ・スーラ(一八五九―九一年)のよく知られた作品を示唆する。「いま、もう一度「カルクチュイ港」の描写を読んでみなければならない。これは印象派画家の作品であるが、あまりにも込み入っており、あまりにも複合的なので、プルーストは知っていたはずがないとはいえ、スーラの絵《グランド・ジャット島の日曜日の午後》をおいて他に比べることができない」(Michel Butor, « Les œuvres d'art imaginaires chez Proust », *Répertoire II*, Paris: Minuit, 1964, p. 269)。

(31) Jo Yoshida, *op. cit.*, pp. 23-24.

(32) *Ibid.*, pp. 23, 25. 拙著『プルースト的絵画空間』前掲、八五―八七頁。

(33) Albert Feuillerat, *op. cit.*, pp. 54-65. Jo Yoshida, *op. cit.*, pp. 22-26.

(34) 次を参照。Albert Feuillerat, *op. cit.*, p. 60.

(35) 異なる二つの要素の相互的浸透状態を、「紡がれた隠喩」で描写している例をラスキン、プルーストからそれぞれ一つずつあげておく。

どの葉も太陽の光を反射するとき、はじめに松明、次いでエメラルドになる。谷のはるか奥まったところに緑の葉叢が、水晶の海の巨大な波の空洞のようにアーチ型をなしてつづく、その波のわき腹にそってイワツツジの花が勢いよく走り、泡立ち、オレンジの小枝の銀片は水煙のように空中に打ち上げられては、灰色の岩壁にあたって無数に散らばる星となってくだけ、微風が銀の波をもち上げたり落としたりするにつれて、薄れたり明るく輝いたりしている。(John Ruskin, *Modern Painters*, I, *op. cit.*, p. 279)

山なみがうねるまばゆいばかりのこの広大な曲馬場、あちこち磨かれて透明に見えるエメラルドの波の雪白の頂きに、視線を投げるのだが、その波は平静さのなかに狂暴をはらみ、ライオンの威厳をもったしかめっ面で空高く打ち上げられてはまた雪崩れして、崩れ落ちるその斜面には太陽がゆらめくほほえみをつけ加えていた。(II, p. 33)

山が、海が、「エメラルド」に見えるとき物につけられた名は消える。エメラルドは海の色にたとえられもし、地殻中に存在する鉱物でもある。両方につながる要素を含むので。移行の要としてふさわしい。ラスキン、プルーストともに「エメラルド」を使っている。

(36) John Ruskin, *The Elements of Drawing*, in *Works*, vol. 15, p. 27.
(37) II, p. 712.
(38) II, p. 712. 次も参照。II, p. 1436, note.
(39) IV, pp. 153, 154.
(40) 次を参照。Jack Lindsay, *J. M. W. Turner: His Life and Work, A Critical Biography*, London: Cory, Adams & Mackay, 1966, p. 203.
(41) Kenneth Clark, *Civilisation, A Personal View*, London: British Broadcasting Corporation and John Murray, 1971, p. 287.
(42) J. Monnin-Hornung, *op. cit.*, p. 32 からの引用。

(43) I, p. 839. エスキスLV。

(44) 小説のなかのマルタンヴィルの鐘塔の逸話のもとになった文章は、一九〇七年の夏、プルーストがノルマンディ地方へ旅行したときに体験した印象を綴ったものである。「自動車旅行の印象」と題したこの随筆は一九〇七年一一月一九日の『フィガロ』紙に掲載された（Marcel Proust, « Impressions de route en automobile », *Le Figaro*, 19 novembre 1907）。拙著『プルースト的絵画空間』前掲、一〇三－一〇五頁。

(45) John Ruskin, *Lectures on Architecture and Painting (Edinburgh, 1853) with Other Papers, 1844-1854*, in *Works*, vol. 12, p. 379.

(46) Charles Baudelaire, « Salon de 1859 », *Œuvres complètes*, t. II, texte établi, présenté et annoté par Claude Pichois, Paris: Gallimard (Bibliothèque de la pléiade), 1976, p. 621.

(47) II, p. 191.

(48) Charles Baudelaire, « Réflexions sur quelques-uns de mes contemporains: Victor Hugo », *Œuvres complètes*, t. II, texte établi, présenté et annoté par Claude Pichois, Paris: Gallimard (Bibliothèque de la pléiade), 1976, p. 133.

(49) Marcel Proust, « A propos du « style » de Flaubert », *C. S. B.*, p. 586.

(50) Charles Baudelaire, « Salon de 1859 », *op. cit.*, p. 620.

(51) I, p. 176. 次を参照のこと。Charles Baudelaire, « L'imprévu », *Les Fleurs du mal*, *Œuvres complètes*, t. I, texte établi, présenté et annoté par Claude Pichois, Paris: Gallimard (Bibliothèque de la pléiade), 1975, p. 172（シャルル・ボードレール「思いがけないこと」、『悪の華』雑詩篇より）。

Le son de la trompette est si délicieux,
Dans ces soirs solennels de célestes vendanges,
Qu'il s'infiltre comme une extase dans tous ceux
　Dont elle chante les louanges.

天国の葡萄収穫のこの荘厳な夕べには、
トランペットの音色いとも甘美に鳴り響き、
法悦さながらにその楽に讃えうたわれる
　人びと皆の身の奥深くしみとおる。

(52) 次を参照。Jean-Yves Tadié, *Marcel Proust, biographie*, Paris: Gallimard, 1996, p. 107. *Cor.*, IV, p. 140.

(53) Aristote, *Poétique d'Aristote*, traduite en français par J. Barthélemy Saint-Hilaire, Paris: Librairie Philosophique de ladrange, 1858, chapitre XXII, pp. 123-124.

(54) Aristote, *Rhétorique d'Aristote*, traduite en français par J. Barthélemy Saint-Hilaire, t. 2, Paris: Librairie Philosophique de ladrange, 1870, livre III, chapitre II, pp. 13-14.

(55) *Ibid.*

(56) Marcel Proust, « A propos du « style » de Flaubert », *op. cit.*, p. 586. プルーストによるフロベールの文体論については、拙著『プルースト的絵画空間』前掲、第四章「プルーストの「フロベールの文体について」に関する一考察」を参照されたい。

(57) Marcel Proust, « A propos du « style » de Flaubert », *op. cit.*, p. 587.

(58) Arthur Schopenhauer, *Ecrivains et Style, Parerga et Paralipomena*, première traduction française par Auguste Dietrich, Paris: Félix Alcan, 1905, p.83.

(59) *Ibid.*

(60) *C. S. B.*, p. 129.

第5章　プルーストとベートーヴェン——ヴァントゥイユの「七重奏曲」

苦悩をつきぬけ歓喜に至れ
ベートーヴェン

『失われた時を求めて』には、この小説のなかで生まれた芸術作品がある。なかでも主人公を文学創造へと導く重要な鍵を握るのは、すでに何度も登場した画家エルスチールの《カルクチュイ港》と、架空の作曲家ヴァントゥイユの「七重奏曲」である。小説の第二篇『花咲く乙女たちのかげに』と第五篇『囚われの女』にそれぞれページを隔てて置かれた二つの作品から啓示を受ける主人公は、これらの体験の合体によって等比級数的に増幅する力を得て、やがて一気に文学創作へと向うことになる。

《カルクチュイ港》のモデルについては、モネら印象派の画家たちからターナーへと移行する過程が認められたが、[1]ヴァントゥイユの「七重奏曲」もさまざまな作品から想を得て誕生した作品である。リヒャルト・ワーグナー（一八一三—八三年）、ガブリエル・フォーレ（一八四五—一九二四年）、カミーユ・サン゠サーンス（一八三五—一九二一年）、セザール・フランク（一八二二—九〇年）など、プルースト自身がモデルとして書簡のなかであげるヴァントゥイユのソナタとはちがって、「七重奏曲」のモデルについては明示されていない。草稿段階で、何人かの作曲家と作品名があらわれているものの、決め手となる要素が明確にされていないため、実在する作曲家の足跡を、プルーストの書簡や草稿群のなかに追跡したとしても、特定するのは困難であろう。(2) 彼の生きた時代や時流の変化、彼自身の好みの変化、創作過程での修正などを考え合わせると特定はなおさら難しい。

しかし、プルーストには芸術創造とは何かを伝えようとするつねに一貫した信念がある。ヴァントゥイユの音楽やエルスチール絵という衣を借りて、伝えたい彼の文学理念や芸術観がある。本質を軸にすえるとき、事の必然として、その本質にむかってモデルのほうから近づいてくるのではないだろうか。ヴァントゥイユの「七重奏曲」を手がかりに、プルーストの創作の核心に迫ってみよう。

「ベートーヴェンはお好きですか?」

—「ベートーヴェンはお好きですか?」
—「大嫌いだよ」
—「しかし晩年の四重奏曲などは……」

このようにたずね、そして抗議するプルースト。やりとりしている相手は大作曲家イーゴリ・ストラヴィンスキー(一八八二—一九七一年)である。一九二二年五月一八日彼のバレエ《ルナール》がオペラ座で初演されたあと、芸術家たちの保護者であるシドニー・シフに招かれていった晩餐会でのことだった。ストラヴィンスキーはこのとき、弦楽四重奏曲を「最悪の作品」だと答えた。伝記作家ジョージ・ペインター(一九一四—二〇〇五年)によると、プルーストのこの問いは、ヴァントゥイユの「七重奏曲」のために、なんらかの知識を得ようとしてのことだったという。(3) 晩年になって、ベートーヴェンへの熱烈な賛美を惜しまなくなっていたストラヴィンスキーは、このときの返答を次のように弁解する。「プルーストは、直接彼のベッドから、例によって夕方おそく起きてやってきたのだった。青白い顔をして、優雅にフランス式の装いで、手袋をはめてステッキをもっていた。私が彼に音楽の話をすると、ベートーヴェンの後期の四重奏曲にたいする熱狂をあらわにした。これは、当時のインテリのきまり文句で、音楽的判断というよりも、文学的ポーズになっていた。そうでなければ、私も大いに共鳴するところだったのだ(4)」。

苦しい言い訳のように聞こえなくもない言葉からは、プルーストの音楽的感性の鋭さとともに、当時のフランスで、ベートーヴェンは大作曲家としての地位を確立していたもののそれは交響曲によるもので、四重奏曲を理解していたのは一部の人に限られていたという受容のほどがわかる。

プルーストが一三、一四歳だったころは、ヴォルフガング・アマデウス・モーツァルト（一七五六―九一年）、シャルル・グノー（一八一六―九三年）を好んでいた。二〇歳を過ぎるころには、ベートーヴェン、ワーグナー、ロベルト・シューマン（一八一〇―五六年）をお気に入りの作曲家としてあげるようになり、好みは変化している(5)。彼の音楽熱は、ラスキンの翻訳によって一時中断したものの、一九〇七年にはよみがえり、一一年には、劇場中継を電話で聴く装置、テアトロフォンでオペラを楽しむようになった。病気がちであった彼にとって自宅に居ながらにして劇場の雰囲気を楽しむことができるのはよろこばしいことだったにちがいない。プルーストが四〇代前半だった一九一二年から一四年の初めにかけて、フランスでもベートーヴェン晩年の傑作の偉大さが認識されはじめ、大作曲家として熱狂を見せた。一八九三年に結成したカペー四重奏団が得意としたベートーヴェン晩年の四重奏曲にプルーストは夢中になり、一九一三年二月にはプレイエル・ホールに出かけて演奏を聴いている。ベートーヴェンは、このときヴァントゥイユの「七重奏曲」のあらたなインスピレーションの源となった。草稿には同じ年に書かれた覚書が残されている。

また、プルーストがベートーヴェンの音楽に精通していたことを示すよく知られた逸話がある。それは、カペー四重奏団による演奏会のあと、プルーストが楽屋を訪れて率直に感動を述べたのにたいし、カペーはのちに、「ベートーヴェンの天才と演奏者の技量について、あれほど深い洞察を示した評価を聞いたことはかつてなかった」[6]と、驚きをもって断言したというものである。カペーとその仲間をオスマン大通りにある自宅に呼んでクロード・ドビュッシー（一八六二―一九一八年）の四重奏曲を演奏させたこともあった。[7]プルーストの深い音楽理解については、サロンでの演奏会のほかに、レーナルド・アーンやロベール・ド・モンテスキウら、友人たちによる影響も大きい。音楽に関する書物を読んでいたかどうかについては、ショーペンハウアーの作品に親しんでいたという事実よりほかは、あきらかにされていない。

「めったに起き上がることはないが、ベートーヴェンの四重奏曲が演奏されるときは、スコーラ・カントールムやコンセール・ルージュに出かけることにしている」[8]と、一九一四年一月プルーストはアントワーヌ・ビベスコ宛書簡に書いている。病の床に塞ぎがちであったが、ベートーヴェンの演奏はできるかぎり聴きに行こうとしていた。とりわけ晩年の四重奏曲を、何年にもわたり繰り返し聴いている。音楽のまだ開拓されていない霊妙な領域を言語によってつかみとり、表現できるまで耳を傾けるのである。第一次世界大戦でドイツとの交戦中ながら、同年一一月にも、「以前と変わらず、ベートーヴェン好きで、ワーグナー好きだ」[9]と、ジョゼフ・レナックに書き送っている。プルーストはおそらく音楽愛好家のなかで誰よりも音楽を深く理解したひとりであり、精神の滋養として消化、吸収していたといえよう。一九一六年春にはプーレ四重奏団を自宅に呼んで、ベートーヴェンの晩年の四重奏曲を深夜にひとりで聴き入った。こうした体験を、小説のなかでは、ベートーヴェンの四重奏曲を聴くために、演奏者を毎週自宅に呼ぶシャルリュス男爵にとり込んでいる。戦争のさなかにあっても、否、戦時中だからこそ、「たったひとりで、思索するため」プルーストは音楽を聴いた。[10]

同年元旦に、戦争でベルトラン・ド・フェヌロンを失った悲しみを次のようにプルーストは記している。

ああ、一九一六年、菫の花も咲けばリンゴの花も咲くでしょう。その前に霧氷の華も咲くことでしょう。しかし、もうベルトランはいないのです。(*Cor.*, XV, p. 23)

戦争の悲惨がもたらす精神の痛手を癒すとともに、思索をより深めるために、ベートーヴェンや、フランク、フォーレらの音楽が、プルーストにとって重要な役割を果たしたことは想像に難くない。実際、同年三月に彼は「数年前から、ベートーヴェン晩年の四重奏曲とフランクの音楽が、私の主たる精神の糧となっています」[11]と書いている。ベートーヴェンにたいする称賛が、一九二二年一一月にプルーストが亡くなるまでつづいたことは、先に見た、同年五月のストラヴィンスキーとのやりとりによってもあきらかであるが、それより二か月ほどまえ、「ほとんど死にかけている状態で、臨終を前にしている」[12]と感じている時期に、E・R・クルティウス宛書簡で、次のように書いていることによっても察しがつく。

病気の回復という——誠に不確かながら——希望をいだいて、ベートーヴェンの四重奏曲第一五番に向います。[13] (*Cor.*, XXI, p. 81)

プルーストは自身の病状の悪化としのび寄る死を感じとり、自らをこの四重奏曲の曲想に重ね合わせていたのだろうか。あるいは文学創造の過程において、なんらかの合致する要素を見出していたのかもしれない。ロベール・ド・モンテスキウ宛の書簡のなかに、われわれはその手がかりをつかむことができる。プルーストによる曲の理解はこうである。「音楽のなかでもっとも美しい」と思う「四重奏曲第一五番」の、「その陶然と人をいざなうフィナーレは、いちどは回復したもののその後まもなく死をむかえる運命にある病人の熱狂」をあらわし、曲のなかに見出す美なるものは、「諧調《ハーモニー》と断末魔《アゴニー》の苦悩の隣人関係」であるとする。[14] プルーストはこの曲に自分自身を聴きとるとともに、一見相反するもの、かけ離れたものの「隣人関係」に惹かれていたのだろう。
これが彼の芸術観の中心的概念であることは、隣り合う陸と海が融合を見せる《カルクチュイ港》を思い起こすだけで充分である。異なる要素間の結合という形象が、隠喩《メタフォール》という文学表現につながったこと、また隠喩に関する考えかたが、ラスキンやショーペンハウアー、アリストテレスらの美学や思想に支えられていることについては第四章でも見たとおりだが、挿話と挿話の交叉点において、そのつど関連する場面を思い起こすことによって、つながりを意識し、浮き彫りにされる普遍性を感じながら読むことはプルーストの意図するところから外れるものではないだろう。(15)

ベートーヴェンにおける異質なもの、両極にあるものの融合については、プルーストがモンテスキウに書き送った同じ手紙のなかで、次のような例もあげている。ベートーヴェンの交響曲第三番変ホ長調《英雄》にあらわれる「葬送行進曲」を、フレデリック・ショパン（一八一〇―四九年）の場合と比較していう。

ショパンの「葬送行進曲」のなかに中断するかたちで組入れられているダンス曲ではなく、ベートーヴェンの「交響曲」のなかにあらわれる葬送行進曲のリズムそのものであるダンス曲を私は念頭においていたのです。（*Cor.*, XVII, p. 109）

葬送行進曲といったそれまでの交響曲の常識からすると異質にも思えるジャンルとの見事な融合が音楽史上、革新的であったという事実から考えると、曲の構成において見られる斬新な融合、そして、栄光と苦悩という異質な要素が溶け合うベートーヴェンの音楽表現に、プルーストは感銘を受けていたということだろう。ダンス曲と葬送行進曲にも「隣人関係」を認めている。このようにして交響曲《英雄》と四重奏曲第一五番を同じ書簡のなかで呼応させているのである。

難聴に苦しみながらも音楽に身を捧げたベートーヴェン、その「魂」の表現にプルーストは共感し、彼もまた神経症からくる喘息や不眠症にたえず悩まされながらも文学創造において倦むことなく自らの内奥の探求をつづけた。魂が芸術のなかで生きるようにと。

魂の存在――ひとつの調子《アクサン》

ヴァントゥイユの「七重奏曲」のもっとも重要な描写は、プルーストの芸術観の根幹にかかわる概念を含む。彼のソナタについては、スワン夫人が弾くのを聴いたり、自らピアノで一節を弾いたりしていたが、主人公である語り手にとって、「七重奏曲」を聴くのはヴェルデュラン夫人のサロンで演奏されたときがはじめてであった。芸術家の内奥が生み出す本質的なもの、独自の調子《アクサン》について、ヴァントゥイユとエルスチールを並べて数頁にわたり滔々と謳いあげている箇所から、主要部分のみとりあげて見てみよう。

> ソナタとは奇妙にちがっていた。〔…〕にもかかわらず、こんなにちがった楽章は、おなじ要素からつくられているのであった。というのも、あちこちの邸宅なり美術館に個々の作品が分散しているなかに、それと感知しうるエルスチールのひとつの宇宙があったのとおなじように、ヴァントゥイユの音楽も、〔…〕時を隔てて彼の作品を聴くために分断されてはいるが、思いがけないひとつの宇宙、つまりヴァントゥイユの宇宙の、さまざまな色合いにほかならなかったのである。〔…〕そうこうするうちに、ふたたびはじめられていた七重奏曲は、もうおわりに近づいていた。何度もソナタの一楽節があれこれとたちかえってくるのだが、そのたびにリズムと伴奏に変化がつけられており、楽節はおなじでありながら、しかも、ちがっていた。
> (III, pp. 759-763)

ヴァントゥイユの音楽は、ひとつの楽節の多様化によって、「さまざまに姿を変えて、いろいろな作品に」生かされているのである。同じ精神的素材から生み出されたものは、ほかの誰の作品にもないもので、彼の作品にしか見出されない。ある楽節の変奏によって紡ぎだされる「類縁関係」について、プルーストはここで、マドレーヌ菓子における記憶の蘇りの挿話を想起させる言葉を用いている。つまり、理知が生み出す意識的類似と、「無意志的類似」の対比である。故意に作り出した類似は皮相的だが、無意志的なときのヴァントゥイユは、創造者として、「彼自身の本質の内奥に達して」いるので、「同じひとつの調子、彼自身の調子」が生み出されており、それが聴く者の心を打つという。そして、この「ひとつの調子」こそ、プルーストが芸術を語るときに拠りどころとする、なにものにも還元することのできない「魂の個性的存在を示す証左」にほかならない。[16]

同じ楽節の変奏、それはとりわけベートーヴェンに特徴的なものである。たとえば交響曲第五番において、あらゆる主要旋律がたがいに緊密な「類縁関係」を結んでいるといわれる。プルーストの同時代作家ロマン・ロラン（一八六六—一九四四年）によっても、「ベートーヴェンへの感謝」（一九二七年）のなかで、プルーストの言葉を思わせる次のような指摘がなされている。

今日、最近のある分析家たちは、「彼〔ベートーヴェン〕のそれぞれの作品が、そのあらゆる楽章、あらゆる部分、あらゆる主要旋律において、ただひとつのモチーフの変奏《ヴァリアシオン》であり、それを展開させたものである」という法則を彼の作品全部から引き出そうとするに至っている。〔…〕彼の全作品に、あるひとつの鉄の意志が刻印されていることには議論の余地がない。感じられるのは、ひとつの思念《イデー》の奥深くまで視線を入り込ませ恐ろしいまでに凝視している人間である。[17]

ロランは、このように思念《イデー》を多様化《ミュルチプリカシオン》するのが、ベートーヴェンの「天性的な傾向」であると述べている(18)。ロランが少年時代から彼の音楽に親しみ、彼の生きかたを支えとしたことは周知のとおりである。自らの内面の深部や思念を徹底的に追跡し、音楽に置き換えながら、それを多様化しようとするベートーヴェンの言葉は、ヨハン・ヴォルフガング・フォン・ゲーテ(一七四九―一八三二年)との往復書簡で知られるドイツの女流作家で、ベートーヴェンと交友があった、ベッティーナ・ブレンターノ(フォン・アルニム)(一七八五―一八五九年)によってても伝えられている。

「[思念を]追及し、激情をもって再び抱きしめる。それが遠ざかってゆき、多様な興奮の叢《むらが》りのなかに消えてゆくのを見ます。まもなく新たな激情がそれを抱きしめ、わたしとそれとが分かち難いものとなる。束の間の恍惚状態にあって、あらゆる転調を行い、それを多様化しなければならないのです」(19)。ベートーヴェンとの散策中にベッティーナが聞いた言葉である。プルーストもまた、心の奥底を「翻訳」できるまでに凝視し、ひとつの主題を変奏し、緊密に構成して、音楽やゴシック建築にもたとえられる書を編んだ。芸術にたいする姿勢とその表現方法において類似するベートーヴェンに共感を覚えないはずはないだろう。

ヴァントゥイユの「七重奏曲」がすでに、マドレーヌ菓子と紅茶や、何かを呼びかけようとする三本の木々、マルタンヴィルの鐘塔、エルスチールの絵《カルクチュイ港》などと同じように、主題の変奏なのであり、それら部分同士は内密につながり合って小説世界が構成されている。ベートーヴェンが音楽によって精神生活を感覚的生命としてとらえられるよう心を砕いたように、プルーストは言葉によって同じことをなし、「魂の個性的存在」を示した。

プルーストの小説に認められるベートーヴェン的な交響のからくりとなると、われわれはまた同じところに立ち返らなければならない。小説に先立つ一九〇四年、彼がラスキンの著『アミアンの聖書』を訳した際、「訳者の序文」のなかで種あかしをしているとおりである。偉大な芸術家にはそれぞれに固有の「調子」がある、あるいは「典型＝楽節（phrases-types）」と呼んでもよいものがある、と彼は考える。繰り返しあらわれるその「調子」は、異なる作品間の、多様な状況においてとらえられるものであり、たとえば、ある著者の本を一冊読むだけでは、真に特徴的、真に本質的なものをつかみとることはできない。はじめにその芸術家の特殊性だと感じられたものが別の書物にも、それが画家であれば別の画布にも見出されてこそとらえることができる。「芸術家の精神的相貌をかたちづくるのは、まさに、われわれがさまざまな作品を比較対照して引き出した、それらに共通の特徴を集めたものによってなのである」と説く。[20] これは、個々の具体的なものから原理、法則的なものを導き出す帰納的な方法といえるかもしれない。

ヴァントゥイユのソナタは白い色、「七重奏曲」は暁色、主人公にみえる色彩も形式も異なる。表面的にはまったく似通ったところがない作品のあいだにも「深い相似がひそんで」おり、要素は同じであるという。そして、その「深いところに隠された無意志的な類似」が人の心を打つ。[21] プルーストなら、ピカソ（一八八一―一九七三年）の「青の時代」と呼ばれる作品と、まったく作風の異なる「キュビスムの時代」の作品のあいだに共通するエッセンスを見出したであろう。美術史家は時代ごとに分類命名する。しかしそれぞれの作品は、つねに対象の奥まで入り込もうとするまなざしで接するピカソの、内的炎の反映である。分類を超越したかのように、キュビスムや新古典主義、シュールレアリスムなどさまざまな手法を総合してひとつの画布に描いた作品がある。それがピカソの本質は変わらないと教えてくれているように思う。

幾度となく「訳者の序文」のこのくだりに触れることになるのは、プルーストの芸術的本質が形成されるうえで、重要な出発点となっていると考えるからにほかならない。『アミアンの聖書』を翻訳するにあたってプルーストは、われわれとラスキンのあいだに入って、自分がよき誘い手となることに心がけた。この部分はこれこれのくだりで出会った楽節の変奏であるから耳を澄ますとよいとか、この主題は何度もとりあげられ、そここで多様化されているなどと誘いながら興を湧かせ、作家の「本質的特徴」を感じるようにうながす方法である。

類似する特徴を並べて示すことによって、異なる作品間で共振し、『アミアンの聖書』の言葉が、「親愛感あふれるエコー」となって豊かな響きをたてるのだという。[22] 個別に感じられたものの、類似する特徴の共鳴が、つまりは普遍性へと向わせることになる。それこそがその作家に固有の「ひとつの調子」であり、本質的なものなのである。

動く建築——二つの魂

音楽は動く建築であり、建築は「凍結した音楽」であるとショーペンハウアーはいう。[23] 音楽と建築は、一方が時間の芸術、もう一方が空間芸術であるという差異ゆえに、「両極端に位置する」と考えられる。しかし音楽におけるリズムは、建築におけるシンメトリーに対応し、それらは、秩序と統合をもたらすという類似点ゆえに、「両極は相通ず」というのである。両極はつながるという考えはプルーストのものでもある。[24]

ベートーヴェンを好んだロマン・ロランは、音楽を「動きゆく建築」であると表現した。[25] プルーストは「七重奏曲」に、うごめく幼虫が、建築物にゆっくりと形態を変えつつ立ちあらわれるのを聴きとる。[26] 音楽は概念や事物を用いない点で、建築、絵画、彫刻、文学とは異なること、音楽はやってきては消え去る、動きゆく芸術であることが、それぞれ似通った言葉で表現されている。

プルーストの草稿帖には、音楽のひとつの楽章について、そこから文学的等価物を引き出そうと試行錯誤するその足跡が残されている。境界線がとり払われた絵《カルクチュイ港》を文章化したように、感覚でとらえた音楽を具象化して言語に置き換えようと努めているのである。草稿上では、ワーグナーという名を明示したうえで、ある楽節を言葉にする試みが目立つ。花や鳥などの自然の事物にたとえ、それらが境界線を失い融合する様子、とりわけ嵐の表現に関心を寄せていたようである。[27] 最終稿においては、抽象的でとらえがたい音楽を巧みに表現している。嵐は即座に嵐とわかるものであってはならず、物の見分けがつかないような何かでなくては、真に音楽的であるとはいえないとすれば、そのような音楽を視覚化して言葉にしようとしている描写部分がもっとも重要であろう。実際、ヴェルデュラン夫人のサロンでヴァントゥイユの「七重奏曲」を聴いていると、主人公は、ソナタの一楽節が霧のなかに立ちあらわれるのをみる。ダンスのようなリズムは、オパール色のなかに姿を消したり、ふたたび立ちもどったりする。

絵画的に、「薄むらさきの霧」や「オパール色」と形容される音楽は、物の境界線を描かない表現によって、音楽的であると称されるターナーやホイッスラーの絵を喚起するものである。そしてまた、輪郭を失いながら「変　態《メタモルフォーズ》」しつづける「七重奏曲」は、かぎりなく《カルクチュイ港》の本質に近づいているといえよう。リズムを包んでいた靄のなかから、やがて主人公は、曲のモチーフとして、「苦悩」と「歓喜」の対立が形をなしてあらわれるのを聴く。

> やがてその二つのモチーフは、体と体のたがいのぶつかり合いによって闘った。そしてそのあいだ、ときどき一方が完全に陰に隠れるかと思うと、つぎには他方がほんの少ししか見えなくなった。体と体の取っ組み合いといっても、実をいえば、エネルギーのぶつかりあいにすぎないのだ、なぜなら、その二つの存在の取っ組み合いは、肉体や外観や名称をともなわず、また私はそれを内的にながめている――そのひとつひとつの名称や個別性を気にかけない――観客にすぎず、ただその二つの非物質的でダイナミックな取っ組み合いに興味をもち、その波乱に富んだ音響を、夢中になって追っていたからである。最後に、歓喜のモチーフが勝利者として残った〔…〕。(III, p. 764)

ベートーヴェンの生涯を思わせるような、苦悩と歓喜の闘い。音楽の意味が小説の主人公に啓示される重要な一節である。このときの印象は、マルタンヴィルの鐘塔や、三本の木々をまえにして抱いた印象と同じ種類のものだった。

二つのモチーフが重なりあって、一方が見え隠れする現象は、医師ペルスピエの馬車に乗せてもらって曲がりくねった山道を巡り、マルタンヴィルの鐘塔のいくつかが接近して重なったり、離れたりする動的な光景を目にしたときの印象を主人公に思い起こさせる。鐘塔の体験に精神の高揚を覚えた彼は、そのとき印象を書きとめたのだった。文学創作に深く関わるこの挿話が《カルクチュイ港》のくだりとつながっていることはすでに見たとおりである。また、主人公がこの「七重奏曲」に、海面のうねりを感じていることも示唆に富む。エルスチールの絵においても同様に、陸と海との境界線がとり払われるのは、相対する二つの要素の「対舞《コントルダンス》」によってであった。

ヴァントゥイユの「七重奏曲」が、「ひとつひとつの名称や個別性」のない、「ダイナミックな取っ組み合い」であるなら、エルスチールの絵も、物からその名をとり去ることによって再創造された、ひとつひとつの名称や個別性を問題としない海洋画であり、たえず形を変え、流動的な取っ組み合いによる「事物の一種の変態《メタモルフォーズ》」なのである。そしてそこから主人公は啓示を受ける。(28)《カルクチュイ港》とターナーの絵の密接な関係もさることながら、マルタンヴィルの鐘塔の描写が、自然現象をダイナミックにとらえて画布に定着させるターナーの絵と強く結びついていることは、実体験にもとづくことを示す『フィガロ』紙への投稿記事「自動車旅行の印象」にターナーの名が記されていることからもわかる。(29)

ターナーの絵は、印象派の絵画と同じように輪郭を失ってはいても、物の実体がなくなった抽象的で動的な自然現象を表現している。そこには、時間も描き込められており、音楽性や交響曲的なものが認められることがしばしば指摘される。印象派の画家が「瞬間の光」を表現したのにたいし、ターナーは「永遠の光」を追求したとして区別されるゆえんである。

ヴァントゥイユの「七重奏曲」が、「苦悩」と「歓喜」の闘いであることからもすでに、ベートーヴェンを思わせるのだが、この見解を支えると思われる文を、ふたたびロマン・ロランの「ベートーヴェンへの感謝」から援用しよう。

それ〔執拗なまでのひとつの精神的モチーフ〕は、二つの要素のあいだの取っ組み合い、壮大な二元性《デュアリテ》である。この二元性は、ベートーヴェンの最初の作品から最後の作品にいたるまであらわれている。〔…〕ベートーヴェンの精神、この勝手気ままで、緊迫し、燃えるがごとき嵐の精神、彼の精神の統一性のなかに私が聴きとるのは、ひとつの魂の二つの様相、ひとつになった二つの魂である。その二つの魂は、くっついたり、離れて向かい合ったり、話し合ったり、闘い合ったりする。体と体をたがいに絡ませた取っ組み合いは、それが闘いのためか、抱擁のためかわからない。(30)

ベートーヴェンの音楽の特質としてロランが強調するのは、音楽の霊魂的モチーフであり、二つの非物質的な要素がくっついたり、離れたり、絡まり合ったりする「存在の二重化《デドゥブルモン》」である。

闘いは、人と人の格闘技のようなものではなく、ひとつの霊魂の二つの様態なのである。異なる二要素の共存、そして闘い。これは、ベートーヴェンの最初の作品から最後の作品にいたるまで、すべての作品にあらわれており、たとえば、ピアノ・ソナタ第八番《悲愴》（一七九八／九九年）や一八〇〇年以前の四重奏曲、三重奏曲のアレグロのようなもののなかにも見出すことができる、とロランはいう。(31)

プルーストは、苦悩と歓喜の闘いをヴァントゥイユの「七重奏曲」に聴いた。ロランの場合は、苦悩と歓喜ではなく、運命と魂の闘いだが、つまるところ同じである。精神的モチーフは、プルーストによってもロランによっても、抽象的な二つの要素の「体をぶつけ合って（corps à corps）」の「闘い（combat）」にたとえられており、両者が、まったく同じこれらの語を用いて語っているのは偶然によるものだろうか(32)。

ロマン・ロラン批判

ベートーヴェンによって導かれた偶然か、あるいは、プルーストの小説を読んだロランが意識したか。ベートーヴェンに深く傾倒したロランが、一九〇三年に発表した『ベートーヴェンの生涯』は反響を呼んだ。また、ベートーヴェンをモデルとした長編小説『ジャン・クリストフ』(一九〇四―一二年)を書き、一九一六年には一九一五年度のノーベル文学賞を受賞している。先に見た二つのロランの文は、それから一〇年以上もあと、一九二七年に書かれた「ベートーヴェンへの感謝」から引用したものであり、プルーストの「七重奏曲」のほうが先に存在する(33)。

興味深いことに、プルーストは「ロマン・ロラン」(一九〇九―一〇年頃)と標記された断章でロランの『ジャン・クリストフ』を酷評している。偉大な音楽家の「精神」を主題にかかげながら、その人物や精神のありようがどのようなものであるか探求していない、しかも思考の深みをすくいあげるような文体表現からはほど遠く、質の低い他人からの借り物で満足し、月並み、陳腐で皮相な芸術観の表明に終始している、というものである。

作家たる者は、「事象の底まで」洞察的に目を届かせようとつとめるべきで、「さんざしの花の香り」でもなんでもよい、対象をまえに、その印象のなかに潜む「永遠なるもの」を求めて、自らの内奥の深くまで降りていかなければならない。にもかかわらず、いかなる場面においても、それが何ひとつなされていない、と手厳しい(34)。自分自身の深奥に達することによって得られる、その作家に固有の「ひとつの調子」を、精神の反映としての文体に聴きとることができないということであろう。

「精神的な生の領域」で創り出された作品であれば、たとえ物質的なものを描いていても、その仕事が精神の所産であることが感じとれるはずなのに、「精神」を問題にしながら、「物質主義の塊」でしかないという。この考えかたについては、芸術は、「精神的な事象（cosa mentale）」である、というレオナルド・ダ・ヴィンチの言葉をひき合いに出すことができるだろう。実際、プルーストはこの言葉を信条のひとつにしていたようで、書簡や小説のなかで引用されている。たとえば、一九二一年一〇月アンドレ・ラング宛の書簡には次のようにある。「外部にあるように思われるもの、それを見つけ出すのはわれわれの内部においてなのです。絵画についてレオナルド・ダ・ヴィンチのいう、「精神的な事象」というのはあらゆる芸術作品に適用できるものです」(35)。

ところでロマン・ロランに関するこの断章が書かれたのは一九〇九―一〇年頃と推定されている。執筆の時期や、二度もサント゠ブーヴへの言及があることから、ロラン批判が、『サント゠ブーヴに反論する』の一環として考えられていたことがあきらかになっている。先に引用したロランの文によると、ベートーヴェンは「ひとつのモチーフの変奏《ヴァリアシオン》」によって作品を生むのを特徴とする音楽家であり、創作するにあたって内面の深奥を凝視する人間であった。プルーストが考えるに、こうした内面の深いところの探求によって、「魂の個性的存在(36)」が生まれ、そこから「精神的な事象」と呼ぶにふさわしい作品が生み出される。芸術家についてのこの考えは、『アミアンの聖書』の「訳者の序文」にはじまり、『サント゠ブーヴに反論する』を経て、小説にいたるまで反復されるプルーストの芸術観の根幹をなすものである。しかるに、ロランに欠けているものこそ、まさにその「魂の個性的存在」であるとプルーストは批判した。

ベートーヴェンの音楽に「魂」を聴きとった、とロランが「ベートーヴェンへの感謝」のなかで語るのをわれわれは見、心の内奥を照らし出そうとする音楽家である、と彼が語るのをそれぞれ二つの引用文に見た。ロランがこの文章を発表した時、プルーストはすでに他界していたが、もし生きていてこれを読んだとしたら、どのように批評しただろうか。とりわけ二つ目に引用したロランの文では、ベートーヴェンの音楽を、二つの霊魂的モチーフがくっついたり離れたりする、体と体を絡ませた取っ組み合いであると描写し、プルーストと類似する言語化がなされていたことをどのように考えただろうか。興味は尽きないが、ここでは、ヴァントゥイユの「七重奏曲」と、ロランがベートーヴェンに特徴的なものと認める要素が合致することを指摘するにとどめたい。いずれにせよ、ロランについての一文は、プルーストの芸術観を浮き彫りにするのに役立っている。

ベートーヴェンとターナーの共演

プルーストはほかのどんな芸術よりも音楽を優位に置いたとする考えかたがある。しばしば引用される、「音楽こそは――かりに言語の発明、語の形成、観念の分析がなかったとした場合に――ありえたであろう魂の交流の唯一の例になったのではないか(37)」という小説のなかの言葉によってそのような見解に行きつくのかもしれない。

作曲家は言葉ではすくいとれない世界を、研ぎ澄まされた感覚と鋭敏な感性をもって音に置きかえる。その音楽を、矛盾を抱えながらも、プルーストは視覚映像を借りて言語化する。《カルクチュイ港》の絵をまえにして主人公に起こったことは、画家、あるいは作品との魂の交流であり、この絵に、変態《メタモルフォーズ》を感じ、輪郭も、名前もない「物」をまるで音楽のように聴きとったということである。やがて、見ているだけにとどまらず主人公がはたらきかけることによって、その変身が、文学における隠喩《メタフォール》であることを発見した。この場面での「啓示」という言葉の意味をそのように理解する。

小説の表層ではなく深部に触れるとき、実際はプルーストにおいて、音楽、絵画、建築、文学など、諸芸術のなかでの優劣はないように思える。芸術と日常世界の優劣さえもない。文学は、芸術は、永遠であると主張しつつも、その材料は、日常の生活であり、自分自身であることを認めているように。プルーストは小説をゴシック建築にたとえているが、柱の一本一本の支え合いによって全体は成り立っているのである。「七重奏曲」の挿話には、かならずといってよいほど、変奏された体験とでもいうべき、マドレーヌ菓子、三本の木々、マルタンヴィルの鐘塔などが連鎖的にあらわれる。そして『見出された時』において、長い小説の大団円となるゲルマント大公夫人宅での午後の集い《マチネ》の場面で、主人公である語り手は、まずは、不揃いな敷石によって、ついで、スプーンが皿にかち合う音によって、そして、糊のきいたナプキンによって、無意志的記憶の蘇りがつぎつぎと起こり、「超時間的存在」にある自分が幸福感に満たされるのを感じる。

　過去と現在における感覚や印象の合体、異なる要素の結合などによって生じる幸福感、それらを心の深部の薄暗がりから出現させ、言語化して芸術作品として定着させる唯一の方法こそ、隠喩であるという確信につながる「隠喩《メタフォール》の発見」(38)へと一気に向う瞬間である。人生における無意志的記憶の蘇りと、芸術における隠喩は、アナロジーによって異なる二つの感覚が結びつくという共通するはたらきにおいて同等の価値をもつのである。(39)

　このとき、小説の時空をはるか彼方にさかのぼり、そこから隠喩を読みとった《カルクチュイ港》へと、虹の橋がかけ渡される。こうした点からも、ヴァントゥイユの「七重奏曲」と、エルスチールの《カルクチュイ港》の中間あたりにさりげなく置かれたシャルリュス男爵の言葉は示唆的で意味深い。それは次のようなものである。第三篇『ゲルマントのほう』において、シャルリュス邸を訪れた主人公は、待たされた揚句、相手の奇妙な対応に不愉快な思いをする。シャルリュスは帰ろうとする彼にむかっていう。「ここにあるターナーの虹は、この二枚のレンブラントのあいだで、私たち二人の和解のしるしに輝きだすよ。ほら、聴こえるだろう、ベートーヴェンがターナーと共演している」(40)。ベートーヴェンの交響曲第六番《田園》第五楽章「嵐のあとの歓喜」が、シャルリュス邸のどこかで、楽団によって演奏されていたのである。

心の小鳥に歌わせる

プルーストの書簡や草稿を調べるかぎり、ヴァントゥイユの「七重奏曲」のモデルとなった作品が、四重奏曲であろうと、交響曲であろうと、さほど問題ではなかったのではないかと思われる。音楽表現によって生み出される、作曲家の内奥にある本質的なもの、芸術家の魂こそが重要だったのではないか。一九一三年に、ヴィドメール博士のサナトリウムに入ることを考えていたプルーストが、ストロース夫人に宛てた書簡はそのことを物語っているように思える。

テアトロフォンの契約をなさいましたか。〔…〕ベッドのなかで《田園》交響曲の小川のせせらぎや小鳥をおとずれさせることができます。気の毒にベートーヴェンは、完全に耳が聴こえなくなっていましたから、私と同様、直接小川や小鳥を楽しめなかったのです。彼はもはや聴こえない小鳥の歌を再現しようと努めることで心をなぐさめていました。〔…〕もはや見ることのできないものを描くことで、私が自分なりのやりかたで書いているのもやはり、《田園》交響曲なのです。[41]（*Cor.*, XII, p. 110）

《田園》交響曲は、作曲家の内奥の深いところで再創造された作品ということになるのだろう。この作品については、ロマン・ロランが『ベートーヴェンの生涯』のなかで正鵠を射た指摘をしている。多くの学者が、「自然の色々な歌声とささやきで織り上げられて」いる《田園》交響曲を、模倣音楽であると論じていたが、ベートーヴェンは耳が聴こえなかったという事実に気づいていない、とロランはいう。《田園》交響曲が人に感動をあたえるのは、自分にとってもはや「消滅したひとつの世界」を、彼が「精神のうちから再創造した」からであり、「小鳥たちを自らのうちに歌わせる」ことによって生み出したからだ、と述べている。プルーストの書簡を編纂したフィリップ・コルブが指摘しているように、ロランのこの一節がプルーストの脳裏をかすめたことは大いにありうる。[42]

ベートーヴェンとプルースト、二人の芸術家の作品が人の心を打つのは、もはや失われた世界の根底を内的視力で見つめ、精神のうちから再創造しているからであり、「小鳥たちを自らのうちに歌わせる」ことによって世界を生み出したからであろう。つまるところ、すべての芸術は「精神的な事象」なのである。

（1）次を参照されたい。真屋和子「プルーストとターナー」、『藝文研究』第六四号、慶應義塾大學藝文學会、一九九三年。Kazuko Maya, « Proust et Turner: Nouvelle perspective », *Etudes de langue et littérature françaises*, nº 66, Tokyo: Société Japonaise de Langue et Littérature Françaises, 1995; *L'« art caché » ou le style de Proust*, Tokyo: Keio University Press, 2001, chapitre 1 « Proust et Turner ». 真屋和子『プルースト的絵画空間――ラスキンの美学の向こうに』水声社、二〇一一年、第二章「プルーストとターナー」。

（2）プルーストと音楽については次を参照のこと。Georges Piroué, *Proust et la musique du devenir*, Pairs: Denoël, 1960. Georges Matoré, Irène Mecz, *Musique et structure romanesque dans la* Recherche du temps perdu, Paris: Klincksieck, 1973. Kazuyoshi Yoshikawa, « Vinteuil ou la genèse du septuor », *Etudes proustiennes III, Cahiers Marcel Proust* 9, Paris: Gallimard, 1979. Shiomi Hara, « Proust et les derniers quatuors de Beethoven », *Etudes de langue et littérature françaises*, nº 70, Tokyo: Société Japonaise de Langue et Littérature Françaises, 1997. Jean-Jacques Nattiez, *Proust musicien*, Paris: Christian Bourgois, 1999. Akio Ushiba, « Proust et *Parsifal* de Wagner », *La revue des lettres modernes: Marcel Proust* 6, Caen: Lettres modernes minard, 2007. ジャン＝イヴ・タディエ「マルセル・プルーストの音楽世界」原潮巳訳、『プルースト全集』別巻所収、筑摩書房、一九九九年、二二六―二三八頁。牛場暁夫『マルセル・プルースト――『失われた時を求めて』の開かれた世界』河出書房新社、一九九九年、一一一―五一頁。

なお、ヴァントゥイユのソナタのモデルに関して、一九一八年四月二〇日ジャック・ド・ラクルテル宛書簡でプルーストは、以下の作品をあげている。サン＝サーンスのヴァイオリン・ソナタ第一番ニ短調（一八八五年）、ワーグナーの《パルジファル》第三幕に出てくる「聖金曜日の歓喜」（初演一八八二年）と、《ローエングリン》序曲（初演一八五〇年）、シューベルトのある曲、セザール・フランクのヴァイオリン・ソナタ（一八八六年）、フォーレのあるピアノ曲。創作するときにプルーストが念頭においているのは、いずれかの小楽節であったり、ある小楽節をかき消すワーグナーのトレモロであったり、さえずり合う小鳥のような悲しげなフランクの音だったり、フォーレの「間」だったり、という具合に、多種多様な作品の断片のつなぎ合せから成り立っていることを明かしている。この創作方法は、小説に登場するすべての人物や場所、物についてもいえることである。エルスチールの《カルクチュイ港》の成立過程に関しても例外ではない。「七重奏曲」のモデルとして草稿段階であらわれる作品は、吉川一義氏によると、ベートーヴェンの弦楽四重奏曲第一二番、フォーレのピアノ四重奏曲、フランクの五重奏曲、ヴァイオリン・ソナタ、交響曲などである。

（3） George D. Painter, *Marcel Proust: Les années de maturité, 1904-1922*, traduit de l'anglais par G. Cattaui et R.-P. Vial, Paris: Mercure de France, 1966, p. 423. 次も参照。"the dinner party", *The Independent*, 18 May 1922. シフ夫妻がマジェスティック・ホテルで催したこの夜食会で、プルーストは、パブロ・ピカソやジェイムズ・ジョイス（一八八二―一九四一年）に会っている。

（4） Igor Stravinsky and Robert Craft, *Conversations with Igor Stravinsky*, London: Faber Music in association with Faber & Faber, 1958, p. 89. I・ストラヴィンスキー&ロバート・クラフト『１１８の質問に答える』吉田秀和訳、音楽之友社、一九六〇年、一二〇頁。

（5） *C. S. B.*, pp. 336-337. プルーストが自分自身について語っている。

（6） George D. Painter, *op.cit.*, p. 705.

（7） *Ibid.*, p. 303.

（8） *Cor.*, XIII, p. 49.

（9） *Cor.*, XIII, p. 351.

（10） *Cor.*, XV, pp. 77, 78. 小説のなかで、シャルリュス男爵が仕立屋ジュピアンに執拗に問いかけるまなざしを、ベートーヴェンの楽句にたとえている場面について、プレイヤッド版の注によると、ベートーヴェンの四重奏曲、あるいは交響曲第五番の冒頭ほかをプルーストは念頭においていたのではないかとされる。次の文章である。「そのようにして、二分ごとに、おなじ問いが、シャルリュス氏が秋波を送るなかで、激しくジュピアンに投げかけられているかのようであった、あたかも、おなじ間を置いて、果てしなく繰り返され、新しいモチーフ、調子の変化、「テーマの反復」を——過度なまでに豪華な準備を調えて——導き出そうとするベートーヴェンのあの問いかけに満ちた楽節のように」(III, p. 7)。

(11) *Cor.*, XV, p. 61.

(12) *Cor.*, XXI, p. 77.

(13) 次を参照のこと。*Cor.*, XV, p. 83. フィリップ・コルブの注によると、「四重奏曲第一五番」の手書き原稿には、ベートーヴェンによってイタリア語で、「回復期の病人による神への抒情的な感謝の歌」と記されている。Wilhelm von Lenz, *Beethoven et ses Trois Styles*. Edition Nouvelle, Paris et Berlin: G. Legouix, 1909, p. 423.

(14) *Cor.*, XVII, p. 109. プルーストがここでいう「四重奏曲第一五番」について、フィリップ・コルブの注によると、ベートーヴェンは一八二七年三月二六日に亡くなっているので、四重奏曲第一五番(一八二五年)ではなく、第一六番(一八二六年)のことである。「諧調と断末魔の苦悩」については、その言葉が含まれる次の詩を参照。Sully Prudhomme, *Les Solitudes* (1869), *Œuvres de Sully Prudhomme, Poésies,* t. 2, *1866-1872*, Paris: A. Lemerre, 1872.

Vous qui m'aiderez dans mon agonie,
Ne me dites rien.
Faites que j'entende un peu d'harmonie,
Et je mourrai bien.

断末魔の苦悩《アゴニー》に手を差し伸べてくれるあなた、
私になにも言葉はいらないのだよ
諧調《ハーモニー》にほんの少し耳を澄ますことができれば、
私はやすらかに眠りにつくだろうよ。

(15) Kazuko Maya « Remarques sur la « métaphore » de Proust », *Revue de Hiyoshi Langue et Littérature Françaises*, n° 30, Yokohama: Université Keio, Comité de Publication de la Revue de Hiyoshi, 2000; *L'« art caché » ou le style de Proust*, *op. cit.*, pp. 101-155.

(16) III, pp. 760-761.

(17) Romain Rolland, « Actions de Grâces à Beethoven », *La Revue musicale*, 1927, pp. 6-7. ロランは、ベートーヴェンにおける

「ひとつのモチーフの変奏」についてヴァルター・エンゲルスマン（一八八一―一九五二年）の次の論文を参照させている。Walter Engelsmann, „Die Sonatenform Beethovens dargestellt in der 5-Sinfonie“, *Dresden Anzeiger: Wissenschaftliche Beilage*, 1 und 8 Febuar 1927. 本文のなかで引用した文の直前に、E・T・A・ホフマン（一七七六―一八二二年）は交響曲第五番のあらゆる主要旋律が、たがいに緊密な「類縁関係」をもっていることに驚いていた、とロランは記している。

（18）Romain Rolland, *op. cit.*, p. 6.「思念の多様化」が、「変奏」というかたちで作品にあらわれることは、プルーストにもあてはまる。牛場暁夫氏は、『『失われた時を求めて』交響する小説』慶應義塾大学出版会、二〇一一年のなかで、いくつかのモチーフが音楽のように反復され、「変奏」されつつ語られていると説いている。

モネによるヴェネツィア風景連作の「色彩変奏」がプルーストを熱狂させたことはよく知られている。次を参照。Michel Erman, *Marcel Proust*, Paris: Fayard, 1994, p. 157. また、第二章でも見たようにフランス印象派画家の先駆であるターナーや、「変奏曲」、「シンフォニー」、「ハーモニー」といった題を作品につけた画家ホイッスラーにも関心があった。次を参照されたい。Kazuko Maya, « Whistler contemporain d'Elstir », *La revue des lettres modernes: Marcel Proust* 6, Caen: Lettres modernes minard, 2007. 拙著『プルースト的絵画空間』前掲、第二章、第六章、第七章。

（19）Romain Rolland, *op. cit.*, p. 7. *Goethe's Correspondence with a Child* by Bettina (Brentano) von Arnim, Boston: Ticknor and Fields, 1859, pp. 285-286.『新編　ベートーヴェンの手紙』上巻、小松雄一郎編訳、岩波書店（岩波文庫）、一九八二年、二一七頁。一八一〇年七月、ベッティーナ・ブレンターノよりゲーテに宛てられた手紙のなかで、ベッティーナはベートーヴェンとアウガルテン庭園を散歩したときの出来事を語っている。ロランはこの逸話を引用している。

（20）*C. S. B.*, p. 75.「典型＝楽節（phrases-types）」という言葉はプルーストが用いている。III, p. 878.

（21）III, p. 760.

（22）*C. S. B.*, pp. 75-76. 同じ考えが繰り返されている。*Ibid.*, pp. 103, 304, 669. これをプルーストは批評家の第一の任務であると考えた。『失われた時を求めて』のもととなった『サント＝ブーヴに反論する』が、評論と小説との混合であることは知られているが、『サント＝ブーヴに反論する』よりずっと前に、その萌芽が『アミアンの聖書』の「訳者の序文」に読みとれるのである。さまざまな考えの、表立ってはあらわれない地下でのつながり、そのつながりに共通する根もとをかぎ分ける才能こそが、隠喩の才能の証しでもあった。ラスキンの本の翻訳を、批評家のあるべき姿として自ら示しながらおこなっている。それはまた、はからずもプルースト自身の文学創作の方法を明かすものとなっている。

(23) Arthur Schopenhauer, *Le monde comme volonté et comme représentation*, Supplément au second Livre, t. 3, 7e éd., traduit en français par A. Burdeau, Paris: Librairie Felix Alcan, 1913, p. 265（ショーペンハウアー『意志と表象としての世界』続編㈡、『ショーペンハウアー全集』第六巻、塩屋竹男・岩波哲男・飯島宗享訳、白水社、一九七三年、四〇六—四〇七頁）.

建築は「凝固した音楽」であるという名句は、ヨハン・ペーター・エッカーマン（一七九二—一八五四年）との対話で、ゲーテが言った言葉である、とショーペンハウアーは書いている。次を参照。Johann Peter Eckermann, *Conversations of Goethe with Eckermann and Soret*, translated from the German by John Oxenford, vol. II, London: Smith, Elder, 1850, p. 146.

(24) Arthur Schopenhauer, *op. cit.*, p. 261.「ベートーヴェンの交響曲は一見混乱そのもののごとくであってしかもその基礎には完璧な秩序があり、激烈をきわめる闘争もつぎの瞬間には優麗な調和へと移ってゆく。これは「事物の不調和な調和」であり、〔…〕。この交響曲からは人間のあらゆる熱情と情緒、すなわち、喜び、悲しみ、愛、憎しみ、驚き、希望等の声が無限の陰影をもって聞えてくるのだが、さてそれらはすべていわば単に抽象的にであり、具体性をまったく欠いている」（ショーペンハウアー『意志と表象としての世界』続編㈡、前掲、四〇二頁）。

ベートーヴェンの交響曲についてショーペンハウアーは、一見「混乱」しているようだが、実は完璧な「秩序」があるとして、「事物の不調和な調和」という言葉を用いている。また、「混乱」と「秩序」、これら同じ言葉を使って同様のことを、建築について語ったのはラスキンである。そしてクルティウスは、プルーストの小説について同様の考えを述べ、これを「新しい調和」と呼んでいることを指摘しておく。

なお、プルーストのものの見かたとしての「両極はつながる」という考えについては、以下を参照。III, p. 825. 拙著『プルースト的絵画空間』前掲、一八三—二〇〇頁。

(25) Romain Rolland, *op. cit.*, p. 5.

（26） III, p. 875.

（27） III, p. 1736. Cf. III, p. 674.

（28） II, p. 191.

（29） 拙著『プルースト的絵画空間』前掲、一〇五頁。

（30） Romain Rolland, *op. cit.*, p. 8.

（31） *Ibid.*, p. 9.

（32） 本文中で引用したプルーストとロランの文を、原文でも比較できるように引用しておく（強調は真屋）。

Bientôt les deux motifs luttèrent ensemble dans un *corps à corps* où parfois l'un disparaissait entièrement, ou ensuite on n'apercevait plus qu'un morceau de l'autre. *Corps à corps* d'énergies seulement, à vrai dire; car si ces êtres s'affrontaient, c'était débarrassés de leur corps physique, de leur apparence, de leur nom, et trouvant chez moi un spectateur intérieur — insoucieux lui aussi des noms et du particulier — pour s'intéresser à leur *combat* immatériel et dynamique et en suivre avec passion les péripéties sonores. Enfin le motif joyeux resta triomphant, [...]. (III, p. 764)

[...] c'est un *combat* entre deux éléments, une monumentale dualité. Elle se manifeste, du commencement à la fin de l'œuvre de Beethoven. [...] [J'entends] dans l'unité même de l'esprit beethovenien, [...] deux formes de la même âme, deux âmes en une, mariées et opposées, discutant, bataillant, *corps à corps* enlacées, on ne sait si pour la guerre ou pour l'embrassement. (Romain Rolland, *op. cit.*, p. 8)

（33） ロランは『ベートーヴェンの生涯』（一九〇三年）をシャルル・ペギー（一八七三―一九一四年）の主宰する雑誌『半月手帖』に発表した。プルーストが『半月手帖』の定期購読者となったのは一九〇八年二月だが、反響を呼んだ『ベートーヴェンの生涯』を読んでいたと思われる。続いて一九〇四年から一二年まで、『ジャン・クリストフ』

が同じ雑誌に掲載されていた。

なお、「ベートーヴェンの感謝」は一九二七年三月二六日ウィーンで開催されたベートーヴェン記念祭の講演原稿である。同年四月一日に音楽雑誌『ラ・ルヴュ・ミュジカル』の「ベートーヴェン記念号」に掲載された。

(34) *C. S. B.*, pp. 307-308.

(35) *Cor.*, XX, p. 497.「精神的な事象」については次も参照のこと。*Cor.*, XIX, p. 290. *Cor.*, XLX, p. 497. I, p. 491. Kazuko Maya, *L'« art caché » ou le style de Proust*, *op. cit.*, pp. 23, 301.

(36) III, p. 761.

(37) III, pp. 762-763.

(38) IV, p. 468.

(39) Gilles Deleuze, *Proust et les signes*, Paris: Presses Universitaires de France, 1964, 5e éd., 1979, p. 70. Gérard Genette, « Métonymie chez Proust », *Figures III*, Paris: Seuil (coll. « Poétique »), 1972, p. 49.

(40) II, p. 850. プレイヤッド版の注によれば、プルーストは《田園》交響曲第三楽章「嵐のあとの歓喜」と書いているが、第三楽章ではなく、正しくは第五楽章である（II, p. 1816）。「ベートーヴェンとターナーの共演」に関していえば、嵐のあとや虹のある風景を多く描いたターナーの絵こそ、「嵐のあとの歓喜」の視覚的表現としてふさわしい。

(41) フィリップ・コルブの注によると、当時テアトロフォンは、演劇やオペラだけではなく、交響曲や室内楽の中継も始めたということである（『国際音楽協会音楽紀要』一九一三年二月一五日号の「自宅における演劇とコンサート」）。なお、プルーストは一九一一年二月にテアトロフォンに加入している。

(42) Romain Rolland, *Vie de Beethoven*, Paris: Hachette, 1914, pp. 53, 88 note1. *Cor.*, XII, p. 110, note 5.

第6章　そして、見出された時

「ラスキンが死んだ！　やれやれありがたい、ラスキンが死んだ！　タバコを一本くれ！」[1]　一九〇〇年一月、英国の偉大な美術評論家ジョン・ラスキンが永遠に旅立つ。彼の訃報に接したある著名な芸術家が発した言葉は、極端ではあるが、当時のイギリス人の反応を象徴的に示すものであった。オクスフォード大学で美術講座教授として教壇に立つかたわら、実証的な実地調査も重んじたラスキンだが、芸術家の教育において不可欠としていたフィールドワークも、このころには疎んじられる傾向にあった。一九世紀に幾多の偉業をなして確固たる地位を築きながら、今日では、廃墟の花のごとく忘れ去られた思想家もめずらしい。最晩年には、権威はとどめていたものの、しだいに過去の人となりつつあった。

二〇世紀を代表するフランスの作家マルセル・プルーストにとってはしかし、新たな胎動がここからはじまったといっても過言ではない。ラスキンから学んだ美学、中世美術、イタリア絵画や英国絵画は、プルーストの文学創造に求心力を生じさせ、そのはてしない広がりの礎となった。彼との出会いがなければ、現在あるかたちでの『失われた時を求めて』の誕生はなかっただろう。

本章では、時代のなかにプルーストをおくという視点で、ラスキンの影響、彼から得たものをとらえ、それをいかに芸術に昇華させて、普遍性をそなえた小説を書くことにつなげたかを考察することで、ここまでの議論の総括としたい。

ラスキンとの出会い

一八九九年一二月、プルーストはそれまで四年にわたって書きためてきた『ジャン・サントゥイユ』を放棄した。断章の寄せ集めで統一性も大いなる思想もなく、作家としての才能が欠けていると感じて創作は完全に行き詰っていた。ラスキンへの傾倒がはじまったのはちょうどそのころである。

「廃墟の瓦礫を拾い集めているのではないか」と思うにいたって挫折した三人称の小説、そしてその「瓦礫」をもとり込みながら、「教会を築くように」[2]書いた一人称の長編小説『失われた時を求めて』、この二つの作品のあいだにある「私」の発見は、文学創作の方法と意義の発見でもあった。

一九世紀英国ヴィクトリア朝時代をまるごと生きたラスキンは、美術、建築、文学、地質学、植物学のみならず、社会思想、自然保護運動にいたるまで広い分野で才能を発揮した知の巨人である。彼の思想の後継者であるウィリアム・モリスをはじめとして、バーナード・ショウ（一八五六―一九五〇年）、レフ・ニコラエヴィチ・トルストイ（一八二八―一九一〇年）、毛沢東（一八九三―一九七六年）、そしてマハトマ・ガンジー（一八六九―一九四八年）にも影響をあたえた。弱冠二四歳の時、「オクスフォード卒業生」作として無署名で、当時理解されていなかった英国ロマン派の画家J・M・W・ターナーを擁護する書物『近代画家論』（全五巻、一八四三―六〇年）の第一巻を出版したことにはじまり、『建築の七燈』（一八四九年）や『ヴェネツィアの石』（全三巻、一八五一―五三年）を出版して、美術批評家としての名声を確立する。

ライブラリー版『ラスキン全集』が刊行されたのは、彼の死後、一九〇三年から一二年にかけてである。第一巻刊行の年のクリスマスプレゼントとして、プルーストの母親は息子のために全三九巻を予約した。全集の出版は、皮肉なことに、イギリスでラスキンの威光がかげりはじめた時期とちょうど重なるという。[3] モダニズムという概念であらわされる、一九世紀後半から二〇世紀後半における美術の大きな変化は、ヴィクトリア朝を代表する美術批評家の思想を旧弊なものとして、その影を薄れさせることになった。

英仏海峡の向こうでは、しかし、そのころラスキンが研究対象となることが増えていた。ラスキンを受け入れる素地が調っていたといえよう。実証主義を基盤とする芸術上のレアリスム運動が一八五〇年代にはじまり、イギリスよりおくれた産業革命と自然科学の発達を背景に、自然科学的世界観、実証主義の歴史観が支配的となった。文学研究おいては、作品そのものよりも作家の伝記的事実が重んじられ、美術の領域では、影響関係をたどる系譜を軸にすえた美術史が主流となっていた。このような時代にプルーストは人と成ったのである。しかし、科学万能主義の欠陥があらわになるにつれて共感は失われ、人々の関心は物質的なものから、精神的なものへと向かう。一八九〇年代には、反知性主義が時代の精神的雰囲気を作り出していた。ラスキンは、反知性の傾向を示していたアンリ・ベルクソンにつうずる点があることからもフランスで注目されていたのである。

二〇世紀初頭にシャルル・ペギーがサント＝ブーヴの弟子のイポリット・テーヌやエルネスト・ルナンを批判し、両次世界大戦間には、ポール・ヴァレリー（一八七一―一九四五年）が「知性の科学」によって作り出された歴史にたいする批判をした。[4] プルーストも、一九〇八年末から書きはじめ、やがて長編小説へと変貌をとげることになる評論『サント＝ブーヴに反論する』において、反知性論を展開する。彼らに先んじてこうした歴史観に風穴をあけ、過去や歴史はつねに人間の生や喜びとともにある、と主張したラスキンの考えかたが、閉塞感を打ち破り、フランス人の共感を呼んだことは想像に難くない。

「多面体」と呼ばれるにふさわしいラスキンには、矛盾があるように見えるが、フランスでの受けとめられかたに反して、科学的方法を重んじる一面もあった。しかし、「われ感ず、ゆえにわれあり」の人であったラスキンの美学の根底にあるのは、対象それ自体の価値が問題なのではなく、美の享受は見る者の感性によるというものであり、まさにこの点がプルーストの琴線に触れた。フランスではおそらく誰よりも彼が、作品において、生涯において、ラスキンの美学から深い影響を受けた人物であろう。しばしば恋愛心理の過程にたとえられるラスキン熱は、「微温的な触合い」にはじまり、「結晶作用」が起きて「火がついた」のである。(5)

プルーストのラスキンの書物との出会いは、政治学院の教授ポール・デジャルダンをとおしてであるとされ、一八九〇年代後半には、断片的な知識をえていた。ラスキンの秘書で高弟でもあった、W・G・コリングウッド著『ジョン・ラスキンの生涯と作品』(一八九三年)も読んでいた。しかし、決定的な影響をあたえたのは、評論家ロベール・ド・ラ・シズランヌの『ラスキンと美の宗教』(一八九七年)であった。一八九五年から『両世界評論』に連載されたものをまとめた単行本である。フランスにおけるラスキン理解は、イタリア・ルネサンス絵画、ゴシック美術、ターナーとラファエル前派の熱烈な擁護者、そして自然観察者としての側面を浮き彫りにして紹介した彼によって決定づけられたといえよう。この本に引用された数多くのラスキンの文章に、プルーストはすっかり魅了された。

一八九九年エヴィアンに滞在していたプルーストは、九月と一〇月の二回にわたり、母親に宛てた書簡で、この本を送ってほしいと依頼している。「ラスキンの眼で」自然を眺めるためであった。(6)ラスキンによれば、偉大な想像力をもつ芸術家の眼で見ることは精神を豊かにする、「ターナーやシェークスピア」は、日ごろ見慣れたものに新たな照明をあてて見せてくれるという。プルーストはのちに小説のなかで、話者にとって芸術創造への導き手となる架空の芸術家たち、画家エルスチールや音楽家ヴァントゥイユの眼で世界を見ることこそ「唯一の真の旅」であり、新しい風景への旅立ちである、と書くことになるだろう。(7)

一九〇〇年一月、ラスキンの訃音がフランスに伝えられたとき、追悼文や回顧する記事を掲載したのは、新聞では五紙、しばらくのちに論考を載せた雑誌は一〇誌で、これらのうち四分の一をプルーストの執筆が占めるという。ラスキンがターナーの死に際して、「ターナーの眼で」見るだろう、と述べた文をそのまま用いて、今後、

なかで書いた。(8)

幾世代もの人が、「ラスキンの眼で」自然を見るだろう、とプルーストは「ジョン・ラスキン」と題する論考のなかで書いた。[8]

ラスキン熱はしだいに高まり、執筆のかたわら、一九〇〇年にアミアン、ルーアン、シャルトル、バイユーなど、師が実地調査し、記述したフランス各地のゴシック大聖堂をたずねる「ラスキン巡礼」の旅にでかける。ちょうどラスキンが「旅する画家」ターナーの足跡を辿ったように。実際に在る土地、気候風土が生み出す自然、自然と結びついた芸術、それらを見て感じ、土地の生命を再発見する。同年春には、母親と一緒にヴェネツィアを訪れている。ラスキンの書物を手に、ひとつの柱頭装飾のために「梯子を立てかけて」もらい、つぶさに見てまわる。ラスキンの思想に近づくために、どんな犠牲をはらってもヴェネツィアへ行きたい、プルーストにそう思わせた文章が、『ヴェネツィアの石』のなかにあった。それは、ゴシック大聖堂の建築が、つつましい住居建築から生まれたものであり、聖堂に、世俗の歴史が読みとれる、また逆に、日々の生活の場である住居の装飾には、聖なる故事が刻まれている、といった聖と俗が融合するラスキンの建築観を示すものであった。[9] プルーストはこの考えにひきつけられたのである。

「旅に出るにしても、ラスキンを二五冊持っていかなければならず、少々かさばる」と、プルーストは書いている。[10] ラ・シズランヌは、旅行には、ラスキンが旅行者向けにまとめたり、書いたりした『ヴェネツィアの石』要約版（一八七九年）、『フィレンツェの朝』、『アミアンの聖書』などを美術観光案内書として携えることを提言していた。交通網の発達と近代ツーリズムの勃興にともなって、旅行は一般大衆にも広がりを見せ、[11] のちのミシュランガイドにつながるガイドブックが、一九世紀にイギリスのマレー社、ドイツのベデカー社などから刊行されて、広く使われるようになっていた。これらの旅行案内書とともに、ラスキンの本を手に、歴史的建造物や絵を見てまわるのは、当時めずらしいことではなかった。プルーストはベデカーも愛用していたが、ラスキンの本にはほかの案内書にはない魅力があると評価し、「イタリア、イギリス、フランスへの実際の案内役は、ラスキンがつとめた。少なくともわれわれが感嘆する画家や彫刻家の大半は、ラスキンの発見によるものである」と断言する。[12]

旅行はプルーストにとって、歴史的遺産の価値を再認識する機会となり、文学創作にあらたな地平をきりひらくことになるだろう。

心の中への旅

ラスキンへの心酔はプルーストを翻訳へと向わせた。『アミアンの聖書』は、フランスの歴史と美術をあつかったラスキン唯一の本であることから情熱がこもる。このときフランス語で読めるラスキンの本は、一八九九年に出版された『野生のオリーヴの冠』（一八六六年）と『建築の七燈』、わずか二冊だけだった。一九〇〇年二月、友人で翻訳の協力者でもあるマリー・ノードリンガー宛の書簡には、『建築の七燈』、『建築と絵画』、『プラエテリタ』ほか数冊の作品は、「暗記している」[13]と書かれていることから、原文でも読んでいたことがわかる。プルーストによる翻訳は、一九〇四年に『アミアンの聖書』が、一九〇六年に『胡麻と百合』が、それぞれ「訳者の序文」と長い注をつけて出版された。ほかに『サン・マルコ聖堂の休息』（一八七七―八四年）、『ヴェネツィアの石』要約版などの翻訳に食指が動くも、健康状態と、「自分の心の翻訳」のために残された時間を考えてあきらめる。

しばしば話題にされる彼の英語力については、母親や友人の協力が不可欠だったかもしれない。しかし周囲から過小評価されていたことも確かである。一九〇三年一月、まもなく出版される『アミアンの聖書』について、「誤訳だらけ」にちがいないと公言した友人にたいし、プルーストは、「原文を徹底的に究明した」と強く抗議するも、書簡にはむなしさと無念さが滲み出ている。[14]その内容はのちのラスキンの文体模作の一部と呼応するものとなっている。

翻訳の仕事を終えたあと、プルーストは一九〇九年に、ルモワーヌ事件（犯人ルモワーヌによるダイヤモンド偽造事件）を描いたジョットの壁画の研究という設定でラスキンの文体模作を試みている。本題から逸れたようなその書き出しを見ると、プルーストによる「達者な誤訳」によって、晦渋な原文の神秘に「影の魅力」をつけ加えている、とラスキンになりすましたプルーストは皮肉る。[15] つづけて、しかも当の本人はその誤訳に気づいていないばかりか弁明までするのだから始末が悪い、といった内容である。英語力をめぐる周囲の揶揄や評判に辟易したプルーストが、自虐的意味合いを帯びたユーモアで、抗議と自負心をメッセージとして投げかけることによって牽制しているかのようだ。いずれにせよ、翻訳に付した序文や膨大な量の注は、プルーストの博識とラスキン理解の深さを示してあまりある。翻訳というものは、感応しうる精神と「喚起力」によってなされる、という確信にみちた声が通奏低音となって聴こえてくる。

フランスでは、ラスキンの死後、約一〇年の間に彼の作品がつぎつぎと翻訳された。プルーストが翻訳の仕事にとりかかったのは、こうした気運が高まるなかでのことであった。『ヴェネツィアの石』要約版は一九〇六年にマチルド・P・クレミュウによって訳された。序文を書いたラ・シズランヌは、ラスキンがなぜフランス人をひきつけるのかと自問し、彼の精神が「自然と芸術」だけでなく人間の生に向って開かれており、時空を超えた「普遍性」をそなえた人であるからだと答えている。[16] ラスキンへの共感は、人間性の確認にほかならない。ラスキン研究の専門家としてすでに認められていたプルーストは、ただちに書評を雑誌に発表する。

翻訳の仕事は、師の感受性や思想に迫りつつ、ラスキンという鏡に、自らを映し出す作業であった。確かに、『アミアンの聖書』の「訳者の序文」では偶像崇拝をめぐってラスキンを批判しているし、種々の矛盾にも気づいていた。これをもってプルーストは「ラスキンと決別した」と伝記作家たちがこぞって記す。しかし親和性に支えられたラスキン熱のゆくえはそうではないだろう。自己の内奥の探求において、ラスキンから吸収した滋養の豊かさからすれば、こうした批判はいわば、精神の発達過程で自我意識の芽生える幼児に必要な反抗のようなものであろう。というのも、その批判の萌芽が、摘みとることのできないほど重大で愛おしいものであるなら、はっきりそれと認められるかたちで小説のなかに結実しているはずだからである。

一九〇六年、『胡麻と百合』のフランス語訳の書評を書いたM・クリュッピに宛ててプルーストは次のように書いている。「ある作家に盲目的に敬服する最初の時期しか実りをもたらしません。なぜなら、その時期に深くわれわれの感性にはたらきかけるからです。あとになると、批評感覚を刺激するだけです。その批評感覚というのは個性がほとんど目立たない、はるかに重要性の劣る能力なのです[17]」。実際、真に敬愛する心というものは、多かれ少なかれそこに批判を含むものであろう。

ともあれ、ラスキンという豊穣の大地で培われた精神は、自己の内面の探求へと向う。ラスキンは、プルーストが諳んじていたという『建築と絵画』に収録された、「ラファエル前派主義」という文章において、ターナーとラファエル前派を例にあげながら、芸術家のなすべき仕事を、写真術の比喩を用いて説明している。画家は、体験された幾多の映像や、さまざまな印象など、心の「宝庫」に層をなして「残存する」「生きられた過去」を求め、その「暗室」まで降りていき、それらを現像するというのである[18]。この作業を、プルースト同様、「内面の翻訳」と言い表している。ラスキンは汽車や工場の機械化など、自然破壊、人間性の欠如につながる近代化には危機感をもったが、近代科学そのものは否定しなかった。一八三九年にはじまるルイ・ジャック・マンデ・ダゲール（一七八七—一八五一年）による写真術の発明に関心を寄せ、早くも一八四五年に、当時話題となっていたダゲレオタイプ（銀板写真）をヴェネツィアでの研究に活用している。またラファエル前派の画家たちに、写真の活用をすすめてもいた。暗室から像が生み出される神秘は、心に溶暗状態で重なり合う像を照らし出す比喩としてふさわしく、斬新であったことだろう。

奇妙なことに、一九一一年、オクスフォード大学で催された講演会で、ベルクソンが同じように語っている。

「われわれのうちに表象される思想や感情の機微は、現像液にまだ浸されていない写真の像」であり、「ターナーやコロー」のような画家や詩人は、「現像液」なのだという。[19] プルーストが親しんでいたベルクソンも、ラスキンの思想に着目していたことが知られている。

プルーストが、ラスキンの本の翻訳をつうじて、しだいに輪郭をあらわす「深い自我[20]」と向き合い、自分が感じていることの意識化に成功したとすれば、それは、内面を現像する仕事、つまり小説を書く準備が調えられたことを意味する。プルーストのこの確信は、小説の終わり近くで、文学を志す話者の言葉を借りて語られることになる。

> 真の生、ついに見出され明るみに出された生、したがって十分に生きられた唯一の生であり、それが文学なのである。〔…〕人びとの過去は、無数の写真のネガでいっぱいになっているが、知性がそれらを「現像」しなかったばかりに、役に立たないまま残されている。われわれの生、そして他人の生。なぜなら作家にとっての文体は、画家にとっての色彩と同様に、技術《テクニック》の問題ではなく、ものの見かた《ヴィジョン》の問題なのである。(IV, p. 474)

文学作品の材料となるのは、大いなる思想でも出来事でもない。そうではなくて小さな日常の美、過去の印象や感覚を、神秘と驚きと真実で満たされた「暗室」において、理知の「ランプ」によって「現像」するのだという。[21] 文体とは、ものの見かたの問題である、というプルーストのよく知られた言葉が、写真術と絡められ、鮮烈にわれわれの脳裏に焼きつく。

ジョットと日常の美

絵画の宝庫ともいうべきプルーストの小説において、ラスキンに学んだ美術は、含蓄ある絵になっている。実在、架空を問わず、美学やものの見かたが託されている絵、その芸術理論が、小説全体をとおして実践されているという意味で、有機体として生きている絵である。まずあげられるべき画家は一三世紀後半のイタリアの画家ジョット・ディ・ボンドーネであろう。

プルーストは、第一篇『スワン家のほうへ』の「コンブレー」の章で、話者がスワン氏からもらって壁に飾っているという設定のジョットの絵を、現実の生活情景と重ねて描写している。

> 彼女は地上の財宝を足元に踏みつけているが、それはまるで、果汁をしぼりだすために葡萄を踏みつぶしているのとそっくりだし、というよりむしろ、背伸びをするために袋の上に乗ったかのようであった。そして彼女は燃える心を神にさしだしている。いや、もっとうまい言いかたをしよう、あたかも一階の窓から栓抜きをくれと頼んでいる人にたいして地下室の換気窓からそれを渡す料理女のように、彼女は神にその心を「渡し」ているのだ。(I, p. 80)

ここで描写されているのは、ジョットの一連のフレスコ画、《美徳と悪徳の寓意像》のなかの〈慈愛〉(図版1)である。パドヴァのスクロヴェーニ(アレーナ)礼拝堂の壁画装飾は、ジョットのもっとも重要な代表作である。この壁画の聖母マリアとキリストの生涯の説話場面が完成したあと、ジョットと弟子たちによって、グリザイユと呼ばれる灰色濃淡を使った、浅浮彫りと錯覚させる手法で《美徳と悪徳の寓意像》は描かれた。〈慈愛〉、〈正義〉など七つの「美徳」と、〈不正〉、〈嫉妬〉など七つの「悪徳」の抽象概念が擬人化されている。プルーストはラスキンの導きで実際に壁画を見ている。

〈慈愛〉に描かれた女性の服がマタニティードレスを思わせることから、小説のなかで、家政婦フランソワーズの下働きをつとめる、妊娠した女性に重ね合わされる。ぶどう酒作りの所作、栓抜き、換気窓など、日常のとるに足らない現実にひき寄せられたジョットの〈慈愛〉は、プルーストによっていわば、変身させられている。ここには、聖母マリアと聖ヨセフとキリストを描いたジョットの作品を、「本質的には、ママ、パパ、赤ん坊を描いたのである」といって憚らないラスキンと同じまなざしがある。[22] 〈慈愛〉に描かれた女性が息を吹き込まれて活気づく一方で、下働きの女性には美と尊さが加えられる。ジョットの作品は、聖なる世界であっても、親近感を覚えるものとして描かれている。絵のなかですでに曖昧な存在なのである。

プルーストは『アミアンの聖書』「訳者の序文」や脚注のなかで、ラスキンが〈慈愛〉について書いた文、「金貨の入った袋」を足で踏みつけ、「心臓を神に差し出している」という箇所を『英国の楽しみ』から繰り返し引用している。このときプルーストの関心は、別のところにあった。それは、ジョットの〈慈愛〉と、アミアン大聖堂西正面の浅浮彫り〈慈愛〉(図版2)を、ラスキンが結びつけて比較している点であり、プルーストが驚嘆

図版1　ジョット〈慈愛〉(1306年頃、フレスコ、スクロヴェーニ礼拝堂、パドヴァ)

図版2　アミアン大聖堂西正面の浅浮彫り〈慈愛〉(ライブラリー版『ラスキン全集』第33巻より)(13世紀)

と称賛をもってわれわれに伝えようとしていたのは、ラスキンの無尽蔵に豊かな記憶と想像力が、異質なもの、かけ離れたものを、共通する本質的要素によって結合させる自在さである。(23)

小説のなかでは、ラスキンの名前は出さず、彼の文を括弧つきで嵌め込んだ未消化部分があるほか、(24)そこここに、彼の影響を受けた中世芸術やイタリア美術が薫り立つ。とりわけジョットの連作は生かされている。連作という形態が、プルーストの小説に織り込むのにふさわしいことは次の例からもわかるだろう。〈慈愛〉にひきつづき、話者は、〈正義〉の寓意像に、コンブレーの教会のミサで見かける美女たちを重ねるが、彼女たちを〈不正〉の「予備軍」と見ている。正義と不正の境界もまた曖昧なのである。別の場面では、〈不信仰〉の寓意像に、話者の恋人アルベルチーヌが重なる。(25)これらすべては、第五篇『囚われの女』において社交界の人間模様を描出するくだりへの布石となっている。そこでは「嫉妬」、「悪徳」、「美徳」などの概念によって人間観察がなされている。「両極はつながるものだ」――プルーストのものの見かたの根底にあるこの言葉は、シャルリュス男爵のなかに、美徳と悪徳を同時に見出す話者によって発せられる。(26)

イタリア絵画の創始者ジョットとしばしば並べられる、イタリア文学の祖ダンテ・アリギエーリ(一二六五―一三二一年)は、『神曲』(一三〇七頃―二一年)のなかでこの画家の偉大さを称えているし、ジョヴァンニ・ボッカッチョ(一三一三―七五年)や一六世紀の芸術家ジョルジョ・ヴァザーリ(一五一一―七四年)なども彼に賛辞をおくっている。(27)かりにジョットの作品の再評価が、ラスキンにはじまったものではないとしても、彼の芸術観を一九世紀のかなり早い段階で一般に知らしめたのは、ラスキンであるとされる。彼が説明する美術やゴシック様式の大部分はライブラリー版『ラスキン全集』に図版が収録されており、《美徳と悪徳の寓意像》も『ジョットとパドヴァにおける彼の作品』(一八五三―六〇年)や『フォルス・クラヴィゲラ』に収められていることから、プルーストが図版と説明を参照したことはあきらかである。

しかし、ジョットの美学の本質をもっとも端的に教えてくれるのは、一九〇六年にフランス語訳が出版され、プルーストが書評を書くつもりでいた『フィレンツェの朝』である。[28] ラスキンはこの著作のなかで、彼の考える、ジョットの革新性を三つあげている。

まず、ビザンティン様式が支配的であった西洋の中世絵画において、三次元的な空間を創り出したこと。さらに、金箔に頼らず「ありのままに、ものを見る」という単純なことを見出したこと。「金ぴか」で埋めつくす金箔の伝統を打ち破り、「空は青く、テーブルクロスは白く、天使はばら色に」ありのままに見た画家は、色彩に革命をもたらしたという。

そして最後は、ジョットの美学の真髄が、人物の「自然な感情表現」にあるとし、「家庭的」なものと「僧院的」なもの、聖と俗のみごとな融和を実現させたと称賛する。「ラシーヌやヴォルテールによる戯曲の規則にしたがえば」、場面設定と人間のあいだに不調和を感じるかもしれないが、「シェークスピアかジョットにしたがえば」、人間や天使が、まさにわれわれに身近な存在として描かれていることに、まったく違和感はないという。[29] たとえば、パドヴァのスクロヴェーニ礼拝堂の《キリストの哀悼》（図版3）のなかの聖母の表情を見てみよう。聖母の哀しみは、眉間に寄せられたしわによって、身近な人間の自然な感情として伝わってくる。

図版3　ジョット《キリストの哀悼》（部分）

ジョットが観念的な世界と現実世界を結びつけ、感情に富む表情をもった人間をいきいきと表現した画家であることは、今でこそ知られているが、プルーストはラスキンからこれを学んだ。

ヴェネツィア旅行の際、プルースト自身、足をのばしたパドヴァのスクロヴェーニ礼拝堂に、話者が訪れる場面がある。第六篇『逃げ去る女』における次の描写では、建物内部を埋めつくすジョットの「青」から、作品の細部である天使の表情（図版4・5）へと話者の視線が移されて、屋外と内部、現実と絵画、過去と現在の同時的なデュオとなっている。

そこは円天井全体も壁面の背景もあまりに青いので、光り輝く昼さがりそのものが見物客といっしょに敷居をまたいで入って、澄んだ青空を、一瞬のあいだ、日陰の涼しいところへ置きにきているかのように見える。その澄み切った空は光の金箔をはがされているので、ほんの少し色が濃くなっており、まるで〔…〕太陽がちょっと脇見したすきに空の青さが、依然として穏やかさを増しつつも、ちらと陰る、そんなふうだった。青味がかった石の面に移されたこの空のなかを、天使たちが飛び回っている。〔…〕天使たちが飛んでいる

図版4　ジョット《キリストの哀悼》（1304頃-06年頃、フレスコ、スクロヴェーニ礼拝堂、パドヴァ）

図版5　ジョット《キリストの哀悼》（部分）

のを見て、かつて〈慈愛〉や〈嫉妬〉のしぐさがあたえたのとまったく同じような印象、実際に動いている、文字通り現実に動作しているという印象を受けた。(IV, pp. 226-227)

青のきわだつ石の天穹は、青空のうす絹をまとい、青のハーモニーを響かせる。円天井に太陽の輝きがないことを、「光の金箔をはがされ」と表現して、ラスキンのいう、「金箔」の伝統を打ち破り「青」に塗りかえたジョットの革新性を暗示している。また青の空間に飛ぶ天使は、実際にそこにいるかのような表情をしていたあの〈慈愛〉に見た世界の変奏である。

ところで、プルーストは師の好んだ、イタリア初期ルネサンスの画家たちを数多く小説にとり入れている。たとえば、ベノッツォ・ゴッツォリ（一四二〇—九七年）が旧約聖書に題材をとって描いたアブラハムは、話者の父親の身振りと比べられる。アンドレア・マンテーニャ（一四三一—一五〇六年）のある習作が、動脈硬化のせいで表情のこわばった伯爵にたとえられる。ドメニコ・ギルランダイオ（一四四九—九四年）の心動かされる肖像画《老人と少年》（図版6）に描かれた、独特のざくろ鼻の彩色が、パランシー氏の鼻の色に、またティントレット（一五一八—九四年）のある肖像画が、デュ・ブルボン医師の鼻の割れかたや鋭いまなざしに重ねられる。

図版6　ギルランダイオ《老人と少年》（1490年頃、板、テンペラ、ルーヴル美術館、パリ）

ヴァティカン宮システィナ礼拝堂にある、サンドロ・ボッティチェリ（一四四四頃—一五一〇年）の壁画《モーセの試練》（図版7）に描かれた司祭エトロの娘チッポラ（セフォラ）（図版8）についてはいうまでもない。スワン氏が、高級娼婦オデットのしぐさや憂いをおびた目に、チッポラを見出すことによって、彼女を貴重な存在と感じ、思いをつのらせる話はあまりに有名である。《モーセの試練》は、時間を追ってひとつの画面に物語を構成する、異時同図法で描かれているが、この秀作をラスキンは好み、時間をとり出すかのように、部分の模写をいくつか残している。ライブラリー版『ラスキン全集』に収められた、ラ

図版7　ボッティチェリ《モーセの試練》（1481-82年、フレスコ、ヴァティカン宮システィナ礼拝堂）

図版9　ラスキンによるボッティチェリ《モーセの試練》チッポラの模写（部分）（1874年、水彩、ランカスター大学ラスキン図書館）

図版8　ボッティチェリ《モーセの試練》（部分）

図版10　カルパッチョ〈巡礼者たちの殉教と聖ウルスラの埋葬〉（部分）（1493年、油彩、アカデミア美術館、ヴェネツィア）

図版11　ラスキンによるカルパッチョ〈聖ウルスラの夢〉の模写（1876年、水彩、アシュモリアン美術館、オクスフォード）

スキンによるチッポラの模写（図版9）にプルーストは想をえた(30)。

ヴェネツィアの代表的画家ヴィットーレ・カルパッチョ（一四四五／六五頃―一五二五年頃）の作品については、ラスキンの本を案内役として、アカデミア美術館を訪れた際にプルーストは見ている。《聖女ウルスラ伝》連作に心ひかれた彼は、亡きの母親のすがたをそのなかの一枚の作品に重ねて小説にとり入れた。話者が、ラスキン研究の実地調査のためにサン・マルコ洗礼堂のモザイクを見ていると、洗礼堂のなかに降りてくる冷気を感じてそばにいた母親が、肩にショールをかけてくれる(31)。このときの母のすがたと、慈しみの愛情は、母親の死後も話者の心に深く残る。思い出のなかで、母親を、〈巡礼者たちの殉教と聖ウルスラの埋葬〉（図版10）の前景に描かれた、喪服を着てひざまずく女性に重ねて、追想する。手を合わせる喪服の女性の真上には、永遠の眠りについたブルターニュ王女ウルスラが描かれている。

同じように《聖女ウルスラ伝》連作に心をとらえられたラスキンは、ウルスラに、二七歳で病死した恋人ローズの面影を見ている。中年になってかなわぬ恋に身を焦がし、愛の成就に立ちはだかる障害をどうにもできないまま大切な人を失った彼は、ヴェネツィアでローズの化身と出会い精神的苦悩が癒されてゆく。彼女の死を愛への殉教と見て、連作のなかの〈聖ウルスラの夢〉に重ね、絵の模写に没頭する(32)(図版11)。

ともあれ、身近な人物の個性的な特徴であったり、特別な感情や内面のあらわれとしてのまなざしであったりする、「人間らしさ」の部分に絵を重ねて描写しているのは、ラスキンが高く評価していた初期ルネサンスの画家たちの作品だからこそ可能なことであった。中世や初期ルネサンスの「無垢」で「古拙」な美術の特質にラスキンは人間性を見ていた。彼らの作品は、人間的であるがゆえに現時的なのである。

プルーストの小説のなかで、ジョットは、とりわけ深く緊密な構成に組み込まれ、作家の芸術観とも照応しながら、開かれた存在となっている。ジョットの人物表現が、文学における人物造形となることはすでに触れた。はじめは悪人だと思った人物が善良であったり、その逆であったりする描写のしかたを、プルーストは小説のなかで、「ドストエフスキー的」と呼んで文学論を展開する。それは絵画における「エルスチール的」側面へとつながっていく(33)。また、社交界のある夜会の場面では、ジョットの存在が音楽へと向う。滑稽な筆致で、水族館の鯉にたとえられたパランシー氏が、ジョットの〈不正〉に重ねて描写されているが、このとき夜会で演奏されていた曲は、プルーストが好んでいた、ベートーヴェンでも、フランク、フォーレでもなく、フランツ・リスト(一八一一―八六年)のピアノ曲《小鳥に説教する聖フランチェスコ》なのである。ジョットに帰される同じ題のフレスコ画が、アッシジのサン・フランチェスコ聖堂上堂にあるのは周知のとおりである。音楽は流動性のある絵画となって、〈不正〉の色を帯びたパランシー氏の背後を流れている(34)。

一七世紀オランダの画家ヨハネス・フェルメール(一六三二―七五年)の絵も重要である。だが、ポリフォニックな小説に、組み込まれているという印象はさほど強くない。日常の断片を柔らかな光につつんで描いた一八世紀フランスのシャルダンも、美術と現実の日常生活を結びつけるには好都合である。ただ日常そのものを題材としているからには、聖と俗、相反する要素が相乗する効果はのぞめない。シャルダンの描く「えい」に大聖堂を見たプルーストは、大聖堂に軟骨魚を見たのだろうか。

ターナーと「隠喩《メタフォール》」

ジョットの絵が、人間や日常生活に近づけて語られているとすれば、芸術や文学により深く結びつけられているのが、エルスチールの《カルクチュイ港》である。

芸術創造に関するほとんどすべての美学や逸話がここに帰着する。たとえば、知性による記憶は断片しか思いだせないのに、感覚のちょっとした刺激がきっかけで、幼いころ話者が過ごしたコンブレーの町全体が、一杯のお茶から立ちのぼるという、マドレーヌ菓子による無意志的記憶の蘇りの逸話、また、文学を志す若き話者にとって「書く」行為の原体験ともいえる、マルタンヴィルの鐘塔の体験などである。この体験は、「ターナー的」田園風景のなかを馬車に乗って行く話者が、車の運動と道の曲折によって三本の鐘塔が二つになったり、ひとつになったり、まるで生き物のように変化するさまを見て心ひかれ、その印象を紙に書きとめて、幸福感に満たされるというもので、のちに話者が作家として形成されることを予告する重要な一節である。ほかには、ジョットのフレスコ画、ヴァントゥイユの「七重奏曲」など、プルーストの小説宇宙でとりわけ輝く場面が、さいごには、「隠喩」という概念のもと、《カルクチュイ港》へと収斂される。

その絵の魅力は、描かれた物の一種の変身《メタモルフォーズ》にあり、詩において隠喩《メタフォール》と呼ばれているものに似ているのだが、父なる神が名をつけることによって物を創造したとすれば、エルスチールは物からその名をとり去る、あるいは物に別の名をあたえることによって、再創造しているのであった。(II, p. 191)

図版12　ターナー《ジウデッカ運河からみたヴェネツィア》（1840年、油彩、ヴィクトリア・アンド・アルバート美術館、ロンドン）

第二篇『花咲く乙女たちのかげに』のなかで、画家のアトリエを訪れた話者が、啓示を受ける場面である。その海洋画は、日本の屏風か、異時同図か、あるいは連作でも想像しないかぎり不可能なほど、さまざまな要素が描き込まれている。陸と海のあいだの境界線がとりはらわれ、教会が、雪花石膏か泡沫のように、海から立ちのぼっていたり、逆に、船は密集して陸に属しているように見えたりするさまが（図版12）、多様な場面変化とともに繰り広げられている。

しかし絵に読みとれるものは一貫している。画家が「知っていることではなく、見たままを」描いた結果、「海を描くために陸の言葉」、「陸を描くのに海の言葉」が用いられている。人は錯覚から逃れることはできない。たとえそれが錯覚であっても、知性が介入するまえの「詩的に眺めている、まれな瞬間」[35]から、その絵はできている。科学的知識がありながら、それをあえて忘れ、感覚がとらえたものを表現する画家の姿勢に話者は胸をうたれるのである。

エルスチールのこうした態度は、ラスキンの『鷲の巣』（一八七二年）のなかで紹介されたターナーの逸話からきている。[36] 風景画を描くエルスチールのモデルがターナーであること、《カルクチュイ港》がターナーの多くの絵から着想をえていることを、ラスキンの著作、プルーストの草稿などを手がかりとして実証し、かねてよりさ

図版 13　モネ《ルーアン大聖堂、日盛り》（1893 年、油彩、オルセー美術館、パリ）

図版 14　ターナー《ルーアン大聖堂》にもとづく銅版画（プルーストが好んで見ていたターナーの画集『フランスの川』（1837 年）より）

まざまな機会に発表しているので、[37] ここでは省くが、従来、エルスチールはクロード・モネほかフランス印象主義の画家をモデルにしているとされてきた。《カルクチュイ港》に結集するまえの「曖昧さ」を、プルーストはモネの油彩画《雪どけ》ほか数点の絵に求めていたようである。事実、イメージを喚起するタイトルは草稿にも書きとめられており、ある段階までは、モネを念頭においていたようで、吉田城氏が指摘するように、『ジャン・サントゥイユ』の草稿を活用しようとしていた意図がうかがえる。[38] 試行錯誤のすえ、第一次世界大戦中に大幅な加筆と推敲が重ねられ、ターナーを思わせる数々の絵にかえられる一方で、草稿上の「ターナー」の名は削除されていく。エルスチールの美学と、その美学を具現化した絵を有機的につなげるための、それは内的必然であったと思う。

　輪郭のぼやけた絵によって知られるターナーだが、画家としての出発点は、英国で一八世紀に国力の増大にともなって流行したグランド・ツアー（イギリス貴族階級の子弟が、広い教養を身につけることを目的として、おもにフランスとイタリアを訪れる大陸への大周遊旅行）の記録としての役割とも結びついた地誌的風景であった。[39] また、印象派の先駆と目され、一九世紀美術史上特異な位置を占めるターナーは、ロマン主義の伝統的な面も併せもっており、彼に触発されて日の出や大聖堂を描いたモネでさえ、その本質は異なる（図版13・14）。科学的な光学理論にもとづいて探求した印象派とはちがい、ターナーの色彩はゲーテの『色彩論』（一八一〇年）を研究したとはいえ彼独自のもので、闇の一点から湧き出る光が交響的色彩となる。ときに、形態が色と光の渦のなかに融合し、幻想的でさえあるのにたいし、印象派の場合は、輪郭が曖昧でも、物につけられた名が溶解してしまうことはない。《カルクチュイ港》はプルースト自身の芸術観の表明の場であると同時に、小説の筋の観点からも、話者にとって文学創造の鍵をにぎる絵として重要である。海と陸が渾然一体となるさまが、文学における「隠喩」を予告し、最終篇『見出された時』の「類縁関係《アナロジー》」と「隠喩《メタフォール》」発見の場面へとつながる。「真実」がはじまるのは、二つの異なる対象から共通の要素をひき出し、それらをひとつの隠喩のなかに結ぶときである、隠喩こそが「永遠」であり「時の偶然性」から逃れられる唯一の手段である、と話者が確信する大団円へと大きな橋が架けられることになる。(40) 何をどのように書くべきか、小説の礎をどこに置くべきか、この問いをめぐる長い探求のすえ、文学の意義と方法を見出し、文学創作にとりかかろうとするところで小説はおわる。

隠喩は比喩法のひとつで、「……のようだ、……のごとし」などの言葉を用いず、直接ほかのもので表現する方法であるが、ジェラール・ジュネットの指摘にあるように、プルーストはより広義にとらえており、直喩も含めた、類推を表現するあらゆる文彩《フィギュール》を隠喩と呼んでいる。(41) 隠喩は、知識や知性による分析的で断片的な認識とは異なり、感覚や印象によって、対象を全体的にとらえることができるとプルーストは考える。他方、ラスキンは美術批評を一流の文学にまで高めた英国で最初の人であるとされるが、ターナーの絵、自然、教会などを説明するのに彼が用いた方法こそ、隠喩なのである。一例として、ラスキンによるサン・マルコ聖堂の描写と、続けてプルーストが描くコンブレーの教会をあげておこう。

聖マルコの獅子が、青地一面にちりばめられた星を背景に、高く掲げられ、ついには歓喜あふれるごとく、

> アーチ群の波がしらは砕けて大理石の泡となり、自らをはるか高く蒼穹に放りあげ、閃光や、彫刻された水煙の渦となる(42)〔…〕。
>
> 一瞬のち、ステンドグラスは孔雀の尾羽のようにうつろう輝きを帯び、ついで、震え、波打ちながら、フランボワイヤン様式の雨、幻想の雨となって、薄暗い岩山の円天井から湿った内壁にそってしたたり落ちた〔…〕。(I, p. 59)

いずれの描写も、堅固な建物に流動的な水のイメージが用いられている。ラスキンの措辞は小説のいたるところに染み込んでいるが、師の美学を消化吸収して、自家薬籠中のものとし、みごとに昇華させている例が、《カルクチュイ港》なのである。ここにはターナーと、ラスキンの文学が二重焼きにされた、もうひとつの読むべき絵が透かし見える(43)。

隠喩については、すでに第四章で見たとおりだが、プルーストが「もっとも好み、もっともよく知っているひとり」であるという、シャルル・ボードレールの影響も考えられる。この詩人は、美術批評「一八五九年のサロン」のなかで、「想像力」という偉大な能力が創りだしたものこそ、「類推《アナロジー》と隠喩《メタフォール》である」(44)と書いている。「被創造物」から概念をとり去り、壊したうえで、想像力によって新しい世界を「再創造」する、という考えにプルーストは共感を覚えたはずである。

ところで、隠喩の意義についてはじめて言及したとされるのは、アリストテレスである。プルーストが読んでいた『詩学』には次のような言葉がある。隠喩の能力だけは、「他人から学びとることができない性質のものであって、まさに生来の才能のあかしなのだ」。なぜなら、かけ離れたもの、相反するものを結びつける「絶妙な比喩」は、相互のあいだに、類似する特性を把握することであり、鋭い洞察力のあらわれにほかならないからだという。[45]

アリストテレスの隠喩にたいする考えかたに共鳴し、彼のこの言葉を引用しながら持論を展開したのは、アルトゥール・ショーペンハウアーであった。プルーストはショーペンハウアーの思想に親しみ、影響を受けている。ショーペンハウアーによると、「理解する」とは、「関係」を把握することのなかにある。「ある一つの関係があらわれているケースをただ一つしか知らない」のは、「普遍的な意味をもたない知識」にすぎないが、「二つの異なるケースにあらわれている同一の類似を把握する」とき、「より深く、より完全な知」に到達するという。[46]この言葉は、プルーストが『アミアンの聖書』の「訳者の序文」で、繰り返し述べたことと酷似しており、あきらかな影響が考えられる。「ある著者の本を一冊しか読まないのは、その著者に一度しか会わないのに等しい」、その人の「真に特徴的、本質的なもの」を把握できるのは、「さまざまな状況でそれらが繰り返される時」である、とプルーストは強調する。そして「共鳴箱」と名づける脚注をつけた。[47]つまり、ラスキンの著作同士のあいだに、類推によって橋をかけ渡し、それらが響き合うことで、彼の特性の本質的特徴を読者がとらえやすくなるように工夫したのである。このことはすでに第三章で述べた。プルーストは隠喩を、周縁的なものとも、非理性的なものとも見なさない。絶妙な隠喩を生む能力は、すなわち洞察力であり、理解力なのだから。

ターナーに戻ろう。隠喩や想像力にとって重要な要素、「曖昧性」を自らの強みとした彼は、音楽と美術の関係について考えていた。それは、自作をロマン派詩人ジェームズ・トムソン（一七〇〇―四八年）やジョージ・ゴードン・バイロン（一七八八―一八二四年）の詩に近づけようとした試みと同じ探求心からである。多様性と効果の点で、ヨハネス・ブラームス（一八三三―九七年）の歌曲にたとえられもした彼の絵に、音楽性や交響曲的効果を感じとる人は多い。ベートーヴェンを敬愛する二〇世紀の英国作曲家M・ティペット（一九〇五―九八年）は、ターナーの絵から霊感を受けて創作した。プルーストが賛辞を惜しまないクロード・ドビュッシーは、交響詩《海》の一部に「風と海の対話」という題をつけており、ターナーの絵との関連が指摘される。印象派音楽の世界を創造したドビュッシーの手法、色彩の塊となった和音が輪郭をぼかしながら併行移動する表現は、印象主義画家のそれにたとえられる。しかしドビュッシーのもっとも好きな画家はターナーであった。

そんなターナーの絵の音楽性をプルーストは感じていた。もっともわかりやすい例をわれわれは第五章ですでに見ている。第三篇『ゲルマントのほう』のなかで、シャルリュス邸を訪れた話者は、待たされた揚句、相手の奇妙な対応に不愉快な思いをして、帰ろうとする。そのとき、「ここにあるターナーの虹は」とシャルリュスに声をかけられ、絵に注意をさし向けられる。「私たち二人の和解のしるしに輝きだすよ。ほら、聴こえるだろう、ベートーヴェンがターナーと共演している」[48]。邸内のどこかで、楽団による《田園》交響曲第五楽章「嵐のあとの歓喜」の演奏が聴こえていたのである。シャルリュス男爵の言葉は示唆に富む。なぜなら『囚われの女』で、話者がヴェルデュラン夫人のサロンで演奏されるヴァントゥイユの「七重奏曲」を聴いて、二回目の啓示を受ける場面を準備しているからである。

絵画的描写がなされた「七重奏曲」は、「歓喜」のモチーフが圧倒的で、赤い色が躍る。ベートーヴェンの曲の視覚化のようでもあるし、「立ちのぼる薄紫の霧」、「海上に明けゆく暁の空」などと形容される音楽は、ターナー的でさえある。輪郭を失いながら「変態《メタモルフォーズ》」すると表現されたこの曲は、かぎりなく《カルクチュイ港》の本質に近づいている。このとき話者は、ヴァントゥイユの「音を発する色彩」によって、木々の呼びかけによる啓示の予感の体験、マルタンヴィルの鐘塔や、マドレーヌ菓子の体験などと似た感覚を呼び覚ましている[49]。このように、プルーストにおいては、思念の多様化が変奏というかたちであらわれる。

絵にオデットを見出して恋の罠にはまったスワン氏は、ヴァントゥイユのソナタを聴いても、そこに彼女との恋の歌しか聴こうとしなかった。このような文芸愛好家《ディレッタント》の域を出ないスワン氏とは対照的に、恋人アルベルチーヌへの嫉妬にさいなまれる日々の苦悩から話者がぬけ出し、芸術創作への道に一条の光を見出す瞬間である。

見出された「時」

プルーストに影響をあたえたラスキンの自伝『プラエテリタ』に、プルーストの体験と類似する逸話がある。一八四二年、二三歳のときノーウッドへ向かう旅の途中で一本のいばらの呼びかけに、ある啓示を受ける。すぐさまそれを描き、でき上がったスケッチを見て衝撃をおぼえる。このときまで、時が失われていたことに気づいたのだ。長いあいだ習ってきた絵は地誌的風景ばかりで、実際にそこにあるものを、「見たまま」描くよう教えられたことはなかった。この経験が、美術批評家としてのラスキンの特質を決定づける。

客観的観察にもとづく、自然に忠実な表現を重視するラスキンを自然主義者、あるいは写実主義者と呼ぶことができよう。しかし、彼にとってそれは基礎であって、あるがままの自然の描出を基礎としながらも、感覚器官をとおして対象を知覚する主体としての精神に、より重要性をおく。主観的な美学は、ラスキンの生まれた時代のロマン主義の影響もあるが、むしろ彼の印象主義的美意識からきている。当時の慣習からすると革命的ともいえるこうした二面性をもつ考えかた、一見相反する理念の和合、それがラスキンの美学である。それはまたプルーストの美学でもある。

見ている「私」とは、思想、経験、記憶、感情や諸々の印象をもつ主体であり、生きられた全人生を含む総体としての「私」なのである。相反する美学の融和による表現を可能にするのは、ものの本質を把握する洞察力、そして、有機的に統一された何かを生み出す想像力のはたらきであると考える。英国ロマン主義詩人、ウィリアム・ワーズワス（一七七〇―一八五〇年）に多大な影響を受けたラスキンは、とりわけ、想像力を人間力と解し、全体を統一する力として重要視した。機械とは区別される人間性重視の態度である。

一八三九年の写真術の発明によって、芸術と視覚に関する習慣は見直しを迫られることになったが、当時、機械によって生み出される映像こそ「現実そのもの」とされ、「網膜（視覚）のレアリスム」と呼ばれて、透明性が前面に出されたのとは対照的である。ラスキンがターナーを愛し擁護したのは、霧や雲や大気といった自然現象を、洞察力のある想像力でとらえ、それを幻想的なまで詩的に表現した画家が、科学的知識と詩的感性を併せもったラスキンにとって、称賛に値したからである。

そもそも一九世紀前半に、ラスキンが「自然に忠実に」と唱えたことは、アカデミーの伝統にたいする正面きっての挑戦であったことを考えなければならない。それには同じ時期、文化的先進国フランスで、七月王政期におけるアカデミズムの指導者が、新古典主義のドミニク・アングル（一七八〇―一八六七年）であったことを思い起こすだけで充分だろう。

当時の新古典主義には、一六世紀初頭の、盛期ルネサンスを価値基準とする古典主義の伝統が脈々と息づいていた。古典主義は、自然を写し出すといっても、ありのままの自然ではなく、客観的基準にしたがって、「理想化」された自然を描く美学である。ラファエッロ・サンツィオ（一四八三―一五二〇年）以後、自然そのものを見ることを忘れ、先例の模倣やアカデミーの形式主義に陥ってしまっていた。つまり、一九世紀前半アカデミーの美学は、対象の子細な観察と、それを正確に写し出す技術を基礎としながらも、「理想美」の表現が芸術の目的となっていた。

現実にあるものは、不完全で粗野であるという前提のもと、画家はその現実に修正を加えて美化し、「あるがままの自然」ではなく、「あるべき自然」の姿を追求する、それが基本理念であった。一七世紀にプッサンやクロード・ロランなど、古典主義を代表する画家が、現実には存在しない「理想的」風景を描いたのと同様に、独自の美意識があるとはいえ、アングルも理想化をこととしていた。

アカデミーが一九世紀中葉を過ぎてもなお権威を保っていた事実は、そのころ中心的存在であったアレクサンドル・カバネル（一八二三―八九年）による裸体画《ヴィーナスの誕生》が、一八六三年の官展《サロン》で、ナポレオン三世に買いあげられたことに象徴される。マネが同じ年に描き、二年後の官展に出品した《オランピア》が物議をかもしたのは、生身の人間、しかも街の娼婦を、理想化することなく「見たまま」に描いたという理由によるものであった。このスキャンダルをプルーストは、社交の場での会話としてとり入れ、自らの見解も示した。起源を逆転させて、プッサンの絵にターナーを認めるプルーストは、アングルの裸婦像にマネの《オランピア》を見ることができた。「時」が両者を近づけるという、芸術にたいする考えをあきらかにしている。

プルーストの生きた時代を映す鏡として小説を見るとき、そこに映る画家たちがいる。ひとつの流れは、ターナー、コンスタブル、リチャード・P・ボニントン（一八〇二―二八年）など、一九世紀前半にあらわれた自然主義的な動きを起源として、一九世紀後半に主流となった、フランス印象主義である。同じ時期、象徴主義がもうひとつの重要な流れとしてあった。科学万能の時代にたいし批判的で、人間存在や精神性に目を向けた芸術家たちである。一八四八年に、ロセッティ、ハント、ミレイらをメンバーとして結成された、ラファエル前派兄弟団の活動は、最初の象徴主義の運動のひとつにあげられる。中世芸術に憧れを抱く彼らは、ラファエッロ以前の、初期ルネサンス美術に戻ることを標榜してイギリス画壇の改革をめざした。ラスキンが擁護したのは、彼らがラスキンと同様、ジョットやイタリア一五世紀の美術を愛好したからであり、「自然に忠実」な画風を尊重しながらも、眼に見える世界の奥に、魂の神秘や感情の世界を見ていたからである。想像力や創作力によって、日常性と宗教性を結合させた点も評価された。

単純化を恐れずにいえば、ターナーが、究極の写実主義と印象主義が綯い交ぜとなった世界だとすれば、ラファエル前派は、自然主義と象徴主義がひとつになった世界である。

プルーストは、一九〇三年に『美術骨董時報』誌上で、ラファエル前派をフランスの読者に紹介している。第二次ラファエル前派に属するエドワード・バーン゠ジョーンズはフランスでの評価も高かった。フランスの象徴主義画家ギュスターヴ・モローと同世代であり、文学性や象徴性の点において並べられることが多かった。バーン゠ジョーンズの作品は、小説のなかで、神秘的なゲルマント公爵夫人のほか、「アッティカのフリーズ」（古代ギリシアの神殿上部に見られる連続した行列などの彫刻）にたとえられる、海辺の乙女たちの行列に影をおとしている（図版15）。また、美術史上有名な一八七八年のラスキン対ホイッスラーの裁判では、擁護されている立場上、ラスキン側について証言したバーン＝ジョーンズだが、ジェームズ・マクニール・ホイッスラーの絵に理解を示していた。プルーストもこの裁判には大きな関心を寄せている[50]。

見てきたとおり、プルーストの小説における絵画は、大きく二つに分けることができる。まず、ジョットやイタリア初期ルネサンスの画家たちが、歴史的遺産の厚みを小説につけ加えながら、ひとつのグループを形づくっている。そして、モネ、マネ、ホイッスラー、それにモローやバーン＝ジョーンズなど、印象主義と象徴主義の画家たちは、同時代性の付与に大きく貢献しながら、エルスチールの同時代人として、もうひとつのグループを形づくっている。

小説に生きた彩りをそえる同時代の画家たちに事欠かないなかで、ラファエル前派が特別なのは、プルーストの時代を反映するばかりでなく、その名が示すとおり、「ラファエッロ以前」の美術に立ちかえることをめざしたという美術史上の事実によって一つ目のグループに直接つながるからだ。彼らはアカデミーの形式主義に陥るまえの、「人間性」を重視

図版15　バーン＝ジョーンズ《クピドとプシュケ》（部分）（1872年、油彩画フリーズのための水彩習作、バーミンガム市立美術館）

図版16　ジョット《聖母の帰宅》（部分）（1304頃-06年頃、フレスコ、スクロヴェーニ礼拝堂、パドヴァ）

した「自然に忠実」な画風を尊重した。また中世の物語や聖書を題材にした場合でも、ありのままの現実の日常と結びつけることを忘れなかった。こうしてラファエル前派は、プルーストのいう「時のパースペクティヴ」のなかでジョットらと睦む（図版15・16）。

ターナーも格別である。ラ・シズランヌが「英国現代絵画」において、モネら印象派画家たちにあたえた、ターナーの決定的な影響について特筆しているように、この英国の画家が、「印象派の先駆者」であることによって、両者はつながる。したがって、草稿の段階で、モネはターナーにかえられたというより、両者の境界がぼかされたというべきであろう。架空の画家エルスチールはそれによって見事な匿名性と普遍性を獲得している。

ラスキンのラファエル前派擁護は、科学的研究にもとづく表現技法が、感情の喪失をもたらしたことへの危機感からであった。そして、その延長線上に『ヴェネツィアの石』がある。とりわけ、その第二巻第六章「ゴシックの本質」がプルーストに、はかりしれない影響をあたえたことを加えておきたい。大部の著作の要旨をひと言でいえば、ルネサンス建築にあらわれた「知識の重荷」や「科学のおごり」に警鐘を鳴らし、ゴシックの見直しを求めつつ「人間性の回復」を訴えることである。ゴシック建築に見る不完全さ、野性味、自然主義などは、人間の「生命と自由のしるし」だという。プルーストにおける人間性尊重の傾向は、時代の趨勢にたいする反動としてとらえることもできるだろう。しかし彼の眼を見開かせたのは、人間性の奪還を中心にすえた、ラスキンの芸術にたいする姿勢であった。何を、いかに書くか。主体性の回復と認識の方法、それこそ、挫折して筆を投じた彼が直面していた問題であった。

アントワーヌ・コンパニョンは、『文学の第三共和国』（一九八三年）のなかで、「書くこと《エクリチュール》」と「読書《レクチュール》」の関係について、三人の作家のちがいを明確にしている。ジャン＝ポール・サルトル（一九〇五―八〇年）は「読書なくして、書くことはありえない」、マラルメは「読書なしで、書くことはありえる」と考える。そして、プルーストは「書くことが、読書を支えるものだ」とする。(51) この指摘は正鵠を射ているといえよう。しかし、ラスキンから学んだ美術の成果は、創作の過程における増幅というかたちをとって、推敲を重ねるごとに顕著になることから、おそらくラスキンに関するかぎり、書くことと、読むこと、この二つの知的営みは、絡み合い、支え合いながら、ゴシック教会にもたとえられる小説へと作品を変身させることができたのではないだろうか。

（1）"The Education of the Architect", *Royal Institute of British Architects (RIBA) Journal*, Discussion at the Seventh Informal Conference held at the Royal Institute of British Architects, 2 May 1917, p. 255. 王立建築家協会の会合の席で座長のウィリアム・レザビィ（一八五七―一九三一年）によって伝えられた逸話。

（2）IV, p. 610.

（3）Kenneth Clark, *Ruskin Today*, London: John Murray, 1964, p. xiv.

（4）Paul Valéry, *De l'histoire*, *Œuvres*, t. II, édition établie et annotée par Jean Hytier, Paris: Gallimard (Bibliothèque de la Pléiade), 1960, pp. 935-937.

（5）George D. Painter, *Marcel Proust: Les années de jeunesse, 1871-1903*, traduit de l'anglais par G. Cattaui et R.-P. Vial, Paris: Mercure de France, 1966, p. 323.

（6）*Cor.*, II, p. 357.

（7）III, p. 762.

（8）論考「ジョン・ラスキン」は、『ガゼット・デ・ボザール』誌の一九〇〇年四月号と同八月号の二度にわけて発表された（引用部分は八月号に入っている）。この論考は、プルーストがフランス語に訳したラスキンの『アミアンの聖書』の「訳者の序文」の中核を形成している。*B. A.*, p. 77. なお、『アミアンの聖書』「訳者の序文」は、『模作と雑録』に、あらたな視点でまとめられ、再録されている。*C. S. B.*, p. 129.

（9）John Ruskin, *The Stones of Venice*, II: *The Sea-Stories*, in *Works*, vol. 10, p. 120. *B. A.*, p. 91. *C. S. B.*, p. 139. プルーストは、モーリス・バレス（一八六二―一九二三年）やアンリ・ド・レニエ（一八六四―一九三六年）などのヴェネツィアには

関心がなく、ただラスキンのヴェネツィアを追体験したい一心だったようである。*C. S. B.*, p. 521.

(10) *Cor.*, III, p. 240.

(11) 近代ツーリズムについては、ピアーズ・ブレンドン『トマス・クック物語——近代ツーリズムの創始者』石井昭夫訳、中央公論社、一九九五年を参照のこと。

(12) *Cor.*, IV, p. 148.

(13) *Cor.*, II, p. 387.

(14) *Cor.*, III, pp. 220-221.

(15) *C. S. B.*, p. 202.

(16) John Ruskin, *Les Pierres de Venise, études locales pouvant servir de direction aux voyageurs séjournant à Venise et à Vérone*, 5e éd., traduction par Mathilde P. Crémieux, préface de Robert de La Sizeranne, Paris: H. Laurens, 1921, pp. xvi-xvii.

(17) *Cor.*, VI, p. 146. 次の言葉が、偶像崇拝をめぐるラスキン批判のあとにつづいていることに注目したい。「この自発的隷従は自由のはじまりだ。自分自身が感じているものをうまく意識化させるには、師が感じたものを自分のなかで再創造しようと努めることより良い方法はない」。*B. A.*, p. 93. *C. S. B.*, p. 140.

(18) John Ruskin, *Lectures on Architecture and Painting (Edinburgh, 1853) with Other Papers, 1844-1854*, in *Works*, vol., 12, 1904, p. 360.

(19) Henri Bergson, *La Pensée et le mouvant: essais et conférences*, 4e éd., Paris: Félix Alcan, 1934, p. 170. 一九一一年五月二六・二七日、オクスフォード大学での講演会。ベルクソンの講演は初日。

(20) *C. S. B.*, p. 224.

(21) II, p. 227.

(22) John Ruskin, *Mornings in Florence: Being Simple Studies of Christian Art for English Travellers*, in *Works*, vol. 23, p. 332.

(23) *B. A.*, pp. 62, 302-303. 初出は前掲の論考「ジョン・ラスキン」。*C. S. B.*, pp. 97, 115. John Ruskin, *The Pleasures of England*, in *Works*, vol. 33, p. 486.「アミアンの〈慈愛〉が、町の工場でできた毛織物を乞食にあてがうだけで満足して

いるのにたいして」、「理想的なジョットの〈慈愛〉は、自分の心臓を神にさし出すと同時に、世俗の富、金貨の入った袋を足で踏みつけ、施しとして麦と花をあたえている」とラスキンは両者を比較している。なお、プルーストは、一九〇〇年二月一三日の『フィガロ』紙に掲載されたラスキン追悼記事「フランスにおけるラスキン巡礼」のなかで、「世界に美をあたえた」ラスキンをジョットの〈慈愛〉に重ねているが、陰画のように、アミアンの〈貪欲〉(第三章、図版11)が心に浮かんだにちがいない。*C. S. B.*, pp. 443-444.

(24) 草稿段階でラスキンの名前や引用が抹消されていく過程は次を参照。Jo Yoshida, « Proust contre Ruskin: la genèse de deux voyages dans la *Recherche* d'après des brouillons inédits », thèse de doctorat de 3e cycle, Université de Paris IV-Sorbonne, 1978.

(25) 〈不信仰〉の寓意像とアルベルチーヌについては次を参照のこと。Jean Autret, *L'influence de Ruskin sur la vie, les idées et l'œuvre de Marcel Proust*, Genève: Droz, 1955, p. 129. 吉川一義『プルースト美術館——『失われた時を求めて』の画家たち』筑摩書房、一九九八年、五二—五三頁。

(26) III, p. 825.

(27) マリオ・プラーツは、一九二四年にE・ローゼンタール(一九〇四—九一年)が発表したジョット研究を引用して次のように書いている。「ジョットの画業はダンテの詩同様、「一個の人間の生にいわゆる自然らしさが生じ展開していくと同時に超自然がいやましに具現されていく」」(マリオ・プラーツ『ムネモシュネ——文学と視覚芸術との間の平行現象』高山宏訳、ありな書房、一九九九年、八五頁)。

(28) *Cor.*, IV, p. 75.

(29) John Ruskin, *Mornings in Florence*, *op. cit.*, pp. 317, 321-322. フランスでは、ヴィクトール・ユゴーが『クロムウェル』(一八二七年)とその序文で、グロテスクと崇高、喜劇と悲劇の融合など、「相反するものの調和」のなかに真の詩があると、とロマン主義宣言をして古典主義からの自由を要求したとき、ウィリアム・シェークスピア(一五六四—一六一六年)の再評価がなされたという文脈があった。牛場暁夫氏による『マルセル・プルースト——『失われた時を求めて』の開かれた世界』河出書房新社、一九九九年では、時代のさまざまな芸術や自然が交流し、対話する構造を明らかにしている。

(30) Jean Autret, *op. cit.*, pp. 119-125. ラスキンによるチッポラの模写は、『フィレンツェの朝』が収められたライブラリー版『ラスキン全集』第二三巻の扉のあとに口絵として入っている。《モーセの試練》の異時部分〈イスラエルの民を率いてエジプトを脱出するモーセ〉はボッティチェリ自身の図版が同じ巻に入っている。

(31) IV, p. 225.

(32) ローズ・ラ・トゥーシュの死の衝撃は、キリスト教信仰の喪失時期とも重なり、ラスキン晩年の狂気の発作の遠因ともなった。恋の深刻さについては、最近のラスキンの伝記的研究で明らかにされつつある。ミッシェル・ロヴリック&ミンマ・バーリア『ヴェネツィアの薔薇・ラスキンの愛の物語』富士川義之訳、集英社、二〇〇二年を参照。「聖女ウルスラ伝」は一三世紀にヨーロッパにひろまった。ブルターニュ王女ウルスラは、異教徒であるイングランドの王子コノンからの求婚を受けるかわりに、コノンのキリスト教への改宗、大勢の処女を従えてのローマ巡礼などの条件をあげる。巡礼団がローマを訪れ、コノンもキリスト教徒となるが、帰途、一行がケルンに着いたとき、フン族によって、全員無惨に虐殺されてしまう。ウルスラは殉教者と見なされ聖女として崇められた。

(33) IV, p. 560.

(34) I, p. 322.

(35) II, p. 192.

(36) John Ruskin, *The Eagle's Nest*, in *Works*, vol. 22, p. 210. ターナーはある日、逆光で見て描いた港の素描を海軍士官に見せた。戦艦に舷窓がない、と難癖をつけられたターナーは、自分の務めは、「見えるものを描くことであって、知っているものを描くことではない」、と答えた。ラ・シズランヌによって訳されたこの逸話を、プルーストは前掲の論考「ジョン・ラスキン」のなかで孫引きしている。*B. A.*, pp. 66-67. *C. S. B.*, p. 121.

次も参照。Jean Autret, *op. cit.*, p. 35. この著書のなかで、オトレは、ラスキンを手がかりに、ターナーとエルスチールの類似を説得的に示しているが、確たる証拠が示されていないためか、彼の説は長いあいだ等閑視されてきたように思われる。

(37) Kazuko Maya, *L'« art caché » ou le style de Proust*, Tokyo: Keio University Press, 2001. なお本稿に関連して、ターナー、ラ

スキン、バーン＝ジョーンズ、ホイッスラー、マネなどの詳細は次を参照されたい。真屋和子『プルースト的絵画空間――ラスキンの美学の向こうに』水声社、二〇一一年。

（38） Jo Yoshida, « La genèse de l'atelier d'Elstir à la lumière de plusieurs versions inédites (1) », *Bulletin d'informations proustiennes*, n° 8, Paris: Presses de l'Ecole normale supérieure, 1978, pp. 15-28.

（39） ヨーロッパの風景や歴史的建造物、英国の地誌を記録したターナーの作品は、銅版画として出版され、多くの人々の目に触れた。プルーストは、ターナーの画集『フランスの川』やラスキンによる『ターナー――英国の港』を好んで見ており、小説を書くときの参考資料とした。この種の作品は次を参照。Luke Herrmann, *Turner Prints: The Engraved Work of J. M. W. Turner*, Oxford: Phaidon, 1990; Alexander J. Finberg, *J. M. W. Turner's Liber Studiorum: with a Catalogue Raisonné*, San Francisco: Alan Wofsy Fine Arts, 1988; Gillian Forrester, *Turner's "Drawing Book": The Liber Studiorum*, London: Tate Publishing, 1996. 朝日新聞社編『巨匠たちの英国水彩画展――マンチェスター大学ウィットワース美術館所蔵』朝日新聞社、二〇一二年。

（40） IV, p. 468.

（41） Gérard Genette, *Figures III*, Paris: Seuil (coll. « Poétique »), 1972, p. 28.

（42） John Ruskin, *The Stones of Venice*, II, *op. cit.*, p. 83.

（43） 吉田城『『失われた時を求めて』草稿研究』平凡社、一九九三年、二三八頁。草稿の段階で、架空の作家ベルゴットと画家エルスチールの混同が見られる事実は示唆に富む。

（44） Charles Baudelaire, « Salon de 1859 », *Œuvres complètes*, t. II, texte établi, présenté et annoté par Claude Pichois, Paris: Gallimard (Bibliothèque de la pléiade), 1976, p. 621. 隠喩におけるボードレール、アリストテレス、ショーペンハウアーの影響は、拙著 *L' « art caché » ou le style de Prous, op .cit.*, chapitre 4 でより詳しく述べている。

（45） Aristote, *Poétique d'Aristote*, traduite en français par J. Barthélemy Saint-Hilaire, Paris: Librairie Philosophique de ladrange, 1858, chapitre XXII, pp. 123-124. 次も参照のこと。Aristote, *Rhétorique d'Aristote*, traduite en français par J. Barthélemy Saint-Hilaire, t. 2, Paris: Librairie Philosophique de ladrange, 1870, livre III, chapitre II, pp. 13-14.

（46） Arthur Schopenhauer, *Ecrivains et Style, Parerga et Paralipomena*, première traduction française par Auguste Dietrich, Paris: Félix Alcan, 1905, p. 83.

（47） *B. A.*, p. 10. *C. S. B.*, p. 76.

（48） II, p. 850.

（49） III, pp. 764-765. 真屋和子「プルーストとベートーヴェン——ヴァントゥイユの『七重奏曲』に関する一考察」、『藝文研究』第一〇一－二号、二〇一一年。

（50） ホイッスラーの《黒と金のノクターン——落下する花火》について、ラスキンが、「公衆の面前にびん一杯の絵の具を投げつけることによって、二〇〇ギニーを要求する」とは、と激しく批判したことにはじまる。John Ruskin, *Fors Clavigera: Letters to the Workmen and Labourers of Great Britain*, III, in *Works*, vol., 29, p. 160. *Cor.*, IV, p. 53.

（51） Antoine Compagnon, *La Troisième République des lettres: de Flaubert à Proust*, Paris: Seuil, 1983, pp. 221-223.

初出一覧

第一章「マドレーヌ菓子と菩提樹のハーブティー」

« Remarques sur le tilleul dans l'épisode de la Madeleine », *Bulletin d'informations proustiennes*, nº 27, Paris: Presses de l'Ecole normale supérieure, 1996, pp. 41-54.

L'« art caché » ou le style de Proust（慶應義塾大学大学院博士論文、一九九七年）, Keio University Press, 2001.（全面改稿）

第二章「『ジャン・サントゥイユ』のなかのジョン・ラスキン」

「プルーストの眼——ラスキンとホイッスラーの間で」、『一橋論叢』第一二二巻第三号、一橋大学一橋学会一橋論叢編集所、一九九九年、四三二―四五〇頁。

« Whistler contemporain d'Elstir », *La revue des lettres modernes: Marcel Proust* 6, Caen: Lettres modernes minard, 2007, pp. 133-148.（全面改稿）

一部内容が重複するが、右記の論文とは文脈が異なる。

第三章「翻訳家プルーストの誕生と旅立ち」

「『アミアンの聖書』とプルースト」、テクスト研究学会第一五回大会、シンポジウム「ジョン・ラスキンのスタイル」二〇一五年。

口頭発表した内容を発展させたものである。

第四章「隠喩《メタフォール》——モネからターナーへ」

「プルーストとターナー」、『藝文研究』第六四号、慶應義塾大學藝文學会、一九九三年、八九—一〇九頁。（全面改稿）

« Proust et Turner: Nouvelle perspective », *Etudes de langue et littérature françaises*, nº 66, Tokyo: Société Japonaise de Langue et Littérature Françaises, 1995, pp. 111-126.（全面改稿）

L'« art caché » ou le style de Proust（慶應義塾大学大学院博士論文、一九九七年）, Keio University Press, 2001.（全面改稿）

「プルーストとターナー」、および、日本フランス語フランス文学会で発表した上記の論文、さらに博士論文 *L'« art caché » ou le style de Proust* のなかの関連するいくつかの章に、論旨の主要部分は含まれているが、「隠喩」のテーマを軸に据え、発展させつつ再構成したものである。

第五章「プルーストとベートーヴェン——ヴァントゥイユの「七重奏曲」」

「プルーストとベートーヴェン——ヴァントゥイユの『七重奏曲』に関する一考察」、『藝文研究』第一〇一-二号、慶應義塾大學藝文學会、二〇一一年、一二二—一三九頁。

« Proust et Beethoven: Remarques sur le septuor de Vinteuil », *Hitotsubashi Journal of Arts and Sciences*, nº 55, Tokyo: Hitotsubashi University, 2014, pp. 1-13.（全面改稿）

第六章「そして、見出された時」

「プルーストのラスキン受容と『失われた時を求めて』の美術」、『思想』第一〇七五号「特集 時代の中のプルースト——『失われた時を求めて』発刊一〇〇年」、二〇一三年一一月、岩波書店、二二五—二五〇頁。

あとがき

プルーストの魅力を思うとき、「動体建築としてプルーストを読む」と題する序章について、ひと言つけ加えておかなければならない。

頭に浮かんだ主題を掘りさげ、仮説に検証を加えてかたちあるものにするたびに思うのは、どれほど緻密に考察しても、伝えたいのにどうしてもすくいきれない作家の魅力というものがあるということである。それを表現できないもどかしさと心残りを感じるようになっていた。

そこで胸の内に蓄積されていた思いを、感じたまま、考えたまま、自由に書いてみた。論考はテクストを中心に検討を加えるので、文字にあらわれたことを問題にすることになる。ところが、プルーストがいう「見えないインクで書かれ」(IV, p. 7) ている真実、行間や空白に漂う情感などが、それ以上に重みをもって迫ってくることがある。

そのようなプルーストの余白の魅力を多少なりとも活字にしたい一心で書いたが、あとから読んでみると、自分とのかかわりについて述べていることに驚いた。というのも一昔まえのこと、慶應義塾大学の恩師古屋健三先生が『三田文学』の編集に携わっていらしたとき、「プルーストと私」という題で書いてみないかとのお話をいただいたにもかかわらず、その機会を生かすことが叶わなかったからである。幾星霜も経なければ書けないというそのときの思い込みは、プルーストの底知れない深みを漠然と感じることからきていた。

名もない一研究者が自分のことを書いても、誰が関心をもって読んでくださるであろう。かくして、最後の章に、「余滴」として組もうと思った……はじめの原稿の段階では。

本書は、ここ七、八年ほどの間に書いたマルセル・プルーストに関する論考を中心に、フランス語で書いて一九九七年に提出した博士論文のなかの重要な章を和訳し、まとめたものである。一つひとつの論考を書くときには、必ずといってよいほど、そのきっかけとなる出来事があるし、出会いがある。それぞれの論考に小さなドラマが含まれ、書くにも、何かをするにも、生きるにも、自分ひとりではどうにもならず、先人の残した足跡や研究成果は言わずもがな、社会のなかにいて多くの人の力に拠っていることを今さらながら痛感させられる。

大学院で、フランソワーズ・ブロック＝坂井先生のプルーストについての講義を受けているとき、「ボン・マルシェ百貨店で買った」という菩提樹のハーブティーを見せてくださった。からからに乾いて、華奢で、表情ゆたかに身をよじらせた、愛らしく清らか茎、線香花火のようにかそけき花、そのたたずまいに一目で魅せられた。プルーストがこれを選んだのはなにか理由がある、そう思うと好奇心が刺激された。こうして生まれたのが第一章の「マドレーヌ菓子と菩提樹のハーブティー」である。図版のハーブティーは、そのとき少しいただいたものである。

初出は、一九九六年に、フランス語で書いた論考「マドレーヌ菓子における菩提樹の挿話をめぐって」(« Remarques sur le tilleul dans l'épisode de la Madeleine », *Bulletin d'informations proustiennes*, n° 27, Paris: Presses de l'Ecole normale supérieure, 1996, pp. 41-54)であり、博士論文として準備していた論文の縮小版である。二〇〇一年に慶応義塾大学出版会から出版された拙著『「隠された技法／芸術」あるいはプルーストの文体(*L'« art caché » ou le style de Proust*)』(仏文)(慶應義塾大学大学院博士論文)には元のかたちのまま収めており、それをこのたびようやく日本語にすることができた。二〇一一年に上梓した『プルースト的絵画空間――ラスキンの美学の向こうに』(水声社)には、主題から少しはずれるため収めてはいない。博士論文のなかでは、ターナーに関する章とともに重要な論考である。ラスキンやターナーの研究を進めるなかで、英文学関係の学会や美術学会、日本ラスキン協会など、さまざまな学会で研究交流の機会に恵まれた。富士川義之先生にお導きいただいた日本ヴィクトリア朝文化研究学会シンポジウムでの発表の経験は、視野を広げる契機となり、大きな励みとなった。また、そのときの発表内容が共著となって、のちに美術展会場の書店に並んだことは忘れがたい歓びである。河内恵子先生からは、共著の執筆や、日本ワイルド協会でのシンポジウム発表の機会を賜った。錚錚たる発表者のなかに加えていただき、刺激をうけた経験は貴重であった。第三章「翻訳家プルーストの誕生と旅立ち」は、二〇一五年夏、川端康雄先生が企画された、テクスト研究学会第一五回大会でのシンポジウム『ジョン・ラスキンのスタイル』で発表した内容が基となっている。

第四章「隠喩《メタフォール》──モネからターナーへ」では、「プルーストの美」を理解するうえで鍵となる概念「隠喩」について、多角的、実証的に検証した。エルスチールの《カルクチュイ港》を中核にすえて、草稿上に作家の思考の跡をたどることによって、その着想源である実在する画家に漸進的な移行が認められた。モネからターナーへの移行である。「絵画のほう」で得たこの検証の結果は、「隠喩」の概念を足がかりとして、「文学のほう」と結びつこうとする。あたかも小説において、コンブレーの町に反対方向にのびた、対照的で象徴的な二つの散歩道、平野の風景「スワン家のほう（メゼグリーズのほう）」と、川の風景「ゲルマントのほう」が、やがては結合を見せるように。

プルーストの隠喩は、言語における特殊な現象でも、非理性的なものでもない。思考や行動など日常のあらゆるところに浸透している。異なるものの間に、類似する特性を把握することは、感性や想像力、鋭い洞察力のあらわれであり、認知のしかたであり、人間存在の根幹にかかわるものである。知覚、記憶、推論、問題解決など、分野の垣根を超えて、すべての知的活動の基となるもので、日常のいとなみそのものである。プルーストの隠喩の美学とはそのようなものではないだろうか。

とりわけ力を注いだこの論考は、ともに博士論文の第一章「プルーストとターナー」と密接に結びついた第四章「プルーストにおける隠喩」のエッセンスを、前者の重要な部分をとり込みながら再構成したものである。拙著『プルースト的絵画空間』の第二章「プルーストとターナー」において組み込もうとしたが、多角的な分析が複雑になりすぎるのを避けて、そこでは軽く触れるにとどめている。

この主題はさまざまな出会いに彩られている。序章に書きとめた、ラスキンの秘書コリングウッドの孫との出会いもそのひとつであり、不思議な縁で結ばれた親交は四半世紀におよぶ。

ほかの二つの思い出は、時を経て変色した。一九九八年、当時、オクスフォード大学教授で、オール・ソウルズ・カレッジのフェロー（研究員）であったマルコム・ボウイ氏と、カレッジで会う機会をえた。彼自身についても、プルーストについての優れた著書も、ほとんど何も知らないままはじめて会うことになった。カレッジの談話室や、彼の書斎ではプルーストの話題に花が咲き、というより、彼の関心をよいことに、ラスキンやターナーの影響について一方的に熱く話していたように思う。

つねに穏やかな笑みをたたえた彼が、世に認められた人格者であり、教育者、研究者としても偉大であることを知らなかったとはいえ、コーヒーをテーブルに運んでくださったり、フェローでなければ踏むことができないオール・ソウルズ・カレッジの芝生のうえを一緒に歩こう、と言ってくださったり、ご著書に言葉を添えて贈ってくださったりする厚意にたいして、敬意や感謝の念よりも、親しみの感情が上まわり、あまりに気安く接したと思う。人間としての大きさが、社会的人間としての彼をすっかり包み込んでしまっていた。突然の訃報を受けるまで、そのことに思いが至らなかったことを恥じている。感謝の気持ちは伝えられるうちに伝えなくてはならない、そう思った。

パリでは親友ジャニーヌ・ギャルソンとの思い出がある。博士論文の準備中に、「隠喩」に関する多くの頁を彼女に読んでもらった。論旨の確認のために、パリ五区の活気あふれる小さなカフェで会っては、頭と頭をつき合わせてプルーストの話に夢中になったものである。彼女はグランドゼコール準備学級の教師で、プルーストの愛読者であった。博士論文が本のかたちで日の目を見たときには、「真の生、ついに見出され明るみに出された生、したがって十全に生きられた唯一の生、それこそが文学である」(IV, p. 474) という言葉とともに、プルーストとパリの美しい本が届いた。彼女がそれから数年後、不慮の事故で永遠に旅立つとは思っても見なかった。感謝の気持ちを充分に伝えられないままに。

今なお、プルースト・ラスキン・ターナーの関係を軸とする主題への関心はとぎれることがなく、今後どのように深められるかを考えると厳しさも感じるが楽しくもある。このように長くプルーストにおける芸術に興味をもち続けることになったきっかけは、慶應義塾大学での牛場暁夫先生との出会いである。牛場先生からは、大学での講義や研究室での個別指導、ご著書からどれほど大きな恩恵をうけたことだろう。学部の卒業論文にはじまり、修士論文、博士論文にいたるまで、長い年月にわたって懇切なご指導を賜った。研究発表のたびに貴重なご指摘と励ましのお言葉を賜ったことも忘れることができない。翻訳の機会を与えてくださった小倉孝誠先生にも感謝の思いをお伝えしたい。小倉先生による監訳、アラン・コルバン編『身体の歴史II——一九世紀 フランス革命から第一次世界大戦まで』(藤原書店、二〇一〇年)(日本翻訳出版文化賞受賞)、第三章「芸術家たちのまなざし」の翻訳は、歴史的観点から芸術を眺める契機となった。心に残る日仏学院でのパンゲ先生の講義で、プルーストを学んでいた仲間のなかに、当時、東京大学大学院生だった菅野賢治先生がいらした。のちにその御縁で、菅野先生が一橋大学ご勤務中に非常勤講師としてお呼びくださり、先生方や学生と知的で愉快な時を共有できたことは幸いだった。一橋大学ではまた、中野知律先生から研究と教育の両分野で多くを学ばせていただいた。先輩や同僚に恵まれた慶應義塾大学で非常勤講師として過ごした日々が貴重であったことは言うまでもない。

研究をつづけるなかで、編集者、岡林彩子さんとの出会いがあった。本書の序章「動体建築としてプルーストを読む」を、当初、本書の「余滴」として考えていたことは冒頭で述べたとおりであるが、それをすべての章の前にもってくるという案は、岡林氏の閃きによるものである。平然と、凛としてご提案くださったが、私にとってはコペルニクス的転回ともいえる発想であった。が、そうすることによって日本語で出版する二冊目の本が続編ではなく、あらたな表情を帯びたように思われる。

本書のタイトルについてはめずらしく悩んだ。仮題としてつけていた『プルースト芸術の本質』は、いかにも堅く、大仰な響きは内容に適合するものではなかった。それが、『プルーストの美』という詩的な書名へと変身をとげたのも、岡林氏の提案によるものである。論述したなかに、「美学」という言葉が多くあることから筆者の意図を看取されてこの書名を思いつかれたのだという。タイトルが決まったところで、各章や、項目のタイトルも、わずかながら脱皮した。

「美」とは、美の感情をもった人間のひとつの宇宙で、神秘性をそなえ、深さと広がりがあるその宇宙から美学が生じる。美学よりもっと自在に変奏できる余地、余白をのこして、われわれの日常世界に近づいてくるものが「美」であると思う。それはさまざまなものを喚起する。美術、音楽、文学、建築、エロティシズム、日常生活など、すべての芸術分野、すべての人間的なものにたいし、われわれが寄せる関心に応じて、美は近寄ってきてくれる。そのとき、われわれの内側に存在する美を呼び覚ましてくれる。その美とは、漠然としてつかみどころのないものであろうか。けっしてそうではない。ふと目にとめた日常の小さなものが、大きな何かと結びつく。かつて奈落のような苦しみのただなかにあったとき、世の中のすべてのものがセピア色に見え、内面の薄闇が外界を覆うほどに膨らんだことがあるが、そのようなとき、道ばたの夕べに香るおしろい花に心和らぎ、崖石のすき間に居場所を見つけたたんぽぽに生命を見、幼子の笑顔に心澄む日があったのは、プルーストの美の心が伝わっていたからかもしれないと思う。

ひとり一人の人間は、命をもった人間として幸せでなければならない。ゴシック建築の装飾部分や彫刻のいびつな部分というのは、ルネサンスの美学に照らしてみれば、醜さであるとしても、ラスキンによれば、美的要素であり、好ましい。命をもった職人がそこに魂を刻んでいることが感じられ、喜びをもって彫っていることが感じられる以上、何か欠けたもの、それは美をそこなうものではない。工業化によって人が客体化されることなく、なによりも、血のかよった人間の作品として、そこに「人間性の命脈」をとどめている。彫った人の幸福感が伝わり、誇りまでも感じられるからこそ尊い。想像力を媒介として、ラスキンは、美を人間の生命とつなげている。それは建築にかぎらず、あらゆる事柄についてあてはまるという。こうした考えは、プルーストがラスキンの『ヴェネツィアの石』からもっとも影響を受けたとされる第二巻第六章「ゴシックの本質」のなかであげられるもののひとつである。

日常の生活において応用可能で、いかようにも広がり深まる「プルーストの美」を本書に感じとっていただけるなら、この上ない幸せに思う。

『思想』（岩波書店）で編集者として担当してくださったのが岡林さんとのはじめての出会いであった。ふたたびご縁があって、法政大学出版局へ移られたあともこのように二人三脚で創作の仕事をすることができたのは大きな喜びである。つねに筆者の意図を尊重し、鋭い洞察力で、貴重なご助言やご提案を惜しみなく与えてくださった。感謝の気持ちでいっぱいである。

何か主張したいことがあって本を著そうとする者は、一般的に個性がつよいと思う。そしてその個性は著者によって三人三様なので、異なる個性につき合わなければならない編集者は、さぞかし大変であろうし、柔軟な感性とすぐれた知性がなくては成しえない仕事だと思う。編集者の個性を正面からぶつけるのでは良い書物は生まれないだろう。自身の個性を抑え、客観的に眺める目で、つねに書き手に寄り添いながら、本人が気づかない潜在的な力をひき出し、執筆者の個性を最大限に活かす。そして自分自身の個性は、清新の気を感じさせる風に乗せて、助言や提案の形で執筆者に届ける。このようなことを体験的に学ぶことができたのは幸運以外のなにものでもない。

これまで長年にわたり、慶應義塾大学をはじめとして、日本プルースト研究会や、仏文学、英文学、美術、国内外のさまざまな学会や研究会などでご指導いただいた先生方、そして公私にわたって支えてくださった大切な友人、知人の皆さま、ひとり一人に、心からの愛情をこめて、感謝の気持ちをお伝えします。

二〇一七年夏

真屋和子

真屋和子（まや かずこ）
兵庫県に生まれる。慶應義塾大学文学部卒業、慶應義塾大学大学院文学研究科仏文学専攻博士課程単位取得退学。文学博士号取得（慶應義塾大学）。
著書に、『プルースト的絵画空間 ―― ラスキンの美学の向こうに』（水声社、2011 年）、*L'« art caché » ou le style de Proust* (Keio University Press, 2001)、共訳書に、アラン・コルバン編『身体の歴史』第 II 巻「19 世紀　フランス革命から第一次世界大戦まで」（藤原書店、2010 年）などがある。

プルーストの美

2018 年 6 月 30 日　第 1 刷発行

著　者　真屋和子

発行所　一般財団法人 法政大学出版局
〒102-0071　東京都千代田区富士見 2-17-1
電話 03（5214）5540　振替 00160-6-95814

組版 村田真澄　印刷 ディグテクノプリント　製本 積信堂
装幀 岡澤理奈

ISBN978-4-588-49513-7 Printed in Japan

人名・作品名索引

- 本書に登場する日本語で示された人名、作品名および誌名を以下に掲げる。作品名は作者ごとに五〇音順に掲げる。
- ジョン・ラスキンによる模写も含め、作品の図版がある頁には * を付した。
- マルセル・プルーストおよび文学作品中の登場人物、神話や伝説に登場する人物は対象としなかった。
- 誌名および作者不明の作品名は、それらを作者名として配列した。
- 作者名は原則として、姓、名の順に表記したが、名で通行している人物の場合、その限りではない。

[ア　行]

[カ　行]

［サ　行］

［タ　行］

［ナ 行］

［ハ 行］

[マ　行]

[ヤ　行]

［ラ　行］

［ワ　行］

文献一覧

1 プルーストの作品

『失われた時を求めて（*A la recherche du temps perdu*）』

Coll. « Garnier-Flammarion », 10 volumes, édition dirigée par Jean Milly. Avec la collaboration de Bernard Brun, Elyane Dezon-Jones, Emily Eells, Anne Herschberg-Pierrot, Danièle Laster et Jean Milly, Paris: Flammarion, 1984-87.

Bibliothèque de la Pléiade, 4 volumes, édition dirigée par Jean-Yves Tadié. Avec la collaboration de Florence Callu, Antoine Compagnon, Francine Goujon, Dharntipaya Kaotipaya, Thierry Laget, Eugène Nicole, Pierre-Louis Rey, Pierre-Edmond Robert, Brian G. Rogers et Jo Yoshida, Paris: Gallimard, 1987-89.

その他の作品

Contre Sainte-Beuve, précédé de Pastiches et Mélanges et suivi de Essais et articles, édition établie par Pierre Clarac avec la collaboration d'Yves Sandre, Paris: Gallimard (Bibliothèque de la Pléiade), 1971.

Jean Santeuil, précédé de Les Plaisirs et les jours, édition établie par Pierre Clarac, avec la collaboration d'Yves Sandre, Paris: Gallimard (Bibliothèque de la Pléiade), 1971.

Matinée chez la princesse de Guermantes, Cahiers du Temps retrouvé, Edition critique établie par Henri Bonnet en Collaboration avec Bernard Brun, Paris: Gallimard, 1982.

新聞記事

« Pèlerinages ruskiniens en France », *Le Figaro*, 13 février 1900.

« Impressions de route en automobile », *Le Figaro*, 19 novembre 1907.

« A la recherche du temps perdu », *Le Temps*, 13 novembre 1913, l'interview accordée à Elie-Joseph Bois.

書　簡

Lettres à Reynaldo Hahn, présentées, datées et annotées par Philip Kolb, préface d'Emmanuel Berl, Paris: Gallimard, 1956, renouvelé en 1984.

Correspondance de Marcel Proust, texte établi, présenté et annoté par Philip Kolb, 21 volumes, Paris: Plon, 1970-93.

Lettres à Madame Scheikévitch, Monaco: Sauret (coll. « Pages perdues et retrouvées »), 1993.

邦　訳

『プルースト全集』第 18 巻・別巻、筑摩書房（井上究一郎訳『失われた時を求めて』全 10 巻を含む）、1984-99 年。

井上究一郎訳『失われた時を求めて』全 10 巻、筑摩書房（ちくま文庫）、1992-93 年。

鈴木道彦訳『失われた時を求めて』全 13 巻、集英社、1996-2001 年。

『失われた時を求めて』草稿・校正刷資料（パリ国立図書館所蔵）
(N. a. fr.: Nouvelles acquisitions françaises)
Cahier 3　N. a. fr. 16643.
Cahier 4　N. a. fr. 16644.
Cahier 7　N. a. fr. 16647.
Cahier 28　N. a. fr. 16668.
Cahier 29　N. a. fr. 16669.
Cahier 32　N. a. fr. 16672.
Cahier 42　N. a. fr. 16682.
Cahier 53　N. a. fr. 16693.
Cahier 55　N. a. fr. 16695.
Cahier 57　N. a. fr. 16697.
Reliquat des dactylographies　N. a. fr. 16752.
Placards Grasset de 1914　N. a. fr. 16761, placards 64, 65.
3e épreuves de *Guermante*　N. a. fr. 16765, placards 47.
N. a. fr. 16652.（1913 年の棒組校正刷り）

2 ジョン・ラスキンの作品（参考文献）

The Works of John Ruskin, edited by E. T. Cook and Alexander Wedderburn, Library Edition, 39 volumes, London: G. Allen; New York: Longmans, Green, 1903-12.
Volmume:
1　*Early Prose Writing (1834-1843)*, 1903.
3　*Modern Painters*, I, 1903.
4　*Modern Painters*, II, 1903.
5　*Modern Painters*, III, 1904.
6　*Modern Painters*, IV, 1904.
7　*Modern Painters*, V, 1905.
8　*The Seven Lamps of Architecture*, 1903.
9　*The Stones of Venice*, I, 1903.
10　*The Stones of Venice*, II, 1904.
11　*The Stones of Venice*, III, 1904.
12　*Lectures on Architecture and Painting (Edinburgh, 1853) with Other Papers, 1844-1854*, 1904.
13　*Turner: The Harbours of England; Catalogues and Notes*, 1904.
14　*Academy Notes; Notes on Proust and Hunt; and Other Art Criticisms, 1855-1888*, 1904.
15　*The Elements of Drawing; The Elements of Perspective and The Laws of Fésole*, 1904.
18　*Sesame and Lilies; The Ethics of the Dust; The Crowm of Wild Olive; with Letters on Public Affairs, 1859-1866*, 1905.
20　*Lectures on Art and Aratra Pentelici; with Lectures and Notes on Greek Art and Mythology, 1870*, 1905.
22　*Lecture on Landscape; Michael Angelo & Tintoret; The Eagle's Nest; Ariadne Florentina; with Notes for Other Oxford Lectures*, 1906.

23　*Val d'Arno; The Schools of Florence; Mornings in Florence; The Shepherd's Tower*, 1906.

24　*Giotto and his Works in Padua; The Cavalli Monuments, Verona; Guide to the Academy, Venice; St. Mark's Rest*, 1906.

27-29　*Fors Clavigera: Letters to the Workmen and Labourers of Great Britain*, 1907.

33　*The Bible of Amiens; Valle Crucis; The Art of England; The Pleasures of England*, 1908.

35　*Præterita and Dilecta*, 1908.

36-37　*The Letters of John Ruskin*, 1909.

The Diaries of John Ruskin, 1835-1847, selected and edited by Joan Evans and John Howard Whitehouse, Oxford: Clarendon Press, 1956.

La Bible d'Amiens, traduction, notes et préface par Marcel Proust, Paris: Mercure de France, 1904.

Sésame et les lys: des Trésors des rois, des Jardins, des reine, traduction, notes et préface par Marcel Proust, Paris: Mercure de France, 1906.

Les matins à Florence: simples études d'art chrétien, traduites de l'anglais par Eugénie Nypels, annotées par Emile Cammaerts, préface de Robert de la Sizeranne, Paris: Renouard, 1908.

Les Pierres de Venise, études locales pouvant servir de direction aux voyageurs séjournant à Venise et à Vérone, 5e éd., traduction par Mathilde P. Crémieux, préface de Robert de La Sizeranne, Paris: H. Laurens, 1921.

3 参考文献

A プルーストに関する著書・論文

Album Proust, iconographie réunie et commentée par Pierre Clarac et André Ferré, Paris: Gallimard, 1965.

ADHEMAR, Hélène, « La vision de Vermeer par Proust », *Gazette des Beaux-Arts*, t. LXVIII, novembre 1966, pp. 291-303.

ALBARET, Céleste, *Monsieur Proust*, Paris: Robert Laffont, 1973.

ALLARD, Roger, « Les arts plastiques dans l'œuvre de Marcel Proust », *La Nouvelle Revue Française*, Paris: Gallimard, 1 janvier 1923, pp. 222-230.

ANDRE, Robert, « Walter Pater et Marcel Proust », *La Nouvelle Revue Française*, Paris: Gallimard, 1 juin 1963.

AUTRET, Jean, *L'influence de Ruskin sur la vie, les idées et l'œuvre de Marcel Proust*, Genève: Droz, 1955.

BARDECHE, Maurice, *Marcel Proust, romancier*, 2 volumes, Paris: Les Sept Couleurs, 1971.

BARTHES, Roland, « Proust et les noms », *To Honour Roman Jakobson: Essays on the Occasion of his Seventieth Birthday*, 3 volumes, The Hague and Paris: Mouton, t. I, 1967, pp. 150-158; *Le Degré zéro de l'écriture*, Paris: Seuil, 1953 et 1972, pp. 121-134.

—— « Longtemps, je me suis couché de bonne heure », *Le Bruissement de la langue, Essais critiques IV*, Paris: Seuil, 1984.

BECKETT, Samuel, *Proust*, traduit de l'anglais et présenté par Edith Fournier, Paris: Minuit, 1990 (Première publication de *Proust*, London: Chatto & Windus, 1931).

BERTHO, Sophie, « Ruskin contre Sainte-Beuve: le tableau dans l'esthétique proustienne », *Littérature*, nº 103, Paris: Larousse, 1996, pp. 94-112.

BISCHOFF, Jürg, *La genèse de l'épisode de la Madeleine: Etude génétique d'un passage d'*A la recherche du temps

perdu *de Marcel Proust*, Berne: Peter Lang, 1988.

BOUILLAGUET, Annick, *Marcel Proust: Le jeu intertextuel*, Paris: Titre, 1990.

BOWIE, Malcolm, *Proust among the Stars*, London, Harper Collins, 1998.

BRUN, Bernard, « Le dormeur éveillé genèse d'un roman de la mémoire », *Etudes proustiennes IV, Cahiers Marcel Proust* 11, Paris: Gallimard, 1982, pp. 241-316.

—— « Brouillons des aubépines », *Etudes proustiennes V, Cahiers Marcel Proust* 12, Paris: Gallimard, 1984, pp. 215-304.

BRUN, Bernard, AGOSTINI, Daniela de, FERRARIS, Maurizio, *L'Età dei nomi. Quaderni della « Recherche »*, Milan: Mondadori, 1985.

BRUNET, Etienne, *Le Vocabulaire de Proust*, préface de J.-Y. Tadié, 3 volumes, Genève: Slatkine; Paris: Champion, 1983.

BUTOR, Michel, « Les œuvres d'art imaginaires chez Proust », *Répertoire II*, Paris: Minuit, 1964, pp. 252-293.

CHANTAL, René de, *Marcel Proust: critique littéraire*, 2 volumes, Montréal: Presses de l'Université de Montréal, 1967.

CHEVRIER, Jean- François et LEGARS, Brigitte, « L'Atelier d'Elstir », *Cahiers critiques de la littérature*, n° 3-4, Paris: Contraste, été 1977, pp. 21-43.

—— « Pour un ensemble pratiques artistiques dans la *Recherche* », *Ibid.*, pp. 44-69.

CLARAC, Pierre, « Les « croyances intellectuelles » de Marcel Proust (Textes Inédits) », *Bulletin de la Société des Amis de Marcel Proust et des Amis de Combray*, n° 8, Illiers-Combray: Société des amis de Marcel Proust et des amis de Combray, 1958, pp. 460-468.

COMPAGNON, Antoine, *La Troisième République des lettres: de Flaubert à Proust*, Paris: Seuil, 1983.

—— *Proust entre deux siècles*, Paris: Seuil, 1989.

CREMIEUX, Benjamin, *XXe Siècle*, Paris: Gallimard, 1924.

CURTIUS, Ernst-Robert, *Marcel Proust*, traduit de l'allemand par Armand Pierhal, Paris: Revue Nouvelle, 1928.

DELEUZE, Gilles, *Proust et les signes*, Paris: Presses Universitaires de France, 1964, 5e éd., 1979.

DESCOMBES, Vincent, *Proust, Philosophie du roman*, Paris: Minuit, 1987.

DOUBROVSKY, Serge, *La place de la Madeleine: écriture et fantasme chez Proust*, Paris: Mercure de France, 1974.

DUCHENE, Roger, *L'impossible Marcel Proust*, Paris: Laffont, 1994.

EELLS, Emily, « Proust à sa manière », *Littérature*, n° 46, Paris: Larousse, 1982, pp. 105-123.

—— « George Eliot et Proust », *Bulletin d'informations proustiennes*, n° 24, Paris: Presses de l'Ecole normale supérieure, 1993, pp. 21-30.

ERMAN, Michel, *L'œil de Proust, Ecriture et voyeurisme dans* A la recherche du temps perdu, Paris: Nizet, 1988.

—— *Marcel Proust*, Paris: Fayard, 1994.

FEUILLERAT, Albert, *Comment Marcel Proust a composé son roman*, New Haven: Yale Universitey Press; Genève: Droz, 1934.

FISER, Emeric, *L'esthétique de Marcel Proust*, préface de Valéry Larbaud, Genève: Slatkine Reprints, 1990 (Reimpression de l'édition de Paris, 1933).

FRAISSE, Luc, *Le processus de la création chez Marcel Proust: le fragment expérimental*, Paris: José Corti, 1988.

—— *L'Esthétique de Marcel Proust*, Paris: Société d'Edition d'Enseignement Supérieur, 1995.

GENETTE, Gérard, « Silences de Flaubert », *Figures I*, Paris: Seuil (coll. « Tel Quel »), 1966, pp. 223-243.

—— « Proust et le langage indirect », *Figures II*, Paris: Seuil (coll. « Tel Quel »), 1969, pp. 223-294.

—— « Métonymie chez Proust », *Figures III*, Paris: Seuil (coll. « Poétique »), 1972, pp. 41-63.

—— « Proust palimpseste », *Figures I*, Paris: Seuil (coll. « Tel Quel »), 1966; réédition coll. « Points », 1976, pp. 39-67.

GRAHAM, Victor E., *The Imagery of Proust*, Oxford: Basil Blackwell, 1966.

—— *Bibliographie des études sur Marcel Proust et son œuvre*, Genève: Droz, 1976.

HAHN, Reynaldo, « Promenade », *La Nouvelle Revue Française*, Paris: Gallimard, 1 janvier 1923, pp. 39-40.

HARA, Shiomi, « Proust et les derniers quatuors de Beethoven », *Etudes de langue et littérature françaises*, nº 70, Tokyo: Société Japonaise de Langue et Littérature Françaises, 1997, pp. 150-162.

HENRY, Albert, *Métonymie et métaphore*, Paris: Klincksieck, 1971.

HENRY, Anne, *Marcel Proust, théories pour une esthétique*, Paris: Klincksieck, 1981.

—— « Quand une peinture métaphysique sert de propédeutique à l'écriture: les métaphores d'Elstir dans *A la recherche du temps perdu* », *La Critique artistique, un genre littéraire*, Paris: Presses Universitaires de France, 1983, pp. 205-226.

KATO, Yasue, *Etude génétique des épisodes d'Elstir dans* A la recherche du temps perdu, Tokyo: Surugadai-Shuppansha, 1998.

KOLB, Philip, « Proust et Ruskin: nouvelles perspectives », *Cahiers de l'Association internationale des études françaises*, nº 12, Paris: Les Belles Lettres, 1960, pp. 259-273.

KRISTEVA, Julia, *Le Temps sensible: Proust et l'expérience littéraire*, Paris: Gallimard, 1994.

LEJEUNE, Philippe, « Ecriture et sexualité », *Europe*, nº 502-503, février-mars 1971, pp. 113-143.

—— « Les carafes de la Vivonne », *Recherce de Proust*, Paris: Seuil, 1980 (paru originellement dans *Poétique* 31, 1977), pp. 163-196.

LERICHE, Françoise, « La question de la représentation dans la littérature moderne: Huysmans-Proust. La réponse du texte aux mises en cause esthétiques », 2 volumes, thèse de Paris-VII, 1991.

MATORE, Georges, MECZ, Irène, *Musique et structure romanesque dans la* Recherche du temps perdu, Paris: Klincksieck, 1973.

MAUROIS, André, *A la recherché de Marcel Proust*, Paris: Hachette, 1949.

MAYA, Kazuko, « Proust et Turner: Nouvelle perspective », *Etudes de langue et littérature françaises*, nº 66, Tokyo: Société Japonaise de Langue et Littérature Françaises, 1995, pp. 111-126.

—— « Remarques sur le tilleul dans l'épisode de la Madeleine », *Bulletin d'informations proustiennes*, nº 27, Paris: Presses de l'Ecole normale supérieure, 1996, pp. 41-54.

—— « Remarques sur la « métaphore » de Proust », *Revue de Hiyoshi Langue et Littérature Françaises*, nº 30, Yokohama: Université Keio, Comité de Publication de la Revue de Hiyoshi, 2000, pp. 18-37.

—— *L'« art caché » ou le style de Proust*, Tokyo: Keio University Press, 2001.

—— « Proust et Burne-Jones », *Bulletin Marcel Proust; Bulletin des amis de Combray et de Marcel Proust*, nº 51, Illiers-Combray: Société des amis de Marcel Proust et des amis de Combray, 2001, pp. 53-65.

—— « Whistler contemporain d'Elstir », *La revue des lettres modernes: Marcel Proust 6*, Caen: Lettres modernes minard, 2007, pp. 133-148.

—— « Proust et Beethoven: Remarques sur le septuor de Vinteuil », *Hitotsubashi Journal of Arts and Sciences*, nº 55, Tokyo: Hitotsubashi University, 2014, pp. 1-13.

MENDELSON, David, *Le verre et les objets de verre dans l'univers imaginaire de Marcel Proust*, Paris: José Corti, 1968.

MIGUET-OLLAGNIER, Marie, *La Mythologie de Marcel Proust*, Annales littéraires de l'université de Besançon, Les Belles Lettres, 1982.

MILLER, Milton L., *Psychanalyse de Proust*, traduit de l'américain par Marie Tadié, préface de Jean-Yves Tadié, Paris: Fayard, 1977.

MILLY, Jean, *Les Pastiches de Proust, édition critique et commentée*, Paris: Armand Colin, 1970.

—— « Proust et l'image », *Bulletin Marcel Proust*; *Bulletin des amis de Combray et de Marcel Proust*, nº 20, Illiers-Combray: Société des amis de Marcel Proust et des amis de Combray, 1970, pp. 1031-1043.

—— « Le pastiche Goncourt dans « *Le Temps retrouvé* » », *Revue d'histoir littéraire de la France*, Paris: A. Colin, 1971, pp. 815-835.

—— *La Phrase de Proust. Des phrases de Bergotte aux phrases de Vinteuil*, Paris: Larousse, 1975; réédition Paris: Champion, 1983.

—— *Proust dans le texte et l'avant-texte*, Paris: Flammarion, 1985.

—— *La Longueur des phrases dans « Combray »*, Paris: Champion; Genève: Slatkine, 1986.

—— *Proust et le style*, Paris: Minard, 1970; réédition Genève: Slatkine Reprints, 1990.

MONNIN-HORNUNG, Juliette, *Proust et la peinture*, Genève: Droz, 1951.

MOUTON, Jean, *Le Style de Marcel Proust*, Paris: Nizet, 1968.

NAKANO, Chizu, « L'apparition de l'Albertine disparue de Grasset: le destin de l'épisode de l'article du Figaro », *Etudes de langue et littérature françaises*, nº 58, Tokyo: Société Japonaise de Langue et Littérature Françaises, 1991, pp. 154-169.

NATTIEZ, Jean-Jacques, *Proust musicien*, Paris: Christian Bourgois, 1999.

NATUREL, Mireille, « « A ajouter à Flaubert »: une énigme », *Bulletin d'informations proustiennes*, nº 23, Paris: Presses de l'école normale supérieure, 1992, pp. 7-12.

PAINTER, George D., *Marcel Proust: a Biography*, 2 volumes, London: Chatto & Windus, 1959-65; *Marcel Proust*, traduit de l'anglais par G. Cattaui et R.-P. Vial, 2 volumes, Paris: Mercure de France, 1963 et 1966.

PICHON, Yann le, *Le musée retrouvé de Marcel Proust*, Paris: Stock, 1990.

PICON, Gaëtan, *Lecture de Proust*, Pairs: Mercure de France, 1963.

PIROUE, Georges, *Proust et la musique du devenir*, Pairs: Denoël, 1960.

POULET, Georges, *L'Espace proustien*, Paris: Gallimard, 1963; coll. « Tel », 2ᵉ éd., 1982.

QUEMAR, Claudine, « Sur deux versions anciennes des « côtés » de Combray », *Etudes proustiennes II, Cahiers Marcel Proust* 7, Paris: Gallimard, 1975, pp. 159-282.

—— « Le peintre » texte établi et présenté par Jacques Bersani et Claudine Quemar, *Cahiers critiques de la littérature*, nº 3-4, Paris: Contraste, été 1977, pp. 8-19.

—— « Inventaire du Cahier 28 », *Bulletin d'informations proustiennes*, nº 13, Paris: Presses de l'Ecole normale supérieure, 1982.

RAIMOND, Michel, *Proust romancier*, Paris: Société d'Edition d'Enseignement Supérieur, 1984.

REY, Pierre-Louis, *Marcel Proust, sa vie, son œuvre*, Paris: Frédéric Birr, 1984.

—— « L'entrée du port peinte par Elstir », *La Revue des Lettres modernes: Marcel Proust 1,* Paris: Lettres modernes, 1992, pp. 7-16.

RICARDOU, Jean, « « Miracles » de l'analogie (Aspects proustiens de la métaphore productrice) », *Etudes proustiennes II, Cahiers Marcel Proust* 7, Paris: Gallimard, 1975, pp. 11-39.

RICHARD, Jean-Pierre, *Proust et le monde sensible*, Paris: Seuil (coll. « Poétique »), 1974.

ROBIN, Christian, « Le retable de la cathédrale », *Etudes proustiennes III, Cahiers Marcel Proust* 9, Paris: Gallimard, 1979, pp. 67-93.

SAKAI-BLOCH, Françoise, « Sur le « Côté Dostoïevski de Mme de Sévigné » à travers la *Recherche du temps perdu* »,

Equinoxe, n° 2, Kyoto: Rinsen Books, 1988, pp. 107-124.

SPITZER, Leo, « Le Style de Marcel Proust », *Etudes de style*, traduit de l'anglais et de l'allemand par Eliane Kaufholz, Alain Coulon, Michel Foucault, Paris: Gallimard, 1970, pp. 397-473.

—— « L'Etymologie d'un « cri de Paris » », *Ibid.*, pp. 474-481.

TADIE, Jean-Yves, *Proust et le roman: essai sur les formes et techniques du roman dans* A la recherche du temps perdu, Paris: Gallimard, 1971 et 1986.

—— *Proust*, Paris: Belfond, 1983.

—— *Marcel Proust, biographie*, Paris: Gallimard, 1996.

THIBAUDET, Albert, « Réflexions sur la littérature: lettre à M. Marcel Proust », *La Nouvelle Revue Française*, Paris: Gallimard, 1 mars 1920, pp. 426-437.

ULLMANN, Stephen, « Transposition of Sensations in Proust's Imagery », *Style in the French Novel*, Oxford: Basil Blackwell, 1964, pp. 189-209.

USHIBA, Akio, *L'image de l'eau dans* A la recherche du temps perdu *évolution et fonctionnement*, thèse de doctorat de 3e cycle, Université de Paris IV-Sorbonne, 1976, Publication au Japon: Tokyo, France Tosho, 1979.

—— « Papillons et libellules: Marcel Proust et Emile Gallé », *Geibun-Kenkyu*, n° 44, Tokyo: Université Keio, 1982, pp. 186-203.

—— « La perspective proustienne », *Ibid.*, n° 45, 1983, pp. 201-226.

—— « L'aspect dialogique d'*A la recherche du temps perdu* », *Equinoxe*, n° 2, Kyoto: Rinsen Books, 1988, pp. 125-153.

—— « L'aspect réciproque de la métaphore chez Proust », *Geibun-Kenkyu*, n° 59, Tokyo: Université Keio, 1991, pp. 184-201.

—— « Proust et *Parsifal* de Wagner », *La revue des lettres modernes: Marcel Proust 6*, Caen: Lettres modernes minard, 2007, pp.149-165.

YOSHIDA, Jo, « Proust contre Ruskin: la genèse de deux voyages dans la *Recherche* d'après des brouillons inédits», thèse de doctorat de 3e cycle, Université de Paris IV-Sorbonne, 1978.

—— « La genèse de l'atelier d'Elstir à la lumière de plusieurs versions inédites (1) », *Bulletin d'informations proustiennes*, n° 8, Paris: Presses de l'Ecole normale supérieure, 1978, pp. 15-28.

—— « Métamorphose de l'Eglise de Balbec: un aperçu génétique du « voyage au Nord » », *Ibid.*, n° 14, 1983, pp. 41-61.

—— « L'après-midi à Venise: autour de plusieurs textes inédits sur la basilique Saint-Marc », *Etudes proustiennes VI, Cahiers Marcel Proust* 14, Paris: Gallimard, 1987, pp. 167-189.

YOSHIKAWA, Kazuyoshi, « Genèse du Leitmotiv « Fortuny » dans *A la recherche du temps perdu* », *Etudes de langue et littérature françaises*, n° 32, Tokyo: Société Japonaise de Langue et Littérature Françaises, 1978, pp. 99-119.

—— « Vinteuil ou la genèse du septuor », *Etudes proustiennes III, Cahiers Marcel Proust* 9, Paris: Gallimard, 1979, pp. 289-347.

—— « Proust et le Greco », *Bulletin Marcel Proust; Bulletin des amis de Combray et de Marcel Proust*, n° 44, Illiers-Combray: Société des amis de Marcel Proust et des amis de Combray, 1994, pp. 29-41.

—— « Elstir: ses asperges et son chapeau haut-de-forme », *Proust et ses peintres*, études réunies par Sophie Bertho, CRIN 37, Amsterdam: Rodopi, 2000, pp.87-94.

—— "The Models for *Miss Sacripant*" *Proust in Perspective: Visions and Revisions*, edited by Armine Kotin Mortimer and Katherine Kolb, Urbana: University of Illinois Press, 2002, pp. 240-253.

—— « Proust et Rembrandt », *La revue des lettres modernes: Marcel Proust 6*, Caen: Lettres modernes minard, 2007, pp.105-120.

WADA, Akio, « Proust et le paysage de Camille Corot », *La revue des lettres modernes: Marcel Proust 6*, Caen: Lettres modernes minard, 2007, pp.121-132.

B ターナーに関する参考文献

Turner: The Rivers of France, introduction Eric Shanes, London: Longman, 1837; *Turner: Les Fleuves de France*, Paris: Adam Biro (introduction traduite de l'anglais par Martine Laroche), 1990.

BIRCH, Dinah, *Ruskin on Turner*, London: Cassell, 1990.

BROWN, David Blayney, *Turner and Byron*, London: Tate Gallery Publications, 1992.

BUTLIN, Martin, *Turner at the Tate: Ninety-two Oil Paintings*, London: Tate Gallery, 1980.

EGERTON, Judy, *Turner: The Fighting Temeraire (Making & Meaning)*, London: National Gallery Publications, 1995.

FINBERG, Alexander J., *In Venice with Turner*, London, 1930.

—— *Turner's Sketches and Drawings*, London: Methuen, 1910; reprint with an introduction by Lawrence Gowing, New York: Schocken Books, 1968.

—— *J. M. W. Turner's Liber Studiorum: with a Catalogue Raisonné*, San Francisco: Alan Wofsy Fine Arts, 1988.

FORRESTER, Gillian, *Turner's "Drawing Book": The Liber Studiorum*, London: Tate Publishing, 1996.

GAGE, John, *J. M. W. Turner, "A Wonderful Range of Mind"*, New Haven and London: Yale University Press, 1987.

HERRMANN, Luke, *Turner Prints: The Engraved Work of J. M. W. Turner*, Oxford: Phaidon, 1990.

HILL, David, *Les Oiseaux de Turner: Etudes d'Oiseaux réalisées à Farnley Hall*, traduit de l'anglais par France Saint-Léger et Philippe Rouillé, Paris: Herscher, 1988 (*Turner's Birds: Bird Studies from Farnley Hall*, Oxford: Phaidon, 1988).

—— *Turner on the Thames: River Journeys in the Year 1805*, New Haven and London: Yale University Press, 1993.

LINDSAY, Jack, *J. M. W. Turner: His Life and Work, A Critical Biography*, London: Cory, Adams & Mackay, 1966.

—— "Turner and Music", *Turner Society Journal*, partie I, 1975; partie II, 1976.

LYLES, Anne, *Young Turner: Early Work to 1800: Watercolours and Drawings from the Turner Bequest, 1787-1800*, London: Tate Gallery, 1989.

PERKINS, Diane, *The Third Decad: Turner Watercolours, 1810-1820*, London: Tate Gallery, 1989.

PIGGOTT, Jan, *Turner's Vignettes*, London: Tate Gallery, 1993.

REYNOLDS, Graham, *Turner*, London: Thames and Hudson, 1969; reprinted 1986.

SELZ, Jean, *Turner*, Naefels: Bonfini Press, 1977.

SHANES, Eric, *Turner*, London: Studio Editions, 1990.

—— *Turner's England, 1810-38*, London: Cassell, 1990.

STAINTON, Lindsay, *Turner à Venise*, traduit de l'anglais par Solange Schnall, Paris: Flammarion, 1985 (*Turner's Venice*, London: British Museum, 1985).

TOWNSEND, Joyce, *Turner's Painting Techniques*, London: Tate Gallery, 1993.

UPSTONE, Robert, *Turner: The Second Decade: Watercolours and Drawings from the Turner Bequest, 1800-1810*, London: Tate Gallery, 1989.

WALKER, John, *Joseph Mallord William Turner*, New York: Harry N. Abrams, 1976; *Joseph Mallord William Turner*, texte traduit de l'anglais par Sylvie Bologna, Gennevilliers: Ars Mundi, 1985.

—— *Joseph Mallord William Turner*, texte traduit de l'anglais par Sylvie Bologna, Paris: Cercle d'Art; New York: Harry N. Abrams, 1989.

WEELEN, Guy, *J. M. W. Turner*, Paris: Nouvelle Editions françaises, 1981.

WILTON, Andrew, *J. M. W. Turner, vie et œuvre*, catalogues des peintures et aquarelles, Fribourg: Office du Livre, 1979.

—— *Tuuner Aquarelles: œuvres conservées à la Clore Gallery*, texte traduit de l'anglais par Solange Schnall et Claude Laurilol, Paris: Adam Biro, 1987 (*Turner Watercolours in the Clore Gallery*, London: Tate Gallery, 1987).

C その他の参考文献

Goethe's Correspondence with a Child by Bettina (Brentano) von Arnim, Boston: Ticknor and Fields, 1859.

"The Education of the Architect", *Royal Institute of British Architects* (*RIBA*) *Journal*, Discussion at the Seventh Informal Conference held at the Royal Institute of British Architects, 2 May 1917.

"the dinner party", *The Independent*, 18 May 1922.

ARIETI, Silvano, *Creativity: the Magic Synthesis*, New York: Basic Books, 1976.

ARISTOTE, *Poétique d'Aristote*, traduite en français par J. Barthélemy Saint-Hilaire, Paris: Librairie Philosophique de ladrange, 1858.

—— *Rhétorique d'Aristote*, traduite en français par J. Barthélemy Saint-Hilaire, t. 2, Paris: Librairie Philosophique de ladrange, 1870.

BACHELARD, Gaston, *L'eau et les rêves: essai sur l'imagination de la matière*, Paris: J. Corti, 1942.

—— *La Poétique de la rêverie*, Paris: Presses Universitaires de France, 1960.

BALZAC, Honoré de, *Le Lys dans la vallée, La Comédie Humaine*, t. IX, Paris: Gallimard (Bibliothèque de la Pléiade), 1978.

BARTHES, Roland, *Le Degré zéro de l'écriture*, Paris: Seuil, 1953 et 1972.

—— *Le grain de la voix: Entretiens, 1962-1980*, Paris: Seuil, 1981.

—— *Le Bruissement de la langue, Essais critiques IV*, Paris: Seuil, 1984.

BÄTZNER, Nike, *Andrea Mantegna 1430/31-1506*, Köln: Könemann, 1998.

BAUDELAIRE, Charles, *Œuvres complètes*, 2 volumes, texte établi, présenté et annoté par Claude Pichois, Paris: Gallimard (Bibliothèque de la pléiade), 1975-76.

BENVENISTE, Emile, *Problèmes de linguistique générale*, t. I, Paris: Gallimard, 1966.

BERGSON, Henri, *La Pensée et le mouvant: essais et conférences*, 4ᵉ éd., Paris: Félix Alcan, 1934.

BLANC, Charles, *Les Beaux-Arts à l'Exposition universelle de 1878*, Paris: Renouard, 1878.

BLANCHE, Jacques-Emile, « James Mac Neill [sic] Whistler », *La Renaissance latine*, 15 juin 1905, pp. 353-378.

BOURGET, Paul, *Essais de psychologie contemporaine*, Paris: Alphonse Lemerre, 1883.

BRAUDEL, Fernand, QUILICI, Folco, *Venise*, Paris: Arthaud, 1984.

BROMBERT, Victor, *Flaubert par lui-même*, Paris: Seuil, 1971.

BURNE-JONES, Georgiana, *Memorials of Edward Burne-Jones*, vol. I, *1833-1867*, London: Macmillan, 1904.

BUTOR, Michel, *Répertoire II*, Paris: Minuit, 1964.

CACHIN, Françoise, *Manet, « j'ai fait ce que j'ai vu »*, Paris: Gallimard, 1994.

CARR, Joseph Comyns, « La « Grosvenor Gallery » », *L'Art: Revue hebdomadaire illustrée*, t. III (t. X de la Collection), Paris, London: A. Ballue, 1877, pp. 3-10.

CHESNEAU, Ernest, *La Peinture anglaise*, Paris: Quantin, 1882.

CLARK, Kenneth, *Ruskin Today*, London: John Murray, 1964.

—— *Civilisation: A Personal View,* London: British Broadcasting Corporation and John Murray, 1971.
CREMIEUX, Benjamin, *XXe siècle*, Paris: Gallimard, 1924.
CURRY, David Park, *James McNeill Whistler at the Freer Gallery of Art*, Washington D.C.: Freer Gallery of Art, 1984.
DURET, Théodore, *Histoire de J. Mc N. Whistler et de son œuvre*, Paris: H. Floury, 1904.
ECKERMANN, Johann Peter, *Conversations of Goethe with Eckermann and Soret*, translated from the German by John Oxenford, vol. II, London: Smith, Elder, 1850.
ELIOT, George, *Middlemarch: étude de la vie de province*, traduit de l'anglais par M.-J. M., Paris: Calmann-Lévy, 1890.
ELLMANN, Richard, *Oscar Wilde*, traduit de l'anglais par Marie Tadié et Philippe Delamare, Paris: Gallimard, 1994.
FITZGERALD, Penelope, *Edward Burne-Jones: a Biography*, London: Michael Joseph, 1975.
FLAUBERT, Gustave, *Correspondance, deuxième série (1847-1852), Œuvres complètes de Gustave Flaubert*, Paris: Conard, 1926.
—— *Correspondance, troisième série (1852-1854), Œuvres complètes de Gustave Flaubert*, Paris: Conard, 1927.
—— *Madame Bovary: mœurs de province*, Paris: Conard, 1930.
—— *Madame Bovary, Œuvres,* t. I, texte établi et annoté par A. Thibaudet et R. Dumesnil, Paris: Gallimard (Bibliothèque de la Pléiade), 1951.
—— *L'Education sentimentale, Œuvres,* t. II, texte établi et annoté par A. Thibaudet et R. Dumesnil, Paris: Gallimard (Bibliothèque de la Pléiade), 1952.
—— « Voyages et carnets de voyages », *Œuvres complètes de Gustave Flaubert*, t. 10, Paris: Club de l'Honnête Homme, 1973.
—— *Correspondance 1850-1859, Œuvres complètes de Gustave Flaubert*, t. 13, Edition nouvelle établie, d'après les manuscrits inédits de Flaubert, par la Société des Etudes littéraires françaises, Paris: Club de l'Honnête Homme, 1974.
—— *Madame Bovary*, Paris: Flammarion, 1979.
GENETTE, Gérard, *Figures I*, Paris: Seuil (coll. « Tel Quel »), 1966.
—— *Figures II*, Paris: Seuil (coll. « Tel Quel »), 1969.
—— *Figures III*, Paris: Seuil (coll. « Poétique »), 1972.
GIRARD, René, *Mensonge romantique et Vérité romanesque*, Paris: Grasset, 1961; réédition, 1973.
GONCOURT, Edmond et Jules de, *Journal, Memoires de la vie littéraire*, texte intégral établi et annoté par Robert Ricatte, 22 volumes, Monaco: Imprimerie nationale de Monaco, 1956-58.
GRAMMONT, Maurice, *Petit Traité de Versification française*, Paris: Armand Colin, 1965.
GREGH, Fernand, *La Fenêtre ouverte*, Paris: Eugène Fasquelle, 1901.
HUYSMANS, J.-K., *A Rebours*, texte présenté, établi et annoté par Marc Fumaroli, Paris: Gallimard, 1977.
KUNDERA, Milan, *L'art du roman*, Paris: Gallimard, 1986.
La SIZERANNE, Robert de, « La peinture anglaise contemporaine », *Revue des Deux Mondes*, Paris: Bureau de la Revue des deux mondes, 15 janvier 1895, pp. 372-412.
—— *Ruskin et la religion de la beauté* (troisième édition), Paris: Hachette, 1898.
LEIRIS, Michel, *Le ruban au cou d'Olympia*, Paris: Gallimard, 1981.
LENZ, Wilhelm von, *Beethoven et ses Trois Styles*. Edition Nouvelle, Paris et Berlin: G. Legouix, 1909.
MALE, Emile, *L'art religieux au XIIIe siècle en France, étude sur l'iconographie du Moyen-Age et sur ses sources*

d'inspiration, Paris: Ernest Leroux, 1898.

MANTZ, Paul, « Le Salon de 1863 », *Gazette des Beaux-Arts*, t. XV, 1 juillet 1863, pp. 32-64.

MARSH, Jan, *Pre-Raphaelite Women, Images of Femininity in Pre-Raphaelite Art*, London: Weidenfeld and Nicolson, 1987.

MATHIEU, Pierre-Louis, *Le Musée Gustave Moreau*, Paris: Réunion des musées nationaux, 1986.

MELTZER, Françoise, *Salome and the Dance of Writing: Portraits of Mimesis in Literature*, Chicago and London: University of Chicago Press, 1987.

MERLEAU-PONTY, Maurice, *Phénoménologie de la Perception*, Paris: Gallimard, 1945.

MONTESQUIOU, Robert de, « Le Spectre (Burne-Jones) », *Autels privilégiés*, Paris: Fasquelle, 1894.

MUELLER von der Haegen, Anne, *Giotto di Bondone: um 1267-1337*, Köln: Könemann, 1998.

MUNHALL, Edgar, *Whistler et Montesquiou: Le Papillon et la Chauve-Souris*, traduit de l'anglais par Dennis Collins, New Youk: Frick Collection; Paris: Flammarion, 1995.

PEVSNER, Nikolaus, *Ruskin and Viollet-le-Duc, Englishness and Frenchness in the Appreciation of Gothic Architecture*, London: Thames and Hudson, 1969.

PIERROT, Jean, *L'imaginaire décadent, 1880-1900*, Paris: Presses Universitaires de France, 1977.

POULET, Georges, *Etudes sur le temps humain*, t. I, Paris: Plon, 1950.

—— *Les Métamorphoses du cercle*, Paris: Plon, 1961.

PRUDHOMME, Sully, *Les Solitudes* (1869), *Œuvres de Sully Prudhomme, Poésies*, t. 2, *1866-1872*, Paris: A. Lemerre, 1872.

RAIMOND, Michel, *La crise du roman: Des lendemains du Naturalisme aux années vingt*, Paris: J. Corti, 1966 (4e éd. 1985).

RICHARD, Jean-Pierre, *Poésie et profondeur*, Paris: Seuil, 1955.

—— *Stendhal et Flaubert: littérature et sensation*, Paris: Seuil, 1970.

ROLLAND, Romain, *Vie de Beethoven*, Paris: Hachette, 1914.

—— « Actions de Grâces à Beethoven », *La Revue musicale*, 1927.

ROSSETTI, Dante Gabriel, *Letters of Dante Gabriel Rossetti*, vol. I, *1835-1860*, edited by Oswald Doughty and John Robert Wahl, Oxford: Clarendon, 1965.

ROUSSEAU, Jean-Jacques, *La Nouvelle Héloïse*, *Œuvres complètes*, t. II, Paris: Gallimard (Bibliothèque de la Pléiade), 1964.

—— « Sujets d'estampes », *Ibid.*

SCHOPENHAUER, Arthur, *Ecrivains et Style*, *Parerga et Paralipomena*, première traduction française par Auguste Dietrich, Paris: Félix Alcan, 1905.

—— *Le monde comme volonté et comme représentation*, Supplément au second Livre, t. 3, 7e éd., traduit en français par A. Burdeau, Paris: Librairie Felix Alcan, 1913.

SELZ, Jean, *E. Boudin*, Naefels: Bonfini Press, 1982.

SEVIGNE, Madame de, *Correspondance*, t. I, Paris: Gallimard (Bibliothèque de la Pléiade), 1972.

SPENCER, Robin, *Whistler*, London: Studio Editions, 1993 (1st ed., 1990).

STEPHENS, F. G., "The Grosvenor Gallery", *The Athenaeum, a Journal of Literature, Science, The Fine Arts, Music, and The Drama*, no. 2741, London, 8 May 1880.

STRAVINSKY, Igor and CRAFT, Robert, *Conversations with Igor Stravinsky*, London: Faber Music in association with Faber & Faber, 1958.

TADIE, Jean-Yves, *Le récit poétique*, Paris: Presses Universitaires de France, 1978.

—— *Le roman au XXe siècle*, Paris: Pierre Belfond, 1990.
TENNYSON, Alfred, *Idylls of the King*, London: Edward Moxon, 1859.
THIBAUDET, Albert, *Gustave Flaubert*, Paris: Gallimard, 1935.
VALCANOVER, Francesco, *The Galleries of the Accademia*, Venezia: Storti, 1981.
—— *Carpaccio*, Firenze: Scala, 1989.
VALERY, Paul, *De l'histoire*, *Œuvres*, t. II, édition établie et annotée par Jean Hytier, Paris: Gallimard (Bibliothèque de la Pléiade), 1960.
WEBER, Eugen, *Fin de Siècle: La France à la fin du XIXe siècle*, traduit de l'anglais par Philippe Delamarre, Paris: Arthène Fayard, 1986.
WHISTLER, James Abbott McNeill, *The Gentle Art of Making Enemies*, New York: John W. Lovell, 1890.
WILDE, Oscar, *Complete Works of Oscar Wilde*, with an Introduction by Vyvyan Holland, London and Glasgow: Collins, 1988 (first collected edition, 1948).

D 研究誌・雑誌

Bulletin de la Société des Amis de Marcel Proust et des Amis de Combray (nº 1 à 39); *Bulletin Marcel Proust; Bulletin des amis de Combray et de Marcel Proust* (nº 40 à 46), Illiers-Combray: Société des amis de Marcel Proust et des amis Combray, 1950-96.
Bulletin d'informations proustiennes, Paris: Presses de l'Ecole normale supérieure, nº 1 à 27, 1975-96.
Etudes proustiennes I-VI (*Cahiers Marcel Proust*, nº 6: 1973; nº 7: 1975; nº 9: 1979; nº 11: 1983; nº 12: 1984; nº 14: 1987), Paris: Gallimard.
La Nouvelle Revue Française, mars 1920.
La Nouvelle Revue Française, « Hommage à Marcel Proust », Paris: Gallimard, 1 janvier 1923.

E 美術展図録

Edward Burne-Jones 1833-1898: Un maître anglais de l'imaginaire (Paris, Musée d'Orsay, 1er mars-6 juin 1999), Paris: Réunion des musées nationaux, 1999.
Exposition des œuvres de James McNeill Whistler, Palais de l'Ecole des Beaux-Arts, Paris: Ecole des Beaux arts, mai 1905.
Femmes fin de siècle 1885-1895, Musée de la Mode et du Costume, Palais Galliera, Paris: Paris-musées, 1990.
James McNeill Whistler: Drawings Pastels and Watercolours: A Catalogue Raisonné, edited by Margaret F. MaCdonald, New Haven: Yale University Press, 1995.
J. M. W. Turner, à l'occasion du cinquantième anniversaire du British Council (Paris, Galeries nationales du Grand Palais, 14 octobre 1983-16 janvier 1984), Paris: Editions de la Réunion des musées nationaux, 1983.
Le Japonisme (Paris, Galeries nationales du Grand Palais, 17 mai-15 août 1988), Paris: Editions de la Réunion des musées nationaux, 1988.
Les figures d'Elstir, Proust et le peintre (Caen, Abbaye aux dames, 25 juin-30 août 1993), Caen: Conseil Régional de Basse-Normandie, Musée des Beaux-Arts de Caen, 1993.
Pre-Raphaelite and Other Masters, The Andrew Lloyd Webber Collection, Royal Academy of Arts, London, 20 September-12 December 2003, London: Royal Academy of Arts, cop, 2003.
Proust et les peintres (Musée de Chartres, 1er juillet-4 novembre 1991), Proust illustré, (Musée Marcel Proust, Maison de Tante Léonie, Illiers-Combray, 1er juillet-4 novembre 1991), Chartres: Musée des Beaux-Arts, 1991.
Turner Whistler Monet, sous la direction de Katharine Lochnan, Exposition à Paris, aux Galeries nationales du

Grand Palais, 11 octobre 2004-17 janvier 2005, Paris: Réunion des musées nationaux; London: Tate Publishing, 2004.

F 辞典・事典

Grand Dictionnaire Encyclopédique Larousse, Paris: Larousse, t. 1: 1982; t. 4: 1983; t. 9: 1985; t. 10: 1985.

Le Grand Robert de la Langue française: Dictionnaire alphabétique et analogique de la langue française, deuxième édition entièrement revue et enrichie par Alain Rey, Paris: Le Robert, t. I, t. IV, t. VI, t. VIII, t. IX, 1985.

BEAUMARCHAIS, J.-P. de, COUTY, Daniel et REY, Alain, *Dictionnaire des Littératures de Langue Française*, Nouvelle Edition, ouvrage publié avec le concours du Centre nationale des Lettres, 4 volumes, Paris: Bordas, 1987.

MAZALEYRAT, Jean, MOLINIE, Georges, *Vocabulaire de la stylistique*, Paris: Presses Universitaires de France, 1989.

『小学館 ロベール仏和大辞典』小学館、1988 年。

グラント、マイケル＆ヘイゼル、ジョン『ギリシア・ローマ神話事典』西田実他訳、大修館書店、1988 年。

黒江光彦監修『西洋絵画作品名辞典』三省堂、1994 年。

G 参考文献（邦文）

『新編 ベートーヴェンの手紙』上巻、小松雄一郎編訳、岩波書店（岩波文庫）、1982 年。

アダムズ、スティーヴン『ラファエル前派の画家たち』高宮利行訳、リブロポート、1989 年。

アリストテレス『詩学』今道友信訳、『アリストテレス全集』第 17 巻所収、岩波書店、1972 年。

——『弁論術』山本光雄訳、『アリストテレス全集』第 16 巻所収、岩波書店、1968 年。

クリステヴァ、ジュリア『プルースト——感じられる時』中野知律訳、筑摩書房、1998 年。

ジュネット、ジェラール『フィギュールIII』花輪光監修、書肆風の薔薇、1986 年。

ショーペンハウアー『意志と表象としての世界』続編（2)、『ショーペンハウアー全集』第 6 巻、塩屋竹男・岩波哲男・飯島宗享訳、白水社、1973 年。

ストラヴィンスキー、I ＆クラフト、ロバート『118 の質問に答える』吉田秀和訳、音楽之友社、1960 年。

スマイルズ、サム『ターナー——モダン・アーティストの誕生』荒川裕子訳、ブリュッケ、2013 年。

ゾラ『居酒屋』古賀照一訳、新潮社（新潮文庫）、1970 年。

タディエ、ジャン＝イヴ「マルセル・プルーストの音楽世界」原潮巳訳、『プルースト全集』別巻所収、筑摩書房、1999 年。

デ・カール、ローランス『ラファエル前派——ヴィクトリア時代の幻視者たち』高階秀爾監修、創元社、2001 年。

フォースター、E・M「プルースト」小野寺健訳、『E・M・フォースター全集』第 9 巻「アビンジャー・ハーヴェスト I」、みすず書房、1995 年。

プラーツ、マリオ『ムネモシュネ——文学と視覚芸術との間の平行現象』高山宏訳、ありな書房、1999 年。

ブレンドン、ピアーズ『トマス・クック物語——近代ツーリズムの創始者』石井昭夫訳、中央公論社、1995 年。

ブローデル、フェルナン『都市ヴェネツィア――歴史紀行』岩崎力訳、岩波書店、1986 年。

ペイター、ウォルター『ルネサンス』富士川義之訳、『ウォルター・ペイター全集』第 1 巻所収、筑摩書房、2002 年。

メッツガー、W『視覚の法則』盛永四郎訳、岩波書店、1968 年。

ラスキン、ジョン『近世画家論』御木本隆三訳、全 4 巻、春秋社、1932-33 年。

――『胡麻と百合』吉田城訳、筑摩書房、1990 年。

――『ヴェネツィアの石』福田晴虔訳、全 3 巻、中央公論美術出版、1994-96 年。

レオナルド・ダ・ヴィンチ『レオナルド・ダ・ヴィンチの手記』上巻、杉浦明平訳、岩波書店（岩波文庫)、1998 年（初版、1954 年)。

ロヴリック、ミッシェル&バーリア、ミンマ『ヴェネツィアの薔薇・ラスキンの愛の物語』富士川義之訳、集英社、2002 年。


『思想』第 1075 号「特集 時代の中のプルースト――『失われた時を求めて』発刊 100 年」、2013 年 11 月、岩波書店。

朝日新聞社編『巨匠たちの英国水彩画展――マンチェスター大学ウィットワース美術館所蔵』朝日新聞社、2012 年。

牛場暁夫「失われた時を求めて、響きあう時空」、『ユリイカ』第 19 巻第 14 号、1987 年、276-288 頁。

――「「失われた時を求めて」の非完結性について」、『藝文研究』第 58 号、慶應義塾大學藝文學会、1990 年、349-365 頁
――『マルセル・プルースト――『失われた時を求めて』の開かれた世界』河出書房新社、1999 年。

――『『失われた時を求めて』交響する小説』慶應義塾大学出版会、2011 年。

小黒昌文『プルースト 芸術と土地』名古屋大学出版会、2009 年。

黒江光彦「ゴシック美術とは」、『世界美術大全集　西洋編』第 9 巻「ゴシック 1」、飯田喜四郎・黒江光彦編、小学館、1995 年。

高階秀爾『世紀末芸術』紀伊國屋書店、1981 年。

――『名画を見る眼』岩波書店（岩波新書)、1989 年（初版 1969 年)。

中野知律「大聖堂、あるいは時空間構築の習得――プルーストはいかにしてプルーストとなったか」、『言語文化』第 34 巻、一橋大学語学研究室、1997 年、3-19 頁。

――『プルーストと創造の時間』名古屋大学出版会、2013 年。

富士川義之『英国の世紀末』新書館、1999 年。

富士川義之監修『文学と絵画――唯美主義とは何か』英宝社、2005 年。

富士川義之・玉井暲・河内恵子編『オスカー・ワイルドの世界』開文社出版、2013 年。

真屋和子「プルーストとターナー」、『藝文研究』第 64 号、慶應義塾大學藝文學会、1993 年、89-109 頁。

――「プルーストの眼――ラスキンとホイッスラーの間で」、『一橋論叢』第 122 巻第 3 号、一橋大学一橋学会一橋論叢編集所、1999 年、432-450 頁。

――『プルースト的絵画空間――ラスキンの美学の向こうに』水声社、2011 年。

――「プルーストとベートーヴェン――ヴァントゥイユの『七重奏曲』に関する一考察」、『藝文研究』第 101-2 号、慶應義塾大學藝文學会、2011 年、122-139 頁。

盛永四郎『一般心理学』明玄書房、1964 年。

湯沢英彦『プルースト的冒険　偶然・反復・倒錯』水声社、2001 年。

吉川一義『プルースト美術館——『失われた時を求めて』の画家たち』筑摩書房、1998 年。

吉田城『『失われた時を求めて』草稿研究』平凡社、1993 年。

吉田城編『テクストからイメージへ——文学と視覚芸術のあいだ』京都大学学術出版会、2002 年。

和田章男「プルーストの文学的・芸術的教養——『プルースト書簡集』作品別および作者別索引に基づく統計的分析の試み」、『大阪大学大学院文学研究科紀要』第 41 巻、2001 年、51-71 頁。